宛如昨日

生存游戏

蔡骏 著

CTS
湖南文艺出版社
HUNAN LITERATURE AND ART PUBLISHING HOUSE

博集天卷
CS-BOOKY

在这个国度，必须不停奔跑，才能使你保持在原地。如果你要前进，请加倍用力奔跑。

——红皇后《爱丽丝梦游仙境》
魔女《宛如昨日》

目录
contents

第一章 灭门案

看到这张脸，第一感觉是春风十里，第二感觉又冷若冰霜，随时会融化，随时也会碎裂。她不畏惧别人直视的目光，反而直勾勾地盯着你。像一对黑洞，穿过屏幕，让你无处躲避，缴械投降。

诺查丹玛斯在《诸世纪》预言：1999 年盛夏将迎来世界末日。众所周知，地球照样转动，千年虫没惹来太多麻烦。"9·11"改变了世界，萨达姆被他的同胞绞死。姚明去了 NBA，刘翔为黄种人制造奇迹。四川地震同一年，张艺谋在鸟巢导演北京奥运会开幕式，国际金融危机紧接而至。"阿拉伯之春"爆发，古玛雅人的 2012 放了鸽子。普京大帝拿下克里米亚，ISIS 卷来欧洲难民潮。小李子捧起奥斯卡，村上春树依然陪跑，得诺奖的竟是鲍勃·迪伦，叶萧最爱的沃卓斯基兄弟变成姐弟最后变成姐妹。

2017 年 8 月 14 日，距离诺查丹玛斯预言的世界末日，已过了十八个年头。

浓雾，不知从何时起，弥漫在这座两千多万人的都市。

清晨六点，叶萧打开大光灯。电台里讲巴勒斯坦又爆炸了，主播平静地报出死亡人数，像上证指数又失守的点数。周一的十字路口，密密麻麻的刹车灯，照表弟的说法像"东莞的霓虹"。急刹车，轮胎与地面摩擦发出尖叫。消防车红得似血排到了路口，衬托着看热闹的大妈们。

救护车没来，运尸车很扎眼。叶萧沮丧地按下车窗，隔着氤氲的雾气，只见二十多层的居民楼。七层某扇窗户附近的外墙，已被熏成焦黑色，消防队喷射的水流恍若瀑布，邻居全遭无妄之灾。这里如浓烟滚滚的火葬场，兼有撸串的烧烤味。

电梯停了。逃生通道，大肠般幽深。消防水沿着台阶肆意漫延，冲洗掉许多重要证据。叶萧抬起鞋底，发现一根粗硬的黑色毛发，不像人类的。

"到处都能见着这些狗毛。"

"什么狗？"

刚毕业的小警察，被叶萧眼里的血丝吓住，不由自主后退："上去就能看到了。"

七楼让人窒息。四面墙壁都黑了。戴着口罩的鉴定人员，犹如蚂蚁进出巢穴。叶萧的裤脚管和袜子被浸湿，也许还沾上了些许尸体组织。他坚持不戴口罩，让鼻子嗅到所有细节。两室一厅的公寓房，建筑面积90平方米。先是熊熊烈火，然后是消防水，家具摆设已面目全非，只依稀可辨玄关、卫生间与厨房。

被害人横在客厅的地板上，黑色遗骸缩成一团，大片皮肤被烧焦脱落，但能看出一张扭曲的脸。

地上有堆新鲜的呕吐物——某个年轻警察的早餐。叶萧骂了一声，低头凑近死者的脸。

三十来岁的男人，年纪与叶萧差不多，身高体形已无从判断，重要的是，眼睛还睁着。

死不瞑目。

眼镜片破碎，部分眼白保留，玻璃体被灼烧得暗淡干枯。叶萧嗅到死人身上的气味，几只苍蝇已飞来产卵。一瞬间，他做出判断——死者不是被烧死的，在着火前已经死亡。

谋杀。

起火点在客厅角落：草席和窗帘，虽已成灰烬，但有残迹可循。没发现汽油等易燃物。

书架上有许多书，可惜大多被烧了。幸存的支离破碎，有些计算机专业书，更多的是小说，雨果、巴尔扎克、托尔斯泰、卡夫卡……死者有良好的阅读习惯，而你们要小心了。

桌上有本小簿子，几乎被烧成灰烬，焦黑破碎的几页，只能看清一串数字——

21（227、20、2）（105、6、10）（318、24、15）

房间里到处是男主人的字迹，潦草大气。这行字却是工整娟秀的女人手笔。叶萧把小本子（严格来说是本子的残骸）放入证物袋，准备去做笔迹鉴定，也许很重要。

有人在背后说："叶警官，不止一个死者。"

第二具尸体，在里间的卧室。是女人。她躺在床上，完好无损，仿佛刚睡着，穿着米色睡衣，没有表情。三十出头的少妇，并不漂亮，体形微胖，是你在地铁电梯的扶手边，或是超市收银台的排队长龙里，随处可见的那种普通人，连死亡都是无声无息。

正如大多数火灾遇难者，她不是被烧死的，而是烟雾造成的一氧化碳，吸入后与血红蛋白结合成碳氧血红蛋白窒息而死。当时，卧室空调正在运转，门窗紧闭，烟雾带着死神从门缝钻进来。相比客厅里的男人，她死得毫无痛苦，这算不幸还是幸运呢？

第三具尸体，让叶萧的心脏瓣膜微微抽动，他捏起拳头，又慢慢松开。

那是一个怪物。

年轻的警察晕了过去，叶萧厌恶地皱了皱眉。

怪物躺在床上，只有半个脑袋，眉毛往上就没了，像被人用电锯截掉一半，又像个切开的西瓜，却看不到红色瓜瓤。所谓头顶，竟是一层平平的薄膜，不晓得脑子在哪里。但这不是死因，而是先天畸形。

叶萧调整呼吸和心跳，轻轻绕到床的另一边，生怕惊扰这两具尸体。

不，它不是怪物，而是一个男孩，四五岁的体形。

它——对不起，是他，躺在妈妈身边，安静地睡着，嘴角甚至有一丝奇怪的笑意。

怪物的微笑。

叶萧感觉这是对他的嘲笑。他胃里翻腾起来，尽管已有心理准备，放弃了早上吃面条的计划。

"造孽啊！"

在死亡现场拍摄的警察轻声念叨。跟床上冰凉的少妇一样，不会再醒来的畸形孩子，也是被烟熏得窒息死亡的。

死者身份已确认，客厅里的第一具尸体，是这户人家的男主人——三十五岁的焦可明。

卧室里的第二具尸体，是焦可明的妻子，三十二岁的成丽莎。

第三具尸体，死在妈妈身边的先天畸形儿，是焦可明与成丽莎夫妇的独子焦天乐，五岁。

灭门案。

叶萧在笔记本上写了三个字。

回到烧得最惨的客厅，他抓住空中飘过的一根黑毛，放到鼻子前嗅了嗅："那条狗呢？"

厨房的马赛克地砖上，趴着一条黑色的狗。

巨大的狗，即便盘着四肢，缩成一团，也相当于大半个成年男人。目测有四十到五十公斤。它覆盖着一层密集的短毛，从头到尾一身黑色，只有眼睛上方有两撮白毛。长方形脑袋，瓦楞形的粗壮嘴筒，奔拉的三角形耳朵。这是条公狗。叶萧想起初中时代，从学校图书馆借的《福尔摩斯探案集》，其中《巴斯克维尔的猎犬》的故事让他做过好几晚噩梦。

这条狗已奄奄一息。脖子流淌鲜血，血污像在纸上化开的墨，红黑相间，漫延到叶萧的鞋底。狗嘴张开一道缝隙，好像里头有肉块，舌头与黏液拖出，滴着血丝。它的双眼闭着，胸部还在起伏，不时抽搐几下，发出垂死的呼吸声，仿佛磨盘在人肉上碾过。

子夜刚过，整栋楼被这条狗吵醒，邻居们发现七楼冒出火苗与浓烟。一刻钟后，消防车赶到楼下，消防员打开水枪灭火。有消防员冲到楼上，发现房门开了一半，客厅里的男人已被烧死。

这条狗却是在底楼被发现的，当时它疯狂吠叫，浑身血污，张开血盆大口，无人胆敢接近。消防员动过击毙它的念头，以免疯狗伤害到居民。但它一瘸一拐地爬上楼梯，回到七楼案发地，闯进卧室舔着死去的女主人，差点叼走畸形儿——身受重伤的猛犬，想要救活窒息身亡的母子。为了保护死亡现场，几个年轻力壮的消防员，用铁棍把狗赶进厨房，强行锁在里面，直到它失血过多而昏迷。

叶萧蹲下来，歪着自己脑袋，注视这条狗的脑袋。

狗睁开了眼睛。

布满血丝的眼睛，就跟叶萧的一样，只是更圆、更黑、更凶狠，像两把锃亮的匕首。但只两秒，又像断了电的灯，渐渐暗淡。它的眼角有团模糊的黏液，也许是泪水。

丧家之犬。

只要看过一眼，便会在大脑回沟留下烙印，无论是因为恶心还是恐惧——这双狗眼。

叶萧认得这条狗！记忆中一具少女的尸体，在摩天轮下的阴沟深处……

"狗快不行了，死了怎么处理呢？"

小警察不敢走进厨房，远远站在门框边提问，害怕狗会跳起来咬他。

"闭嘴！它不会死的！"

叶萧伸手抚摩大狗颈背部的皮毛。鲜血和污水都已干了，手感坚硬粗糙得如同砂皮。他趴在冰冷湿滑的地板上，贴着狗耳朵说话，声音低到只有自己听见："活下来，你才能报仇！"

"前辈，你在说什么？"

"赶快送去兽医院。这是一起灭门谋杀案！唯一的目击证人，是这条狗！"

一小时后，死者被装进运尸袋。叶萧也坐同一部电梯，三个运尸袋，两个大的，一个小的，除了自己，没有活人。电梯下降得异常缓慢，灯光忽明忽灭。有个袋子没有拉紧，死去女人的长发掉出来。叶萧帮她把冰冷的头发塞回去，重新拉紧运尸袋的拉链。

突然，小运尸袋打开，畸形儿的手抬起，死死抓住叶萧的胳膊。

电梯里没人听得见，尖叫也不丢脸。但他听不到自己的声音，看着天生只有半个脑袋的畸形儿，瞪着一双不成比例的大眼睛，像斯皮尔伯格电影里的外星人，张开嘴，发出轻轻的童声："我是怪物。"

忍不住扭过头，他看到烧焦的男人的脸，乌黑的嘴巴轻轻蠕动，吐出带有烟熏火腿气味的一句话：请为我的家人复仇。

电梯门打开，叶萧跌跌撞撞出来，回头再看三个运尸袋，完好地竖在里面，没有任何异样。

唯一异样的是自己这个活人。

十二个小时后。

夏夜迟迟降临，一场大雨落下，乌黑的天空深处，雷声滚滚，像重金属摇滚音乐会，齐声合唱要 × 翻这个世界。在公安局，叶萧关上窗户，雨点砸在玻璃上，冷硬地噼啪作响。

死者 1：焦可明，男，本市人，南明高级中学一级计算机教师。

看到南明高中这个名字，叶萧用手指头在窗玻璃上画圈……焦可明，不仅在南明高中做了十三年的老师，他的高中三年也在这里度过。1997 年入学，2000 年考入师范大学，2004 年毕业后回到母校。加在一起漫长的十六年，南明高级中学，必是灭门案最重要的调查地点。

死者 2：成丽莎，女，外省人，普通会计，任职于民营物流公司。

死者 3：焦天乐——生于 2012 年，焦可明与成丽莎的独子。他是个无脑畸形儿，没有头盖骨，只有脑髓，发育极其原始，相当于爬行动物的阶段。

无脑儿是神经管畸形的一种。全世界每年四十万例，中国不幸占四分之一。神经管畸形家族史，不明原因的流产、早产、死胎，化学或放射性物质接触史，还有近亲结婚都有危险。无脑儿一出生就会死，焦天乐却奇迹般地活到五岁。美国有个类似病例，那个家庭受到全世界关注，爸爸妈妈骄傲地带着无脑儿上街，接受大家的祝福和帮助。但那不是焦可明一家的命。

叶萧打了个电话给法医，三具被害人遗体正在连夜解剖，报告出来最快要两周。

对一桩谋杀案来说，有六个不可或缺的元素——第一是被害人，第二是作案地点，第三是作案时间，第四是死因，第五是凶手，最后才是动机。

以上是叶萧的个人总结，按照警察掌握的信息排列顺序。通常还会有第七个元素：作案工具，但不是必要条件。也会有扯淡的案件，只有作案地点和时间，却没有发现尸体，但名侦探或目击者抑或家属，认定有人遭到谋杀，这种案子在我国不多。

作案地点——灭门案的第一现场，是焦可明在六年前买的婚房。当时价格两百四十万元，首付两成四十八万元。焦可明与成丽莎只拿得出十几万元，其余是双方父母用一辈子积蓄补贴的。以小夫妻的工资收入，还房贷要到双双退休为止。

焦可明是个沉默的男人，戴着啤酒瓶底厚的眼镜，每天穿得灰扑扑出门，公文包里装满学生作业。他有一辆排量一点二升的小车，外地牌照，是女方的嫁妆，平常停在小区角落，很少开出门，偶尔接送家人。他的妻子长相普通，似乎没有融入这座城市，从不跟邻居们来往。对啊，要不是这起灭门惨案，谁知道七楼这户人家，竟然藏着一个畸形儿。

那条狗，没在公安局登记过，违反了城市养狗条例，尤其它是大型烈性犬。邻居们几乎从未见过它，大概是焦可明一家害怕遭到投诉，只在后半夜悄悄出去遛狗。焦可明何时开始养狗的？如此巨大的猛兽，住在二室一厅的房子，天天与畸形儿为伴，憋屈死了！光吃肉就把主人吃穷了吧。

按照惯例，警方在灭门案现场，清点被害人财物——存折和现金都没少，家里也没有任何值钱的东西，符合一个穷教师的身份。

唯独丢失了一台笔记本电脑，还是南明高中配发给教师的呢。

警方调阅了监控录像。小区的保安松懈，总共三个大门，只有正门有人值班。8月13日，晚上八点三十分，焦可明开着白色小车出门。深夜十一点零一分，这辆车返回小区。电梯摄像头证明，焦可明在十一点零四分进入电梯，回到七楼家中。自此以后，电梯内并无可疑人员出入。

叶萧着重看十一点以后的监控——焦可明驾车返回小区，相隔不到二十秒，有辆助动车紧跟在后面。深夜监控画面模糊，看不清助动车型号，只能看出一个黑衣男子，戴着头盔，年龄与体形都无法判断。

子夜零点，居民们听到接连不断的狗叫声，零点十五分，那辆助动车离开小区，骑助动车的还是戴头盔的黑衣男子。零点二十分，居民们发现七楼的火灾。零点三十五分，消防队赶到灭火。

保安、邻居、家属、同事们看了无数遍，都觉得这个黑衣男子很陌生。虽然无法证实此人到过案发现场，但只要走楼梯，就能轻松避开摄像头，到七楼也不算太累。而在火灾与消防队喷水之后，凶手留下的痕迹被洗得干干净净，这大概也是纵火的原因。

暴雨之夜，天空划过闪电，震动着公安局的玻璃窗。

8月15日，凌晨五点。

叶萧趴在办公桌上，接二连三做古怪的梦。每个梦里都会出现焦可明烧焦的脸，还有无脑畸形儿的微笑。天还没亮。狂风暴雨让睡着了的城市，像炸了锅的诺坎普球场。专案组办公室，依然只有他一个人。

桌上有部 iPhone 5——焦可明的手机，好几年都没换过，现在不值几个钱，在火灾中幸存下来。叶萧用死者的指纹开机，打开微博、微信等社交媒体账号。焦可明的微信好友不多，不超过三十个人，除了家人亲戚，全是南明高中的老师和同事。从照片就能看出，他没有跟学生加过微信，只有一个例外——

头像是个少女，染着红色的短发，朦胧的自拍照，光线暗淡，看不清脸，十七八岁，好像一团火焰在头顶燃烧。微信昵称叫"死神与少女"，个人介绍为"将死之人"。

将死之人？

叶萧对她越来越有兴趣，再看相册——

最近一张照片，发布于8月13日，背景是个泰国寺庙，是她跟一个老和尚的自拍合影。红发少女，目光幽深地看着镜头，也在看着叶萧。

下一张照片，发布于8月12日，竟然是个拳击台，两个黑瘦的男人正在对决，其中一个抬起了膝盖，这是泰拳。

第三张照片，发布于8月11日，图片背景是忙碌的机场，指示牌显示"BANGKOK"——曼谷。

焦可明的微信使用频率不高，都是些无关痛痒的对话。其中与他对话最多的，是儿子的主治医生——讨论无脑畸形儿的治疗和护理，何时去医院检查，购买哪些昂贵的药物等等，每周都有好几段对话。有的进口药物价格，远远超出普通人的承受能力，但他从没抱怨过太贵之类的。

叶萧翻到微信朋友圈。焦可明是个沉闷的人，从不发照片，也不给别人点赞和评论。有人甚至在朋友圈里拿他开玩笑，大概忘了他也能看到。

焦可明只转载公众号的文章，并集中在同一个号——罗生门。

这个号人气寥寥，文章阅读量最高只有二三百，但有原创保护和评论功能。文章内容大多是科技评论，每隔两周发一篇。叶萧注意到这些文章的署名：焦可明。

苍穹上的闪电连同豆大雨点，敲得窗户砰砰作响。微信后台证实，"罗生门"是焦可明申请的公众号。最后一篇，发布于8月13日，深夜十点，灭门案发生前夕，只有一张照片——

是个少女。她扎着乌黑马尾，几缕发丝垂在腮边。她很漂亮，十七八岁，纯然野生的漂亮，细瘦但有力量的身体，斜倚在木头门框边。房间里洒满阳光，她的皮肤有一层腻腻的反光，微微刺痛你的瞳孔。黑眸与白皮肤相映，像从二十世纪的杂志封面上抠出来的。看到这张脸，第一感觉是春风十里，第二感觉又冷若冰霜，随时会融化，随时也会碎裂。她不畏惧别人直视的目光，反而直勾勾地盯着你。像一对黑洞，穿过屏幕，让你无处躲避，缴械投降。

如果，照片里的少女还活着，叶萧很想认识她。

她是魔女。

[第二章　葬礼的昼夜]

越过夏日茂密的树林和围墙，她望见巨大的摩天轮，在废弃的园子里，仿佛史前怪兽的骨骸……

雨，终于停了。

8月20日，焦可明的头七，自从案发第二日晚，已连续下了六天暴雨。

葬礼。地面泥泞湿滑，空气散发着腐烂的味道。殡仪馆里的每一具尸体，都在等待火化炉的拯救。

盛夏来了，因为要给死者献上一捧蓝色妖姬。

她自己想要来，因为死者是唯一给她点过赞的正常人。

她不得不来参加葬礼，因为死者昨晚给她托梦，他已被烧成一团焦炭，萎缩成烧烤羊排般不真实，用剥落成灰烬的手，抚摸她的头发说：请为我的家人复仇。

梦醒后，她抹去泪水，满脑疑问——他为什么只说"请为我的家人复仇"，而不说"请为我复仇"？

于是，她来了。

这地方没镜子，据说是为避免吓到亡灵。她不信这些鬼话，掏出手机，摆出四十五度角，自拍发朋友圈。短发围绕脸颊，染成鲜艳夺目的红色。她不算漂亮，但绝不难看。眼睛不大，但有内双。黑洞洞的眼睛，让人避之唯恐不及。原本苍白的皮肤，稍微晒黑，额头冒出两颗粉刺，雀斑又出来了，难道咖喱吃多了？妈蛋！

七天前，盛夏刚过完十八岁生日。

她给自己的生日礼物，就是泰国七日游。8月11日出境，8月18日深夜归来，往返廉价航空，回到家是昨天清晨。一个人去玩，一个人回来。盛夏过生日的那一夜，她的高中计算机老师，全家被杀……

昨晚，盛夏才在同学们的微信群里听说——

"焦老师被烧焦了！"

"一家三口死光光，灭门惨案啊。"

"明天就是追悼会。"

告别大厅门口围了很多人，遇害夫妻双方的亲属，南明高中学校领导和老师，闻信而来的学生们。她是唯一顶着红头发，穿着牛仔短裤、黑T恤参加葬礼的宾客，露出两截光光的细长大腿，胸口挂着泰国银质骷髅链坠，无处可别黑袖章。她穿过一大堆花圈，捧着蓝色妖姬，喧闹的大厅瞬间安静。人们侧目而视，纷纷退后，让出一条通道，仿佛瘟神降临。

"她怎么还没死？"几个人在身后窃窃私语，"老天啊，这姑娘是来参加沙滩派对的吗？"

这些人都是高三毕业生，两个月前参加完高考，刚收到大学录取通知书——除了盛夏。

葬礼开始。她识相地退到大厅角落，尽量不成为别人的眼中钉。学校领导照例念了悼词，接着是焦老师的家属，从外地赶来的岳父岳母。白发人送黑发人，灭门惨案，教人如何不伤心？现场哭声一片，惹得她的泪腺几乎失控。

忽然，盛夏看到了他。

穿着白衬衫的男人，刚赶到殡仪馆，额头流着汗珠。三十来岁，身材不错，衣服贴着肌肉，看得出经常格斗锻炼。穿衣显瘦，脱衣有肉。这张脸线条分明，布满胡楂，拧着眉毛，扫视葬礼上每个人。他是警察。

追悼会进入尾声，随着低沉的哀乐声响起，进入最恐怖的环节——遗体瞻仰。

大家绕着死者棺材，排队转圈。盛夏混在人群当中，显得格格不入，旁人自动与她拉开距离。转过黑色帷幔，看到三口水晶棺材。第一口，躺着烧焦了的焦老师，尽管入殓师化妆的功夫一流，尸体全身抹上了肉色涂料，但还是缩小了一圈。脸部被基本复原，五官什么都很完整，戴着崭新的金边眼镜，好像还在课堂上讲解源代码。

第二口棺材，可怜的女人，完好无损。盛夏从没见过她，也许再过十多年，自己也会变成这个样子？少女暗暗提醒自己：不要白日做梦，我绝对活不了那么久。

第三口棺材，为儿童定做的迷你款。人们走到这里不是哭泣，而是倒吸一口冷气，个别女生尖叫甚至晕倒。

小棺材里是无脑畸形儿，半个脑袋的小怪物，没有心理准备的，还以为是被残忍地锯掉了头盖骨。过去五年，除了校长，焦可明的同事和学生对此一无所知。人们都在朋友圈晒孩子照片，可没人见过焦老师的儿子，更别提满月酒和百日宴。他总是推说儿子身体不好，不适合室外活动，又说想给小孩留点隐私，不希望照片外泄。

8月13日，盛夏的十八岁生日。她去了一个泰国寺庙，传说中的大师，有缘者可以求得古曼童——泰国小鬼，也是死于母体的灵魂，带着对人世的眷恋，灵力特别强大。师父找到胎死腹中或刚出生便夭折的婴孩，死后七天用火烤干，符咒锁住三魂七魄，再用七七四十九天念咒开光，一百零八天经文加持。不同来源的古曼童效果不同，有求财求色也有求官运求健康等等。在寺庙最幽暗的房间，大师摸着盛夏的头顶说——

第一，你是非凡的魔女转世。

第二，你的脑子里长了个东西。

大师决定免费把古曼童送给她。那是个全身黑色的怪胎，只有半个脑袋，大大的双眼还睁着。现在想来，就是无脑畸形儿，跟棺材里的焦老师的儿子，简直如同双胞胎兄弟。那一天，盛夏却对大师说："我不需要古曼童的灵魂，因为我自己的足够强大。"

追悼会。

原本要献给焦老师的蓝色妖姬，放在无脑畸形儿的棺材上。他像自己的弟弟，随时会睁开眼睛，打个哈欠，接着睡。她弯下腰，耳朵贴在棺材的玻璃上，倾听死去的无脑儿的诉说。

是谁杀死了你们？

终于，两个女老师看不下去了，认为这个染着红头发，穿着短裤，露着白花花长腿的女生，是对死者的亵渎，来捣乱砸场子的，愤怒地将她拖走，扔到告别大厅门外。

"盛夏同学，你该吃药了！"说话的是她的班主任，那个更年期妇女。

十八岁的姑娘，翩然离去，左手抓着项链的骷髅坠子，右手垂落到大腿边，悄悄竖起中指。

盛夏走出殡仪馆大门，焦老师一家三口，很快会被送进火化炉，彻底与世界 say good bye（说拜拜）。盛夏仰起脖子，望向高高的烟囱，那里正在喷出尸体制造的黑烟。

几个月后，她会再次来到这里，全身冰凉地被塞入火化炉，最终藏身于骨灰盒中离去。

医生说她活不过 2017 年。

没关系，我是光腿的小野兽，钻出史前山洞，在荆棘丛生的荒野奔跑，扭动结实粗粝的臀部，将投枪刺入剑齿虎的胸膛。她想。

她跨上一辆运动型自行车，蹬起脚踏板，"一骑"绝尘而去。头顶一抹鲜艳的红，她遵守交通规则，不像别人骑自行车或电动车乱闯红灯。

骑了十来分钟，连过好几个路口，她发现后面有辆汽车。照道理早该超过她了，却依然慢悠悠地跟着，与她保持大约二十米的距离。她没有回头去看，而是绕道骑到一座大楼前，这里有整面玻璃墙，清晰地照出后面那辆车——居然是辆深蓝色的皮卡，后面敞着无顶货厢，简直像一辆小型卡车。风挡玻璃后面坐着个男人，看不清长相，似乎很年轻。

盛夏不动声色，骑过城市郊区，拐入四车道的南明路，匀速通过南明高中门口。一百米外的废墟深处，藏着违和的洛可可风格大门，竖着繁体字的巨大招牌——

失 樂 園

二十世纪末，这是一座工厂的废墟。七年前，改建成主题乐园，去年关了门，却有这样一个诗意的名字。越过夏日茂密的树林和围墙，她望见巨大的摩天轮，在废弃的园子里，仿佛史前怪兽的骨骸……

突然，红发少女的自行车转弯，整个车身横在跟踪的皮卡车前头。

急刹车。差点撞上。她盯着车里的男人，他也看着她，像火山与冰山对撞。

盛夏甩了甩红发，把自行车放倒在马路中央。她捡起一块砖头，甩起细长却有肌肉的胳膊，直接扔向风挡玻璃。

男人呆呆地坐在方向盘后面，看着砖头在空中画过一个抛物线，被地球重力牵引，直接冲向他的眼睛。

四分之一秒后，撞击声清脆刺耳，他本能地闭上双眼，有种被爆头的错觉。

砖头滑落到引擎盖上，风挡玻璃多了一片蜘蛛网似的裂缝。公允地说，这块板砖砸得稳准狠！若无坚固的玻璃，他的脑浆就要被砸出来了。

开门下车，这男人又高又瘦，穿一件灰色亚麻布衬衫。面孔尚显得年轻，顶多二十八岁。乌黑眼珠子，长而翘的睫毛，鼻梁高挺细窄，面色苍白，嘴唇缺乏血色。相比短发的盛夏，他有一头浓密的黑发，略带卷曲，几乎遮住眉毛，一派复古风，乍看像甲壳虫乐队某个成员。

少女闯了祸也不逃跑，面无表情地迎上去，右脚掌蹬地，身体猛向左转，右拳向前送出，精准地打中他的鼻子。

男人摔倒在马路上，鲜血从鼻孔喷涌而出。他躲藏到车里。她不依不饶，拍着驾驶座旁的窗玻璃，大声问："×！你为什么跟踪我？"

南明路上车来车往，后面排起长队，喇叭声此起彼伏。许多车从旁边借道，粗鄙的卡车司机们，摇下车窗放声大骂，各种肮脏字眼。

他的衣服上全是血，用完了一盒餐巾纸，第一次对少女感到恐惧，摆出自卫的姿态："你是谁？"

"你又是谁？"

"我是……焦老师生前的朋友，我也是来参加葬礼的。"

"带着单反相机来参加追悼会？"皮卡底盘太高，要看到驾驶座里的相机，她还得踮起脚，"我们认识吗？"

"不。"

"警告你，要是再敢跟踪我，就把你的两个蛋蛋都拧下来！"

"嗯。你的项链不错，在曼谷买的吧？"

男人看着她的胸口，盛夏不知该为这样的赞美而高兴，还是该为他盯着的地方而愤怒。

"抱歉，我是平胸，没啥好看的！"

"我能走了吗？"

"滚吧！"

当她骑上自行车离去时，男人探出车窗说："有没有人告诉过你——你刚才扔砖头的样子很帅！"

她听到了，但没回头。骑过失乐园门口，盛夏抬起右手，清晰地竖直一根中指，低声说："真他妈的帅！"

她既是在夸奖自己，也是在赞美那个男人。

下午四点，焦可明的葬礼刚结束。

熙熙攘攘的人群中，叶萧仔细观察每一张面孔，任何人都可能是凶手，或与灭门案有关联——这个可怜的家庭，即将被塞进小小的骨灰盒，分成三份，葬入同一座坟墓。

公安局发布协查通告，政府微博微信齐上阵，全世界都知道了。案发当晚，骑助动车的黑衣男子，尾随焦可明进入小区，又在火灾前逃离，有重大作案嫌疑。但这座城市有两千多万人，一百多万各种型号的助动车。

走出殡仪馆，叶萧撞见一群流浪狗。脏不拉叽的皮毛，散发恶心的臭味，盯着不速之客，发出警告的吠声，示意不要入侵地盘。他却想起另一条狗——灭门案唯一的目击证人。

它还活着。

兽医说，第一个奇迹是它活了下来。伤在脖子，被尖刀刺入，深达七厘米，贴着脊椎和气管之间，稍偏半厘米就没命了。它在火灾现场，吸入大量有毒气体，严重影响呼吸，兽医几乎放弃了。但在叶萧的强烈要求下，医院给它大量输血，使它捡回一条命。昨天，它已恢复行动能力，伤口还要养一养，不能大声吠叫。跑啊跳啊，甚至咬人的能力，差不多都恢复了，这是第二个奇迹。

叶萧及时总结了兽医的说法——这条狗有不死之身。

它被关在兽医院的笼子里，原本趴着，看到叶萧就站起来，夹紧尾巴，嘴里发出警告声。公狗，肩高六十五厘米，体重刚好五十公斤。杂交犬，多半有獒犬血统。十岁左右，但没有衰老迹象，超乎寻常地强壮。唯独后背有块伤疤，几年前的老伤，像是烫伤的。它在焦可明家待了多久？三年？一年？还是三个月？但不会早于2012年。因为，叶萧认得这条狗。

兽医说："如果它是一条纯种狗，受到这样严重的伤，不可能活到现在。"

"化验结果出来了吗？"

灭门案现场，他们看到这条狗的牙齿缝里有东西，貌似肉的纤维，叶萧吩咐要做化验。结果确实是肉，而且是人肉，提取出DNA，男性，东亚人种，但不是焦可明。这块被忠犬咬下来的肉，必定属于作案凶手。如果抓到嫌疑犯，看有没有狗咬的伤痕，再做DNA比对，便能一目了然。叶萧打电话给专案组，调查全市所有医院，近期被狗咬伤或打狂犬病疫苗的病例。

叶萧蹲下来，看着笼子里的大狗："能把它放出来吗？"

"只要你不害怕。但它不会随意攻击人的。而且，我给它打过疫苗了。"

兽医打开狗笼子，大家伙瞄了几眼，它踩着厚重的狗爪出来。叶萧小时候在新疆，被野狗咬过，伤疤至今还在小腿肚子上。当时没打狂犬病疫苗，有种说法是狂犬病会潜伏很多年，说不定什么时候就暴发了。

"别盯着它的眼睛！"

叶萧不理会兽医的警告。他认得它，它也认得他。他们都是记忆力很强的物种，同时也有超人的胆量。他深呼吸，哪怕肺叶充满狗毛纤维，他的双手自然垂下，表示没有攻击性。

"死神！"

"你在叫什么？"

兽医的脸色变了，到底是刚毕业的年轻人，想拽着叶萧退出房间，避免猛犬发狂。

"死神是它的名字！"

这条狗听到"死神"两个字，立刻安静，眼神也变得柔软，居然一屁股坐在地上。这么多年来，第一次有人叫对了它的名字。你好，死神。

叶萧问兽医："我能带它走吗？"

"嗯，目前的环境不适合这条狗，它的情绪会越来越差。叶警官，也只有你能镇住它。"

"请先在它身上植入芯片，GPS定位追踪，当它抓到凶手时，我也能及时赶到。"

"你要训练它做警犬？"

"不，它认得灭门案凶手的脸，更记得凶手的气味。"

半小时后，死神从小手术室出来，芯片已植入背部，二十四小时连接手机。叶萧买了全套项圈和狗绳，都是他这辈子头一回。它顺从地爬进车里，大狗的鼻子顶着玻璃，留下湿乎乎的热气。死神眼中的世界，一定与我们格外不同。

单身的警官，住在二十八楼，窗外是不夜的都市中心。他在客厅清理出狗窝。打开冰箱，里面只有几斤生牛肉，连着一大块骨头。他用开水煮熟，把肉和骨头切碎，扔给饥肠辘辘的死神。猛犬的胃口惊人，几分钟消灭干净，又喝了一大桶水。叶萧看都看饱了，也给自己泡了桶方便面，加了几块牛肉。

墙上贴着焦可明夫妇的照片，警方没找到畸形儿生前的照片，只能贴上孩子死后的遗照。加上这条名叫死神的大狗，仿佛某种招魂的巫术。今晚头七，灭门案的一家三口，将从地下爬出来，伴他共度最漫长的一夜。

"死神，欢迎你来到新家。只有你能帮我破案，抓住杀害你主人全家的凶手，是吗？"

它对着小主人的照片哀嚎，发出老鼠般的吱吱声。叶萧牵着死神转了转，告诉它要在卫生间大小便。他承诺如果有时间回家，就会下楼遛狗，它能听懂吗？他家有个小房间，平常都是锁着的。他告诫大狗，绝对不要进去。

虽然死神在他面前没太嚣张，但也没像宠物狗那样，趴在主人脚边撒娇。它与叶萧保持距离。要让一条狗接受新主人，尤其这种猛犬，需要漫长的过程。

　　叶萧想早点睡觉，但工作越拼命，大脑就越兴奋，整夜整夜地失眠。后半夜，他又梦见了焦天乐。无脑畸形儿露出微笑，在他耳边说话。他冷汗淋漓地醒来，跳下床，跪在地板上，努力回忆梦中听到的话，却再也想不起来。

　　清晨七点，他光着脚底板，裸着上身，想去喝杯水，却发现大门敞开，楼道里冷风直吹进来。

　　死神不见了。

第三章　死神归来

全身短短的皮毛，发出乌黑的光泽，就像重金属摇滚的标配。它有一双铜铃般的圆眼睛，老友似的盯着她，并认出了她。

连续六天的暴雨之后，终于迎来盛夏的烈日。盛夏住在南明路，这一带远离市中心，新建的住宅区像传染病在郊区蔓延，从前的工厂废墟如残留的皮藓，点缀着拾荒者的营地。许多民房出租给打工者，附近有民工子弟小学。每年夏天，都有无人照看的孩子淹死在河道，或命丧横冲直撞的搅拌车轮下。

昨晚，她经过楼下水塘，闻到阵阵恶臭。原来是只死猫，眼珠子暴出，皮肉正在腐烂，引来成群结队的苍蝇。居民们掩着鼻子绕道，她却跑到隔壁工地，问民工借了把铁铲，将猫的尸体捞出来，在小区绿化带挖坑埋葬。有邻居指指点点，觉得这姑娘有精神病？也许遗传了她妈妈的坏基因？盛夏并不在意。

公寓楼在盛夏出生的1999年竣工。盛夏住七楼，每次爬楼梯，踩着台阶上的小广告，听着别人家的麻将声燃烧热量。门上贴着水电煤气欠费通知单，客厅堆满医院账单和发票，垃圾桶里全是吃剩下的药盒与胶囊板。

她站在阳台上。空中飞过几只乌鸦，绝非吉兆。南明高中方向，摩天轮已停止转动一年。客厅墙上贴着迈克·泰森的海报。天花板底下悬挂沙袋，她脱了鞋，换上运动短裤和背心，双手绑上拳带，戴上红色拳套，换成凶狠的眼神，像条被赶上街头的斗犬。短暂热身过后，十八岁少女，膝盖迅猛地顶向沙袋下半截——如果它是一个男人，蛋蛋已经碎裂！

她去了泰国七天，既没去普吉岛，也没逛芭提雅，更别提什么清迈、素可泰。七天七夜，她基本都在曼谷郊外的泰拳馆，跟一个老拳师训练。

在曼谷的暹罗广场，她没能找到马里奥那样的男生，倒是走进一家美发店，先给自己剪了个短发，又染成火一样的红色。

起床后，她打了一个钟头泰拳。然后解开双手拳带，关节和膝盖红通通的，从内到外嗨透了。她吃了两粒药，洗了热水澡。拉着厚窗帘，赤身裸体坐在地板上，喝光一罐可乐。妈妈离开家四年，盛夏早就习惯一个人，在这空荡荡的破房子，唱歌跳舞听音乐看漫画打沙袋……

生物钟提醒她，准时打开电脑写计算机代码——每天必须完成的任务。

一会儿，门外响起奇怪的声音，不像是敲门声，更像是人受伤后的呻吟。

"谁？"

她穿上衣服，透过猫眼往外看，楼道里什么都没有。但是，外面发出沉重凌乱的脚步声，是小孩子吗？好像还不止一个人。她打开门，做出泰拳的防守姿势。

没有人，只有一条狗。

貌似从动物园逃出来的野兽，比盛夏整个人还重。全身短短的皮毛，发出乌黑的光泽，就像重金属摇滚的标配。它有一双铜铃般的圆眼睛，老友似的盯着她，并认出了她。

"死神？"

盛夏喊出了它的名字。大狗摇摇尾巴，把头凑到她的大腿边，磨蹭她光光的皮肤——这条公狗并非好色，而是表达久别重逢的喜悦。

她蹲下来，看着死神的双眼，用力抚摩它的皮毛，拍了拍它强壮的胸肌。

"天哪，你终于回来了！"

确认无误，她抱着大狗，呜呜地哭了出来。她把死神拖进屋子，闻到它身上的臭味，便打开浴室水龙头。它挣扎两下跑出来，盛夏才发现狗脖子上，有红红的伤疤，虽说已结痂愈合，但不能沾水洗澡。它的后背有块伤疤，秃了一小片毛，但那是老伤了。

"你怎么了？还有人敢欺负你？五年了，你去了哪里？我一直在想你啊。"

死神泪眼汪汪，在她的怀里磨蹭两下。其实，它已十岁，相当于人类的暮年。

2007年，盛夏刚上小学二年级。她和一个叫小倩的女同学，在放学回家的路上，经过南明路附近的桥洞。两个小女生，发现一条孤零零的小流浪狗——全身黑色，刚出生不久，四肢还很柔软，长相奇特，也许是被母狗遗弃了？它即将饿死，或变成流浪汉的晚餐。

她俩决定收养这条小狗。但盛夏的爸爸酷爱狗肉煲，认为是冬令进补的美食，吊死过女儿抱回家的流浪狗。小倩把狗带回了家，很幸运她爸爸也喜欢养狗。不过，女孩之间有个约定，虽然小狗养在小倩家，但她俩是共同的主人，享有同样的权利和义务。几乎每天放学，盛夏都会先去小倩家，和她一起照顾小狗，亲手给它喂牛奶，看它一点点长大，变成令人生畏的犬科动物。

盛夏给它起了个名字——死神。

因为看了电影《死神来了》，觉得没有比"死神"这个名字更酷的了。牵着它走到大街上，叫一声"死神"别乱跑，会把路人吓得半死吧，爽。

查遍各种资料，无法判断它是什么品种。虽然它的体重已超过盛夏和小倩，但从未伤害过主人。碰到两个小女孩，它会乖乖地趴在脚边，误以为自己是拉布拉多那样的宠物狗。

五年前，死神走失了，因为小倩出事了。

门铃突然响起，大狗警觉地蹿到门背后。盛夏把手指头放到嘴唇上，让它安静。从猫眼里看到一张男人的脸——他怎么来了？为了焦老师的案子？她把死神赶到卧室，然后开门。

"请问——"男人怔怔地退后一步，"你是……"

"你好，叶萧警官，我是盛夏。"

叶萧张望她的身后，鼻子使劲嗅了嗅："我闻到了死神的气味。"

"你跟我说什么恐怖故事啊？"

"狗呢？"

他亮出手机屏幕，GPS追踪定位，显示狗身上植入的芯片，就在这个房间的范围内。

突然，死神蹿了出来，撞倒门口的叶萧。它像头凶猛的豹子，径直冲下楼梯，整栋楼都能听到脚步声。

"死神，回来！"

盛夏抢在叶萧之前追下去。七层楼，她不觉得累。她来到小区的地面上，看到死神的背影，死神一边逃跑，一边停下往回看。许多人都惊慌逃窜。她怕有人打电话报警，让打狗队来消灭掉它。去年的校运动会，她是女子短跑第一名。她撒开双腿，燃烧最后一点肾上腺素。

烈日下的南明路，红发少女追逐着大狗，后面还跟着一个男人。

几乎跑了一站地铁的距离，在南明高中门口，盛夏终于逮住死神。她累得快把肺吐出来了，抓紧大狗的脖子："你……你跑什么啊？"

"站住！"

背后响起叶萧的声音，死神又如脱缰的野马冲去。南明路上车来车往，大狗如入无人之境，一直冲到游乐场的门口。

失乐园。

死神停在马路中心，望向游乐场的摩天轮。一辆水泥搅拌车，边开边按喇叭——司机却没有刹车的意思，不就是轧死一条狗吗？他在乡村公路上开长途，车轮下不知有多少条狗的冤魂。

但，盛夏不想让死神去见死神。

叶萧竭尽全力冲过来，却没能拉住她的胳膊。她像出膛的子弹，冲到南明路的中心黄线，用尽全力将发呆的大狗推开。

下一秒钟，搅拌车司机踩下了刹车，他知道轧死一条狗和轧死一个少女，那是两种完全不同的代价。

但，来不及了。

时速锐减到二十公里的刹那，少女被布满污泥的车头撞飞了。

她感觉两肋生出翅膀，被盛夏的烈日吸引到半空。身体轻得如同羽毛，俯瞰整个南明高中与失乐园。啊，她看到了摩天轮，还有旋转木马，白雪公主的城堡，最后是鬼屋背后的排水沟……

一秒钟后，盛夏回到肮脏的地面上。

大地紧贴着脸颊，谁的鲜血在汩汩流淌？像一条红色的小溪，从马路中心流到游乐园门口。她没有感觉到疼痛，但灵魂正从身体里溜走。

死神毫发无损，大狗呜呜地叫着，眼睛和鼻子都湿漉漉的。它回到少女身边，伸出蓝色的舌头，舔着她正在流血的头部。狗的唾液里有种奇怪的物质，让人感觉很舒服，好像伤口正在慢慢愈合，尽管她知道这只是幻觉。

叶萧抱起奄奄一息的红发少女，疯狂地阻拦路上汽车准备去医院。不过，没有人敢将车停下来。这个男人的胳膊，还有胸口的肌肉，都挺性感的——妈呀，为什么临死前要想这些？

失乐园，静止不动的摩天轮，最高点的轿厢里，有双眼睛正在俯瞰南明路。你听过一个很无趣的冷笑话吗——摩天轮可以停转，但地球不能。

他看到了这场车祸的全过程，也看到了死神与少女。

次日，叶萧刮干净胡子，敲开医院病房的门，手里拿着一小束粉色百合，吩咐刑侦队的女同事买的，显得格外笨拙。

昏迷了二十四小时后，十八岁的盛夏醒了。她走了狗屎运，没被南明路上的大卡车撞死，一根骨头都没折断。只是额头绑着绷带，白布包裹红发，像波兰、印度尼西亚或奥地利国旗。

"你好，盛夏。"

"叶警官，"她的面色苍白，声音很轻，但气势不减，"焦老师的案子破了吗？"

"还没。"

"傻 ×，你就跟五年前一样，什么案子都破不了。"

没人敢这么跟叶萧说话，名侦探的皮囊，顷刻被小姑娘撕碎。他忍住甩门而去的冲动："嘿，你长大了。"

"废话，五年前，我才读初二，现在都高中……"她的声音又微弱下来，"肄业了。"

盛夏直起上半身，低头看着自己空空荡荡的病号服说："可我还是平胸，让你失望了吧？"

"五年前的案子，我会破的，我发誓。"

"你又不是第一次在我面前发誓了。死神呢？"

"在我家。"叶萧皱起眉头，还是决定告诉她，"在焦可明灭门案的现场，它受了重伤，可能是唯一的目击证人，我收养了它。"

昨天早上，这条狗简直成精了，自己打开门锁跑出去。好在它身上植入了芯片，GPS 定位显示在南明路的居民小区。出乎意料，他看到了盛夏。红色短发，灼痛他的双眼。人与狗的追逐，少女被卡车撞飞的一刹那，死神回来舔她流血的伤口。叶萧真以为她死了。但她确实活不了太久。

"有件事你不可能不知道，医生给你做脑部 CT 的时候，发现你脑子里有个肿瘤。"

"我补充一句：恶性的。"

盛夏的表情正常得有些过分，像在谈论煎蛋喜欢吃单面还是双面。

"抱歉。"

"四个月前，我突然在课堂上晕倒……医生说，脑瘤不是绝症，但我是恶性的，而且位置刁钻，很难开刀切除，可能伤到脑干。如果不做化疗，肿瘤会慢慢吞噬大脑，吃药或打针也只能缓解痛苦。"盛夏微微一笑，摸了摸额头上的绷带，"为什么卡车没把我撞死呢？妈蛋！"

"医生有没有说过原因？"

"他们也搞不清楚，可能是遗传基因的问题啊，感染过自己也不知道的细菌啊，电脑和手机玩多了受到电磁辐射啊——我对医生说，我谢谢你全家，再免费赠送屁味冰激凌。"

习惯于一脸严肃的叶萧，忍不住被她逗笑了，口水喷到她脸上："哈哈！我都听了。你的身体状况，不允许参加高考。本来可以休学一年，但你主动办了退学手续。"

"你那么开心干吗？医生说我活不过今年，更不可能撑到明年高考。你觉得休学一年还有意义吗？"盛夏的嗓门终于放大，护士进来提醒她不要吵到别人。她白了白眼，低声对叶萧说："这个小护士很风骚，你可以泡她！"

"小心我抽你！"

"太好了，你终于被我激怒了！我可能是整个南明高中，唯一考不上大学的毕业生。我的退学申请，让校长和老师们都松了口气——升学率和平均分数都保住了，再也不用担心被我拉低。"

"你应该一直住在医院。"

"十八年前，我就是在这所医院出生的，但我不想在这所医院死去。"

"为什么不做化疗？"

叶萧看着她一头浓密的短发，通常化疗会脱发，需要戴假发或帽子。

"我家有个邻居，三十多岁得了癌症。拖了三年，接受各种化疗与偏方续命，原本体壮如牛，后来头发掉光，瘦得不成人形，为治病卖掉房子，老婆辞职在医院守夜，最后还不是死？我可不想人没了钱还在！我决定放弃化疗，及时行乐，花光家里最后的存款。过去啊，我从没坐过飞机。这个月，我去了泰国，但不是玩，而是学泰拳。下个月，我计划去韩国，不追欧巴（哥哥），只学跆拳道。如果签证能办下来，我还想去欧洲和美国，最好死在拉斯维加斯的赌场，躺在兔女郎怀中，骨灰就不要送回来了，直接撒在白宫大草坪……"

"放心吧，你通不过美国签证官的面试。"叶萧打断了她的妄想，"说正经的，两天前，在焦可明的葬礼上，我看到你了。"

"我现在这副样子，不会再有人忘记我了，帅吧？"

"死神与少女！"

她的瞳孔像午夜的猫在放大："你在叫我？"

"盛夏同学，这是你的微信昵称吧！我查过焦可明的微信记录，你是唯一跟他加过微信的学生。"

"对不起，我已经退学了，别再叫我同学！"

"灭门案发第二天，我就想跟你联系，结果查到出入境管理局，确认你在泰国旅游。但我会等你回来的。"

"妈的，原来你不是来探望我的，而是来审问我的！"

那束粉色百合被毫不客气地扔进垃圾桶，叶萧并不介意，反而备感轻松："你也上过焦可明老师的课吧？"

"我是焦老师唯一喜欢的学生。虽然我是全校公认的差生，计算机却考了一百分。小学时，别人忙着玩游戏、聊 QQ、上开心网偷菜，我就学会了写程序代码。焦老师的计算机水平非常高，教过我一些黑客技术，他绝对有自己开发程序的能力。但这个人性格有些怪，不爱跟学生交流。对不遵守课堂纪律的家伙，他睁一只眼闭一只眼，同学们不喜欢他，但也不讨厌，总比严厉的更年期妇女强多了！对不起，不晓得为什么，看到你，我的话就多了。"

"你在说你的班主任！"

"对！请把我的原话转告她！"

七天来，叶萧走访了被害人夫妇的家属和同事，重点在南明高级中学。焦可明是个沉默内向的男人，从不参与老师间的钩心斗角，更不会为了一点工资奖金跟人吵架。最近五年，他越发郁郁寡欢，除了教研组，聚餐与旅游都不参加。同事结婚发了喜帖，他也以各种理由推辞。灭门案后，大家才明白，焦可明生了个畸形儿子，心情郁闷到了极点，又不想被别人知道，只能把生活圈子缩到最小范围。

"还有个问题，也许问你不合适——焦老师身边有没有来往特别多的异性？"

"不知道。"

关于这个问题，叶萧也调查过不少人，学校里的女老师，发育成熟的女同学，甚至学生的女性家长。毕竟，情杀也是谋杀案的一大原因。结果一无所获。虽然妻子是普通人，但他依然保持对婚姻的忠诚。

焦可明临死前，在微信公众号"罗生门"所发的少女照片，至今仍是个谜。

专案组比对过南明高中所有在校女生——两百来人，没有一例符合。会不会是往届的毕业生？那范围就有好几千人，作为计算机老师，几乎每个班级都会带到，反而比班主任或语文、英语老师接触的学生更多。也许照片里的女生，是焦可明在高中时代的同学？这样搜索范围小了很多。警方调出南明高中97级学生的档案，2000年夏天的毕业照——依然没有这张面孔。

"他跟男生的关系呢？"

"拜托，焦老师不是gay（同性恋）！我看过太多的耽美小说，直男弯男，我从他们的说话和走路姿势就能分辨出来！"

叶萧被她噎得无语，现在的女孩说话都这么直接吗？

"我走了！小姑娘，听医生的话，好好休息。"

"等一等，大叔，你知道什么是宛如昨日吗？"

"什么？"

十八岁的少女，红色头发像一汪鲜血流淌："今年6月6日，高考前夜，焦老师让我到学校电脑房去一趟。"

"说下去！"

叶萧不走了，反而掏出笔和小本子。

"那一晚，学校难得地安静，再没有夜自习与通宵背英语的寝室。我还留着黑头发，扎着马尾。门卫不知道我退学了，我说有复习资料在寝室，明天高考要用才蒙混过关。实验楼四层是计算机教室。焦老师在电脑机房等我，那里没有窗户，有好多电脑和服务器。"

"他以前单独约过你吗？"

"大叔，你以为他在高考前夜跟我约会？去年，有个男老师约我吃饭，趁机摸我大腿，结果被我扇了个耳光，当场喷出鼻血。焦老师是好人，他黑着眼圈像几天没睡。他问我，知道'宛如昨日'吗？我还以为是高考作文题，幸好我不用参加第二天的语文考试。他拿出一个蓝牙耳机形状的东西，让我戴上并紧贴太阳穴。焦老师不是能说会道的人，但他很懂心理学，三言两语，就让我放松。我听到一个声音——闭上眼睛，尽情回忆。"

忽然，盛夏沉静下来，双目紧闭，面色绯红，齿间有撞击声。

"听到了什么？

"请选择你最想回忆的那一夜。"

叶萧像个催眠师，在她耳边低声问："OK（好），你回忆了什么？"

窗外的阳光消退，病房变得幽暗下来，犹如深夜的电脑机房。似乎所有的医疗仪器，都变成了彻夜嗡嗡作响的服务器。突然，她瞪大夜行动物般的眼睛，摇摇头："我不想说。"

"你不配合警方？"

"我回忆的那一夜，跟焦老师的命案无关。这是我的隐私，我不想告诉任何人。"她摸了摸绷带里的红头发，"除非，你把我抓进公安局审问。"

叶萧像面对一个狡诈的嫌疑犯那样说："好吧，但你早晚会告诉我的。"

"那天晚上，焦老师夸我是个天才。好吧，我只承认是打《寂静岭》和《生化危机》的天才，还摆出米拉·乔沃维奇的 pose（姿势）。他摘掉眼镜，眯着双眼看我，焦虑地走来走去，像动物园四点半的狼。他说只剩下两个月，英仙座流星雨就要来了，时间不够用了。"

"流星雨？"

"我听不懂。但他又戳穿了我一个秘密——去年万圣节，学校官网被黑客入侵，首页变成《行尸走肉》剧照，僵尸 PS 成了校长的脸。这是我干的，本以为天衣无缝，哪怕比尔·盖茨也查不出。好吧，焦老师才是计算机天才。教导主任勒令他找到黑客来源，焦老师费了一周才锁定我的 IP 地址。他却骗校长说，这是十年前的毕业生干的，现在在美国硅谷工作。"

"焦可明为什么要保护你？"

"这个问题，你应该去坟墓里问他。"盛夏的眼神里写着挑衅，"那天晚上，焦老师问我写过游戏代码吗。我老实回答，我在 Facebook(社交网络平台）上有个朋友——抱歉我翻墙了——他在欧洲，是游戏公司程序员，瑞典人，我们经常在网上组队玩《生化危机》——那个懒虫，只想去爱琴海晒太阳泡妞，把本职工作外包给我，打包价一万欧元。我帮他写过几个游戏代码，AVR 动作冒险类的。他夸我写的游戏代码很棒，他还得了优秀员工奖。"

"如果那边的警察想要把工作外包，我保证能让他们的犯罪率下降百分之八十。"

"切！焦老师想要请我帮忙——为他写计算机游戏代码。我瞬间懂了，'宛如昨日'的意义不在于硬件，而是一套独特的软件程序。就像苹果公司的价值，不在富士康工厂的手机生产，而是研发设计和IOS系统。他需要大量时间编写代码，一个人无法完成，必须有我这样的助手。"

叶萧被她说得头晕："让我将将思路——高考前夜，焦可明约你到学校电脑机房，让你体验一个叫'宛如昨日'的神秘设备，再叫你帮他写游戏代码？"

"是的，我希望在被脑癌杀死前，能帮焦老师完成任务。"她摸着自己的太阳穴，好像还有异物插在里面，"他让我安心在家写代码，那地方也不要再去。他会通过邮箱先发给我一批源代码。还有，没事不要给他发微信。那晚发生的一切，不要告诉任何人。"

"哦，那你违背诺言了。"

"密探大叔，要是焦老师还活着，你就算对我用清朝十大酷刑，我也绝不会泄露这个秘密。"

叶萧忍不住笑了，原来在这姑娘眼里，自己不过是个清廷鹰犬："对了，你的游戏代码写得怎样了？"

"两个月来，我把自己关在家里写代码，按照焦老师的设计要求。除了在泰国的七天，我每天工作六个钟头——我不感到累，更不觉得枯燥，因为这款游戏太特别了！"

"你自己玩过吗？"

"代码还缺最后一段，我在想办法攻克！还有啊，不戴上'宛如昨日'的硬件设备，你是玩不了这个游戏的。"盛夏看穿了他的心思，"喂，你到底是要我写完代码，还是就此停止？"

他拧起眉头，躲避她的目光："写完它吧！否则，你和焦老师都会死不瞑目的！"

"OK！愿我能再多活几天。"

"是，焦可明也想挖出魔女的秘密，不知道他在被杀以前，到底发现了多少？"

他的笔记本已被记满，还有录音笔为证。

"这是审讯笔录吗？"

"不算！嘿！亲爱的盛夏，我随时会来找你！"他摸了摸她的红色短发，"照顾好自己。"

盛夏透过自己的头皮，感觉他的手很大也很热，几乎能融化她脑子里的癌细胞。

天黑了，病房里只剩下她一个人。回想与叶萧的对话，高考前夜，南明高中的电脑机房，唯独有一段回忆，她拒绝说出口。因为，这是她和妈妈的秘密。

那是她第一次体验"宛如昨日"，也是最后一次见到活着的焦可明。

"请选择你最想回忆的那一夜。"

谁在说话？某个女生的声音，直接透过皮肤表面和颅骨，传递到大脑深处。好像有什么东西，直接刺入太阳穴。高考前夜，南明高中的电脑机房，盛夏想要摘掉耳机，双手双脚却已僵硬，仿佛被绳索捆绑，任由那异物感停留下去。

请选择你最想回忆的那一夜。

房间里亮着一束微弱却刺眼的光。镜子里有个雀斑妹，身体刚刚发育，穿着丑陋的条纹羊毛衫。爸爸不许开很亮的灯，习惯在幽暗中喝劣质白酒，中华烟和打火机也是标配，每天对女儿吞云吐雾。阳台上的洗衣机滚筒发出轰隆声，天知道妈妈干吗要在平安夜晚上洗衣服。妈妈叫她过来，帮忙一起把衣服挂上衣架。外面很冷，像是要下雪。小区没有圣诞气氛，更别想着圣诞老人和圣诞树，只有两公里外的主题乐园，五颜六色的摩天轮旋转着。妈妈站在阳台洗手池的镜子旁，她年轻时很漂亮，现在也不过三十八岁，稍微打扮一下，追求者也能排长队。不过一蟹不如一蟹，女儿在妈妈面前黯然失色。盛夏正读初三，明年就要中考。今晚，许多女生都出去玩了。但没人约她。

妈妈目光呆滞，做所有事都像慢动作，表情幽怨似恐怖片。七年前，她被诊断出精神病，还好没有暴力倾向，只需定期服药和治疗。妈妈偶尔出去打工，老板听说她有病，赶忙炒掉以免惹事。她本来就没朋友，更没有兄弟姐妹。她的话越来越少，像舌头被冻僵了。

"今晚的菜味道不对！"爸爸嚷起来。他是个黑车司机，昨天车子被扣，心情糟糕得像发霉的大便。他抓住妈妈头发来一耳光，再把她往墙上撞。妈妈的额头和嘴角流了血，一声不吭。盛夏钻到水斗底下，怕下个巴掌扇到自己脸上。爸爸继续喝酒，点开东京热的无码视频。在一声高过一声的"雅蠛蝶（别，不要）"中，妈妈默默回到厨房，重新炒那盆响油鳝丝。十四岁的女儿跟在后面，用纸巾抹去她的血。

妈妈从柜子最深处，层层报纸包裹中，拎出三个小玻璃瓶。她拧开三个瓶盖，看看里面的刻度，依次倒进一次性杯子。她严格控制剂量，第一个瓶子倒得最多，然后减量，第三个只倒出来几滴。三种液体的比重和颜色都不同，她用筷子搅拌均匀，竟变成酱油色，气味也跟调味料接近，勾起人的食欲——以上整个过程中，妈妈都把女儿远远推开。

最后，她把这杯神奇的液体，浇在热气腾腾的响油鳝丝表面，端到丈夫面前。

爸爸刚喝过半瓶白酒，大概味蕾被破坏了，转眼把一盆响油鳝丝吃光，这才感觉不对："婊子，你是不是向菜里面撒尿了？"

妈妈斜倚在门框边看他，目光冷酷。一分钟后，爸爸倒在地板上，身体像只龙虾，一开一合地抽搐。嘴角涌出白沫，裤子也被尿湿，空气中弥漫着臭味。他的额头青筋暴出，痛苦地爬向妈妈，眼珠子几乎要掉出来了。妈妈踢开他的手。他又爬向十四岁的女儿，张开嘴却说不出话，伸手求助她哪怕打个120。盛夏吓傻了，躲在妈妈身后，只觉得这个男人好可怕啊。

终于，他死在妻女面前，变成一具恐怖的僵尸，十指似鸡爪，两个眼珠少了一颗，嘴巴里吐出大量鲜血，嚼断了舌根的缘故。

2013 年的平安夜，妈妈换上一身新衣服，化上浓妆，打扮得漂漂亮亮，坐等警察上门。

法医解剖爸爸的尸体，发现大量重金属化学物质，包括响油鳝丝的餐盘。警方找到了那三个玻璃瓶，确认都是化工原料，单独食用不会致人死亡，但按照一定比例调和，会变成类似酱油的色味，致命的剧毒。

妈妈为什么会懂这个？因为二十年前，她曾经在化工厂上班。一宿的审讯过后，她承认了投毒杀夫的事实。

十四岁的女儿，目睹了整个杀人过程。她知道妈妈在调配一种有毒的液体，知道爸爸的末日降临，丧钟敲响，却没有阻止妈妈这么做。因为，她也盼着那个男人早点死掉。

某种程度上，盛夏也是杀人犯之一。并且，她没有精神病。

如果是个正常人，妈妈至少会被判处无期徒刑，但她有长达七年的精神病史，被判定杀人时精神病发作，免于刑事责任。但她要被关进精神病院强制治疗，相当于漫长的监禁。

三年半的光阴，盛夏一个人生活，从女孩长成少女。每个圣诞节，她都会看到爸爸的鬼魂，从地板上爬起来，掐住自己的脖子。

她确信无疑，自己并未脑癌发作，在"宛如昨日"里看到的一切都不是幻觉，而是千真万确的记忆。她摘掉"蓝牙耳机"，趴在电脑机房的地板上喘气，脑袋磕出个包，喉咙里像呛满水，有一种被掐死窒息的感觉。

焦老师端来一杯水，却被她打翻。盛夏抓着他的胳膊问："你是怎么做到的？"

"只要你帮我一个忙。"

那双厚厚的镜片上，依稀射出某个人影的反光。两个月后，英仙座流星雨之夜，他死于谋杀，机械性窒息又被烈火灼烧。

第四章 深夜来客

有一种传说，在魔女失踪十八年后，她将在南明路上复活，死神为伴，发红如火，发红如血。

次日上午，盛夏提前出院。拆掉绷带，露出干净清爽的短发，额头上有个浅浅的疤痕。恢复速度之快，简直像头牲口。像这样严重的车祸，正常人都要躺五六天，更别说恶性脑瘤患者了。

按照事先的约定，叶萧将死神送到医院门口。盛夏抱着大狗的脖子，脸贴着脸亲昵，它拼命摇着尾巴。果然，这条狗只属于她。

"谢谢你。"她难得地给叶萧一个笑脸，"它咬你了吗？"

"差一点——昨天叫了一晚上，楼上楼下都投诉了，光警察就来了三拨，这样下去，不是它死，就是我亡！"叶萧揉了揉黑眼圈，"公安局也有管理狗的基地，但我不想把死神送去那里，它不可能喜欢那个地方。"

"我保证不会让死神逃跑！它只听我的话——我还会天天带它出去跑步，尤其是南明高中附近。如果，它真的看到凶手的脸，肯定会扑上去咬死那王八蛋！"

"不准咬人！我会随时来看它的。"

　　牵着这么大一条猛犬，没有出租车敢停下来，叶萧开车将盛夏与大狗送到南明路。

　　盛夏回家洗了热水澡，冲刷掉医院的霉气。她吃了几颗药，减少脑瘤对血管的压迫，预防每时每刻的头晕。她让死神熟悉这个新家，在阳台眺望城郊的黑夜。失乐园方向的摩天轮，只有个模糊轮廓。

　　天黑以后，她在马桶上读爱伦·坡，在地板上读横沟正史，在沙发上读洛夫克拉夫特，在床上读劳伦斯·布洛克……你们大致知道她的品位了吧？但她最爱一个叫斯蒂芬·金的美国男人，关于监狱与超能力的《绿里奇迹》，她看过至少四遍，分别在马桶、地板、沙发和床上，每看一遍都要流 1/3 公升的眼泪，用掉半包餐巾纸。鉴于本书极度冷门，她可能是南明高中唯一的读者——只有一人除外，为奖励她的计算机考了满分，焦老师把这本书送给了她。

　　盛夏虚弱地打开手机，微信群"南明高中 2014 级二班"。她还没被同学们踢出群，简直是奇迹。女同学们晒美美的自拍照，有的去日本毕业旅行，也有人去欧洲，在阿尔卑斯山滑雪。有人发两百块的红包，晒大学录取通知书，北大、清华、交大、复旦、南大……南明高中是寄宿制的全市重点学校，学生们大多家境优越，私家车平均水平是奥迪 A4，但不包括盛夏。

　　有人在群里转了一篇微信公众号文章，标题是《一位高中老师的灭门案》。

　　8 月 13 日深夜到 8 月 14 日凌晨，南明高级中学的计算机教师，三十五岁的焦可明，在自己家中惨遭杀害。凶手纵火焚烧作案现场，他的妻子成丽莎、无脑畸形的儿子焦天乐，死于火灾导致的窒息。案件唯一的目击证人，是一条黑色猛犬，至今生死不明。

　　这是今年魔都最凶残的谋杀案……

心脏好像长出霉烂的毛来，她强迫自己读下去。后面大多采访自焦可明的邻居、南明高中的老师和学生、成丽莎的同事和亲友，包括见证畸形儿诞生的医生和护士。作者并未透露警方调查的细节，强调所有信息都从合法渠道获得。

　　文章总共四五千字，最后一段是这样的——

　　焦可明是个好父亲、好丈夫、好老师……还有什么？可是，这种人往往不会有好结局。

　　现在，焦老师的在天之灵，委托我替他完成未竟的使命。

　　8月13日，深夜十点，灭门案发前夕，他在这个微信公众号发布了一张照片——如果，你认识照片上的少女，知道这桩案件的任何信息，听说过与被害人一家有关的故事，或者知道南明高级中学过去的秘密，请及时与警方联系，也可以告诉我。

　　劈开木头我必将显现，搬开石头你必将找到我。

　　最后是少女的照片——

　　盛夏看着她，她也看着盛夏，仿佛方圆一公里内所有的雌性动物，都黯然失色。

　　盛夏放大后反复看了半分钟，倚着木头门框的黑色马尾少女，似曾相识……不，好像自己有点像她？如果把红头发染回黑色，穿上那样的衣服，再漂亮一点。

　　她是谁？

　　微信公众号叫"罗生门"，文章发布于昨天深夜，阅读量已破一万。这是焦可明的微信号，盛夏知道。

　　她把手机捏了半天，发出一条语音——

　　"Hello！罗生门，我是焦老师的学生，我知道照片里的少女是谁！"

叶萧打开车门，一脚踩到泥里。妈的，新鞋子泡汤了。南明高中对面是个高档小区，门口亮着保安岗亭的灯，二十年前那里曾是个杂货店。

灭门案的验尸报告，刚送到他的手边。果不其然，焦可明不是被烧死的，也不是吸入式窒息，而是死于机械性窒息——被人掐死的。他的妻儿，都是火灾烟雾中毒致死。在妻子的胃里发现安眠药的残留，但不是服药自杀的量。医院确认，安眠药是成丽莎的医生开的。自从生了畸形儿子，她患上了抑郁症，整夜整夜地失眠，依靠药物才能入睡。

法医在焦可明的呼吸道里，发现了化学物质残留——学名简称 GH3，包含有机磷酸酯类成分。这是一种呼吸道麻醉物，属于违禁品，可以通过喷剂传播。短短几秒钟内，就能伤害人的中枢神经，让人失去行动能力。凶手不笨。他（她）很清楚，要徒手掐死一个成年男性，难度相当于中国男子足球队打进世界杯，虽然也不是没有过。所以，必须先让焦可明无法反抗，再任人宰割。

深夜，叶萧穿过野草疯长的大操场，四处是蟋蟀的鸣叫。就像两个半月前，高考前夜盛夏走过的路。远离市区的校园占地面积很大，空气中弥漫着古怪的气味。他没打手电，凭着肉眼，走到最深处的实验楼。学校的电脑机房，就在四楼尽头。案发第二天，叶萧就来过这里，除了走访校长与老师，他还去过焦可明的办公室，收集被害人的日常用品，却漏了电脑机房。

打开第三道紧锁的房门，他看到一间密室，四面没窗户，中间只有一把椅子。不过，第一印象最深刻的，是对面那堵墙上，密密麻麻的数字——

1（364、2、17）（199、17、4）

2（73、10、6）（304、22、4）（217、11、5）

3（148、1、26）（59、20、13）（285、8、21）

…………

以此类推，这样的数字往下排列，直到最后一行——

40（195、25、12）（89、12、5）（251、4、12）

总共四十行数字，前三十九行全部用红色记号笔写的，唯独第四十行用了黑色记号笔。

这些数字有些眼熟。叶萧打开手机相册，找到灭门案现场拍摄的画面。焦可明书桌上有个小笔记本，只剩残破的几页，留下一行数字：

21（227、20、2）（105、6、10）（318、24、15）

电脑机房的这面墙上，也有完全相同的数字：第二十一行。这些笔迹是焦可明的，虽然潦草，但还能辨认。而在案发现场的字迹，却明显属于另一个人。公安局的笔迹鉴定专家，确认这些字不是焦可明的妻子写的，但多半是女性所写。

四十行数字，有的是两个括号，有的是三个括号，每个括号里都有三组数字，通常第一组数字最大，后面两组小一点，什么意思？达·芬奇密码？焦可明临死前，还给凶手或公安局，摆了一道危险的谜题。

总共三百多组数字，叶萧用手机简单运算，相加得出48219，如果相乘——得出一个天文数字。站在这堵墙的面前，数字像蠕动的小虫子，让人生出密集恐惧症。

房间角落有个铁皮柜。叶萧掏出证物袋，里面装着把小钥匙——灭门案的现场，在焦可明的钱包夹层里找到的。每天随身携带的钥匙，一定特别重要。警方试着用它去插家里所有锁孔，但没有一个配得上。

今晚，铁皮柜被它打开了。

　　叶萧最享受这种感觉——打开写满遗言和日记的小盒子，撬开装着被害人尸首的铁皮箱子，找到装有密码的神秘木匣，他觉得自己更适合与罗伯特·兰登博士搭档。

　　柜子里摆满了"蓝牙耳机"，总共三四十副。最底下有本厚厚的书，居然是雨果老爹的《悲惨世界》。很古老的版本，灰绿色封面，散发着浓浓的霉烂味。

　　"蓝牙耳机"的长相奇怪，像骨传导运动耳机。不用插入耳朵，直接贴着外耳与太阳穴，两边都有传递终端，通过绕在脑后的铁环连接。看不出什么牌子，只有个圆形 logo（标志），黑色孤岛形状，底下是"宛如昨日"美术字。上方是片星空，无数颗流星划过，一行文字环绕宇宙"我们存在于记忆中"。

宛如昨日

　　低声复述一遍，声音在喉头滚动，挤压出大提琴般的低音，混合天上沉闷的雷声。这样一个名字，对他有无穷无尽的吸引力……

　　他打开电脑主机，后台操作系统，通常的 Windows NT Server，乍看并不复杂。但这是母系统，底下隐藏和延伸无数个子系统。叶萧在公安大学辅修过计算机信息专业，毕业后被分配到市局信息中心，负责网络病毒犯罪，第二年才调到刑侦支队。当年操作系统还是 Windows 98。

　　屏幕上出现一大段文字——

　　记忆，是地球生命挑战宇宙的最强大科技。当一只老鼠拥有记忆，可以无限觅食与繁殖后代；当一只猿猴拥有记忆，便懂得使用工具；当一个人拥有记忆，就能记住异性的气味和眼神，追逐对方足迹，走出非洲，渡过大海，走到地球上的任意角落。

　　地球生命的进化史，就是记忆的进化史。

人类的记忆功能，从五万年前的晚期智人开始，至今尚未进化。五万年，在漫长的生物进化时间表里，相当于一刹那。人类却因为强大的记忆，成为主宰这个星球的生物。过去的一百年，地球文明的科技进步，超过以往五千年。这意味着对记忆的开发，即将产生一次爆炸性飞跃。

"宛如昨日"，幸运地在这个时间点诞生，将以超乎想象的速度，完成相当于人类的五万年，甚至地球上五亿年的不断进化与升级。

我们正站在从人到神的分水岭上。

看得叶萧云里雾里，似乎很有道理？这出自焦可明的手笔。

屏幕上又出现四个字——

立即体验？

叶萧手指在鼠标上颤抖。按下确认键前，他先把"蓝牙耳机"戴在头上，太阳穴一片冰凉湿滑。

突然，门外响起踢踢踏踏的脚步声。接近子夜。什么鬼？像每一步都扎到肉里。焦可明魂魄归来？继续写"宛如昨日"源代码？还是凶手闲来无事上门，想体验被害人生前每天的工作？

南明高级中学，实验楼四层的电脑机房，只有空调运转声，像一百条大狗在打呼噜。终于，小房间的门被推开，伸进来一只又白又细的手。

"鬼啊！"

一个年轻女孩尖叫。叶萧抓住了某个胳膊，柔软又滚烫的，接着下半身火辣辣地剧痛。

盛夏在尖叫的同时，摆出从泰拳师父那里学来的招式，右脚踢中叶萧的下半身。他是硬汉子，只发出一记沉闷的哼哼，仍用抱摔的动作，将她整个人打倒在地。

她还要反抗，却看到一个黑洞洞的枪口，对准自己的脑袋。叶萧握枪的手在发抖，额头流下冷汗。

"对不起，大叔，我踢中你的蛋蛋了吗？"

"×！"叶萧难得在女生面前说脏话，把手枪收回腋下，这才疼得摔倒，"姑娘，你出手太狠了！"

"我以为是遇到妖怪了——或者是色魔……我×！"

盛夏整个人僵住了，她看到正对电脑的那堵墙，蠕虫般的数字和括号，宛如脑中的癌细胞。

"你上次来这里，看到过墙上的数字吗？"

"没有，高考前夜，我来到这里，整堵墙都很干净。"

"如果你没有说谎，这就是焦可明在被害前两个月内写上去的。"

她摸了摸墙上的数字，尤其最后一行黑字："什么意思？高考的数学方程式吗？"

"别碰它！这是重要证据！"叶萧用手机拍下整面墙，以防万一明天墙壁泛潮把字弄没了，"你一个脑癌患者，不待在医院看病，不在家好好休息，半夜跑来扮鬼吓人干吗？"

"我一直在想，焦老师为什么半夜叫我过来？让我戴上那个玩意，回忆四年前我妈毒死我爸的事情……"突然，她捂住自己的嘴巴，"糟糕！说漏嘴了。"

"明白了，我向你道歉，这确实是你的隐私。不过嘛，我已经看过所有卷宗了，很遗憾，那一年，你只有十四岁。"

"好吧，我不在乎。还有个细节忘记说了，焦老师说他想找到魔女的秘密。"

"魔女是谁？"

"焦老师一提起这个名字，就变得神神鬼鬼，说她就在附近。我问什么鬼，他神经质地往阴影里看，像那里藏着什么脏东西。"

顺着盛夏手指的方向，叶萧看到一排彻夜运转的服务器。他把所有灯打开，仔细看服务器的背后，除了灰尘和电磁辐射，只有一只灰色蛾子飞出来，停到头顶的灯光前。叶萧抬手把它拍死，落下一摊黑色血污。

"我妈说过，蛾子是有灵性的昆虫，不要轻易打死它们。大叔，你会倒霉的！"

叶萧没有吭声，但做了个去死的口型。盛夏接着说："半小时前，我睡在床上，突然想起来魔女——我刚考进南明高中时，高年级的学姐们神秘兮兮地说过，就像……校园灵异传说。"

"校园灵异传说？"

午夜，灭门案的第十天，暑假空旷的校园，只有电脑机房的两个人，很适合山村贞子离开电视机转一转。

"反正我也活不了几个月，难道比死还可怕？这里一定藏着什么秘密——对，就是这个铁皮柜。"

她的眼睛很尖，蹲下看着柜子里的"蓝牙耳机"，随手拿出来两副。

"放回去！"

"好吧。哎呀，有老鼠！"

趁着叶萧转身，她把两副"蓝牙耳机"塞进自己包里，动作快如闪电，等到叶萧茫然地回头问："老鼠在哪里？"

她的表情毫无异样，努了努嘴："从门缝里钻出去了！"

盛夏是撒谎高手，别说是警察，监狱里的惯犯老江湖，也会被她骗掉最后一条内裤。

"明天要买点老鼠药来了，否则电线和设备会被它们咬坏的。"叶萧关紧电脑房的门，指着她的鼻子说，"说不定就是刚才，被你带进来的！"

为了转移视线，她跳到电脑屏幕前，拍了拍键盘："这个能上网吗？"

"别乱动！"

他退出了"宛如昨日"的后台系统，避免被这姑娘搞出什么意外。

"这是焦老师的电脑？"盛夏抢过鼠标按了浏览器，"可以上网耶。"

"你要干吗？"

"放心，我不会乱来的，突然想起我们学校的贴吧。"

盛夏打开"南明高级中学吧"。这里的帖子相当热闹，大部分来自毕业的校友，有些是三四十岁的大叔和阿姨。只有很少的内容，讨论学校正在发生的事。标题五花八门，从最新的娱乐八卦到灌水，还有网络小说和漫画连载。

她点开"吧内搜索"功能，直接输入"魔女"两个字。

"你真聪明！"叶萧拍了拍大腿，对这行将就木的十八岁少女刮目相看，"这贴吧至少有十几年，如果学校里有什么传说，总能留下痕迹的。"

竟有上百条搜索结果，"818 南明高中的魔女传说""你知道魔女吗？重口慎入""1999 年南明高中的通灵少女"……

最早发布于 2004 年，最晚 2014 年，整整十年跨度。这还只是标题带有"魔女"二字的，必然还有很多帖子只在内文提及魔女，或者"魔女"还有其他名词指代。

"点开第一个看看！"

叶萧已急不可耐，打开"非常可怕，不要点进来，关于魔女"——

一楼献给度娘！

各位南明高中的童鞋（同学），我们有幸就读于全市重点的名校。五十年前，这里却是一片荒无人烟的公墓，地下埋葬着无数枯骨，至今还会有工地挖出棺材。废话不说，这不是惊悚悬疑小说，也不是《咒怨》或《女高怪谈》，而是在我们学校真实发生过的事。

九十年代末，南明高中 97 级二班，出过一位有通灵能力的女生。她长得漂亮，性格却很古怪。她说自己天生有超能力，具有通灵之眼，能召唤死人灵魂，也能与动物对话。凡是她参与过的笔仙、碟仙游戏，一定会出大事。她身上发生过许多故事，还有人为她发生过命案。当时许多同学，都目睹过她的灵异事件。因此，大家给她取了"魔女"的外号。

1999 年，暑期，魔女神秘失踪。有人说她死了，有人说她穿越去了灵界，有人说她变成一只流浪猫，也有人说她至今还飘荡在南明高中附近……

后来的很多年，魔女成为学校的禁忌，老师们都不敢提起。如果有学生私下说起魔女，就会遭到严厉批评甚至处分。

最后，请记住魔女的姓名——欧阳小枝。

"欧阳小枝？"

在南明高中的电脑机房，盛夏轻轻念出来，似乎这名字早就藏在心底。

叶萧却注意到魔女的班级：97 级二班，这不是焦可明读书时的班级吗？他跟欧阳小枝是同班同学？

这条帖子下面，楼主还贴出了魔女的照片。

果然是她。十七八岁，乌黑马尾，令人印象深刻的双眼，让你无所遁形。与其说是魔女，不如说是女神。在幽暗的电脑屏幕前，十八岁的盛夏，竟有些自惭形秽。

8 月 13 日，灭门案发之前，焦可明通过"罗生门"微信公众号，发出的最后一张照片就是这一张。

怪不得，警方始终查不到这个人，在南明高中 97 级的毕业照里，也没有这张面孔——她根本就没有毕业，在 1999 年的暑假，高二升上高三之前，成了失踪人口。

还有很多高质量的跟帖，总共十几页之多。对这张照片的评价，很多人说，感觉魔女在看着自己，那种"灵力"足以穿透屏幕。

也有人在补充魔女的故事。像许多民间传说，从来都不是一个人完成的，而是许多代人不断完善的结果。

　　凌晨一点，叶萧耐心地看到帖子最后，有条奇怪的跟帖，发布于 2012 年，让他不得不盯着盛夏——她那火红的短发。

　　有一种传说，在魔女失踪十八年后，她将在南明路上复活，死神为伴，发红如火，发红如血。

[第五章　盛夏七夕]

木马还在，只是几乎掉光了油漆，有的马头坠落到地上，只剩下无头骑士，有的背着巨大的娃娃，好像里面藏着幽灵。

盛夏，漫长的暑期，进入最后一周。

农历七月初七。天上的牛郎与织女偷情，地上又有数不清的女生，要被骗掉初夜。盛夏怜悯那些涉世未深的姑娘，尽管她们也看不起盛夏。她准备与死神共度，晚上出去巡逻，顺便解救几个无知少女。

一大早，手机响起微信提示音。打开一看，竟是"罗生门"微信公众号的回复——

你好，收到你的消息，我很想知道照片里的少女是谁。傍晚六点，我在南明高中门口等你，不见不散。

盛夏的回复："好啊好啊，我会准时牵一条大狗来的，假如你不害怕的话。"后面跟了一长串表情符号。

　　天黑以前，她牵着黑色大狗来到南明路。学校围墙下的积水还未退去，漂浮着两条流浪狗的尸体。死神对着死狗吠叫。

　　排量六升的皮卡，占据整条车道，停在南明高中门口。深蓝色车身没被改装过。车载音响里放着舒伯特的《死神与少女》。男人有着苍白阴鸷的双眼，眉毛被卷曲的黑发覆盖，唯独鼻头红肿，是几天前被揍过的痕迹。他远远看到死神与少女来了。风挡玻璃的裂缝还在，他没想要她赔钱，而是动了踩油门开溜的念头，但已被拦住去路。他不想再被板砖砸第二次，下车投降。

　　"你就是'罗生门'微信公众号背后的人？"盛夏的手指关节嘎嘣作响，"我想，谁会那么关注焦老师的灭门案，还在葬礼门口跟踪我。你所谓的合法消息来源，大概都是这样蹲点、跟踪、死缠烂打来的吧？为什么别人把消息透露给你？因为你的颜值不错！我们学校的女老师啊，最爱花痴帅哥，天天看韩剧换老公，思密达！"

　　"你好聪明。"他为少女拍手，又看了眼死神，"这条狗就是焦可明灭门案唯一的目击者吧？我问过案发地很多户人家，他们都记得那天早上，被公安局运走的那条狗，还有人用手机拍下了它的照片。"

　　原以为死神会冲他狂吠，没想到它先是夹紧尾巴，又挤着鼻头嗅了嗅，最后发出两下微弱的"吱吱"声，便蹲在盛夏脚边。

　　"原本就是我的狗，五年前走失了，没想到还能回来——它叫死神。"

　　"好名字，我喜欢。"

　　"你叫什么名字？"

　　"乐园。"

　　"盛夏的乐园。"盛夏自言自语，随即摇头，"真名吗？"

　　他不回答，反问一句："你呢？"

　　"死神与少女！"

　　"很高兴认识你。说正事吧，你说你知道照片里的少女是谁？"

乐园打开"罗生门"微信公众号，指着屏幕上少女的脸——焦可明被害之前，发出的最后一张图片。

"她很迷人，不过——"盛夏不想轻易告诉他，两手一摊，撒了个谎，"我不认识！"

"你在玩我？"

"对不起，我觉得这张照片有些眼熟，但想不起来到底是谁。还有啊，我发给你的消息，是用来钓鱼的，引蛇出洞懂不懂？你为什么要关注焦老师的案子？"

"我是他的朋友。"

"'罗生门'是焦老师申请管理的号，在他全家死光以后，为什么还能发布文章，探讨灭门案的细节？难道你被他的鬼魂附体了？"

他没有如想象中那样暴怒，一本正经地回答："你真是既聪明又无耻。"

"最后一种可能——你就是杀害焦老师的凶手？同时盗取了他的账号密码。"

少女的红发被夕阳晒得发烫，她的手指勒紧狗绳，以免死神冲上去咬死他。

"盛夏，你把凶手的胆量想得太大了。"

"王八蛋！"她的面孔立即板下来，"我没告诉过你名字，你怎么知道我叫盛夏的？"

"你生于 1999 年 8 月 13 日，灭门案发生当晚，是你的十八岁生日。你是南明高中 2014 级二班的学生，却没参加今年高考，更没拿到高中毕业证书，而是在高三下半学期退学了。"

盛夏冷漠地点头，拍了拍死神的脖子，好像他在说另一个女孩。

"你的成绩是全年级最后一名，可能也是全校有史以来最差的，但去掉语文、英语、数理化等高考的科目，你却是全校最好的：体育第一名、音乐第一名、美术第一名、计算机第一名。"

"打架斗殴也是第一名，被批评处分第一名，好几次差点被劝退！"

说到这种份上，她也不用盖遮羞布，直接替他补充完得了。

"你的高考志愿是体育学院，电子竞技专业的本科，想以打游戏为生！但你不可能通过体检，因为被查出患有恶性脑瘤。"

"那又怎样？医生说我活不过今年，我不在乎。"

"是啊，你也不在乎赔偿我的风挡玻璃。"

"你如果是个变态跟踪狂，那就是该死！"

乐园的眼神越发严肃："听我说，在这个世界上，没有人是该死的。"

"我要走了！"

"等一等，你妈妈在精神病院还好吗？"

少女转回头来，虽然不说话，却露出让人不寒而栗的目光。

"我只是说出事实，并无冒犯之意。"

"刚进南明高中的时候，同学们常笑话我是精神病人的女儿，每次都被我按在地上猛揍，从此无论男生女生，再也没人敢跟我开这种玩笑。四年前，妈妈被强制关在精神病院，从此以后，我就习惯一个人生活。看到那些被父母宠坏了的同学，我就有打人的欲望。"

"你的计算机成绩是全校第一名，焦老师一定对你印象很深刻吧？"

"每个老师都对我这个问题少女印象深刻，但没人会喜欢我。"盛夏甩了甩红头发，"我问你，你真是焦老师的朋友？"

"是的，他有很多事情要做，但没来得及完成，很遗憾。"

"关于这里的秘密？"

盛夏低头看了看地面，汗水从她的额头滴落，死神吐出舌头散热。

"没错，脑癌并没有影响你的智商。很可惜，我永远没有等到他说出那些秘密。"

"但你等到了我！"

"再见。"

乐园上车启动，她拍着窗户说："喂，我从没坐过皮卡，能带我一小段吗？我家就在前面。"

"OK。"

当他打开前排车门时，盛夏却指着货厢："我想坐这上面！我脑子里有东西，等到两个月后挂掉，就再没机会了！"

乐园放下后面的挡板，刚想托住女生的腰，却被盛夏一把推开。她手脚并用翻身上去。死神后退两步，纵身一跃上来。

拉风的死神与少女，头顶夕阳，仿佛坐在敞篷车上。她毫无顾忌地伸出手，抓着半空呼啸的风。幸好车速不快，就是颠得厉害。红发转瞬被吹乱。黑色大狗惬意地甩甩尾巴。路人们注目，卡车司机们也放慢车速。

开到盛夏的楼下，死神与少女下车，乐园却在背后说了句："喂，今晚有人约你吗？"

"你胆子真大，老娘从不过七夕！"

"我能约你吗？"

"去哪里？"

"看心情。"

这男人，这句话，让女人缴械投降！

"好吧，我也看心情，你在这儿等我！"

她牵着死神上楼，小心脏怦怦乱跳。迅速冲了下澡，洗去浑身汗臭，换了新衣，不过也是短裤配T恤，胸口印着女版切·格瓦拉，再给脸上抹点BB霜。

盛夏蹲下来，示意死神乖乖待在家里，大狗吃醋地叫了两下。

她飞快地下楼，那男人还在等她。盛夏告诫自己：你这个小骚货，脑子里长了癌，都快死了，还跟他约？天知道，他是个什么东西！大概就是想骗你上床？大姑娘小媳妇玩腻了，想要玩玩红发少女？你犯贱啊！

乐园给她拉开车门。她没去后面的货厢，而是上了副驾驶座。他的侧脸有古希腊立体感，像耽美小说里的纨绔子弟，让她不自觉地保持距离。

开到南明路上，天快黑了，乐园遥遥望向摩天轮说："你想去失乐园看看吗？"

"关门一年啦！"

"我有办法进去。"

盛夏第一次在男人面前犹疑不定，就像难以选择挑哪个牌子的卫生巾。车转入岔道，两边长满杂草，太阳能路灯全都破碎，小河环绕两边，水面一层墨绿色浮萍，不时漂过死去的动物。这一带流浪猫狗很多，但不会经常看到尸体。

"失乐园——这名字对我不吉利。"

乐园像庞统在落凤坡仰着脖子。水晶彩灯大多失去光泽，唯有洛可可风格的华丽大门，仿佛深埋在欧洲森林里的废墟。隔着围墙上面的铁丝网，还能看到数十层楼高的摩天轮，一个个轿厢就像凝固在空中的悬棺。

园子占地面积很大，旋转木马、小飞象、巴斯光年、奇幻童话城堡、七个小矮人矿山车、爱丽丝梦游仙境迷宫、海盗船、云霄飞车、摩天轮……活脱脱一个山寨迪斯尼。2016年夏天，正版迪斯尼乐园开张营业，相距不过二十公里的失乐园，生意一落千丈。失乐园遭到迪斯尼公司起诉，迅速关门，荒废至今。

原本锁门的大铁链，早就锈蚀断裂。轻轻推门而入，原本绿油油的大草坪，已成一人多高的蒿草野地，随处可见茂盛的藤蔓与大树，夏夜里聒噪的蝉声一片，肯定有人进来抓过蟋蟀。他们不敢走进草丛深处，怕有毒蛇或其他某种动物出没，只能沿着马赛克地砖铺就的童话小道，踩着米老鼠与唐老鸭，走进变成古代陵墓的游乐园。

云霄飞车有一半是断裂的，残破的钢铁支架，埋藏在乱草丛中，宛如干枯的骨骸。绕过白雪公主的城堡，她看到阴森的鬼屋，似一张恐怖的面孔，张开血盆大口。外墙装饰着吸血鬼德古拉伯爵，以及化身博士和开膛手杰克的彩绘。

绕过恐怖彩绘的外墙，她走到背后的排水沟，打开手机的手电筒功能——这道一米多深的沟渠，已盛满黑色的污水。

"五年前暑期的一个清晨，人们就是在这个地方，游乐园最偏僻的角落，发现一具少女的尸体。"

乐园贴着她的耳朵说，似乎是要吓唬小女生。

盛夏不为所动，异常平静地回答："第一个发现尸体的人，就是我。"

2012 年 8 月 13 日，盛夏的十三岁生日。她刚读初中，胸部还没发育，雀斑也没退掉，脸上却冒出痘痘。她毫无个性地扎着马尾，穿着天蓝色校服，从未受到过任何男生表白。白天，爸爸难得地回家陪女儿吃生日蛋糕吹蜡烛。晚上，她被妈妈送去暑期补习班。看着窗外黑沉沉的夜，老师讲解一元一次方程式，盛夏郁闷地坐在最后一排。同桌的小倩，发育成熟多了，胸是胸，屁股是屁股，常被误认为是高中生，走到街上会有小流氓打呼哨。她们俩是小学同学，七岁起就是闺密，一起看《爱丽丝梦游仙境》，小倩扮白皇后，盛夏扮红皇后。小学二年级，她们发现并收养了一条小狗，取名死神。

"嘿！小倩，今天是我生日，我们逃课去失乐园吧！"

小倩甩了甩长头发，觉得逃课这种叛逆的事不算什么："你的生日派对，我怎么能错过？"

七点钟，课间休息，她俩溜出补习班，如出笼小鸟般狂奔。两个女生手挽着手，盛夏穿着丑陋的校服，小倩却是一件红衣，在黑夜里甚为扎眼。说是生日派对，其实就她们两人。

灿烂的黑夜，凡尔赛宫或无忧宫，招牌上缀满五颜六色的水晶灯，衬出三个繁体汉字——失樂園。

这一夜犹如格林童话——暗黑系的原版。鬼屋生意火爆，还有不少小贩，像小时候的儿童公园，有气枪打球、圆圈套娃娃等古老游戏。小倩玩得更疯，坐上云霄飞车，两个人的头发都直了。

九点，小倩拉着盛夏走进一个帐篷。灯光昏暗，人潮汹涌，充满八九十年代的油腻气息，却有个文艺腔的名字"昨日马戏团"。小倩是天生的百搭，跟一群杂耍的小丑聊天说笑。

主持人是个侏儒："欢迎在英仙座流星雨之夜，光临昨日马戏团！日本江户时代，曲亭马琴有一部巨著《南总里见八犬传》。一座城池被围困，城主下令取得敌方大将首级者，便将女儿伏姬公主下嫁给他。当晚，一只名为八房的猛犬深入敌营，衔回敌将首级。君子一言，驷马难追，城主被迫将女儿嫁给狗。不久，公主竟然怀孕，羞愧自杀。腹中的胎儿，飞散成代表仁、义、礼、智、忠、信、孝、悌的八个念珠，化身为八个斩妖除魔的英雄。"

这故事让盛夏听得着迷，小倩捅了捅她的腰眼："好像在听死神的故事啊？"

"今晚，我们请出我们的明星！"

幕布开启，尽管盛夏有心理准备，还是被这"东西"吓得尖叫。

它是正常人的身体，却有一张突出的脸，硕大的黑色鼻头，两只圆眼睛靠后，竖起的三角形耳朵。是真正的"怪物"。它有些胆怯，步履蹒跚，走到舞台中央，扫视人群。

"昨日马戏团，我来过至少十次，最喜欢这个节目！"

小倩喜欢狗，尤其喜欢家里那条猛犬，所以对于这种的怪物也很好奇。她的外表与内心完全是两个人，爱看各种 cult 级别的恐怖片，比如"德州电锯"系列，"人兽杂交"之类对她来说全是小儿科。

"你一个人玩吧，我先回家了。"

盛夏觉得恶心，抛下聚精会神的小倩，独自逃出大帐篷。她跑进洗手间干呕了很久，感到肚子痛，又蹲了半个钟头。

深夜，再看外面的游乐场，许多设施都关灯了，各种声音渐渐微弱。她急着要往大门外走，却发现自己迷路了。一片片黑暗下，景观截然不同。天上挂着月亮，依稀照出摩天轮的阴影。她狂喊救命，不知道有没有人值班。她绝望地走啊走啊，彻底迷了路，而且没带手机，不然早打110了。

当她绝望地抬头时，却发现天空掠过流星雨，美极了。

怪不得，妈妈说盛夏出生在流星雨之夜。以前过生日从没想过，星空总是被灯光污染，在阳台上什么都看不到。她哭了，妈妈肯定急死了，到处寻找女儿的下落。谁又知道她会在这里呢？对了，可以去找小倩，她俩一块逃的课。只要问到小倩，就能找到游乐园。盛夏走近旋转木马，抱着脑袋抽泣，有只手按在她的肩膀上。她回头看到一个狗头人身的怪物。

她听到自己凄厉的尖叫，转身逃跑，脑袋却撞上坚硬的木马，瞬间失去了意识。

最漫长的那一夜，盛夏的十三岁生日，少女时代终结的一夜。

清晨七点，她从昏迷中苏醒，躺在马戏团的大帐篷里，盖着条薄薄的毛毯。忽然，她听到外面传来持续不断的狗叫声，而且是那种巨大的猛犬，听着颇为耳熟。

盛夏冲出大帐篷，循着狗叫的声音，绕过巨大的鬼屋，背后有条长长的排水沟。

死神来了。

凶猛的大狗，不知为何出现在这里？对着排水沟吠叫，两条前腿弯下来，呈跪地姿态。它夹杂悲惨地哀嚎，仿佛被吊在树上即将做成狗肉煲。

除了狗，还有人——不，是半人半狗的怪物。

狗头人身的"人"，跪在十米开外哭泣，它与死神，共同构成了四分之三的狗，四分之一的人。

一墙之隔的南明高中，实验楼四层，电脑机房。

七夕夜，对于叶萧这样的单身汉，毫无意义。他托着越发消瘦的下巴，像得了阿尔茨海默病般凝固，盯着墙上密密麻麻的数字。焦可明在这里不知度过了多少个不眠夜。

他打开电脑主机，进入"宛如昨日"的后台系统。屏幕上照旧出现大段文字，接着是"立即体验？"的字样。上回他刚要体验，就被不速之客——红头发的丧门星盛夏打断。叶萧点下确认键。

"闭上眼睛，尽情回忆。"

一个年轻女声，来自宇宙的虚空深处，涌入叶萧的大脑回沟。他惶恐地环视四周，摸了摸耳朵上的蓝牙设备，顺从地闭上眼睛，这像是抑郁症的催眠治疗。

"宛如昨日"唯一的正确打开方式，就是你坐着不动。太阳穴上冰凉酥麻，仿佛细细的探针直刺脑壳，钻入脑干与海马体以及新皮质——全身条件反射般僵直，一瞬间疼痛过后，异物感始终存在于脑中。

"请选择你最想回忆的那一夜。"

像姑娘的悄悄话，融化你整个身体和意志。世界变成黑色的网，布满一个个数字。每个数字都是四位数，不，全是年份。穿过一条隧道，无边无际，仿佛钻回出生时的产道和子宫……

第一眼看到的是方向盘，风挡玻璃外的天空，路边是病毒般的绿色。对讲机不断响起的呼叫声，实习警察们慌张的呼吸声，预示着这是桩大案。马路中间的黄线，时而密集时而稀疏的建筑，偶尔露出大片空地与荒野。余光扫过左车窗，路牌上写着"南明路"。盛夏的清晨，像团洪水过后的野草，湿漉漉的，互相纠缠，女人长头发般滴水，不时纠缠脖子，令人窒息，一如2012年夏天的杀人案。

2012 年 8 月 14 日，早上七点半。

我居然回去了？洛可可风格装饰的招牌，写着繁体字"失樂園"。他单身未婚无孩子，人畜无害，否则会让人自然地联想到渡边淳一的小说，黑木瞳主演的电影。大口呼吸五年前的空气。这不是做梦，而是确实发生过的事情，如假包换。"宛如昨日"，不单视觉，还有声音、味觉和嗅觉都是准确的，十分真实。

转过云霄飞车、激流勇进、白雪公主城堡、旋转木马、摩天轮……小时候，叶萧特别喜欢这些东西，长大后却一次都没玩过。

绕过巨大的鬼屋，他看到了女孩的尸体，在深深的排水沟底，被害人像高中生，谁知她只有十三岁？她衣衫凌乱地躺在污水中，下半身底裤褪尽，鲜血在双腿间凝固。脖子上有青紫色伤痕，苍白脸庞对着天空，瞪着双眼，死不瞑目……

旁边还有个女孩跪在地上，哭得似雨打梨花，眼眶肿得像小兔子，女警给她披上一条毛毯。

一条长相奇特的黑色大狗，看不出是什么品种，趴在排水沟边，喉咙里发出凶狠的低吼，目露凶光，不让任何人靠近尸体。

叶萧第一次见到死神。

当他准备跳下排水沟时，大狗向他冲来。他从腋下掏出手枪，准备击毙这条畜生。

"死神！"

活着的女孩大喊一声，猛犬停下来，眼睛一片浑浊。她伸出双臂拥抱它，对狗耳朵窃窃私语，大狗不阻拦任何人了，趴在地上观察警察们的动作。如果他们对死者稍微粗暴一点，它就会咆哮几声以示警告。显而易见，死去的少女就是它的主人，活着的少女也是。

叶萧回到活着的少女跟前。这是一只丑小鸭，体形瘦弱，尚未发育，面色苍白，像个六年级的小学生。当她长到十八岁，成为白天鹅的概率，大概不会超过百分之五。

她说，她叫盛夏，盛夏的盛，盛夏的夏，刚过完十三岁生日。

死者叫霍小倩，跟盛夏同样年龄，看上去却比她成熟很多。

她没有看到凶手是谁，但在发现尸体的同时，看到了这条叫死神的大狗，还见到一个长着狗头的人。

叶萧说她需要好好休息，并让医生看看她的精神状态。

突然，十三岁的女孩翻脸了，瞪起眼睛，变得跟大狗一样凶狠："我没有精神病！"

法医的尸检报告显示，小倩在深夜十一点左右死亡，在游乐园关门清场后。机械性窒息，脖颈处有明显伤痕，初步判断为被人用双手扼颈而亡。凶手极度残暴，应该是个强壮的男人，甚至运动员。她有三根肋骨折断，左臂骨折，头部遭到重创，死亡前遭受过难以想象的折磨。

并且，少女遭到了性侵。可惜未能提取到DNA，也许罪犯使用了安全套。

警方没有找到"狗头人"。叶萧调查了马戏团每个成员，依次排除了他们的嫌疑——当晚十点，演出结束以后，这些人集体离开失乐园，回到附近的集装箱卡车里过夜。彼此都可做证，完全不具备作案时间。

唯独"狗头人"，十点散场就不见了。他是两个月前来到马戏团的，不知道真实姓名与年纪。他很少说话——当然是说人话，而非狗叫。但他确实很强壮，时常能一个人搬动上百斤重的演出道具。而狗头人的存在，让马戏团的生意变得异常火爆。

警察调取了南明路上的道路监控。距离案发地点最近的一个摄像头，在案发当晚十一点三十分左右，拍到一辆白色小车。但是车速太快，加上角度和光线的问题，没能拍下牌照号码，车辆型号也无法判定。当然，更有可能只是路过，毕竟这是交通干道。

至于死神，它是如何来到失乐园的？叶萧分析：当天凌晨，小倩没有回家，她的爸爸非常着急，打电话报警了。死神预感到要出大事，自己打开门跑了出去。这条狗的嗅觉超乎寻常，循着小倩的气味，从家里找到补习班，再到失乐园，反正距离都不太远。清晨，它在鬼屋背后的排水沟，发现了小倩的尸体。同样，死神也嗅到了凶手遗留在少女尸体上的气味。

警方把"狗头人"列为头号嫌疑犯，在全城张贴通缉令，但始终没能找到，尽管这张脸具有极高的识别度。

2012年失乐园谋杀案，叶萧目前为止唯一没能抓到凶手的命案，是他刑警生涯的奇耻大辱。

盛夏七夕，月亮爬上枝头。

五年前，小倩死于失乐园。刚过完十三岁生日的盛夏，在公安局被关了一昼夜，作为最重要的证人。妈妈却带她去医院进行妇科检查，确认她还是处女，这下全家人才放心。她不会忘记叶萧警官，长得有点帅的大叔，用各种方法询问她，希望得到破案线索。他发誓要亲手抓住强奸犯，阉掉之后活剥了皮。很可惜他没能做到。

多年来，盛夏心里有个念头——那一晚在补习班，要不是她主动提出逃课，小倩也不会来到失乐园，也许被强奸杀害的少女，就是她自己？是小倩代替她走进了地狱？而在她原本的命运里，失乐园就是终点站？

小倩是单亲家庭的孩子，妈妈得乳腺癌死了，跟爸爸相依为命长大。那个可怜的男人，要不是被警察拦着，早就狠狠揍了盛夏一顿。

头七那天，小倩的葬礼，下了一场小雪。盛夏本来不敢去的，但在爸爸妈妈的陪同下，带着几万块的"白包"前来。小倩家里并不富裕，但拒收了这笔钱。

火化后，小倩爸爸捧着带有余热的骨灰盒，对盛夏说："小倩死了，就等于我死了。我永远不会饶恕你，就算你活着，也会受到惩罚。"

小倩死后断七，死神逃跑了，再也没有回来过。

五年来，盛夏一直在寻找它，设想过这条狗的各种可能性：乱穿马路被汽车轧死；意外咬了路人被公安局打狗队人道毁灭，或更残忍地杀死。理智地分析，在它走失的第一天或第二天，它可能已不在人间，要么进入流浪汉的肚子，要么被做成了狗肉火锅。

她祈求过造物主庇佑死神还活着，而这个祈求终于奏效了。

至于小倩爸爸的诅咒，第二年迅速实现——平安夜，盛夏的妈妈精神病发作，用三种化学物质混合，毒死了自己的丈夫。

时隔五年，盛夏再次来到失乐园。她离开鬼屋背后的排水沟，像离开童年与少女时代。一个叫乐园的男人，陪在她身边，散发着危险的男性气息。

"凶手至今尚未被抓到——那个警察真是无能透顶。"

每次想起叶萧警官，盛夏都想羞辱他一番。

"为什么不怀疑我？"

"你？"

她看着乐园清澈的双眼，摇摇头说："因为死神——那条大狗的嗅觉，它记得凶手的气味。算你走运啊，死神对你非常友善，说明你既不是2012年奸杀小倩的变态，也不是两周前杀害焦老师全家的凶手。"

"明白了，所以你才会放心大胆地坐上我的车。"

"就算你是坏人，我也不会怕的。"

盛夏说完，高高抬起膝盖，泰拳少女，呼之欲出。

"对了，你说你是8月13日生的，那就是狮子座了？"

"你呢？"

"我是射手座。"他皱皱眉头，就像由衷地厌恶一坨屎那样，"不过，我最讨厌狮子座女生了，那是我唯一无法搞定甚至都不敢接近的星座！"

"你见过红头发的母狮子吗？"

她撇下乐园，独自跑向摩天轮。那是个巨大的坐标，可以想起哪里是马戏团的帐篷，哪里又是表演儿童剧的大厅，一点点回忆起这座游乐场。她找到了旋转木马——每个游乐场里的标配，也是最让孩子们喜欢的地方。木马还在，只是几乎掉光了油漆，有的马头坠落到地上，只剩下无头骑士，有的背着巨大的娃娃，好像里面藏着幽灵。

乐园追到她的身边："我终于见到红头发的母狮子了！"

盛夏决定换一个重要话题："焦老师临死前，在微信公众号发的照片，我知道她是谁了。"

"谁？"

"欧阳小枝。"

说出这个名字的同时，她的太阳穴微微跳动，好像癌细胞在蠢蠢欲动。

"好耳熟啊。"

"1997—1999 年，她就读于南明高级中学，焦老师跟她是同班同学。"

突然，乐园打了个响指："你是说魔女？"

"你怎么知道的？"

"对我们那届学生来说，魔女可是重要的灵异传说——每年暑期，凌晨三点的南明路，如果见到个神秘少女，牵着一条黑色大狗经过，必然是魔女的灵魂。不过，我从没见过她的照片。"

"你也是南明高中毕业的？学长？"

"不全是，只读了几个月——高一的上半学期，2005 年的秋天到冬天。"

"跟我一样退学了？"

"不，我去国外读书了。"乐园抬头望月，莫名其妙地背了两句白居易的诗，"七月七日长生殿，夜半无人私语时。"

"酸！酸得牙都掉光了！"高三退学的红头发少女说，"公媳爬灰的故事——应该说'七月七日失乐园'！"

整整五年零十四天后，南明高中，电脑机房，焦可明营造的秘密世界。

叶萧摘下"蓝牙耳机"，异物感消失，从颅腔内抽离出来。胃里难受，强烈的呕吐欲，窒息与溺水的体感。但他还想多停留在记忆里几秒钟。

宛如昨日。

除了这四个字，想象不出更贴切的形容。

不，这根本不是蓝牙耳机，而是某种虚拟现实的 VR 设备。只不过，它用了手机的蓝牙功能。所谓的"耳机"直接作用于人的大脑。刚才太阳穴的位置，感觉有强烈的异物感侵入，也许是电极之类的物质。

用完这个"宛如昨日"，仿佛有巨大的体能消耗，像刚跑了十公里，或游泳一个钟头。他躺在焦可明的电脑主机前，想起半个月前的灭门案与失乐园谋杀案，两者之间有什么关系？

一是死神。

这条黑色猛犬，不但外形酷似死神，它的命运也是名副其实。死神的第一任和第二任主人，全都悲惨地死于谋杀。2012 年失乐园谋杀案的被害人小倩，是这条大狗的第一个主人。它没有目睹凶案发生，但在第一时间赶到现场，用鼻子记住了凶手的气味。

二是案发日。

小倩被杀五周年忌日，2017 年 8 月 13 日，恰好发生了焦可明灭门案，被害人是死神的第二个主人。这一回，它不但目睹了谋杀的全过程，还咬下凶手的肉，记住了凶手的脸和气味。

但考虑到两桩案件之间，死神有五年不知所踪，焦可明未必是它的第二任主人。

大狗的第三任主人，就是盛夏。这个十八岁的红发少女，因为脑子里的恶性肿瘤，即将要被死神召唤走了。

宛如昨日——焦可明——死神——盛夏——魔女……

还有那个骑助动车的黑衣男子，在灭门案当晚尾随焦可明进入小区，至今无任何线索。

南明高中的电脑机房，叶萧走到另一堵墙前，掏出黑色记号笔，画出一张复杂的人（狗）物关系图，如同盘根错节的蜘蛛网。

最后，他对"盛夏"画了个红色圆圈，好像她已被判处死刑，并跟其他所有人（活人、死人），还有狗都存在密切关系。

焦可明的灭门案发后，盛夏还没从泰国回来，叶萧就已开始盯住她了。南明高中的毕业班，无论男生女生，还是老师，没有一个人喜欢盛夏。她不会打扮自己，穿衣服千篇一律，夏天永远短裤，春秋运动服，冬天皮夹克——清一色都是黑的。别看她在叶萧面前装老江湖，在学校却是个闷葫芦，几乎不与同学说话，也不参与集体活动，独来独往。就算一个宿舍的室友，她也不跟人家打招呼，也从不吵架——要么直接动手。学校篮球队的高大男生，看到她也退避三舍。

盛夏喜欢跟猫猫狗狗待在一起，救过很多流浪猫。她也爱看莫名其妙的书，尼采的《查拉图斯特拉如是说》、荣格的《金花的秘密》，甚至图书馆里版本已很老的《马克思恩格斯选集》。她经常爬到女生宿舍的屋顶上，一个人戴着耳机发呆，或是眺望空旷的城市郊野，对面的主题乐园。因这种危险动作她被老师批评过多次，还挨过学校处分。有同学偷戴过她的耳机，竟是嘈杂的北欧死亡金属，没有人能忍受超过一分钟。

所以啊，每个人都看不起她——成绩糟糕，不守纪律，离经叛道，一贫如洗，妈妈被关在精神病院，还是个杀人犯！只有计算机老师焦可明例外。

当然，盛夏也看不起别人，同学们都说她有双狼狗般的眼睛，想要把大家都生吃了。恰如其分的比喻，叶萧真想点个赞。

数百米外的深夜。失乐园的正对面，南明路上唯一的夜排档，飘着烤生蚝和烤带子的香味。

七夕夜，大家都去了昂贵的餐厅，这里反而冷清。盛夏点了许多烧烤，又要了两瓶啤酒："今晚，感谢你请我坐摩天轮，我可不爱占人便宜，所以请你吃夜排档，你可不要嫌弃啊！我身上总共只带了一百块。"

自从生病以来，不知道为什么，她的食量反而变大了，也许是饿了的缘故，一口气吃了好多生蚝。乐园的战斗力很差，没吃几个就不吃了，大概受不了地沟油。她的酒量深不可测，反正这辈子没醉过，脸上已经通红。

"你不抽烟吗？"

她问乐园，男人摇头。

"以前我爸一天要抽掉三包烟！"盛夏给了他一个鄙视的表情，"也不喝酒？"

"不喝。"

当她要喝第三杯时，被乐园拦住："你是个病人。还有，不要再吃烧烤了，全是亚硝酸盐和黄曲霉毒素。"

"反正我得了脑癌，也不在乎多个胃癌。而且，我也不是病人，而是还没死的死人。"

"盛夏，你会活下来的，我保证。"

"我的医生可不是这么说的。"

乐园抓住她的胳膊说："那就换家医院，换个医生再看看？"

"把手放开！我警告你，我不会喜欢任何男人的。"

"脑癌不是绝症，你也不是必死之人！通过手术切除，有一部分脑癌患者可以痊愈，还有一部分能带着肿瘤长期生存。"他好像看穿了她红发下的脑子，"我问你，是不是经常感到头痛？那是颅内压增高的表现，呕吐也是。"

"嗯，今天早上，我头痛得想死掉，只能拼命吃药。"

"还有精神障碍、视力下降、听力下降、语言障碍、运动和感觉障碍、内分泌功能紊乱、单侧耳鸣、走路不稳等症状。"

"我真走运,除了精神障碍,其他症状都没有。"盛夏喝了第三杯啤酒,"你是医生吧?"

他没回答,看了看表:"快十一点了,我送你回家。"

盛夏起来活动四肢:"不,你能陪我去一个地方吗?"

"哪里?"

"魔女区。"

这三个字,让乐园停顿半分钟。他望向马路对面,又抬头看到月光。

穿过马路,左面是南明高中,右面是废弃的乐园,两道围墙之间,有片杂草丛生,黑暗无光的区域。这是一条夹缝地带,即便拾荒的流浪汉,也不太敢走进去。除了无荒可拾,那里也有许多闹鬼的传说。夏夜的蒿草,几乎没过人的膝盖,四周响彻虫鸣与蛙声。手电筒照出一条小径,直至布满裂缝的地道。

魔女区,因为紧挨着南明高中,所以幸存下来,成为化工厂最后的遗骸。

"就是这里了!"

乐园小心地注视四周。地面建筑基本不存在,只有个地道裸露在草丛中,台阶通往深深的地下。他回头问:"盛夏同学,你确定要下去看看吗?"

"为什么不呢?"

"以前来过吗?"

"听说过很多次,但从没来过。我想在得脑癌死了之前,亲眼看到魔女区。"

两人一前一后,小心翼翼下去,剥开绵密的蜘蛛网,直至地道尽头,手电筒照出一扇金属舱门,像在船舱或潜水艇里的感觉。门上有个圆形把手,一旦旋紧,从内部就无法打开。盛夏大胆地去转门把手,感觉分量重得惊人,锁死了似的。

她捅了捅乐园的胳膊："你能打开它吗？"

"我试试！"

男人使劲转了几下，无法打开舱门，像被上了某种封印。乐园颓丧地低头，浑身臭汗，透着尴尬和不好意思。

"你说——魔女区，是不是跟魔女有关系呢？"

"嗯，你说对了，小师妹。"他用手电照着舱门上锈蚀的痕迹，"以前有种传说，在魔女区许愿就会实现，魔女会在另一个世界帮助你。如果你许的是不好的愿望，比如让别的同学变丑，让你得到飞来横财，或者考试作弊成功，等等，虽然会如愿以偿，但将付出惨重的代价。"

"这个情节不是从书里抄来的吗？"

"说正经的，原本这个地方不叫魔女区，是个工厂的地下室。1999年，传说是世界末日，你知道诺查丹玛斯吗？中世纪的法国犹太人，他预言了许多世界历史大事，基本上都被他说对了。而他最可怕的预言，就是世界末日——1999年8月，恐怖大王将从天而降。"

"就跟古玛雅人的2012一样？"

"差不多。1999年，魔女在南明高中读书，每天散播世界末日的预言，还说我们学校就是个怪物之地。当她躺在女生寝室时，就能听到地下的鬼魂说话。而在这个地下室附近，她说亲眼见到鬼魂，并跟他们交流……"

说到这里，乐园摸了摸自己的胳膊，鸡皮疙瘩都要起来了。

"就像日本的灵异节目？"

"嘘——小声点！别让她听到了。"

"谁？"

"魔女啊！"

乐园几乎是用气声说出，站在魔女区的地道门口，七夕的深夜一片死寂。

"你这男人胆子这么小，还敢调查焦老师的灭门案？"她忽然想起什么，

"魔女有没有说过，她见到过三十九个鬼魂？"

"没错，校园里是传说有三十九个鬼魂，你也听说过？"

"不，我有另一个来源，但没想到会跟魔女一样。"

"总而言之，1999年，正在读高二的魔女，因为这些神神鬼鬼的表现，就像中世纪的女巫，好几次遭到老师的批评和警告，最后学校给了她一个记大过处分，说她宣扬封建迷信。还有的老师认为她的精神不正常，要把她送到精神病院去治疗。"

"欧阳小枝。"

盛夏喃喃地念出魔女的真名，好像她就站在自己背后。

"你要知道魔女的结局吗？1999年，传说世界末日的那天，也是流星雨光临地球的日子，那天好像是——我查一查流星雨的时间表。"他打开手机搜索，"对了，8月13日！"

"1999年8月13日？"

"应该是这个时间。"

"我就出生在这一天。"盛夏盯着他的眼睛，仿佛魔女附身，"告诉我，发生了什么？"

"好巧啊，但一切只是传说，谁也没亲眼见过。那天晚上，流星雨来的同时，魔女独自走进这个地下室，再也没出来过。"

"什么意思？"

"魔女在这里消失了！第二天，整个南明路都是警察，地毯式搜索失踪的魔女，这个地下室也被翻了个遍，但没有她的任何踪影。"

"消失？人间蒸发？"

那是比谋杀还要可怕的案件。谋杀至少能看到尸体，知道凶手是人而不是鬼。而"消失"则有无数种可能性，包括谋杀，以及灵异事件。

"魔女消失前，曾经对同学们说，这块土地遭到了诅咒，将要持续整整一百年，无数的怪物将从地下诞生，成百上千的人将会死去，如果1999年的世界末日没有来临的话。"

"她说得没错——怪物和死亡。"

乐园的声音在发抖："从此以后，这个把魔女吃掉的地下室，就被学生称作'魔女区'，既是南明高中的禁忌之地，也是许多胆子大的学生的朝圣之地。"

"今夜，我就是来朝圣的。"

听完魔女区的起源，盛夏越发感兴趣，触摸着金属铁门，好像某个人在说话。

"还有一种传说，魔女从未离开过这个地方，她始终都在魔女区，只是变成隐形人，再也不会被人看到，除非你有通灵眼。"

"我相信。"

"盛夏，有没有人告诉过你——你就是复活的魔女？"

魔女失踪十八年后，她将在南明路上复活，死神为伴，发红如火，发红如血。

她故意用手机光照着红色短发，像个狰狞的女疯子。

突然，乐园的双手微微一用力，圆形把手被他转开了！金属舱门发出吱呀的摩擦声，空气中飘过无数粉末，迫使两人掩着鼻子咳嗽，多少年没开启过了？

盛夏用力推开一道门缝。

"等一等，不要进去！"

乐园吼了一声，她装作没听到，侧着瘦弱的身子，钻进魔女区的门缝。

这里伸手不见五指，犹如唐朝公主的地宫。盛夏来不及开手电筒，前脚刚踏进去，迎面扑来一阵灰尘。从外面泄露进来的光，隐隐照出一个少女的形体。

整团诡异的灰尘，全部扑到盛夏身上。尖叫。挣扎。灰尘集为一股黑烟，钻入红发少女的鼻子和嘴巴。

"魔女！"

她轻轻叫唤一声，浑身抽搐，降神般恶灵附体，手舞足蹈，口吐白沫……

盛夏七夕，子夜零点，魔女区。

十八年后，她找到了新的宿主。

第六章　魔女归来

　　有人说，焦天乐来到这个世上，是因为焦可明前世作孽，这辈子遭到报应。但乐园不这么觉得，他认为这只是每个人命运不同，有的人向左走，有的人向右走，难免会在路口遇上死神或别的什么。

　　贵族之女塔莉亚，一出生就遭到诅咒，亚麻是她的死敌。十七岁时，亚麻碎片飞进她的指甲，从此长眠不醒。国王在地下宫殿发现她，占有她的身体后离去。她在昏睡中生下一对双胞胎。孩子饿了要吃奶，去咬她的手指，意外吸出亚麻碎片。塔莉亚醒了，黑暗地底，弥漫的荒烟蔓草之中，漫长隧道，潮湿、阴暗、逼仄、不见天日、生老病死……

　　我是谁？

　　睁开眼睛，不是幽暗的魔女区，而是纤尘不染的病房，窗外的阳光如波浪起伏。最近的十天内，她第二次从此地苏醒。

　　护士说，凌晨一点，她被送到医院急救。处于休克状态，全身强直和抽搐，小便失禁，舌头被自己咬伤。全医院都认识这个患有脑癌的红发女孩。值班医生判断这是典型的癫痫症状。

　　"我有羊角风？"

刚说完，盛夏的舌头剧痛，吐出一口浓稠的鲜血。

"你很走运！有的严重癫痫，可能会把自己舌头咬断。"医生穿着白大褂走进来，像奥斯维辛的看守，"这是脑癌的病理反应。"

"肿瘤君？对，我快要死了。"

医生嘱咐她不要瞎闹，尽量少说话，免得舌头感染，最好快点做化疗控制病情。

"而且，你刚来例假，小心些吧。"

这句话，让盛夏的脸颊一红，才意识到小腹隐隐作痛。护士早替她换过卫生巾了，现在在测量血压和体温。

"谢谢你。"盛夏把声音放低，"谁把我送进来的？"

"乐医生。"

"谁？"

小护士白了她一眼，自言自语道："活见鬼！他也太重口味了吧！"

一个人留在病房，盛夏的大脑又痛起来，肿瘤日长夜大，渐渐吃掉过去十八年的记忆……

出乎意料，叶萧警官来了，照旧捧着粉色百合，放在红发少女的床头说："你啊，是想早点死掉吗？"

"不，我想在死以前，找到杀害焦老师全家的凶手，还有杀害小倩的凶手，然后让两个畜生好看！"

她伸出手指头，做了个很形象的动作。

"如果……是同一个人呢？"

"你发现什么新证据了？这两桩案子，是同一个凶手？"

"不，我随便猜测的。"

"但愿不是。"盛夏看着那捧粉色百合，"你为什么希望我活下去？"

"因为，你一定非常渴望看到奸杀小倩的王八蛋，被我逮住并亲手阉掉。"

她狂笑出来，几点唾沫喷在叶萧鼻子上："哈哈哈……要是我先死了，拜托你拍成视频烧成灰给我。"

"一言为定。"

没来由地，盛夏突然默不作声，盯着他的眼睛许久，才如吸血的母蚊子般嗡嗡地说："我有一种感觉——魔女的魂，就在我的脑子里。"

"乐医生。"

半小时后，叶萧在医院的另一头，把他逼到墙角。乐园穿着便装，迎接叶萧夺人的目光，空气里能听到金属的碰撞声："你好，叶警官，我们又见面了。"

他不是第一次见到叶萧。焦可明灭门案发第二天，警方就来医院调查过，他俩长谈过一个小时——关于死去的无脑畸形儿与他的家长。

"2014 年，你从协和医科大学博士毕业，脑神经论文发表在国际核心期刊，三家国际医药巨头为你开出了百万年薪。你却选择回原籍，来到这所郊区的公立医院，距离南明路不超过一公里，月薪不到一万元，为什么？"

"这里有更多需要我帮助的病人。"

乐园从容回答。三年前，他正式成为医生，接触到的第一个病人，就是焦可明的无脑畸形儿。他在医科大学连读八年，接触过不少先天畸形儿，其中无脑畸形儿全部夭折了。第一次见到焦天乐，不是被这个"小怪物"吓到，而是全身起鸡皮疙瘩地感动——存活到两岁已是奇迹，智力几乎为零，却有丰富的表情，嘴角时常带着微笑，比绝大多数先天畸形的孩子更快乐一点点。无脑畸形儿随时会死亡，患儿的爸爸是个中学教师，给不出高额的红包。只有乐园愿意接收这个病人——焦天乐的名字里有个"乐"字，他觉得这是老天注定的缘分。

有人说，焦天乐来到这个世上，是因为焦可明前世作孽，这辈子遭到报应。但乐园不这么觉得，他认为这只是每个人命运不同，有的人向左走，有的人向右走，难免会在路口遇上死神或别的什么。

焦可明的妻子产检时，就被提醒有异常。她想接受医生的建议引产，当时已怀孕六个月，她的丈夫说不想轻易放弃，相信孩子没问题。在焦可明的坚持下，成丽莎被推进产房。

畸形儿刚来到人世，便吓晕了助产士，把妈妈弄成急性短暂性精神障碍，她疯狂地大喊，要把孩子扔进马桶！焦可明抢过孩子也傻了，刚成为父亲的他，整整三天没说话。焦天乐没有大脑，却有喜怒哀乐。如果他长大成人，将是世界上最纯洁的人，因为所有邪念都从大脑产生。畸形的原因是什么？父母双方都没有家族遗传病史，焦可明这辈子没吸过烟，也很少喝酒。成丽莎怀孕前就特别小心，补充了好多叶酸。焦天乐为什么能存活？更是个谜，他的存活完全违背了医学规律。焦可明与成丽莎不敢把儿子抱到阳光下，生怕吓到路人，或者别人用看怪物的眼光吓到他。有的人觉得，让这样的孩子活下来，才是对父母更大的惩罚。

从医院财务记录能看出，焦可明为了无脑畸形儿，这些年总花费超过两百万元——远远超出全家的工资收入。乐园也怀疑过他，难道每晚在外面抢劫诈骗金融犯罪？但乐园从没多问，这不是医生要关注的范畴。

除了焦可明和成丽莎夫妇，这世上最爱这无脑畸形儿的，一定是他的主治医生。如果，没有乐园使出浑身解数，付出比别人多十倍的精力，成天去图书馆查资料，打越洋电话给国外专家，放弃为民营医院和医药公司赚外快的机会，寻找各种治疗方法和药物，焦天乐三岁就已经死了。这孩子熬过一个又一个鬼门关，帮助他通关的必杀技，就是年轻的医生乐园。不知道这孩子能存活多久，也许六岁？七岁？但，焦天乐每多活一天，就多赚回来二十四小时。

"叶警官，8月14日下午，你告诉我焦可明一家三口都死了，包括无脑畸形儿焦天乐，我就在心底发誓：一定要为这孩子复仇，帮助警方找到凶手！"

“这件事，请你放心地交给我吧。”

“拜托了！”

“乐医生，你是脑神经科的高才生，我想问你一种神经性毒剂，叫作——”叶萧打开笔记本看了一眼，“GH3。”

他的神色像被苍蝇钻进“菊花”：“GH3？这是一种有机磷酸酯类化合物，许多生化武器比如沙林毒气等都有这种成分。但GH3不具备大规模杀伤性和传播性，因为有效储存期太短。它能瞬间麻醉中枢神经，让人失去行动能力，曾经被用作呼吸道麻醉物，后来因为对人体的危害较大，被很多国家列入违禁品名单。在中国也被禁用十几年了。”

“看不出你对此很熟悉嘛。”

“五年前，我在医科大学的有毒化学品实验室，在导师指导下合成过GH3。原材料很简单，用杀虫剂和除草剂就能提炼出来，但配方非常独特，不是专家很难掌握，容易发生严重的实验室事故。你知道我为什么会记住吗？因为GH3合成出来以后，会产生一种强烈的气味，绝对让人毕生难忘。那种味道就像……瑞典鲱鱼罐头！”乐园用力吸了吸鼻子，有种当场昏迷的错觉，“我们大学有个瑞典外教，最爱吃这个东西，我闻过一次就吐了。”

“那是什么味道？”

“但愿你一辈子都别去闻。叶警官，审讯完了吗？还有门诊病人在等我呢。”

叶萧依旧拦着医生的去路：“今天凌晨，是你把盛夏送到医院的。你们是怎么认识的？”

“焦老师的追悼会，在殡仪馆门口。”乐园略过了她用板砖砸坏他车的风挡玻璃的情节，“然后，就是‘罗生门’微信公众号。”

“那个公众号是你在控制？最新的一篇也是你写的？”

“我是焦可明的公众号的忠实读者。作为脑神经科医生，我也是前沿科技爱好者，他经常跟我分享一些资讯。有一次，他让我帮忙编辑一篇文章，因为涉及我擅长的专业。所以，我有了他的公众号后台登录密码。对不起，我无权假借他的名义，我只想知道，焦老师被害之前，发布的照片里的少女是谁。"

"现在你知道了？"

"她是魔女——"在严厉的警官面前，乐园并不怯场，但每次提及那名字，嘴唇都会颤抖，"1999 年 8 月 13 日，消失在魔女区的欧阳小枝。"

"所以，你带着盛夏去了魔女区？"

"她主动要求的。"

叶萧沉默了一分钟，像个顽固的石像，紧拧的眉毛让人生畏。乐园的双眼，被他盯得要摩擦起火了。背后是太平间的墙壁，无处可逃。

"有什么新消息通知我。"警官突然离去，扔下一句话，"小子，那姑娘脑子里有东西，活不过几天了，请你放过她吧！"

瑞典鲱鱼罐头究竟是什么味道？

午后，叶萧像狗一样用鼻子嗅着，回到南明高中，实验楼四层的电脑机房。

他抱着厚厚一沓复印件，刚从档案馆里提出来的，放在焦可明的电脑前——

欧阳小枝，生于 1982 年 11 月 21 日，云南省西双版纳傣族自治州勐海县。她的父亲是知青，在她刚满月的那天死了。母亲是西双版纳当地的傣族，所以她是少数民族混血儿。十二岁以前，她随母亲住在勐海县兰那乡白象寨。1994年，欧阳小枝转学回城读初中，寄居在叔叔婶婶家里。1997 年，她以最后一名考上南明高中。两年后，欧阳小枝宣告失踪，至今杳无音信。她的户口已被注销，成为法律上的死亡人口。

他注意到欧阳小枝的失踪日期——1999 年 8 月 13 日，每年英仙座流星雨光临地球的日子。同一天，盛夏诞生到这个世界。

2012 年 8 月 13 日，深夜，失乐园谋杀案，盛夏带着同学霍小倩来到主题乐园，同学被人先奸后杀，十三岁的盛夏幸存下来成为重要证人。

2017 年 8 月 13 日，深夜，焦可明全家三口被人杀害并纵火。

后面两个时间点，都与那条叫死神的大狗有关。叶萧注视对面的墙壁——四十行密密麻麻的数字，前面三十九行都是红字，如同无数只被打死的蚊子。

日期、数字、人名、关系图……他很想把脑袋塞进藏尸房的冰柜里冷静冷静。

叶萧打开电脑机房的铁皮柜子，里面依然堆满"宛如昨日"的"蓝牙耳机"。柜子最底下，压着发霉的老书《悲惨世界》第一部，人民文学出版社1978 年的版本。他随便翻了几页，这年头，大家都在微信上刷心灵鸡汤和图文并茂的段子，谁还有心情读这样的书？

叶萧取出一副"蓝牙耳机"，打开电脑主机，进入"宛如昨日"的后台系统……

记忆，是个神奇的东西，如姑娘心思般难以捉摸。无论你的记忆有没有问题，归根结底，所有发生过的事，不管多久远，只要有过微弱印象，哪怕前看后忘，也会在大脑皮层留下映射。当你坐在拥挤的地铁上，除非有帅哥对你解开裤裆，否则你记不住任何一张脸。但你已储存了所有影像。只不过，我们的存储器容量有限，只能抓取最容易记住的，其余被扫入记忆的垃圾箱——但始终在你脑中，永远没被倒掉，这就是所谓的深层记忆。

一小时后，叶萧摘下"蓝牙耳机"，跪倒在地抽泣。"宛如昨日"能够立即找到你的深层记忆，跳跃到任何一个你经历过的时空。如同老电影重新放映，涵盖听觉、视觉、味觉、嗅觉、触觉……

雪儿，他的第一个女朋友，中国人民公安大学的同学。1999 年，他们一起参加公安部的缉毒专案组。云南，西双版纳傣族自治州勐海县，中缅边境的群山之间，他们行动发生意外，她落入毒贩手中……他是幸存者，并且没能亲手惩罚凶手。再度触摸到她的脸，就连皮肤的颗粒感，血污的湿滑黏稠，都好像仍残留在手指尖。以上来自记忆，一秒钟，每一帧，每一纳米。

忽然，他很感激焦可明。

普通的VR（虚拟现实）让你用眼睛看，用耳朵听，产生剧场感。"宛如昨日"，你只要闭上眼睛，这座360度全景全感知的剧场，仿佛瞬间植入体内。手机连Wi-Fi，下载应用软件，你可以独自在家体验，也能走在喧嚣的街上，甚至坐火车与飞机。它既有回忆功能，也可以治疗失忆与老年痴呆症，甚至变成游戏之类的娱乐工具。

焦可明是个计算机天才。

但他竟蜗居在高中的角落，心甘情愿做个老师，默默无闻十三年。大学时代，他的成绩非常优异，开发过许多应用软件，本有机会成为收入丰厚的软件工程师。谁都没有想到，焦可明会选择回到南明高中——月平均工资不超过七千块，前几年更低。他在学校不显山不露水，许多毕业生都把他忘了，同事们有时会叫错他的名字，甚至以"姓焦"来开下流玩笑。

二十八岁，亲戚介绍焦可明相亲。成丽莎小他三岁，姿色平平，收入跟他差不多。两人按部就班谈了一年恋爱，结婚领证、办酒席、按揭买房、父母资助……就像绝大多数的人生，计算机程序般准确无误。

焦可明真的爱妻子吗？但这不构成杀人理由。很多家庭不就是这样？没有爱，但有生活。

灭门案发生后，焦可明的岳父岳母赶来奔丧。白发人送黑发人，说起自己的女儿，抱怨嫁给焦可明真是可惜，要是留在老家，不会有此厄运。叶萧难以想象，畸形儿诞生以来的五年，这个家庭暗无天日的生活。

焦可明的内心，究竟是怎样的世界？

但他认识魔女。

盛夏从未迷恋过任何一个男人。这天晚上，她再次从医院逃回家。死神围在脚边，舌头不断舔她，想缓解主人的疼痛。这条聪明的大狗，既感知到她脑子里的肿瘤，也嗅出她下身在流血。盛夏拍拍粗壮的狗脖子，倒了满满一盆狗粮。

还有桩重要的事，就是"宛如昨日"的游戏代码，只剩下最后一点点了。

她打开程序员专用的电脑，去年给瑞典人代工写游戏赚的钱买的。手指飞快敲键盘，仿佛拼图即将完成。游戏核心部分原本由焦老师负责，盛夏只做辅助性工作。但她没在 8 月 13 日前完成，而是飞去了泰国七天，因为跟师父预约的时间不能错过——焦老师被害的刹那，有没有诅咒过这个不靠谱的学生呢？灭门案发生后，所有任务落到盛夏头上。她决定把损失的时间补回来。

已逾子夜，最后一段代码完成！

妈蛋，她打开冰箱，喝了罐可乐，听了芬兰的死亡金属音乐，把音量调到最高，嗨到自己吼起来，可惜没有长头发可甩，哪怕从一楼到六楼都来投诉……

整栋楼重归寂静，盛夏回到电脑前，发现刚写完的代码，已自动上传到服务器——那也是焦老师给她的地址，也许在云端，也许在地球的另一边。

今晚，可以用那个了吗？

她从床头柜的抽屉里，掏出一副"蓝牙耳机"，不——"宛如昨日"。

略带中性的嗓音，蜻蜓般划过空气，又像飞机啸叫着坠毁燃烧……

上周，她潜入南明高级中学的电脑机房，没想到叶萧警官也在。她趁着叶萧不注意，从焦老师的铁皮柜里，顺手牵羊了两件设备，藏在包里带回家了。

憋了几天，盛夏没敢再戴上过，她想等自己先完成游戏代码。

"宛如昨日"的表面，印着一个奇怪的 logo——流星雨底下的黑色孤岛。设备自带 USB 充电，打开就有蓝牙功能。盛夏掏出手机，跳出一行提示，要求下载 APP 应用"宛如昨日"。

应用从哪儿来的？没有浏览器或应用商店，Wi-Fi 环境下，不到十秒就下载安装好了。点击"打开"按钮，图案跟"蓝牙耳机"上的 logo 一样。手机屏看得更清晰，黑色孤岛在波涛汹涌的海上，头顶是灿烂的流星雨，"我们存在于记忆中"环绕着宇宙，底下是美术字体"宛如昨日"。

接着弹出大段文字——

记忆，是地球生命挑战宇宙的最强大科技。当一只老鼠拥有记忆，可以无限觅食与繁殖后代；当一只猿猴拥有记忆，便懂得使用工具；当一个人拥有记忆……

文字很长，她直接看到最后一段，又跳出四个字——立即体验？

按确认键，接着弹出两个选择——

1. 记忆世界
2. 游戏世界

盛夏已体验过第一个，于是点了第二个选项。

设备戴在头上，太阳穴冰凉一片。好像有根针，或古装片里锋利的簪子，旋转着侵入大脑，直达脑干深处。她疼得尖叫，又很快平静下来，只是这异物感，始终留存在颅腔……

第二次体验"宛如昨日"——

穿过隧道。小学校园的无花果树；中学第一次收到男生字条；失乐园排水沟里小倩的尸体……切碎成一段段蒙太奇，希区柯克或大卫·芬奇式的。这分明是濒死体验——许多人会在弥留之际看到类似的隧道。人生下来就是渐渐遗忘的过程，直到死亡的一刻才能恢复记忆。想起脑子里的恶性肿瘤，现在度过的每一天，每一分钟，都是一种濒死体验。

她看到了妈妈。

隔壁响着麻将声，电风扇吹散妈妈油腻的头发。薄薄的紫色裙子，裹着三十多岁女人的身体。汗珠从额头滑落，胳膊略显丰满，腋下隐隐汗臭。妈妈闭起眼睛的样子，隔着引力波与时光来看很美，像鬼魂或属灵的物质。昏暗的白炽灯，厨房墙壁和天花板，成年累月的油垢。她拖着女儿的细胳膊，打开煤气灶，蓝色火焰如刀口，舔舐不锈钢锅底，让金色蛋黄与透明蛋清，变成一团白黄相间的圆饼，再加小半匙白糖。她的个头刚到妈妈胸口，每次靠在这大团的脂肪上，感觉像回到刚出生的时光。

这不像回忆，更像是一次鬼魂托梦，但她宁愿长梦不醒。

妈妈经常骑自行车送女儿学钢琴。她故意在琴键上弹出个重重的低音，却被扇了耳光。她顽强地留在"宛如昨日"，推开妈妈，冲上马路。令人眩晕的阳光下，爸爸突然出现。车水马龙，熙熙攘攘，像按了静音键。男人抱起她，一路狂飙回家。妈妈张罗了一桌子菜，爸爸让女儿站在角落，剥光妈妈的衣服，露出白白的肉体，胸口和肋骨有丑陋的黑色伤疤，像是烧伤的。他从腰间解下皮带，抽向妻子的肉体。血点像锋利的花刺，旋转着进入她的眼睛。妈妈不发出声音，这不是给女儿的表演，更非成人间的游戏。

七岁的小女孩在哭，泪水跟妈妈的鲜血一起流淌。她的双脚像被捆住，站在墙角，不敢靠近爸爸一步。后半夜，妈妈不见了，喝醉了的爸爸在床上打呼。盛夏叫不醒他，只能独自跑出去找妈妈。她没有哭，比大人还坚强，向遇到的每个夜行人，打听妈妈的下落。她走到南明高中门口，主题乐园还没造起来，四周全是荒野和废墟，呼啸着凛冽的西北风，夹杂鬼魂的呼号。

她发现了妈妈，妈妈蜷缩在学校围墙下，头发散乱，目光呆滞，脸上全是污垢，混合泪水、鼻涕和鲜血。妈妈说："快离开这里！鬼魂们都出来了！我看到他们了！就站在你的背后。"

第二天，人们在这里发现了妈妈。她被送去精神病院，诊断出患有妄想型精神分裂症。

但在"宛如昨日"的世界，七岁的盛夏转回头，看到一群黑乎乎的影子，有的软绵绵，有的细瘦干枯，有的朦朦胧胧，有的目露凶光。看不清他们的脸，但这些鬼魂真实存在……

刚读小学一年级的她，以并不太好的数学水平，慢慢清点出了鬼影的数量——

一个不多，一个不少，三十九个。

鬼魂们靠近母女俩，露出好奇的目光，有的伸出脏兮兮的正在腐烂的手，抚摩小女孩的脸颊。冰冷的指甲正在脱落，雪白的骨头，还有蠕动着的蛆虫，绿色的死人头发……

盛夏听到自己的尖叫声，但她依然停留在"宛如昨日"，没有退出或摘下设备。因为，她想要看清那些鬼魂的脸。

当她再要看一眼妈妈时，却发现不再是三十多岁的肮脏女人，而是十六七岁的妙龄少女。

她是魔女。

不知从哪儿打来的光，好像自带电影剧组，灯光师就潜伏在源代码中。她那张有些立体的脸，沉睡百年的塔莉亚，齐刘海底下，乌黑的双眼，古井似的幽深地盯着盛夏。她穿着白色短裙，清汤挂面的头发，很像二十世纪的日本恐怖片扮相。

这张脸——焦可明临死前发布在微信公众号上的，也是她昨晚昏迷后梦中所见的睡美人。

欧阳小枝。

西班牙人说，一个女人要称得上漂亮，必须符合三十个条件，或者说，必须用十个形容词，每个形容词都能适用于她身体的三个部分。比方说，她必须有三黑：眼睛黑，眼睑黑，眉毛黑；三纤巧：手指，嘴唇，头发……

卡门——魔女——欧阳小枝。

盛夏望而生畏地后退几步，依然是南明高中的围墙，背后是工厂废墟，依稀可辨魔女区。更远处竖着高高的烟囱，像业务繁忙的火葬场。南明路上公交车站的广告牌，肖恩·康纳利与凯瑟琳·泽塔 - 琼斯的《偷天陷阱》——小时候看过 DVD，关于 1999 年千年虫的犯罪和偷画。

1999 年？

盛夏出生的那一年，这不是她的记忆，而是欧阳小枝的。

她变成一个隐身的灵魂，潜伏在 1999 年的南明路。夏夜漫漫，路灯忽明忽灭，暑期的南明高中空无一人，只有影影绰绰的路人和流浪汉。

欧阳小枝，高二即将升高三的女生，手里捧着什么，视若无睹地经过，白色跑鞋像在地面飘浮。学校背后的围墙下，长着一株夹竹桃，绽开有毒的红色花瓣。她幽怨地闻了闻，掏出把小铲子，挖开墙角下的泥土，貌似要盗墓？她将手里的东西埋入泥土，是个长方形的物体——如果没有这株孤零零的夹竹桃，将永远不会再被人发现。

欧阳小枝回过头，看着盛夏，幽幽地说："从今夜起，你就是我，我就是你。"

欧阳小枝看到她了，十八年前的魔女，看到了十八年后的魔女。

第七章　黑色石头

转瞬间，阳光变得格外强烈，透过杂草丛和夹竹桃枝叶，照在两块黑色石头和布娃娃上，照在复活的魔女的红头发上，也照在三十九行红字与一行黑字上。

天蒙蒙亮，盛夏是被自己哭醒的。死神听到她的抽泣声，四个爪子啪嗒啪嗒过来，火辣辣的狗舌头舔她脖子，生怕她永远不再醒来。每天早上，她坚持七点起床，带着死神在南明路上跑步。中午前回家，避开热高峰，对沙袋练泰拳，再睡个下午觉。晚饭后变得凉爽，她再度带死神出门到深夜。盛夏不是遛狗，而是巡逻。南明路附近的荒地很多，人口结构复杂，治安糟糕。晚上，女孩们很少单独出门，出租车司机听说去南明路，经常摇头拒载。但只要有盛夏和这条大狗出现，世界就变太平了。红发少女的气势，加上猛犬死神的体形，简直是南明路的保护神。

上午八点，盛夏牵着大狗，像在机场巡逻的缉毒警。她的下半身还在流血，疼痛正如积水慢慢消失。南明路难得塞车，私家车排了长队，警察也来维持秩序。今天是开学的日子，南明高级中学的新学期典礼。

盛夏和大狗被禁止入内。她染着红色短发，黑T恤、牛仔短裤，露着两条光光的大腿，胸口银质骷髅链坠，绿色跑鞋，离经叛道，惊世骇俗……

南明高中的校门口，全体师生列队接受死神与少女的检阅。大家把她当作瘟神一般躲避，似乎肿瘤会在空气中传染。有的人恨不得她下一秒就被送进火葬场。

死神为伴，发红如火，发红如血。

有个女老师仿佛看见外星人入侵地球，再看看那条大狗……

"魔女回来了！"

开学第一天，校园里彩旗飘飘，鼓乐齐鸣，像美容院的开业典礼，就差打鸡血集体跳舞。大喇叭广播校长讲话，照例介绍学校的光荣历史，本次高考的出色成绩，多少人成为状元、榜眼、探花，又有多少人被北大、清华、复旦、交大录取……

盛夏离开校门，像被主人开车扔到郊外的流浪狗，经过南明高中的围墙下。一边是中学，一边是失乐园，中间是荒烟蔓草的废墟。几只乌鸦从头顶飞过，野猫在草丛间乱窜，到处散发着刺鼻的污水臭味，死神用鼻头在地面上嗅着，驱赶肮脏的小动物。

终于，她走到南明高级中学背后，围墙下有一株夹竹桃。有毒的花瓣还是那样鲜红，只是树冠变得更茂盛，病毒般地越过学校围墙。

"死神，就是这里，看你的了！"

女主人一声令下，两只狗爪子开始刨坑，紧挨夹竹桃的树根。

突然，死神咆哮两下，盘根错节的根须中，藏着个黑色的长方形物体，像一口小小的棺材。

"死神住手！"

盛夏从泥土中抓起这东西，剥粽子似的掰断根须。显然它已深埋多年。

铅笔盒。

九十年代的学生常用的，铁皮壳子上印着蜡笔小新，已锈成深褐色。她掏出餐巾纸擦干净，抹去成年累月的尘埃与铁锈。盖子锈死了，手指头也脱力，一时半会儿打不开。放到耳边晃两下，铅笔盒的金属内壁，发出刺耳的碰撞声，分量很沉，完全不像装着铅笔之类的文具。

但她用尽全力都打不开，时间太久了，铁皮盖子完全锈死。

盛夏并不甘心放弃。周围原本是工厂废墟，她四周转了一圈，果然从地下的杂草丛中，找到几块铁片作为工具，艰难地插入铅笔盒的缝隙。

肿瘤啊，赐我以力量吧！

铅笔盒打开了。

铅笔盒喷射铁锈的灰尘，死神发出害怕的吱吱声，扭头就想逃跑，好像里面藏着鬼魂，被盛夏用了招魂巫术唤醒。

里面没有铅笔和橡皮，只有个迷你的娃娃，不及成年人巴掌大小，旁边有两块黑色石头。

她觉得这布娃娃很丑，整张脸像抽象画，完全不符合人体比例。两个眼睛瞪得很大，却没有嘴巴，像个沉默的哑巴。娃娃的身材很有女人味，胸的比例很大，腰很细，屁股和骨盆也大，有原始人的史前艺术的感觉。

这个娃娃不单是丑，还有些恐怖和恶心。

两块黑石头，也就小核桃尺寸，一块略大些，偏圆，一块略小些，有棱角，但都非常坚硬。重量和密度都很大，仿佛金属——怪不得铅笔盒晃起来，发出刺耳的碰撞声。盛夏把它们捧在手心，表面竟擦出幽暗亚光，绝非普通石头。它们的硬度惊人，以至互相碰撞了十八年，却没有磨损。

垫在黑色石头与布娃娃下的，还有一张折叠成豆腐干的白纸。盛夏把纸取出，纸早就黄得不成样子，似乎摸上去就要散架。幸好铅笔盒密封性很好，基本没有受潮，否则纸张保存不下来。

轻轻摊开，是从作业本上撕下的一页，居然写满了数字。高中数学作业吗？不，格式和排列有些眼熟——

1（364、2、17）（199、17、4）
2（73、10、6）（304、22、4）（217、11、5）
3（148、1、26）（59、20、13）（285、8、21）
…………

前面全部用红笔写的，最后一行换成黑笔——

40（195、25、12）（89、12、5）（251、4、12）

四十行数字，跟南明高中电脑机房里，焦老师写到墙上的数字一模一样。

1999年，到底是欧阳小枝，还是焦可明，埋下了这个铅笔盒？

转瞬间，阳光变得格外强烈，透过杂草丛和夹竹桃枝叶，照在两块黑色石头和布娃娃上，照在复活的魔女的红头发上，也照在三十九行红字与一行黑字上。

死神对着地下狂吠……

"叶萧，类似的案子我爸也经手过。"

2000年夏天，叶萧刚在刑警队实习，有桩命案在南明路发生。办案的刑警叫田跃进，他有个女儿叫田小麦，正好在南明高中读书，97级二班。七年前，田跃进为了解救被绑架的儿童殉职。田小麦至今单身，穿着宽松的大毛衣，头发微微烫卷，像松岛菜菜子。

灭门案半个月后，抓获嫌疑人仍遥遥无期，叶萧觉得好没面子："你和焦可明的关系怎样？"

"你跟我爸爸一样，任何时候都想着破案！前几天，我才听说焦可明死了，灭门案，太惨了！我和他是高中同学，我是语文课代表，他是计算机课代表。他常说些奇奇怪怪的话题，比如人工智能、时空旅行。他还是个天文学爱好者，南明高中有个学生兴趣社团，叫'流星雨'——那年还没F4呢——焦可明是社团头头。对我们这些女生来说，天文学太深奥，流星雨却很浪漫，偶尔也会跟他们一起去看星星。"

"嗯，焦可明与小时候的我有共同的爱好。"

叶萧心里想的，却是"宛如昨日"的logo——黑色孤岛上空的流星雨，必是焦可明亲自设计的。

"焦可明很聪明，老师们都觉得他会有大成就，没想到转了一大圈，又回到母校做了穷教师。三年前的同学会，他没精打采，在角落里没说过一句话。我特意问他，家里有什么变故，他不回答。现在想来，就是儿子有先天畸形的缘故，真可怜。我们这些老同学，只会越来越少，一个接着一个死去，无论死在病床上，还是别的什么地方，对吗？"

"你的每句话都像是真理。"

"7月中旬，有人给我发了份快递，拆开来却是个'蓝牙耳机'。"

田小麦从抽屉里翻出来，原来的快递封套都在。叶萧接过来一看，毫无疑问，就是"宛如昨日"的硬件设备。

"我用过一次，但我害怕回忆，不敢再用。只要有Wi-Fi环境，用蓝牙连接设备，就会有自动提示。前两天，我听说焦可明死了，忽然想到这个东西，不知跟案情有没有关系，就给你打电话了。"

"小麦，你给我提供了重要线索。谢谢你。"

"'宛如昨日'，究竟是什么？真的是焦可明快递给我的吗？"

叶萧却把设备塞进包里："这是证据，我要带回局里，最好永远不要再碰。请你看张照片。"

打开手机，屏幕上有个目光幽深的少女——焦可明微信公众号最后一篇的内容。

"欧阳小枝。"田小麦清晰地说出这名字，"是我在南明高中 97 级二班的同学，这张照片大概是 1998 年或 1999 年拍摄的。不过嘛，到了高二下半学期，我们更习惯叫她魔女。"

"魔女区也跟她有关？"

"是，1999 年的暑期，她消失在学校附近的地下仓库，那地方后来有了魔女区的名字。"

"能再详细点吗？"

叶萧的笔记本又被记得密密麻麻。

她给自己开了一罐啤酒："小枝长得不错。她看人的方式，盯着别人的眼睛，让你无法逃避——就是那双眼睛，让我害怕。南明高中是寄宿制的重点学校，我跟欧阳小枝住一个寝室。她睡上铺，我睡下铺，但我们平常说话很少。没有女生愿意跟她交朋友，总觉得她有些奇怪，或者说有些讨厌，也许是同性相斥的缘故吧。最让我印象深刻的，就是她的胆子太大了！"

"怎么说？"

"高二那年，南明路常发生强奸案，女生们都不敢出校门。就算晚上睡在寝室，也得提心吊胆，想着色魔会不会摸上门来。那时学校围墙很矮，很容易翻墙进出。有天晚上，小枝在南明路的另一头，独自抓获尾随的强奸犯，直接扭送去派出所。听说她下手非常狠，那男的残废了——几乎被阉。他承认强奸过七个女孩，但主动报案的受害人只有两个。南明路太平了许多，女生们也敢晚上出门了。虽说小枝是为民除害，但她承认自己是以身做饵，引诱强奸犯上钩的。"

叶萧看过南明路上所有刑事案件的卷宗，他记得那个案子——强奸犯被判了无期徒刑，至今还蹲在监狱。

"魔女的传说是真的吗？"

"大部分都是胡说八道，后来男生们为了骗小女生，把各种灵异传说安在她身上。不过，我也亲眼见过一些。比如，欧阳小枝有个铅笔盒，里面有一个布娃娃，还有两块黑色石头。她总是神秘兮兮地说，这两块石头能召唤鬼魂。她把铅笔盒压在枕头底下睡觉，说这样就能驱散厄运。她就像个神婆。"

"她有没有说过两块黑石头的来源？"

"云南。"

叶萧明白了，欧阳小枝出生在西双版纳傣族自治州勐海县兰那乡白象寨，爸爸是知青，妈妈是傣族。那里距离缅甸边境几十公里，说不定是某种宝石级别的东西。

"刚开始啊，我很讨厌那个布娃娃，因为长得太可怕了。我睡在欧阳小枝的下铺，你想一想，塞在她的枕头底下，不就只隔一层床板，每晚娃娃都在看着我吗？所以啊，我经常梦见这个娃娃——它从上铺爬下来，坐在我的枕头边，说很多奇怪的故事。早上醒来，大部分都记不清了，但我好像在梦中走了很远的路，认识了很多陌生的朋友，回到很多年前……"

"焦可明把'宛如昨日'设备快递给你，因为你是欧阳小枝的室友，上下铺关系，在南明高中，不管你们私交如何，至少，两个女生的物理距离最近，你最有可能发现她的秘密。通过'宛如昨日'，能找到任何时候的任何细节，哪怕早已忘得精光。"

她听得云里雾里："欧阳小枝是个喜怒无常的女孩，偶尔也会翻出那个娃娃，抱着呜呜地哭一会儿。她也会跟娃娃说话，但我完全听不懂，她说的不是英语。她告诉我，她跟娃娃说的是傣语，是她妈妈的母语。"

"没错，她的爸爸是知青，妈妈是云南傣族。"

"当时我问她，那你在跟娃娃说什么呢？小枝的回答是，我出生以前的故事。"

田小麦看着窗外，眼神有着迷离的眩晕感："这些天，我有种奇怪的预感——魔女回来了……当初，欧阳小枝活不见人，死不见尸，消失在地下室，人间蒸发！但她未必是死了，也许还活着呢？或者，换了一种生命形态，还是十八岁的少女？"

　　叶萧夺走她手里的啤酒罐："看在你爸爸的面子上，请不要再这样下去了。"

　　"有时候，我羡慕欧阳小枝，她在最美丽最青春的时候消失，再也不用经历以后的人生，也不用有慢慢变老的焦虑——不能算是一种坏的命运！我也不畏惧老去。什么时候死？什么时候结婚？什么时候生孩子？生男娃还是女娃？老天决定！我只能做到每天努力活着，尽我所能再单纯一点，但绝不被人欺骗。我愿意过和别人不同的生活，等待跟别人不同的归宿。大学毕业时，爸爸私下问过我：小麦啊，你觉得叶萧这小子怎么样？给我做女婿不错吧？"

　　"这个……"

　　"哇，你这么大了还会害羞？"田小麦离他远点，免得他想入非非，"当时我对爸爸说：我的脑子里，好像还有一个人啊，只是一时间记不起来。"

　　叶萧像屠宰场里脱了毛的公鸡，匆匆离别，包里装着向田小麦没收的"宛如昨日"设备。

　　漫长的白昼过后。

　　盛夏在阳台上喝着冰水，看着南明路另一端的失乐园，夕阳把摩天轮涂抹成火红色，犹如马戏团里钻动物的火圈。

　　她翻开裤子口袋里的小钱包，只剩下一张面值二十元的人民币，还有四枚一元硬币，一枚五角硬币（今天在南明路上捡的）。三天前，她发现付不起医药费了，她想对医生说，我给你两百块要不要啊？结果一查，借记卡里只剩0.91元，×！

　　冰箱里的食物也快吃光了，剩下的全是狗粮。明天早上，她就得挨饿了啊。自己饿死倒也罢了，死神就可怜了，她回头摸了摸趴在脚边的大狗。

到哪里去弄钱呢？那个欧洲的游戏公司程序员，与她素未谋面的老客户兼小伙伴，因为代工的秘密东窗事发，最近被老板开除了，还在到处找工作呢。

手机响了，来电显示"霍乱"，是最近两周的第四通来电。

"有话快说，有屁快放，我的电话费要用完了！"

"盛夏，今晚有空吗？"

"吃屎去吧！"她本想挂电话，但想起明天的伙食费都拿不出来，只能耐下性子，"对不起，你说吧。"

想起怪蜀黍（叔叔）的那张脸，肥硕油腻得像一大摊肉。霍乱当然不是真名，也不自带瘟疫属性。他姓霍，是社会上的小混混，常跟乱七八糟的人来往，大家都管他叫"霍乱"。

8月19日，凌晨，盛夏刚从泰国回来。三个半小时的红眼航班，进入机场还有晚点等候，耗了一整晚。她拖着行李走出机场大厅，处于半昏迷状态。突然，有人狂喊她的名字，吵得她想用泰拳把对方踹倒。原来是霍乱，穿着五颜六色的海岛服，庞大的身体像裹着几尺窗帘。他也刚从泰国回来，颇为伤感地说，五年前小倩死后，他再没见过盛夏，没想到她竟长成了这样，还连连夸奖她的红头发。

霍乱是小倩的叔叔，他跟小倩的爸爸是同母异父兄弟，比他哥小了整整十五岁，今年才三十出头。从七岁开始，盛夏就在小倩家里认识了这个"霍乱叔叔"。他对两个小女孩特别友好，常用粗壮的身躯驮着她们在地板上爬来爬去。他还带她俩去电影院看《名侦探柯南》与《哆啦A梦》的剧场版。偶尔他会送些小礼物，比如整套的高达机动战士，白雪公主与七个小矮人，至今还放在盛夏的床头呢。

机场偶遇后，霍乱不断给她打电话。他知道她已从高中退学，但不晓得她长了恶性肿瘤。霍乱在夜店上班，掌管一大群漂亮姑娘，他把盛夏也当作不良少女，想要拽她下海赚钱。虽然每通电话他都被骂得狗血喷头，但他就像霍乱病菌对她念念不忘。

"YESTERDAY CLUB！我换了家新店，真的很不错。客人层次都很高，你不用担心会有人动手动脚，只要坐在那里喝几口酒，让客人多买单就行了。保证你坐上三个钟头，赚上千把块没问题，运气好遇到土豪，挣个上万都有可能啊……"

霍乱在电话里巴拉巴拉一大堆，盛夏只回了一句："我没钱打车，你来接我吧。"

一刻钟后，霍乱骑着一辆红色助动车停在楼下。

"我 ×，你朋友圈里经常晒的那辆宝马 3 系呢？"

他尴尬地笑笑，满脸肥肉抖动："哎呀，那是借来扎台型（出风头）的！上车吧。"

盛夏戴起头盔，跨上助动车后座，闻着空气中的汽油味，奔向魔都的心脏。她的想法很简单，赚钱走人。喝酒没问题，她是海量，就算例假还没过去，她也不怕。但她绝不会让男人摸她一下。

晚上九点，闹中取静的角落，看似幽暗低调的小马路，布满殖民时期留下的深宅大院。每扇沿街的窗户，每棵茂盛的梧桐树，甚至每个公共垃圾桶，都在喷射满满的欲望。沿街的这栋西班牙式建筑，刷着地中海风格的白色涂料，已被改造成顶级夜店。门口停了几辆法拉利和兰博基尼，路虎与 X5 只能滚到更远的公共停车场。

YESTERDAY CLUB。

她单纯地喜欢这个名字。这里每个人、每只猫都认识霍乱，他忙着跟客人们打招呼，给领班、保安递香烟，跟姑娘们打情骂俏顺便揩油。他把盛夏安排在一张沙发上，带了几个男人过来。这些人摆弄手腕上价值几十万元的瑞士表，大谈最近投资的院线电影，以及跟娱乐明星交朋友的故事。另外几个姑娘，要么网红脸，要么长腿大胸，各自被客人们挑中。只有盛夏在角落里玩手机。霍乱拍了拍她说："你这样怎么挣钱啊？"他强行把一个男人拉到她身边，对方表示无奈，很有礼貌地说了声："你好！"

他的整张脸僵硬了，触电似的后退，看着她的眼睛，还有红头发。他是乐园。

盛夏先是把头别过去，肩膀抖了半分钟。接着她倒了两大杯黑方威士忌，加苏打水和冰块，自己先灌下满满一杯，剩下一杯推给他。

"我开车，不喝酒。"

"霍乱可以帮你叫代驾！"

她一把拽着霍乱的领带拉过来，那张肥硕的面孔笑得阳光灿烂："本店提供免费代驾服务！"

周围人们吞云吐雾，几个客人派发小费，顺便了盛夏几百块钱。乐园厌恶地要往外走，被人拦住："乐医生，你走了多没意思，要拉低平均颜值了。"

盛夏双手攀在他肩上，像条扭曲的蛇，贴着他耳朵问："乐医生，留下来吧。"

"你来这里多久了？"

"第一天。"盛夏帮他整理衬衫领子和纽扣，"欧巴，你也跟他们一样吗？"

"他是我在协和医科大学的同学，这家伙只读了三年书，就退学继承家业去了。"

"你是想说，本来不愿意来的，但被老同学硬拉出来聚会？鬼才信！这杯酒我替你喝了。"

盛夏又干了一杯，乐园抓住她胳膊："你有病，不能喝酒，我送你回家去吧。"

"你知道吗？我千杯不醉！"

"那我走了！"

他强行站起来，再次被富二代同学挡住去路，让他必须干掉一杯酒。

"大哥，我替他行不行啊？"

盛夏起来夺过杯子，一饮而尽，嘴唇鲜艳欲滴，灿若桃花，第一次像个成熟的姑娘。

"嘿！懂不懂规矩啊？男人们说话，女孩插什么嘴？"

富二代也喝高了，脸红脖子粗地嚷。霍乱像无孔不入的细菌，适时地冒出来："抱歉啊，哥，这是我侄女，第一天到场子里混，不好意思啊。"

霍乱着急地盯着盛夏，对她使眼色："还不给大哥道歉？自罚三杯！"

他把三个杯子都倒满了，周围的客人与女孩们，也都安静地跷起二郎腿，准备看一场好戏。

"道你妈的歉！"

她先自己喝了一杯，再把第二杯泼到富二代身上，第三杯洒到周围看客们脸上。

富二代暴怒地抓起酒瓶子砸她。她灵巧地躲过，打出一记直拳，再送出一膝盖——泰拳师父教的招数，对方整个飞了出去。霍乱几乎吓晕。盛夏像个杀人如麻的女魔头，拽着乐园，冲出夜店，坐上皮卡，扬长而去。

她连续喝了满满四杯酒，还有不同的混酒，浑身热量涌到头顶，整张脸红得像烤熟的肉。她看开车的男人越来越模糊，就像一团黑色的怪物……

深夜，她被乐园送回家。还好路上没呕吐。但她不断胡言乱语，提到过焦老师、霍小倩、欧阳小枝、魔女区、铅笔盒、两块黑石头、三十九个鬼魂，还有妈妈。

乐园送到门口就告别了，死神在玄关乱叫一通。她呵斥着让它安静，免得邻居再投诉。

盛夏洗了个澡，这点酒对她不算什么。她擦干净红头发，坐在地板上，又吃了一大把药，遏制源源不断的头痛。还有啊，该死的例假就快要过去了吧？她想要做个男人，如果还有下辈子。

手机响起提醒短信，是网银的消息，告诉她账户里进来二十万元。

怎么回事？妈妈留下的账户，在妈妈被关入精神病院以后，一直是女儿在使用。看不出汇款人的信息，入账时间一分钟前。这年头，谁他妈的会无缘无故给人送钱呢？不会是他吧？

"喂，乐园，你回到家了吗？"

"刚到——又怎么了？手机落在我车上了？还是夜店的人找上门来了？"

"都不是。"

"我刚才给我同学打过电话，那个被你揍的富二代，我向他道歉了。他说没事，刚在医院里处理完，全是皮肉伤。他不会跟小姑娘记仇的，你放心吧！"

"好吧，但是霍乱要倒霉了吧？"

"那是他该死！干吗叫你去夜店？！"

隔着细细的电波，乐园的声音让人感觉如沐春风。随后医生变成话痨，说了一长串癌症病人要注意的事项的清单。

"乐医生，我需要的是遗嘱，不要医嘱！"谢天谢地，她不是声优控，"废话不说了，我告诉你：就算我穷死饿死，明天就病死，我也不需要你的施舍！我最讨厌有钱人装×！我不是要饭的乞丐，也不会随便跟人发生关系的——除非我真的喜欢他。"

"那是你的事，与我无关。"

"为什么用钱来羞辱我？把你的账号告诉我，现在我就通过网银把二十万还给你！"

"二十万？"

电话那头的乐园，完全摸不着头脑，看似挺无辜的。

"难道说——不是你？我看你有钱，估计是富二代，又对我挺关心的，我以为你……"

"姑娘，自作多情了吧？我还没喜欢上你呢！"

盛夏受到了他的第二轮羞辱，对着电话声嘶力竭地吼："滚！"

这通乌龙电话过后，她脱光衣服倒在地板上，仰望黑暗的天花板，轻抚自己的身体。

那笔钱——管他谁送的呢！就当是魔女给自己的见面礼？明天就去买些好吃的，耶。

夜色已深，十一点十九分，适合戴上"宛如昨日"的时刻。死神已入眠，发出均匀的鼾声。

盛夏点开"宛如昨日"APP，选择游戏世界。戴上"蓝牙耳机"，太阳穴冰凉刺痛，穿过海马体与大脑回沟，魔女就住在这里……

第三次体验"宛如昨日"——

黑色隧道出口，像个老鼠洞，透出一丁点刺眼的光。似重新从子宫出生一遍。老古董的日光灯，闹鬼似的跳个不停。她坐在下铺，给脸上擦痘痘胶。最后半管，省着点用，她把手指沾着的抹回瓶盖。今天周末，同学们都回家了，寝室里冷冷清清。对面有两张高低床，堆满教科书、辅导材料、模拟考卷、毛绒玩具、女生用品。但这不是盛夏的宿舍，因为墙上的挂历，停留在1998年12月，刘德华在摩托车上双眼放电。

"嘿，你来啦！"

上铺甩下来一头乌黑长发，就像无数条水蛇，纠缠蠕动飘散……

她被吓到，缩在下铺的角落。一个少女的头探下来，倒着看她，像只倒吊的蝙蝠："别害怕！我们睡啦！"

欧阳小枝。

她认得这张脸，在时光的尘埃里，重新鲜明光亮。她进入了魔女的记忆，回到南明高中97级二班，女生宿舍。

"好啊，我们睡啦。"

盛夏无法控制自己的声音，居然自动回答，情人般温柔。

灯灭了。

天气很冷，没有空调，她盖着厚厚的被子。她翻来覆去无法睡着，睁着眼睛看上铺，想象藏在小枝枕头底下的铅笔盒。

忽然，一只丑陋的布娃娃，缓缓挪到她的枕边，嘴角咧开直到耳旁，露出一排白森森的牙齿："亲爱的盛夏，你终于来了。"

"你怎么会认识我？"她不敢吵醒上铺的小枝，"你从哪里来？"

"昨天。"

"你要往哪里去呢？"

布娃娃在她的红头发上打了个滚，抓着她的手指头："跟我来！"

打开窗户，外面有个小平台，顺着逃生通道的扶梯，可以爬到屋顶——盛夏对这里很熟悉，她自己的寝室也是这样的。坐在女生宿舍的屋顶，周围层层叠叠的瓦片。野猫轻盈地经过，看到娃娃便逃之夭夭，好像那是个可怕的杀神。她们望向九十年代的月亮，用手指在天空画出星星。

"嘿，娃娃，你为什么会说话？"

娃娃的眼神，时而像个豆蔻少女，时而像个百岁巫婆。她告诉盛夏，自己的生命，来自那两块黑色的石头，一块代表爸爸，一块代表妈妈，两块石头生出一个灵魂，就藏在娃娃身上。她不能离开这两块石头，否则就会死亡。

"我来了！"

有人在身后说话，盛夏几乎要滑下屋顶，被一只胳膊拽住。她回过头，看到欧阳小枝。

两个少女，一个布娃娃，在寒冷的12月，坐在屋顶上看月亮。

越过南明高中的围墙，烟囱耸立，冒着黑烟。彼时彼刻，那还不是废墟，工厂仍在正常运转，工人日日夜夜加班。后半夜的女生宿舍，常能听到搅拌机和大卡车的轰鸣。

小枝捧着铅笔盒，交到盛夏手心："只要打开这个铅笔盒，碰撞两块黑色石头，就能召唤出怪物！"

"不要！"

来不及了，魔女的手指头微微用力，铅笔盒已经打开，里面躺着两块黑色石头。布娃娃自动钻进铅笔盒，躺在两块石头间，好像睡在爸爸妈妈中间的小姑娘。

她轻轻碰撞两块石头，发出金属般的清脆声响，同时嘴里念出奇怪的语言……

盛夏一句都听不懂，好像某种古老的咒语，用来召唤地下的怪物和鬼魂的吗？

于是，一桩大事半秒钟都等不及地发生了。

爆炸。

震耳欲聋的巨响，仿佛一万个炮仗同时燃放，就连她们手边的瓦片，也被瞬间震掉几块，砸碎在楼底下。

围墙对面的那座工厂，在刹那的火光过后，冒出深蓝色的烟雾，整个天空被渲染成外星球的感觉。空气中弥漫着刺鼻的气味，仿佛千万只蝗虫扑面而来，冲击到皮肤上生生作痛，好像挨了无数个耳光，却又让人像嗑了药一般兴奋。她闭起眼睛捏住鼻子，好久才重新睁开，发现那座厂房已消失不见，深蓝色烟雾继续扩散。今天是周末，南明高中的宿舍几乎没人，只有屋顶上的她们看到这一幕。

小枝说得没错，只要打开这个铅笔盒，碰撞两块黑色石头，就能召唤出怪物！

"我们去看看！"

两个女生翻墙逃出南明高中，正好攀着夹竹桃的树枝——盛夏记得这棵树，十九年后，她从树下挖出了魔女的铅笔盒。

四周热浪滚滚，仿佛从寒冬变成酷暑，气味直冲中枢神经。工厂原本也有围墙，现在倒塌了一大片，许多厂房变成废墟——唯独那个大烟囱，顽强地幸存下来。爆炸现场一阵阵哀号，想必是有人受伤了吧？小枝说要去救人，盛夏抓住她的胳膊说，不要啊，太危险了！

小枝笑笑，冲入熊熊火海。十六七岁的少女背影，帅得无法形容，头发在火光下变成鲜艳夺目的红色——发红如火，发红如血。

不知过去多久，盛夏以为她真的死了！怎么提前了半年？

魔女回来了。她抱着一团黑乎乎的东西，沉甸甸的，每走一步都非常吃力，但愿不是死人的肢体……一条黑色大狗，全身皮开肉绽，滴着鲜血，发出老鼠般的吱吱声。

死神。

这条狗长得跟死神一模一样，不知是什么品种的流浪狗——不，有一点点区别，死神是公狗，这条则是母狗。

小枝抱着它，贴着耷拉下来的狗耳朵说："我会把你救活的！我发誓。"

盛夏似乎猜到了什么：它是死神的妈妈？多年以后，死神将从它的子宫里诞生。

宛如昨日。

[第八章　死神的眼睛]

人像断了线的风筝，掉进一口深深的枯井。幸好屁股着地，但她没力气再爬起来，往四周摸索全是粗糙坚硬的墙壁，也许是鬼屋里某个机关。

8月的最后一天。死神与少女，照旧在南明路上巡逻。隔着学校围墙，她眺望女生宿舍的屋顶——紧挨主题乐园一侧，距离工厂最近的地方。坐在四楼屋顶上，可以清楚地看到当年全貌。如果发生一场猛烈的爆炸，冲击波将近在眼前。

路过肮脏的水塘，死神看到自己的倒影，莫名其妙狂吼，误认为遇到个同胞兄弟。一阵风吹出死水微澜，另一个死神在水底沉没溺死，打破死神的太虚幻境——原来自己是世界上最孤独的一条狗。它尖厉地哀嚎，对着水塘，也对着天空，两条前腿跪下。

你是一条丧家犬！盛夏抱着它的脖子，贴着它的耳朵，不待死神回答，唱独角戏般地说下去——我也是丧家犬！嘿！死神，你是公的，我是母的。我们是一对狗男女。只不过，我们是比穿着西装与高跟鞋走在办公室或冷餐会上的狗男女们更人畜无害一点点的狗男女。

"狗男女万岁！"

她牵着死神跳起来大喊，对面开来一辆汽车，被她的气势深深震慑，径直撞上了行道树。

"I'm sorry（对不起）！"

盛夏吐了吐舌头，赶紧牵着死神逃跑。这不算交通肇事逃逸，她想。

午后，秋老虎肆虐，空气变得异常闷热，在家开着空调也无济于事。打开"宛如昨日"的后台入口，焦老师生前发给她的，还有管理员的登录口令，方便她直接上传代码。

数据库有了变化——成百上千个文件，同样格式，每个容量在10G以上，绝非学校服务器所能满足。以前从没有看到过这些，也许叶萧发现了什么？把它们释放出来。不过，叶萧啊叶萧，你可别因为太过好奇，打开潘多拉的盒子！

转念一想，如果我来选择，哪怕宇宙毁灭都要打开盒子来看看。古希腊神话里，潘多拉是火神用黏土制造出的大地上的第一个女人——老色鬼宙斯爷爷做证，但愿我是大地上的最后一个女人，盛夏指天发誓。潘多拉是对盗取圣火的普罗米修斯的惩罚，所以啊，潘多拉既有美貌又会花言巧语又会风骚地撩汉——唯独没脑子！因为他妈的智慧女神雅典娜嫉妒她！所以说，女人的存在是对男人的惩罚，又是没脑子的雌性动物……什么狗屁玩意？

她找到标明是"盛夏"的文件夹，戴上"蓝牙耳机"，进入自己回忆和游戏过的世界——

第一段：2013年平安夜，妈妈毒死爸爸的记忆。

第二段：从童年记忆直接跳转到1999年的欧阳小枝，她与魔女的初次邂逅。

第三段：1998年12月，她坐在南明高中女生宿舍屋顶上，目睹工厂爆炸，发现一条受伤的黑色母狗……

"宛如昨日"，不仅让你看到过去，还能即时储存在服务器，画面、声音、气味、触觉，以及当时的思想和情绪，事无巨细，真实度远远超过任何一种载体。

她将这些数据库称为"记忆库"。

就像你在照镜子，却不知道镜子本身就是摄像机，相当于更衣室或厕所偷拍。

脚边毛茸茸的。死神半躺在地板上，瞪着圆圆的眼睛，好像有话要说？它两次经历过主人的死亡，一次是少女被强奸杀害，一次是全家灭门惨案……

死神。

盛夏抱住它的脑袋，耳朵贴着狗的心脏，红色短发与黑色狗毛交织着，像某种神经网络交流——既然"宛如昨日"可以生成记忆库，把人的记忆长久地储存起来，那么狗呢？

死神目睹了焦老师的灭门案，如果把那一夜的记忆导入"宛如昨日"，警方不就可以看到凶手的脸了吗？

叶萧说得没错，这条狗是破案的 key（关键）。

傍晚八点，空气越发闷热，南明路上蝉鸣一片。

盛夏牵着死神来到高中门口。保安不让她进去，更不可能放进这条大狗。不过，叶萧来了。公安局查封了学校的电脑机房，作为焦可明灭门案的重要证据。盛夏大摇大摆地从正门进来，死神也趾高气扬，跷起腿在操场边的榆树下撒了泡尿。住读的高中生们避之唯恐不及，老师们掩面而过，好像被这红发雀斑少女看一眼，就会中毒身亡——他们都知道盛夏的妈妈有精神病，亲手毒死了自己的丈夫。红发少女，露着光光的长腿，向他们抛去挑衅的目光。

叶萧瞪了她一眼："狐假虎威！"

"错了，我才是老虎！"

她就差在额头写个"王"字。叶萧看了看大狗，它今晚状态不错，鼻头湿漉漉的，双眼有神，皮毛锃亮，四肢与胸口的肌肉饱满。他向盛夏竖起大拇指。其实，每次靠近这头猛兽，他都好像回到十岁那年，在新疆被狗咬的时候。

两人一狗，来到实验楼的电脑机房。冷气开得很足，他大口喝着饮料，背靠写满数字的墙。

"给你一样东西，你再看墙上的数字。"

盛夏掏出那张作业纸，原本藏在欧阳小枝的铅笔盒里——十八年前发黄发皱的纸张。

"哪里弄来的？"叶萧的眼珠子突出来，仔细对照四十行数字，一字不差，"我没收了！归专案组所有！"

"地下。"她简单描述一遍，包括在"宛如昨日"里遇见欧阳小枝，第二天在学校围墙下挖出铅笔盒，"魔女给我托了梦。"

"你是说，这堵墙上的数字，来自欧阳小枝？1999 年？"

叶萧盯着手里的作业纸，果然有那一年的味道。

"没错，别忘了正事——死神准备好了！"

盛夏拍了拍大狗的脖子，又对它窃窃私语几句，它乖乖趴在地上，等待进入记忆世界。

"我还没追究你盗窃"宛如昨日"设备，擅自进入数据库的责任呢。"

叶萧后悔得想吃掉自己的拳头。第一次进入焦可明的电脑机房，打开那个铁皮柜子，他应该先清点"蓝牙耳机"的数量，那样就不会被盛夏偷走两副。

"少废话，幸好发现了记忆库，否则这案子到你被烧成骨灰都破不了！"她做了几个肘击和抬膝盖的泰拳动作，如即将决斗的女拳师，"听着，大叔——如果我们成功，将是人类第一次复制出动物的记忆。"

他瞪了死神一眼，把"蓝牙耳机"放到盛夏的手心。

"你会感激我和死神的！"

在魔女的安抚下，死神好不容易戴上设备。狗的太阳穴在哪里？反正贴着耳朵旁边,最靠近大脑的位置。叶萧咨询过兽医了。死神闭上眼睛,下巴磕在地板上,它能听懂部分人类的语言,盛夏帮它"翻译"了一遍。

"死神!找到火灾那一晚的记忆,一家三口都死了,你看到的那张脸!"

盛夏不断重复这句话,先是书面语的普通话,然后是方言口语,最后还说了一遍英语。她搞得汗流浃背,狗的体温高于人类,它烦躁地站起来,竖起耳朵又耷下,用力甩着头,就像刚洗完澡,把戴在头上的设备甩飞了。

第一次动物实验,宣告失败。多么训练有素的狗,也依然无法理解"宛如昨日"的信号,不能主动而理性地回忆起某个时间点。或者说,这款依照人类颅骨设计的"蓝牙耳机",并不能准确接触到犬类的神经位置,狗的太阳穴也是扯淡。

"毕竟是条串串狗!"

"狗屁!你跟那些无知的笨蛋一样,把狗分为三六九等。我不觉得一条拉布拉多或阿拉斯加,就比一条中华田园犬高贵多少!狗跟人一样,根本不存在天生的贵族。每当有人说什么贵族学校、贵族精神、贵族巴拉巴拉……我就想给他们的嘴巴塞进一个榴梿。"

盛夏不出意外地对他竖起中指,死神也对他投来轻蔑的目光。

"好吧,我冒犯到你和你的狗了,我向你们道歉。"

"死神是一条好狗!串串狗怎么了?"

她又长篇大论一番,恍若动物专家。自然杂交犬的智商和体能都优于纯种狗。所谓纯种犬,是为人类而存在的,它们才是不符合自然规律的变态物种。贵宾有癫痫,杜宾有血友病,斗牛犬难以自然交配和分娩,要保持种族纯粹性,就会导致严重的遗传病。它们的性格也不如杂交犬,要么太胆小,要么太激动。而以串串为主力军的流浪狗,才是真正优秀的犬类,也是人类的好伙伴。

"串串狗拯救世界?"再听下去,叶萧的耳朵要生癌了,"今天就到这里!我怕这条大狗会发狂!"

他刚要喝杯水,就被盛夏夺过来,直接塞到死神嘴边。在她眼里,男人不如一条狗。

　　没来由地，叶萧转移了话题："听我说，请你不要再跟乐园单独出去。"

　　"为什么？"

　　"他不安全。"

　　"是有人要对他不安全，还是他要对别人不安全？"

　　"都有可能。"

　　"大叔，你管不了我！"她给了警官一个白眼，盯着对面的墙壁，"有本事，你把这堵墙上的数字密码破解了！"

　　叶萧眯起双眼，盯着密密麻麻的墙上的数字："我就快要发现它们的秘密了。"

　　"如果没有我，你是绝对做不到的。"

　　子夜将至，她带着死神回家，空气丝毫没有凉爽。大狗睡了，她稍微开了一会儿空调。

　　盛夏戴上"蓝牙耳机"，很舒服地贴合太阳穴。这个设备只能给成年人使用，小孩子也很难合身，除非重新设计儿童款的。她闭上眼睛，隧道渐渐展开，等待进入游戏世界。

　　第四次体验"宛如昨日"——

　　1998年的最后一夜，1999年的第一天。

　　南明路，依然飘荡着火葬场般的焦味，苍穹被浓密的乌云笼罩，酷似十几年后流行的雾霾。对面工厂成为废墟，唯有大烟囱屹立不倒。南明高中的围墙下，她看到那条酷似死神的黑色母狗——小枝带它去了宠物医院，吊了好几天盐水。小枝抚摩它的脑袋说："从今以后，我就是你的主人，你说，我该叫你什么名字呢？"

"死神之母！"

盛夏忍不住插了一句。小枝居然听到了，转头说："不错啊，你真会起名字。"

魔女到底是魔女，她可以轻松地跟狗说话。狗用含混的嗓音富有节奏地回答，完全明白她的意思，要它怎样就能怎样。而它哪怕一个眼神，小枝也能当即领会。

"你是怎么做到的？"

她想起今晚给死神做的失败的记忆实验。

"当我还在云南时，不但能听懂动物的语言，还能听懂大山和土地在对我说话。我想，山里头就是妖精，土地里就是死人的鬼魂。而我到了这里啊，功能都有些退化了。"

欧阳小枝独自走到南明路中心。"雾霾"的子夜，她的长发被微风吹起，迎接1999年的第一个黎明。

数日后，欧阳小枝来到工厂废墟，身旁还有一个男生，个头中等，脸上布满青春痘，镜片的反光掩盖住双眼。盛夏认出了十八年前的焦可明，他是个计算机天才，却注定要泯然众人，该不该现在就告诉他呢？但他看不到盛夏，盛夏在他面前是隐身的。这个世界，只有魔女的眼睛能看到她。

"哪里有流星雨呢？"

欧阳小枝回头问十七岁的焦可明，他们来到离工厂更远的废墟，这里没有一丝灯光，爆炸后产生的烟雾已消退。夜空晴朗，是绝佳的观测好天气。

"你看！"

头顶掠过好多颗流星，成千上万，烟火般灿烂，美得无法形容，地球停止转动，时间凝固在"宛如昨日"。

"象限仪座流星雨。"焦可明屏着呼吸，在小枝的耳边说，"流星体与地球大气层摩擦，从星空中的一个辐射点坠落。流星雨的命名，来自辐射点所在天空的星座。比如这个流星雨辐射点在象限仪座，与真正的象限仪座星系群毫无关系。中国最适合观测流星雨的地点，是东海深处的一座孤岛——达摩山，据说在天气晴朗的夜晚，能用肉眼看到上万颗星星。"

"天空每划过一颗流星，就会有一个人死去。"

欧阳小枝背出了《英雄本色》第二部张国荣的台词。

"你怕了吗？"

"我不是怕，是很怕。"

"你也会害怕？别人都叫你魔女，你知道吗？"

"焦可明，我愿意做一个魔女。"

她抓住了男生的手，将他的手背抠出血红印子。他们看到的不是一颗流星，而是无数颗啊。今晚，在这条路上的每个人，都将要开始向死亡的赛跑。

突然，毫无征兆地，魔女的身体开始僵硬而强直。整个头摆动得像电风扇，头发就像深海里的水藻，在黑夜里四散飘扬。倒在地上的她，又像龙虾那样蜷缩，双手如同鸡爪，两条腿蹬着。她的嘴角吐出白色泡沫，几乎翻出白眼，发出牲畜被屠宰前的呻吟声。

不，这分明是癫痫！只有亲身经历过的盛夏，才明白这种病有多危险。

1999 年 1 月，南明路的工厂废墟，象限仪座流星雨下。魔女疯癫的状态持续不到五分钟，之后平躺在野地里喘息，宛如死而复生。她不明白发生了什么，像是触电过后的灵魂出窍，她凝视焦可明镜片后的双眼："看到那个烟囱了吗？"

盛夏跟着他们的视线，掠过不远处的工厂废墟，星空下的烟囱轮廓朦朦胧胧。

欧阳小枝转回头，看着另一边的盛夏说："听我说！在那个烟囱底下，藏着许多个鬼魂，拜托你，去把他们挖出来，必须要去啊——在这个世界上，只有你才能做到！"

盛夏惶恐地退后，躲藏到阴影深处。她听到少年焦可明发颤的声音："小枝，你不要吓我，你在跟谁说话呢？"

"十八年后的我自己。"

魔女回答。

盛夏后退到南明路上，一辆大卡车横冲直撞而来，她感觉骨头碎裂，整个人飞到半空，体重只剩下千分之一，如羽毛在流星雨的夜空下飘浮。她看到荒野中的欧阳小枝与焦可明，也看到工厂废墟中心的大烟囱，还有南明高中女生宿舍的屋顶，最后是死神之母的眼睛……

盛夏趴在地板上哭泣，好像自己已变成一具尸体，躺在1999年的南明路上。

浑身骨头与内脏都在剧痛，摸了摸却完好无损，只有脑子里多了个恶性肿瘤。刚过零点，子夜的空气闷热难耐，犹如一口沸腾的蒸锅。

"宛如昨日"，这是一款AVR动作冒险网络游戏，但让人完全身临其境，不需要用眼睛看用耳朵听，只需要你的意念……

听我说！在那个烟囱底下，藏着许多个鬼魂，拜托你，去把他们挖出来，必须要去啊——在这个世界上，只有你才能做到！

盛夏耳边反复回荡着1999年魔女的嘱托，仿佛癌细胞渐渐扩散——可问题来了，工厂废墟的大烟囱，早已不复存在。整个地块都成了主题乐园，到哪里去找烟囱呢？

她打开电脑的"TOR"工具，进入"暗网"，也就是深层网络"Deep Web"，没有任何超链接指向，无法被谷歌或百度抓取。暗网储存的数据是明网的上百倍，那才是隐藏在水面下的冰山部分。从十四岁起，盛夏在暗网用过的ID从"黑色大丽花"到"莎乐美"再到"少女萨德侯爵"，每一个都有成百上千的粉丝。暗网有个社区专门贩卖建筑图纸，是黑客从全世界各地档案馆偷出来的，尽管那些家伙更热衷于盗取别人电脑里的私房照。这里有海量的图纸，分门别类，便于检索。有个板块是已经消失的建筑，价格就更加昂贵，因为具有不可复制性。

盛夏找到了九十年代南明路工厂的图纸，用价值上百美元的比特币交易购买，果然发现了烟囱的坐标。然后，她毫不费力地找到失乐园的图纸，毕竟是2010年才建的主题乐园。打开图形编辑软件，她将工厂图纸叠加在主题乐园上，调整为相同比例尺，对应上了每栋建筑。

结果耐人寻味：工厂图纸里的大烟囱，正好对应于失乐园的鬼屋。

烟囱＝鬼屋＝鬼魂埋藏之地（魔女的说法）。

她很自然地想到了火葬场的烟囱。

今晚，要不要去呢？盛夏躺在地上，看着黑暗的天花板，指头摸到手机，忽然想起一个人。

她拨通了乐园的电话。

"Hello，有事吗？"

电话那头的他，声音略微紧张，大概以为她的脑癌又犯了。

"欧巴，不跟你开玩笑，你现在有空吗？"

"现在？你知道几点了吗？"

"你身边有女人？"

没错，盛夏的耳朵超级敏感——躺在他床上的女孩故意咳嗽，母狗似的宣示领地。

"与你无关。"

"好吧，我一个人去失乐园了。"

乐园的声音略带紧张："等一等，你要去哪里？"

凌晨一点。

还好例假结束了，盛夏独自来到南明路，浑身每个毛孔都无比轻松。经过南明高中，夜排档也收工了，听取水塘里的蛙声一片。经过荒芜的小道，来到洛可可风格的大门口，黑暗中看不清"失乐园"三个字。

突然，汽车大光灯刺痛双眼，深蓝色皮卡已提前赶到。一个男人瘦长的身影靠近，盛夏一拳打过去："不要用灯光吓唬人！"

乐园应声倒地，还好是打在胸口，他咳嗽几声："最讨厌你们这种典型的狮子座女生了。"

"去死吧，射手男！"

"傻丫头，不能等到明天吗？"

"对不起，我的词典里没有'明天'！"盛夏对他大吼起来，又淡淡地说了一句，"脑子里的肿瘤，随时随地会杀了我——我怕看不到明天早上的太阳。"

这番话让乐园没脾气了，怜悯地看着十八岁的红发少女："OK，我陪你。"

走进废弃一年多的主题乐园，后半夜又是不同的凄凉景象。杂草与灌木丛中，不断惊起各种小动物，好像乡村墓地。

乐园能看穿她的心思："你知道吗？二十世纪六十年代以前，这一带全是公墓。"

"嗯，我听说过，当年阮玲玉的墓就在这里。"

"广东人的公墓，那时叫联义山庄。后来公墓改造为学校与工厂。南明中学的图书馆，那栋看起来最老的房子，是公墓唯一留下来的建筑，以前专门供奉死人灵位的。"

半夜在荒郊野外说公墓，故意吓唬女孩吗？但盛夏完全免疫，她最爱在凌晨三点看《咒怨》了。

"好吧，等我死后，骨灰直接撒进魔女区——就像1999年的欧阳小枝，消失在神秘时空里。我才不相信入土为安、转世投胎这种鬼话！"

游乐设施只剩下轮廓，无从分辨旋转木马与白雪公主城堡，唯有摩天轮依然清晰。两人用手机打着手电筒，盛夏对照游乐园的图纸，很快找到鬼屋。

二十年前的大烟囱，曾是南明路的地标性建筑。盛夏读小学时有清晰的印象，大约在 2009 年，坚固的烟囱被爆破拆除。第二年，整个地块盖起失乐园，鬼屋取代了烟囱。

五年前，小倩的尸体，就是在鬼屋背后的排水沟里被发现的。

"魔女说许多鬼魂就在这个鬼屋里面！"

盛夏找到进口，是扇破碎的边门，乐园拽住她胳膊说："适可而止吧！不要再玩下去了。"

"你见过这个东西吗？"她掏出一副"宛如昨日"的"蓝牙耳机"，上周，她从学校的电脑机房偷了两副，还有一副留在家里，"这玩意能让我见到魔女。"

"好吧，我答应你，明天早上陪你去看病。"

"精神病？"她固执地走入这扇小门，"我不是在玩！你一个人回去吧，我要进去看看。"

乐园无可奈何，跟在后面闯入。手电光束所到之处，可见烟雾腾腾的灰尘，身首异处的小丑，被腰斩的小鬼，还有被拔舌头的妇人，滚烫油锅中的男女……鬼屋设置成迷宫的布局，两人小心地走了半圈。为了避免迷路，盛夏每走过一个弯道，就用手机拍下照片。

"失乐园开张的那年，我和小倩来鬼屋玩过一次。有个披头散发的判官，脸上抹着猩红的鲜血，吐长舌头，还伸出乌黑的手，摸我们的耳朵，结果那浑蛋被我一脚踢爆了蛋蛋。"

她在乐园的耳边说话，让他听着感觉蛋疼："那一年，你几岁？"

"十一岁。"

"好吧，我要离你远一点。"

刚走几步，身后有个东西掉下来，在地上砸得粉碎，发出震耳欲聋的回音——是个吊灯，要是晚一秒，被砸到脑袋，不是送命就是重伤。

"算你命大！"

话音未落，又有个吊灯掉下来，她拽着乐园往旁边一闪，吊灯贴着他们的肩膀砸落，碎玻璃四散飞溅。盛夏问他受伤了吗，乐园也搞不清楚，好像裤子破了好些洞眼。

第三个砸下来的，不再是吊灯，而是整个电冰箱。

绝对不是巧合，是有人故意要砸死他们。盛夏灭掉手机光，就像遭遇空袭时必须灯火管制。乐园抓着她的手，往鬼屋深处逃窜。没有光，无法辨别方向。身后不断响起玻璃和金属的破碎声，仿佛真正的死神紧随其后，又像一场杀戮的冰雹。

"迷路了！"

盛夏大声咒骂，刚转过一个弯道，脚下便踏空坠落。

人像断了线的风筝，掉进一口深深的枯井。幸好屁股着地，但她没力气再爬起来，往四周摸索全是粗糙坚硬的墙壁，也许是鬼屋里某个机关。

"乐园！"

她声嘶力竭地喊那个男人，头顶黑乎乎一片死寂。盛夏才想起手机，她照出一口深井，底下是水泥平地，只能容纳一个人，转个身都困难。光束再往上照，距离太远，看不到天花板，只能依稀辨别井口，姚明站在里面也未必够得着。

不过，裤子口袋里的"蓝牙耳机"不见了——在慌乱逃窜中掉了。

她狠狠掐了自己一把，原本想把设备带来，在乐园的陪伴下体验一把，或许还能再看到1999年的魔女。她相信如果实地使用，相当于空间未变，但穿越了时间，可以更清晰地挖出秘密。

乐园没有回应，她蜷缩起来——她并不害怕自己死，反正多活不了几天。盛夏担忧的是那个男人，因为她的鲁莽和任性，无缘无故葬送在这名副其实的"鬼地方"。

1999 年的烟囱底下的鬼魂呢？你们在哪里？她甚至怀疑这是陷阱。魔女——欧阳小枝，潜入"宛如昨日"的游戏世界，用一句诱人的谎言，欺骗她前来送死？

盛夏想到了一个人。

这地方居然有手机信号，她赶在电用完之前，拨通叶萧的电话。听得出来，他还没睡。她超乎年龄地冷静，有条不紊地诉说所在方位，强调绝非开玩笑，更不是恶作剧。她已命在旦夕，乐园医生甚至可能死了。叶萧让她不要乱动，他就在南明高中的电脑机房，保证五分钟内出现。

深呼吸，鼻孔里全是灰尘，还有鬼魂的气味。

盛夏用手机照着头顶，地面传来脚步声。一开始很轻，接着越来越响，好像某条大狗的急促步点。她真的感到了恐惧，全身肌肉绷紧，想象自己将看到怎样一张脸。

四分之一秒后，手电光束尽头，照出一个狗头。

他不是死神，也不是任何一种犬科动物，因为这个狗头下面，连接人类的脖子和躯干，还有一对男人的手臂。

狗头人身。

五年前的十三岁生日时，她与小倩一起在马戏团，看到传说中人狗杂交的怪物——他也是奸杀小倩的头号嫌疑犯。

"有本事你下来！"手机电池即将耗尽，她打开手电筒功能对准头顶的狗头人。他没发出任何声音，只有一双眼，藏在狗毛之中，痴痴地凝视她——复活的魔女。

然后，盛夏的手机没电了。世界归于幽暗，再也见不到长着狗头的怪物。

第九章　阿努比斯神

阿努比斯，负责末日审判之天平，在天平的一边放羽毛，另一边放死者的心脏，如果心脏与羽毛重量平衡，此人就可以上天堂。如果心脏比羽毛重，这个人就是有罪的，会被打入地狱，成为魔鬼的晚餐。

9月1日，清晨七点。

叶萧的鼻孔中充满消毒药水气味，几乎一宿未眠的他，蜷缩在走廊座椅上小憩片刻。

他梦见了长着狗头的男人。

不过，这仅限于他的想象……2012年失乐园少女奸杀案，嫌疑人留下过若干模糊的照片，都是马戏团的客人与他的合影，成为一度张贴在全市各地的协查通告。有许多市民向公安局投诉，通缉令上的照片过于恐怖——更多人使用"怪诞"，以至半夜坐电梯吓得半死，小孩子还做了噩梦，警方被迫撤掉所有通告，避免引起社会恐慌。

五小时前，叶萧在南明高中的电脑机房，接到盛夏的求救电话。凌晨两点，他将信将疑，来到废弃的主题乐园。孤身一人冲进鬼屋，地上全是碎玻璃，还有新鲜血迹。他感到某种危险，从腋下掏出手枪，小心翼翼沿着墙根行走。绕过几个弯道，推倒影影绰绰中的贞子与吸血鬼塑像，他发现了倒在地上的乐园。

他还活着，年轻的医生处于昏迷并流血的状态。

同时，叶萧听到少女的呼叫声，在一口深井的边缘，发现了被困住的盛夏。

大批警力赶到失乐园，将乐园和盛夏送往最近的医院。警方彻底搜索鬼屋，连带附近的游乐设施，没有任何发现。叶萧回想整个过程，如果在黑暗的鬼屋，嫌疑犯——不管是否狗头人——躲藏在背后袭击，自己很可能也会送命。就这样牺牲，好像有点莫名其妙？算不算因公殉职？妈的，就怕连个烈士称号都没捞到，只为了一个红头发的雀斑妹。

叶萧先去急诊室看乐园。三个小护士围着受伤的乐医生，简直要为谁给他包扎伤口，谁为他清理扎在肉里的碎玻璃，谁又服侍他喝水吃药而大打出手……

乐园刚醒，向叶萧打招呼，然后遣散他的"后宫"。

"你可真受女人欢迎啊。"

"叶警官，你在讽刺我吗？感谢你救了我的命。"

他的伤势不算严重，是被高空坠物砸晕的。但如果偏两厘米，玻璃可能会割破颈动脉。

"盛夏好像很信任你，让你半夜陪她去鬼屋。忘了我警告过你的话吗？"

"你误会了，我告诉过她，我要为焦老师复仇，或者说，为了他的儿子焦天乐。我和盛夏有共同的目标和任务——希望能够帮到警方。"

"你觉得是谁要杀你们？"

"灭门案的凶手，有人要阻挠我们的调查。"乐园从病床上爬起来，拔掉插在手背上的输液管针头，"盛夏在哪里？"

红头发的十八岁少女，就在急诊室的另一个房间里。她并无大碍，只是掉下深井时，磕了几个乌青块。

"你还活着！"她看到乐园，就像黄鼠狼看到鸡，"抓到那个怪物了吗？"

"没有。"叶萧摆出审问的姿势，"也没找到你丢失的'蓝牙耳机'。"

"一定被那个怪物拿走了！唯一剩下的'蓝牙耳机'，我不会还给你的。因为，焦老师给我的任务，'宛如昨日'的游戏程序，我已全部完成，这是应得的报酬。"

"昨天半夜，接到你的电话之前，我已经在电脑机房里玩过了。"叶萧眯起眼睛，不晓得该怎么形容，笼统地一笔带过，"很特别。不知道你看见的，跟我所玩的是否相同？"

"有没有看到 1999 年的欧阳小枝？"

"没有，我都不知道自己进入的世界是哪一年。"

"下次你再体验'宛如昨日'，也许就会看到我。"

盛夏讲述了自己在游戏世界的所见所闻，包括从南明高中后边的墙角下，挖出装着黑色石头和布娃娃的铅笔盒；她跟欧阳小枝一起目睹了 1998 年 12 月的大爆炸，紧接着救助了流浪狗"死神之母"；还有魔女要她从大烟囱底下挖出鬼魂的秘密……一口气说完，她口干舌燥，喝了杯牛奶。

乐园这才吭声："我是脑神经内科的医生，我很负责任地告诉你，刚才你所说的一切，可能并非在虚拟现实游戏中的所见，而是一种具有强烈逼真感的幻觉。"

"放屁！"

"盛夏同学，你别忘了，你的脑子里有恶性肿瘤。产生各种奇怪的幻觉，是脑癌患者经常发生的病理现象，就跟头晕、视力下降、癫痫一样。"

叶萧又给她补一刀："还有啊，你说你在鬼屋里头，见到了狗头人，我怀疑也是你臆想的幻觉——人在绝望和恐怖的环境中，很容易想到噩梦里出现过的东西。"

"大叔，我可以骂脏话吗？"

"你妈妈没教过你对大人说话要有礼貌吗？"

"对不起，我妈被你们关在精神病院，没空教我这些狗屎一样的礼貌。还有啊，狗头人不也是你的噩梦吗！亲爱的警官。"盛夏从病床上跳下来，面对两个男人，子弹似的射出一串字，"没——有——亲——眼——看——到——并——不——表——示——不——存——在！"

她先看叶萧的侧脸，线条分明，嘴边爬满胡楂，每个毛孔都在喷射激素。再盯着乐园的正面，像一匹雪白的纯种小公马，在夏洛克·福尔摩斯经常光临的庄园长大。这两个男人，南辕北辙，就像一套小说的名字——冰与火之歌。

下午，叶萧开着白色大众，来到另一所中学。

这个学校只有初中部，位于旧市区的中心，教学楼和操场狭小逼仄，附近有大片即将拆迁的老房子。课间休息，初中生们打闹着奔跑，看到老师就低头走过，跟二十多年前的他一样。他的调查对象是五十岁的女教师。

"1994 年到 1997 年，欧阳小枝在这间教室读完了初中，当时我是全校最年轻的班主任。"

"陈老师，能说说你对她的第一印象吗？"

这些天来，除了每晚蹲在南明高中的电脑机房，他还调出了与欧阳小枝有关的所有档案。叶萧决定任何一个环节都不放过。

"那双眼睛毫不畏缩地看着你，要在你脸上盯出个洞来！照中国人的习惯，这很没教养。我当时就教训了她。初一开学那天，她的穿着打扮很差，同学们都用鄙视的目光看她。1994 年，来学校办借读手续的，是欧阳小枝的姑姑，很有气质的女人，常年在日本定居。她说小枝这孩子很可怜，刚出生爸爸就死了，妈妈改嫁后死于难产，小枝成了孤儿，只能寄养在叔叔婶婶家里——但我从没见过，每次开家长会，所有同学的父母都来了，唯独小枝没有。她说奶奶对她很好，初一期末考试前，奶奶患脑溢血去世了。她连续眼眶红了一周，我想是再也没人关心她了。”

“我也是知青子女，不过是从新疆回来的，我完全能理解。但我很幸运，家里人对我很好。”

“欧阳小枝还有个堂弟，是叔叔婶婶的独生子，谁还会在乎从云南来的侄女？当年这样的事情很多。”离开教室门口，陈老师接着说，“她刚来时，一口怪怪的云南话。同学们嘲笑她，骂她是乡下姑娘。谁能想到，不到三天，她就能说标准的普通话，比我这个做老师的说得都好。一个月后，她能用本地方言去菜场讨价还价。我教了那么多年书，没遇到过这种孩子，她是个奇迹，要么是语言天才。大概是云南低纬度的原因，小枝发育比较早，比其他女生早熟。她漂亮，眼神很特别，吸引别人目光。还有，她不是很守规矩。后来，我听说她失踪了，对吗？”

“1999 年 8 月 13 日，她消失在南明路废弃工厂的地下室，至今生死不明。”

“那时候，流行一部电视剧《孽债》，一群云南西双版纳的孩子，到城市来寻找爸爸妈妈。每次看到这部剧，我就会想起小枝。她有一种原始的力量，对，原始！别人按照受教育和规范而活，她却是按照原始本能。她经常在上课途中，跑出教室上厕所，甚至冲出学校买吃的。她很喜欢小动物，说能跟小猫小狗说话。她在课桌底下养过一窝刚出生的麻雀，还有黑乎乎的老鼠，吓得全班女生尖叫。她不会说恭维人的话，不跟别人社交，或者说她不会说谎。有的女生长得难看，小枝当着全体同学的面，说她丑得像头驴。特别是女生，都对小枝讨厌到极点。老师也不喜欢她，因为她会在课堂上公开顶撞，搞得老师下不了台。校领导几次想劝她退学，是我这个班主任把她保了下来。”

老师果然是吃开口饭的，叶萧佩服她的记忆力："陈老师，你看中她哪一点？"

"初三，面临中考，但她从不上晚自习，模拟考最后一名。我怀疑她有厌学症，后来发觉课本里教的东西，小枝早就懂了。我是数学老师，对数字敏感。我让她到办公室谈话，正好我在统计考卷分数，她只看一眼，立刻算了出来。我用计算器敲了几遍，分毫不差——她有超人的心算能力。我有意测验过她几次，学校组织看电影《霸王别姬》，隔了两天，我不经意间问她：程蝶衣小时候反复练习的那段唱词怎么说来着？没想到，她一字不差地背了出来。"

叶萧用手机搜出来——小尼姑年方二八，正青春被师父削去了头发，我本是女娇娥，又不是男儿郎，为何腰系黄绦，身穿直裰，见人家夫妻们洒落，一对对着锦穿罗，不由人心急似火，奴把袈裟扯破！

"就是这个！想不到小枝脱口而出。她有别人看不到的天分，稍微认真一点，绝对能考上最好的大学。她没测过智商，如果有的话，我无法预料会有多少分。"陈老师看着楼下的操场，男生们正在打篮球，"在这个学校里，没有她喜欢的人。相对来说，她对我还算客气。"

"可她的成绩这么糟糕，却考上了全市重点的南明高中？"

"这一点，也让所有人跌破了眼镜啊，除了我。别说是考上南明高级中学，就算是清华北大，她也完全有实力考上，关键看她愿不愿意去。如果不愿意，她给你交个白卷都有可能！"

叶萧没有更多的问题了，陈老师问了一句："失踪了那么多年，为什么还要调查小枝呢？"

"人走了，记忆还在。"

摸着二十年前，小枝每天上下的楼梯扶手，他下楼走到操场中央。一个篮球砸中他的脑袋，叶萧并不生气，敞开 T 恤领子，抓起球舒展双臂，准确地投进篮圈。

"三分球哎，大叔好帅！"

两个初三女生在篮球架后面鼓掌并花痴。叶萧转身离去之前，在校园尽头玻璃窗的反光里，仿佛看到十五岁的欧阳小枝。

手机铃声不合时宜地响起，他接起来听到另一个魔女的声音："喂，我家出事了！"

两小时前。

发红如火、发红如血的魔女，再次出现在南明路上，自然少不了死神为伴。

她在医院做完检查。脑中的恶性肿瘤，既没有缩小，也没有扩大。乐园是脑神经科医生，也算专业对口，看了她的脑部片子，却也沉默不语，连个虚伪做作的拥抱都没给她。盛夏抓起桌上的无线鼠标砸去，正好命中他的头顶，但愿没有流血。

"妈的，我最讨厌暖男了，不要装暖男好吗！"

不晓得这番话，有没有伤到他的心？该死的，她抽了自己一耳光，胡思乱想！

走在烈日下的马路上，死神的情绪不佳，总是神经质地大嚷，要么扭头要往回走。盛夏依然穿着短裤，牵着狗绳走到南明高中门口。路边阵阵恶臭袭来，许多死狗与死猫，倒在人行道与绿化地的草丛。路人掩着鼻子匆匆而过，死神从狂吠变成哀嚎，想必是同类之间触景伤情。

她从南明高中走到失乐园门口，再到马路对面走回来，一路上布满死去的流浪猫狗，更别说老鼠与青蛙之类的小动物，无数苍蝇欢快地飞来飞去，在动物尸体的七窍处产卵生蛆。死亡的气味弥漫了整条路，天上盘旋着大群乌鸦，黑压压地俯冲下来，用尖刀般的鸟嘴啄开死狗死猫的腹部与眼珠，挑出绵长的肚肠与脑浆饱餐一顿。死神愤怒地跳起来，居然打下两只乌鸦，踩在地上活活咬死，狗嘴里全是乌黑坚硬的羽毛。

她粗略统计了一下，至少有二十条死狗，超过一百只死猫。

焦可明的灭门案后，连续下了六天暴雨，这一带就频频出现动物尸体。但如此密集地大批量死亡，却是头一回。有人报警，环卫局开来好几辆车，赶走食腐的乌鸦，全面清理尸体——它们被当作垃圾，最终将填埋到地下深处。

盛夏怀疑是不是有人给流浪动物投毒。

她给叶萧发了条微信，问他公安局能否检验一下猫狗的尸体，比如做个解剖之类。

下午四点，南明高中虽是寄宿制学校，但这个时间有很多人跑出来，要么溜回家吃饭，要么出去上各种补习班。学生们看到猫狗的尸体，也都捏着鼻子。有人说坐在教室里上课，都能闻到马路上的腐臭味，只能关紧了门窗。当然，他们看到盛夏和死神，也都识相地绕道而行。学校的贴吧，班级的微信群，都知道魔女回来了——牵着黑色大狗，染成鲜红的短发，犹如漫威电影里的超级英雄，女版钢铁侠、蝙蝠侠、蜘蛛侠、美国队长……每天早上，出现在南明路上，斩妖除恶，替天行道！

盛夏拍了拍死神的脖子——我不是替天行道，我只是替自己行道。

一刻钟后，她回到家，想要洗个热水澡，冲掉身上死猫死狗的臭味。刚打开门，感到某种异样。大狗开始狂叫，爪子在地板上挠出一道道印子。

有别人的气味！

有人闯入过这个房子。半分钟内，她搜索了家里的每个角落，床底下和衣柜都没放过，结论是那家伙刚刚出门，与她几乎擦肩而过。

她牵着死神冲出去，大狗急吼吼跑下楼，不断用鼻子嗅着气味。跑出小区大门口，正要往南明路方向而去，一辆洒水车开过来……×！狗鼻子完全被打湿了，连续打了几个喷嚏，灵敏度降低许多。盛夏的头上全是水，顺着红发滴滴答答，她默默问候了天空和大地的十八代祖宗。

回到小区门口，她直截了当问保安大叔："刚才有没有看到过可疑的人出去？"

保安本来想说：可疑的人？不就是你吗？不过，面对盛夏凶巴巴的目光，还有那条不断甩着头的大狗，他怯生生地回答："嗯，好像有个戴着白口罩的男人。"

五分钟后，盛夏在物业的办公室，调出了小区的监控录像。

果然，有个戴着白口罩的男人，从她家楼下的门洞里出来，与她和大狗相差不过一分钟。

监控的画面模糊，完全看不出闯入者的年龄和体貌。大口罩遮住了整张脸，只露出一对眼睛。盛夏拷贝下了这段录像，准备发给叶萧。

死神与少女灰溜溜地回家。她先检查家里的东西，反正没有任何值钱的。唯一的那张存折，网银里一分钱都没少。晾在阳台上的内衣也没丢，看来不是色魔变态。

不过，她打开床头柜的抽屉，"宛如昨日"的"蓝牙耳机"还在，但那个铅笔盒不见了。

欧阳小枝的铅笔盒，1999 年埋葬在南明高中的围墙下，两天前刚刚挖出来，连同里面的两块黑色石头和布娃娃……幸好那张写满了神秘数字的作业纸，已经被叶萧警官没收了。

是谁要偷走魔女的铅笔盒？她拨通了叶萧的号码。

二十分钟后，警官出现在她家门口。检查原来的门锁，是被细铁丝之类的工具打开的。这种非法入室案件，可能连盗窃都算不上——1999 年的铅笔盒的案值太低啦，除非是从拍卖会上买来的 1889 年的古董铅笔盒。

“铅笔盒里还有什么？”

“两块黑色石头，一个布娃娃。”

盛夏说完也觉得很搞笑，好像是幼儿园小朋友找警察叔叔报案。

“跟案子有关吗？”

“不知道——但那是欧阳小枝留下来的，我发誓！”

“你觉得有谁要这么干呢？”

“杀死焦可明一家的凶手！”她感到后怕，大腿上的汗毛竖起来，抓着头顶的红发说，“他已潜伏在我身边，随时能闯进我家，摸到我的床上……所以，死神对我很重要，如果没有它的保护，也许我已经被杀了！”

“我会保护你的！等我。”

傍晚以前，叶萧信守诺言地回来。他为盛夏更换了新锁，购自公安局旗下的保安公司，带有各种防盗功能。死神再也不能自己打开门锁逃跑了。有一套电子警报系统，连接110，通常只有亿万富翁的别墅才用。最后，为了防止有人暴力入侵，他亲手安装了防盗门，除非用RPG火箭筒直接轰才能打开！

看着自家变成密不透风的监狱，盛夏皱皱眉头：“大叔，这些玩意肯定很贵吧，虽然我账户里还有些钱，但不想浪费在这上面。”

“我已经帮你垫付了。”

“好吧，败家男人，请记住我没让你为我花钱。”天彻底黑了，她给死神喂狗粮的同时问叶萧，“你饿了吗？”

“有点，我去楼下吃面。”

“我请你吃晚饭，不许走！”她拉开冰箱门，尴尬地发现除了狗粮，几乎啥都没有，直到最底下的格子，“嘿！瞧瞧这是什么？”

盛夏取出个扁圆形罐头，冻得硬邦邦的，红黄相间的盖子像番茄炒蛋，有行奇怪的字：Surstromming，字母 O 上面还有两个小点，肯定不是英语。

"警告你啊。"叶萧警觉地后退，"不要骗我吃狗罐头！"

"贱货！给脸不要脸！这是我的瑞典网友，就是那个程序员，为了感谢我帮他代工写游戏代码，从瑞典给我寄来的鲱鱼罐头，一直藏在冰箱里没打开过，本姑娘还舍不得吃呢。"

"瑞典鲱鱼罐头？"

叶萧脑中闪过两个英文字母和一个阿拉伯数字，即"GH3"——灭门案的法医尸检报告，焦可明呼吸道中发现的化学残留物质。据说这种独特的神经性毒剂，合成后会散发出类似于瑞典鲱鱼罐头的强烈气味。

"你知道关于这种食物的气味吗？"

"不知道，我的好朋友只说这是瑞典传统美食。"

"他真是你的'好朋友'啊！"叶萧揉了揉鼻子，"我饿得忍不住了，有开罐器吗？"

十五秒后，叶萧打开了瑞典鲱鱼罐头，汁水喷溅到他的衬衫和脸上。几条银灰色鲱鱼，躺在浑浊的液体之中，像泡在福尔马林溶液里的尸体。当然，我们每天吃的肉食哪样又不是尸体？他闻到一股臭豆腐味。这是中国人可以忍受的。叶萧用筷子夹出来一小块，河豚鱼肉般小心地塞入口中。生牛肉的口感，入口即化，很好吃……但请自动忽略大便的气味。

六十秒后，死神开始狂叫，接连不断地打喷嚏。盛夏捂着鼻子撤出客厅，逃难似的躲进卧室。叶萧也忍不住了，这味道绝对是生化武器，他藏进了卫生间，把水龙头开到最大，憋着气把脸闷进去。全身充满了令人疯狂的臭味，尤其是沾满鲱鱼汁的衬衫，被他塞进了垃圾桶（还好没有塞进女生的抽水马桶）。他又给自己洗了三次脸，用光了盛夏的洗面乳和洗手液，就差打开淋浴把澡洗了。

三十分钟后，叶萧才敢从卫生间里走出来，就像遭遇过行尸走肉袭击似的。他光着上身，用湿毛巾捂住口鼻，闯入盛夏的卧室，她侧卧在床底下奄奄一息。他努力不去看刚到法定年龄的她的臀部轮廓，敞开所有窗户，救了死神与少女的命。大狗趴在阳台栏杆上，对着外面深呼吸，刚才差点憋死。这房子再也卖不出去了，臭味深入每寸墙壁，每道地板缝隙，每条家具纹理，直到世界末日。

叶萧上网一查，才知道瑞典鲱鱼罐头的正确打开方式——开罐前要通知周围所有人，以防意外。不要在封闭环境开启罐头，不然后果严重。严禁将这种罐头带上飞机，一旦气压引起罐头破裂，可能机毁人亡。享受完美食后，切记要将罐头盒密封好后再丢弃，以免影响市容环境。打开后一定要吃完，不要浪费食物。切记不可用火煮熟后食用！瑞典政府严禁在住宅区开启鲱鱼罐头，因为这臭味相当于纳豆的三百倍，高居世界第一。

然后，他把恢复神志的盛夏拖出来，强迫自己和她一起吃完了瑞典鲱鱼罐头，这酸爽！

这既是对她的无知的惩罚，也是对她提供了重要线索的奖励。最倒霉的还是死神，它的嗅觉很可能要失灵三天。

臭味已蔓延到整个小区，楼下聚集了几百号人，都是拖家带口下来避难的。还有人打了110报警，以为发生了化学武器的恐怖袭击。

胃里正在消化世上最诡异的美食，鼻子已永远记牢这种气味，叶萧披着一条毛巾，七荤八素地走出防盗门，摸了摸十八岁少女的红头发说："谢谢你，请你多活几天，直到我逮住凶手。"

"你是指五年前奸杀小倩的凶手，还是指焦老师灭门案的凶手？"

盛夏坚持着没有晕倒，叶萧看着死神，它的眼睛被臭味熏得流泪："两个都不会放过。"

每逢深夜，死神睡着以后，盛夏就迎来各种焦虑，比如明天早上能否醒来。

满屋子的瑞典鲱鱼罐头臭味中，盛夏的嗅觉已彻底麻木，仿佛睡在化粪池里。老规矩，她戴上"宛如昨日"的"蓝牙耳机"——昨晚在失乐园鬼屋丢了一个，叶萧没有没收她最后的这一个。

她发誓，必须像珍惜自己的第一次那样珍惜它，虽然她还没有过第一次。

盛夏不是电子产品爱好者，也不是果粉之类科技教徒，更不想做小白鼠般的实验品。但她已对"宛如昨日"深度中毒，好像她不是来找凶手的，而是寻求帮助的心理疾病患者。点击第二个选项：游戏世界。

第五次进入"宛如昨日"——

隧道尽头，夏夜凉爽，洛可可风格大门，金碧辉煌的凡尔赛宫或美泉宫。"失乐园"招牌下，游客摩肩接踵，小孩牵着气球，情侣你侬我侬，中学生嬉笑打闹……所有游乐设施打开，云霄飞车、大变活人、胸口碎大石。盛夏买了一个冰激凌，在舌尖融化成久违的幸福感。

她看到了"昨日马戏团"的大帐篷。

她一个人坐在最后，帐篷里密密麻麻挤满了人，空气浑浊不堪，令人作呕。刺耳的锣声过后，观众们安静下来，台上突然多了个人——不，他不是人，而是半人半狗的怪物。

盛夏认得这张脸。

完全是狗的面孔，突出的尖利嘴巴，还在滴着口水。舌头伸出来，舔着湿漉漉的黑色鼻头。他有着人类的身体，似乎是个年轻男性，穿着紧身的表演服，可以看到胸口肌肉。观众们最初的恐惧之后，紧接着掌声扫过。

"狗头人"向大家鞠躬致意，不知隐藏在何处的主持人说："各位亲爱的观众，欢迎光临昨日马戏团，今晚，请大家记住他的名字——阿努比斯。"

盛夏听着耳熟。初中二年级，失乐园谋杀案发生前不久，小倩迷恋上了古埃及，不晓得是受到苏菲·玛索的《卢浮魅影》还是某部中文网络小说的影响。她向盛夏推荐了一长串书目，强迫她阅读枯燥无味的历史书。小倩最感兴趣的，就是古埃及神话的狗头神——阿努比斯长着一颗胡狼头，胡狼是在墓地吃腐尸的野狗。埃及人制作木乃伊，认为所有人死后都会复活，阿努比斯是亡灵的引导者和守护者，以便人们等来那一时刻。在法老的陵墓中，经常能看到阿努比斯的壁画。

他用侧脸朝向观众，整个狗头一览无余，两只手摆出奇怪姿态，酷似古埃及壁画里的形象，而且是纯粹的古典二维图画，毫无断点透视的三维感。

"阿努比斯，负责末日审判之天平，在天平的一边放羽毛，另一边放死者的心脏，如果心脏与羽毛重量平衡，此人就可以上天堂。如果心脏比羽毛重，这个人就是有罪的，会被打入地狱，成为魔鬼的晚餐。"

主持人话音未落，阿努比斯搬来一个天平，邀请观众合影留念。人们争先恐后上台，做出剪刀手的造型拍照，发到微博微信上炫耀。

突然，狗头人张开嘴巴，露出锋利的牙齿，咬断第一个男人的脖子。接着第二位大妈，整张脸被狗头人啃掉。第三位小伙子，胸口被狗头人以迅雷不及掩耳之势咬成个圈……整个过程不超过五秒钟。

他叼出一颗新鲜出炉的心脏，如同小鸽子扑腾扑腾直跳，小笼包般的热气，飘进大帐篷里的每个鼻孔。众人尖叫着逃跑。只有盛夏从容不迫，看到阿努比斯拿着那颗心脏，放到天平的托盘上，另一端放上一片羽毛。结果毫无争议，天平向心脏那一边倾斜，剧烈搏动的心脏鲜血染红舞台，加上三具抽搐中的尸体。

阿努比斯伸出细长的狗舌头，舔了舔这颗心脏，清脆如少年的嗓音说："审判之天平的答案——你要下地狱了。"

狗头人的嘴边淌着血滴，昨日马戏团只剩最后一个观众。盛夏站起来大声问："阿努比斯，是你杀死了小倩吗？"

狗的眼睛，没有任何答案，他跳下舞台，撒开两条人腿，冲向十八岁的少女。

盛夏逃出大帐篷，主题乐园空无一人。所有人都下了地狱，只剩下各种游乐设施。摩天轮还在旋转，激流勇进飞溅水花，海盗船依然如钟摆运动。

唯一在尖叫的是盛夏。

阿努比斯的犬齿发出森白反光，喉咙中响着犬科动物特有的呼噜声。他们经过迷宫般的小径，转过白雪公主的城堡，最后冲进了昨晚到过的鬼屋。

怎么又来这里了？她慌不择路地经过鬼屋里各种雕像，转得七荤八素，两次踏进同一口深井。在井底，盛夏绝望地高声叫喊，这回不能再打电话求助了，更看不到叶萧或乐园。

阿努比斯再度出现，也许马戏团就是诱饵，最终要她坠入这陷阱。如何摆脱这个血腥的狗头？白痴啊！盛夏，这只是虚拟现实游戏，而且是自己写的代码，随时都能退出！

她想摘下设备，却发现找不到按钮，双手在头上抓了半天，只拔下来几根红头发，太阳穴几乎被挠破。

被困在"宛如昨日"的世界了吗？

阿努比斯要爬下来，狗嘴里的口水滴落到她脸上。她忍不住要飙泪，一只冰凉的手抓住了她的胳膊。

魔女。

不是幻觉，1999年的欧阳小枝，穿着干净利落的运动服，梳着黑色马尾，注视上面的狗头人。

"去死吧！"

魔女淡淡地送给阿努比斯一句话。深井底部有个暗门。欧阳小枝拽着她，爬进一条狭窄的地道。就像穿过母亲的产道，鲜血淋漓地重新出生。

阿努比斯跳下深井，同样爬进地道。狗的刨洞能力比人类强多了，眼看就要抓到她的脚。豁出去，盛夏拼命地用脚蹬，终于踢到湿漉漉的狗鼻子。

养狗的她知道，再厉害的猛犬，鼻子也是软肋，一旦遭到重击，会立刻丧失斗志，或接二连三打喷嚏。果然，阿努比斯痛苦地打滚，再没有力气追上来。

她在漫长的地下潜行，胸腔和肺叶里充满尘土。这片地下曾是工厂的烟囱，埋藏着许多鬼魂，阿努比斯也是其中之一？仿佛"宛如昨日"的记忆隧道，亮起一线微弱的光。欧阳小枝先出去，盛夏紧接着她的脚后跟，坠入一片墨绿色的污水中。

通向深井的地道出口，就是鬼屋背后的排水沟，五年前小倩的葬身之所。

盛夏狠狠地呛了一口，臭不可闻，站起来深呼吸，想起一部电影《肖申克的救赎》。魔女将她拉到地面，东方地平线的尽头，微微亮起白光。

"你自由了！"

她贴着盛夏耳边说。十八岁的红发少女，控制不住泪腺，趴在她肩头大哭一场。

"谢谢你，亲爱的魔女！"有一件事，盛夏不得不说，哪怕一旦说出口，自己和整个世界，将会灰飞烟灭，"告诉你一个秘密，这不是1999年，而是2017年。你的同班同学，焦可明已经三十五岁了，他成了南明高中的计算机老师，发明了一个叫'宛如昨日'的东西。而我是他的学生，为他写游戏代码。我们就在这个并不存在的虚拟世界里，你能明白吗？"

"这个世界并不真实？我明白啊，世界本来就没有真实过，但有真相。"

"真相？"

魔女抓着她的手，向着光亮处跑去："我们一起去挖出秘密。"

"欧阳小枝，从今夜开始，我能做你的徒弟吗？成为下一个魔女。"

"傻瓜，你早就已经是了！"

废弃的失乐园大门，初升的太阳光芒洒到她俩的皮肤上，宛如一层熊熊燃烧的涂料，把人融化成来自地狱的火山熔岩。

来自 1999 年的乌黑长发的魔女，靠近发红如火、发红如血的她，轻轻吻上两片嘴唇。

第十章　流浪猫狗女王

　　成群结队的流浪猫狗，喵喵与汪汪，欢快地谦卑地欣喜若狂地顿悟般地，围拢到十八岁少女的身边，庆祝十八年后，新的女王加冕……

　　她还是看到了 9 月 2 日的太阳。

　　昨晚在"宛如昨日"的游戏世界，盛夏头痛欲裂。颈椎如针扎般地疼，似乎一不留神，脑袋就会滚落到地上。她牵着死神走在南明路上，流浪动物的尸体刚被清理干净，今天又新增了几十只死猫。谁在投毒杀害动物？

　　她想起了霍乱，那家伙不是变态，但口味够重，知道很多稀奇古怪的东西，结交恶心巴拉的朋友。如果这个社会充满狗屎，他一定是那只最会产卵的苍蝇。电话响了半天才通，她听到霍乱的半哭半号："我叫你大姐好吗？我被夜店老板开除了！因为你揍了客人。"

　　"少废话！帮我个忙好吗？你听着……"

　　一小时后，霍乱给她发了封邮件，有个暗网地址——据说是华语世界最大的虐待动物爱好者论坛，因为隐藏在暗网的冰山下，多年来未被圈外人注意过，但对圈内人（都是变态）来说却是如雷贯耳。霍乱君还真有用，她准备请他吃根雪糕。

盛夏进入暗网，找到名叫"我是主人"的论坛。她注册成为付费会员，才能看到帖子，进入门槛很高，最低充值一千元。会员都是变态，专门发布虐待动物的视频，比如怎样制作狗肉火锅，肢解刚出生的小猫，把猫咪养在正方形的玻璃瓶里做"盆景猫"。

她按照时间搜索，再注意 ID 所在地区，找到一个视频——穿着高跟鞋和黑丝袜的女人，三十岁左右，化着很浓的妆容。她提着篮子，篮子盖着毛巾，里面似有小动物蠢蠢欲动。她走到一条笔直的马路上，镜头掠过南明高中大门。来到失乐园的废墟，女人坐在旋转木马上，打开篮子，给里面的两只小猫喂了两粒药。几分钟后，小猫七窍流血，打滚着死去。镜头残忍地记录了全过程，女人黑丝袜作为背景……盛夏把午饭吐了出来。

下个视频还是南明路，穿着黑丝袜和高跟鞋的女人，躲藏在路边的绿化带，看到有大卡车经过，就把小猫往马路中心扔过去——快速行驶的卡车司机来不及避让猫狗，立刻把小家伙撞成血肉模糊的一团。有的小猫不走运，没有被立刻撞死，一边翻滚抽搐一边嘴里喷血，忍受长达一个多钟头的痛苦，直到被下一辆卡车轧扁。

盛夏伪装成新人发帖求教，获得很多回应。据说很多变态喜欢这样的视频，在现实社会一无是处，看到流浪猫狗们的死亡，才能得到某种满足。

她记住了穿着黑丝袜的女人的脸。

黄昏，盛夏独自来到南明路，躲在篱笆墙后观察。她不是守株待兔，而是掌握了规律——对方每周一条视频，从光线角度来看，拍摄于傍晚五六点。这个时间，南明路上卡车来往最频繁。夕阳如火一样燃烧盛夏的红头发。猎物终于出现，视频里的女人，穿着超短裙、黑丝袜与高跟鞋，背后有个壮汉用手机跟拍。他们走进失乐园，女人从竹篮里取出两只小猫，抚弄一番，就要给它们喂药。

盛夏跳出来说："住手！"

男人看到是个小姑娘，大摇大摆过来。盛夏二话不说，飞起一腿，踹到对方胸口。壮汉倒地前，她又使出泰拳的肘击，直接打断了他的鼻梁骨。那女的刚要逃跑，盛夏追到后面，将她扑倒在地，同时缴获了那瓶毒药。

她打了110，协助警方做笔录。那对男女承认虐杀流浪猫，在网上出售视频，每月能赚好几万块。不过，对于南明路上的大规模动物死亡，他们表示自己是无辜的。

派出所第一次接到这样的案子，电话求助司法专家，确认嫌疑人有"虐待动物罪"和"传播虐待动物影像罪"。由于他们往马路上扔猫，可能会制造交通事故，还犯有"危害公共安全罪"。至于暗网中的"我是主人"，管理员要准备洗干净屁股坐牢了。

盛夏也被关在派出所，因为她殴打了那个男的，导致对方鼻梁骨折断，涉嫌故意伤害。折腾到半夜，叶萧来了才把她领出派出所。

走在街头，凉风吹散红头发，她感到脚底发飘，晚饭都没吃上。叶萧请她吃了碗拉面，她狼吞虎咽，汗流浃背。

"那两个人，不可能投毒害死那么多流浪猫狗。不过，你干得漂亮！"

叶萧情不自禁地鼓掌，要是他动手打断那家伙的鼻梁，恐怕还要写好几份检查呢。

她扬着下巴问他："今晚我帅吗？"

"帅呆了。"

"有时候看你也挺帅的，大叔，有没有警花给你发微信约你呢？"

面对这样的问题，叶萧反问一句："你有男朋友吗？"

"没正经谈过。以前有过一个喜欢我的，在地铁站门口摆摊卖打口碟的小子，我经常从他手里买死亡金属CD——是不是有些 out（落伍），这年头还听CD？反正我就是个怪胎。他请我吃过几次烤串，玩过一次密室逃脱，去过摇滚音乐节。对了，我们还看过一场电影，《盗墓笔记》。"

"后来呢？"

"今年5月，我告诉他，我得了脑癌，快要死了。然后，他消失了。但我不恨他。谁会要一个随时可能变成尸体的女人呢？比如今晚上床，明晚脑癌发作挂掉，多不吉利啊！你可千万不要喜欢上我！"

"想得美！雀斑妹。"

"对了，叶萧，你说那些猫猫狗狗是怎么死的呢？难道跟魔女的传说有关？是因大烟囱底下的鬼魂？"

他看着街边卷过的落叶说："邪恶存在于过去。"

"你说什么？"

"阿拉伯谚语。"

"过去？1999年？或者更早以前？"

这句话提醒了叶萧："你给我的那张写满数字的作业纸，在欧阳小枝的铅笔盒里找到的，我拜托公安局的笔迹鉴定专家看过了，又到教育局的档案室，调出欧阳小枝在1997年的中考试卷，确认是她本人的笔迹。"

还有啊，焦可明灭门案的现场，几乎完全被烧焦的小簿子，唯一保存下来的那行数字，也是欧阳小枝亲笔所写。但他不想告诉盛夏。

"'宛如昨日'不会说谎，那就是魔女的铅笔盒！"盛夏揉了揉太阳穴，驱散肿瘤对推理的影响，"这么说来，那四十行神秘数字，同样来自1999年。焦老师，不过是得到了欧阳小枝的信息，原封不动地抄写在电脑机房的墙上，对不对？"

"以前有人夸过你聪明吗？"

"从来没有。焦老师是唯一的例外，所以我想为他报仇，这理由是不是太low（低级）？我再提醒你一点——从'宛如昨日'的硬件入手，总有生产厂家吧？做工那么精致，貌似蓝牙耳机，其实是人机互动的设备，绝对不是焦老师一个人能完成的。"

"我早就想到了，'宛如昨日'的样品，已经送去公安部计算机犯罪研究所，通过逆向工程查出来源，国内能生产这种设备的厂商没几家。"

焦可明近两年有不明来源的收入，而且"宛如昨日"在云端的服务器，不是任何个人能负担的。他的背后必定有个秘密的投资人——犯罪小说、电影和游戏里，通常把这种人叫作"boss"。

喝光最后一罐饮料，叶萧抓起车钥匙："走吧，我送你回家，你没有义务替公安局想这么多！等你病好了，有机会报考我的母校公安大学吧。"

"那我永远等不到这一天了！"

每天早上醒来，还能呼吸到空气，就已万分幸运。不幸的是，她家的空气里有瑞典鲱鱼罐头的味道。盛夏在网上公布了虐猫者的身份，还有照片。那对男女关不了多久，毕竟不是杀人放火，几个月后就出来了。没有这样的惩罚，不足以警告那些效仿者，也算是给死去的流浪猫们复仇。人肉搜索对那两个人的影响嘛，至少，这种人不会想到去自杀的！

有人说，抓住虐猫者的英雄，就是每天在南明路上牵着大狗的红发少女。底下有毕业于南明高中的学长学姐评论——

"十八年后，行侠仗义的魔女，果然在南明路上重现，死神为伴，发红如火，发红如血。"

晚上，打完一轮泰拳，给死神喂完狗粮，后背沁出了黏黏的汗。她站在镜子前，看着 A 罩杯的胸部，一对浅粉红色的乳头，被红色短发衬托得越发精神。

她收到乐园发来的微信：现在有空吗？

盛夏坐在地板上，捏着手机，试探着回了一条：你在哪里？

乐园：我在你家楼下。

×！她穿上衣服，扒着阳台往下看，一辆深蓝色皮卡，她差点以为是货车。

冲到楼下，乐园露出难得的笑容，在刺眼的大光灯前，帅得让人感觉空气稀薄："我想给你一个礼物。"

"切，我可不要钻石，也不要鲜花，更不爱巧克力！"

她从高到低先打完了一圈预防针。乐园让她上车，前往南明路，失乐园。

月亮升起来了。整条路上布满怪物般的剪影，仿佛从大地深处分娩和生长，又像农村老婆婆的妖怪剪纸。进入废弃的主题乐园，他拉下一道电闸，所有的灯光亮起，仿佛回到五年前小倩被害之夜。

"怎么还会有电？"

"我是无所不能的人，你信吗？"

"鬼才信！"

盛夏一回头，以为产生了幻觉——摩天轮重新转动，每个轿厢都亮起了灯，好像一个巨大的轮子，点着几十盏烛火，昼夜不停地旋转。她有点分不清真实世界与虚拟世界了。

她没再反抗，被乐园牵着手，坐进一个轿厢。两个人随着摩天轮缓慢上升。整个游乐场的灯光，从旋转木马开始，到云霄飞车、加勒比海盗、激流勇进、七个小矮人的矿山车……

只有轿厢是黑暗的，她看不清乐园的脸。那双眼睛目光闪烁，很迷人。

"你究竟是什么人？"

"我是乐园。"

好奇怪啊，连他的声音都变得那么好听，随着摩天轮上的风声灌入耳朵。她努力克服恐高症，通过说话转移注意力。转到摩天轮的最高点，南明路尽收眼底，还能看到市中心的钢铁森林，彻夜不眠地向宇宙放射光束。

"乐园，你真是一个善良的人吗？"

"怀疑我？"

"请代我向你女朋友说声对不起，那一天，半夜把你从床上叫起来，打断了你们的好事。"

坐在摩天轮上，盛夏淡淡地说，早熟得即将提前死去。

"我没有女朋友。"

"那就请代我向你的女人说声对不起。"

"好吧，她只是个——朋友。"

"像你这样的高富帅，年轻有为的医生，肯定有不少女性——朋友吧？"

他皱了皱眉头，只吐出一个字："是。"

"乐园，我是你的朋友吗？"

"当然。"他刮了一下少女的鼻子，"你不但是我的朋友，而且是最特殊的一个。"

摩天轮下降中，她打开玻璃窗，把头探到外面，正好俯瞰南明高中——教学楼、男生与女生的宿舍，还有实验楼。盛夏是从这里退学的，但她时常做梦回到这里。

整个学校漆黑一片，唯独实验楼的四层亮着灯光——她知道，叶萧正在通宵工作，要挖出杀害焦可明全家的凶手。

回到地面，盛夏看着天上的月亮，再看地上的旋转木马，一把拉下电闸："从小我妈就告诉我，要节约用电！整个主题乐园，就我们两个人，还要开那么多灯，多浪费啊！"

"又没花你的钱。"

失乐园恢复了黑暗，盛夏余怒未消，跟他拉开距离，看着月光照出的道路，往失乐园大门走去："你好奢侈，从小衣食无忧吧？我从没享受过这种日子。我爸是黑车司机，我妈是精神病人，我得了脑癌只能等死。哪像你们这种人，可以花钱买命。"

"我们这种人？"

"今天，谢谢你陪我坐摩天轮，但我要回家了，晚安。"

独自走到南明路上，响起皮卡的轰鸣，乐园追到她身边，按下车窗："喂，上来吧！"

"干吗？"

盛夏看着他忽闪忽闪的眸子，不知杀死过成百还是上千的少女心。

"我带你去一个地方！"

他摆酷地捋了捋头发。女孩一只眼睁大，一只眼眯缝，果断拉开车门，但她对这辆车的兴趣，超过对开车的男人的兴趣："等我有钱了啊，也买这样一辆大车，带着我的大狗，吓死那些娘娘腔。"

"你误会了，我不是富二代，我的爸爸妈妈早就死了。"

"这辆车呢？"

"四年前，我快从协和医科大学毕业时，参与了导师的科研项目。是我一个人研发出来的，最后挂了导师的名字。有家国际医药巨头，花八百万买断专利。我分到三十万，买了这辆二手车——市区很多地方都不让开，只能在这荒郊野外过过瘾，幸好工资还付得起油钱。"

大光灯照出隧道般的光晕，碾过南明路中线，时速超过七十公里，一路向北。盛夏歪着头靠着车窗，拧眉注视他侧脸的轮廓，在幽暗光线里令人难以捉摸。乐园停车，这一带空旷寂静，全是荒野和厂房，似是道路尽头，再往北就是长江大堤，距南明高中与失乐园有四公里远。

她下车，看到一栋孤零零的房子。乐园打开手电筒，照出一个锈迹斑驳的门牌号：南明路 799 号，似是整条路上最大的号码。

大门口已经锁死，经过杂草丛生的小径，绕到后边，乐园熟门熟路地推开一扇小门。他在墙上摸到开关，灯亮了。没想到还有电，盛夏挥去尘埃，看到墙上好几张大脑结构图，详细列出了脑子里的各个部分。

"这个是海马体。"乐园指着她所凝视的一个器官说，"大脑新皮质的一部分，储存人的短期记忆。如果某个数字或日期，被重复提及多次，海马体就会将其转入大脑皮层，成为永久记忆。一旦海马体被切除，可能丧失部分甚至全部记忆。"

"海马体——记忆——宛如昨日。"

盛夏喃喃自语，摸了摸自己脑袋，她只关心那颗恶心瘤子，什么时候吃掉自己的命。

"小时候，我常来这里，当时就传说闹鬼。"

他压低了声音，带她走下一条地道。盛夏并不畏惧，下去看到一间封闭的地下室，还有张布满灰尘的病床，裸露着钢铁骨架。

乐园深呼吸，不在乎腐臭的空气："但这个地下室，我从没进来过。"

回到楼上，盛夏大胆地推开一个房门，意外进入真正的怪物博物馆。

无数个大玻璃瓶子，浸泡着畸形人的标本，有的是刚出生的婴儿，有的是尚未出生而被引产的死胎。这些尸体不知经过多少年，沉睡在福尔马林溶液中。有的是两个脑袋的连体人，有的是微型侏儒，有的则是头上长了角的羊头人和牛头人，还有拖着粗壮鼻子的象头人，最恐怖的是四肢长出密密麻麻的无数根香蕉……

就算是个成年壮汉，看到这些东西，也不是晕倒就是呕吐。只有盛夏不动声色地一个个看完，可见她平常的口味有多重。

"十几年前，这是一所高校的实验室，研究神经学科。也是在这个地方，我开始对畸形人感兴趣了。觉得成为一个医生，研究他们的病理，帮助更多人摆脱天生的痛苦，大概是一件很了不起的事。后来，我成为脑神经科的医生。我的博士学位论文，就是关于人类发生畸形的原因。这些人从出生的那天起，饱受肉体和精神的双重苦难。有些人的寿命很短，大多数人活不到成年。有些畸形人，终身受到遗传疾病的折磨，还有些人内心阴暗扭曲，甚至走上犯罪的道路。"

盛夏压低声音："你是说，他们这些人当中，就有杀害小倩或者焦老师的凶手？"

"你错了。三年前，我开始为畸形人免费检查身体。许多人在民间马戏团，他们被当作怪物，除了巡回演出，哪儿都去不了，只能封闭在自己的圈子里。他们没有社会保险，享受不到任何福利，生病不去医院，往往只能等死。"

"你见过阿努比斯吗？"

9 月 4 日，上午十点。车停在大型商场的地库。几天过去了，叶萧的指甲盖和头发里，还残留着瑞典鲱鱼罐头的味道。他乘电梯来到顶楼的总经理办公室。

"叶警官，你好，请叫我阿东。"

总经理是个三十多岁的男人，身体已经发福，发际线过早退后。他不是南明高中的毕业生，当年就读于南明路上的一所职业学校——十年前就被拆了。他泡了很贵的茶叶，拿出最好的香烟，都被叶萧拒绝。而他的客套话和恭维话，就跟他的肚子一样饱满，他出人头地绝非偶然。

"你在 1997 年考入职校？"

"对，在香港回归那年。我的中考成绩与高中分数线只差三分，所以进了职业学校。当时没人好好读书，男生只想打游戏，女生出去谈恋爱。我是好学生，班长和学习委员，每晚读夜高中，准备成人高考。周末回家，我跟南明高中的小枝坐同一班公交车。她很漂亮，不像其他女生那样会打扮，更不会穿超短裙和小马夹，但只要从街上走过，男生们就会排队围观。我暗恋过她。呵呵，不好意思。她瞧不起所有人，要么不正眼看人，要么直勾勾盯着对方，多半把人吓跑了。"

田小麦向警方提供了信息。她说，二十年前，有个职校生喜欢欧阳小枝，两个人经常一起出去玩。她和小枝是同一间寝室的，慢慢认识了这个阿东——留给田小麦的印象不错，待人接物和谈吐，都不像那种流氓混混。

"那时候，我梦想吃到天鹅肉！虽然我的同学们，抽烟、喝酒、打架、乱搞小姑娘，坑蒙拐骗，敲诈勒索，但老师都不敢管，否则会挨揍，家门口会被泼粪。你看过周星驰的《逃学威龙》吗？就跟我们学校一样，公安局都挂上号了，三天两头来抓人。"

叶萧拧起眉毛，像这种学校里的流氓，当年被他揍过的不少。

"1998 年，她在暑期打工。刚开始是游戏机房，后来是保龄球馆，最后是酒吧。她认识了一个社会青年，穿着打扮和发型，都是 copy（模仿）《古惑仔》里的郑伊健，你知道他吧？"

"陈浩南！"

"我恨那个王八蛋，他夺走了小枝的第一次。"阿东手里"咔"的一声，掰断一根铅笔，"对不起！那是小枝告诉我的——我第一次见到她哭，眼泪沾湿我的衬衫。那也是我第一次拥抱她，那种感觉，还像是在昨天！"

阿东深深呼吸了一口气，要是焦可明知道的话，一定会给他快递"宛如昨日"的。

"她说过细节吗？"

"没有，我哪儿好意思问？不过，我看到小枝脸上有一道血痕，估计是'陈浩南'强迫她的吧。一个月后，恶人终有恶报，在我们学校门口，他被几个流氓截住，一群人大打出手，'陈浩南'被捅死了。而且很巧，捅死'陈浩南'的流氓，长得很像《古惑仔》里的山鸡。小枝悄悄对我说，杀人案发前一晚，她跟'山鸡'睡过。唉，我很伤心，问她为什么要作践自己，她说是为了复仇，让别人为她两肋插刀，或者插别人两刀。那个'山鸡'也是没脑子，只用下半身思考，为小头丢了大头——他被判了死刑。"

阿东用食指和拇指做出手枪的形状，对窗外喊了声"乓"！

"有两个男人因她而死，你不害怕？"

"说实话，我很怕！公安局处理案件的同时，追究了学校责任。'山鸡'把小枝供出来了，但不能证明是她唆使流氓斗殴的。我们那所职校啊，本就是出了名的流氓窝。欧阳小枝却是名校南明高中的，结果不了了之。而我对她鬼迷心窍了。1998年的秋天，小枝找到了赚钱方法。"阿东故弄玄虚，解开西装扣子，让大肚子透透气，"炒股票！"

"未成年人能开户吗？"

"她借用别人的账号，据说赚了一大笔钱。要知道那年股市惨淡，受到亚洲金融危机影响，大多数人被套牢了。1998年，她请我吃了圣诞大餐，在黄浦江边的高级餐厅。哇，我第一次吃到那么贵的牛排，非常害怕万一小枝吃霸王餐，我刷一个月盘子都还不清啊。还好，小枝用厚厚一沓人民币买了单，服务员怀疑我俩是雌雄大盗，刚抢银行出来。不过，我想就算她真的有钱，这么大手大脚挥霍，迟早会坐吃山空。"

"阿东，你的记性不错！说说1999年吧。"

"让我想想——那年春节，小枝回过一次云南。她瞒着学校参加第一届新概念作文大赛，居然通过了复赛，但缺席了春天的决赛。她说是看病的原因，预约好了医生，不能去参赛。但她不说具体看什么病，只是指了指脑子，我怀疑是精神病！"

"看病？"

叶萧把这个细节记了下来。

"对了，小枝说她在做一件重要的事，要把地下的秘密挖出来！还说南明路有许多鬼魂，而她具有通灵的能力，可以跟鬼魂们对话。她经常跟一条大黑狗一起出没，赶跑南明路上的流氓。因为小枝和大狗的缘故，这种现象渐渐绝迹了。也许是这些原因，让她有了魔女的外号。"

"看来魔女是个褒义词啊。"

"1999年的暑假头上，大概7月初，我请小枝滑旱冰——九十年代流行的娱乐方式。从旱冰馆出来，我看到有个男生在等她。那家伙戴着眼镜，也是南明高中的学生。"

"是这个人吗？"

叶萧取出焦可明的照片——高二那年在学校门口拍的，自带一股神秘气质，俨然未来的互联网巨头。那一年，马云和马化腾都还藉藉无名。

"嗯，应该是他！我看到过他好几次，印象蛮深的。他骑着一辆自行车，小枝坐在他的书包架上——真是气人！我没有想到，那是我和她的最后一面。"

"1998年12月，在南明路上发生过一起工厂爆炸事故，你还记得吗？"

"好像是圣诞节前。爆炸发生在周末，同学们都在家里，南明路附近也没什么居民，绝大多数人没能亲眼见到——除了欧阳小枝，她说那一晚在寝室过夜，因为叔叔婶婶嫌弃她，所以不愿意回家。爆炸第二天，我到职校上学，发现工厂已变成废墟，只有大烟囱幸存下来。空气中弥漫着刺鼻的味道，整个天空都被类似雾霾的物质覆盖。连续三天，南明路上暗无天日。"

那不是患脑癌产生的幻觉，更不是游戏虚构的世界，叶萧翻到笔记本的前几页："当时的调查报告说，工厂爆炸是易燃气体泄露导致，死亡九人，受伤一人。电视和报纸的报道也是这样说的。从此，地块废弃，隔了十多年，才拆掉盖起了主题乐园。"

"嗯，2000年，我从职校毕业了，再也没回过南明路。"

"阿东，你还会想起欧阳小枝吗？或者说，对于1999年的暑假，她消失在工厂废墟的地下室，也就是魔女区里，你是怎么看的？"

"我相信她还活着，可能远走高飞去了国外，或者就隐姓埋名在我们身边。"

"感谢你今天的配合！再见。"

叶萧的笔记本已写满，记载了欧阳小枝的一半人生。回到商场地库，刚要开车出去，手机铃声不合时宜地响了。

公安部计算机犯罪研究所的来电。他抛锚在收费口，后面汽车排着长队，喇叭声与咒骂声此起彼伏。电话那头是个姑娘："叶萧警官，检测报告出来了：你送来的'蓝牙耳机'样品，是一种虚拟现实可穿戴设备，内置针对脑神经的干性电极。设备的生产厂家，是广东的电子产品代工厂，订单客户是'宛如昨日（中国）网络科技有限公司'。"

"宝贝，你太棒了！我能亲你吗？"

"流氓！"

"对不起，我在跟面前一只小猫说话。"姑娘要挂电话前，叶萧补了一句，"那家公司的老板叫什么？"

"左树人。"

13 这个数字并不吉利，8 月 13 日出生的人，一生中经常碰到难以克服的困难。不管是天生的不寻常，或受后天环境影响而异于常人，他们始终对人生怀抱深切期望。尽管被难以承受的困难或挑战压得喘不过气，感到沉重与沮丧，但还会以欢欣快活的态度面对世界。他们对别人的批评相当敏感，不由自主地往最坏方面猜测。千万不要以为他们容易亲近，事实上在允许他人进入私生活前，往往要经过几个月甚至几年观察。这一天出生的人相当奇特，很容易被一些不寻常的人吸引；反过来说，他们和严谨的人或保守的顽固派毫无共通之处。他们纵容自己遨游于充满高度理想的哲学或计划中，却对他人看似不切实际或过于乐观的想法嗤之以鼻。他们最大特征是无法容忍任何形式的束缚、法西斯主义与压迫，有机会就反抗到底。不过，由于具有领袖潜力，必须保持警觉，以防权威主义倾向。8 月 13 日出生的人，都喜欢危险事物，只想完成看似不太可能的事。寻求这种不可能是他们的梦想，纵使最羞怯的人，也会拒绝一个完全不具挑战性的人生。等到经历过煎熬与苦难，幸运之神就会对他们露出微笑，让他们在料想不到的时候得到最需要的援助。

我×！几年前，她开始醉心于星座与塔罗，意外在网上发现自己的生日密码，高度准确地描述出她的性格与命运——"一生中经常碰到难以克服的困难"，没错，她无法克服脑子里的癌细胞，也许还有焦老师的灭门案，典型的"只想完成看似不太可能的事"。

"而我的幸运之神在哪里？"

她在墙上歪歪扭扭地画出两个男人，一个穿着黑制服的大叔，一个穿着白大褂的欧巴。

妈的，这哥俩不是黑白无常吗？

死神睡着以后，盛夏独自熬过后半夜，等待真正的死神来敲门。她很想拒绝"宛如昨日"，不再进入那个游戏，但做不到。任何大型游戏，都要海量的人工和时间开发制作。唯独"宛如昨日"，焦老师再搭配一个盛夏，就能完成游戏代码。因为所有素材，无论视觉还是听觉，加上前所未有的味觉、嗅觉和触觉，甚至第六感……全部由玩家自己提供，只要戴上"蓝牙耳机"，就能源源不断地回忆，哪怕天马行空地幻想。这种不可抵抗的瘾，就像脑子里的瘤，只会越来越蓬勃，不仅来自游戏世界，还有1999年的魔女——欧阳小枝与她约定，每个深夜，不见不散。

她戴上"蓝牙耳机"，义无反顾，选择游戏世界，投身黑色隧道。

第六次体验"宛如昨日"——

出口是阁楼的天窗，金色月牙，屋顶瓦片野草。野猫光临窗外，黄绿相间的猫眼。

欧阳小枝，躺在小木床上，如长眠不醒的尸体，睁开眼对不速之客微笑。

两个女孩，相同年纪，一个发红如火，一个发黑如墨。红与黑，隔着十八年的光阴，在引力波的两端，就像折叠的白纸，上下半边紧紧贴合，严丝合缝，不可分离。左右手十指相扣，盛夏胸中小鹿乱跳，脸颊烧红，以前遇到心仪男生，也未有过这种感觉。在燥热不安的夏夜，躺在同一张床上，天窗泄露月光。她把头埋在小枝的黑发里，呼吸发丝间的气息。愿此刻永留。

"跟我来。"

欧阳小枝在她耳边吹气如兰，起来打开天窗，她们一同爬上屋顶，流浪猫般轻盈。

"还要去哪里？"

"跳下去。"

三层楼下是幽暗小巷。她害怕。小枝的手从冰凉变滚烫，在她耳边叮咛："你相信吗？我会飞。"

"我相信。"

"你也会飞。"欧阳小枝的目光像天上繁星闪烁，"因为，你就是我，魔女。"

"嗯。"

于是，两个人飞到天上。

风吹过头发，摩擦每寸皮肤，让所有毛孔都打开。她们背后生出一对翅膀，自由自在，驾驭气流，几乎穿行到空气稀薄的云端，如一对暗夜飞鹰。盛夏略微怀疑，是否在真实世界，自己的肉身已脑癌发作死亡，灵魂升天体验最后的欢愉。俯瞰底下芸芸众生，依然是那座巨大无边的城市。市中心灯光星星点点，外围像黑色大海。九十年代末的中国城市，粗糙、凌乱、邪恶却又生命力旺盛蓬勃，像从淤泥与污水里长出的植物，很快就要盘根错节，枝繁叶茂，蔓延寄生到每个人的血管。它必将长成哥斯拉般的怪兽，硕大无朋，不可束缚。

"我们要降落了！"

终于，她们穿过黑暗天空，降落在一片空旷荒野。盛夏毫发无伤，脚下全是烂泥，体验过了天上的飞行，回到地面每走一步都很困难。

这是什么地方？她问魔女，没等到回答，游乐场的灯光亮起，头顶旋转过摩天轮，两个小丑举着气球跑过，卖玫瑰的小女孩向她们伸出手。无数人影晃动，男女老少，有的欢快，有的悲伤，有的全家出动，有的成群结队……

万圣节的 coseplay（角色扮演）！她看到《行尸走肉》的化妆效果，林正英电影的清朝僵尸，成人版的蜡笔小新，抗日神剧里被撕成两半的鬼子——跟着一群衣衫褴褛的女人，打扮成和服少女、韩服少妇、民国范儿女神……日本鬼子把姑娘们推倒，迅速剥光衣服，就地强奸。主题乐园四处响起女孩们的哭喊声，还有男人们粗鲁的叫唤。她目瞪口呆，这是行为艺术？还是在横店？不，这分明是强奸慰安妇。

盛夏慌忙逃窜，以免成为下一个猎物。突然，有只手抓住她小腿，回头看却不是人脸——巨大的牛鼻子，头顶两个粗壮弯角，铜铃般的圆眼睛，牛头人身的家伙。这不是万圣节的面具，而是真正的怪物，来自克里特岛的米诺斯迷宫，或是至尊宝的拜把兄弟。

她挣脱那只手，继续在乐园狂奔，撞在一个人的背上。对方转过一个硕大的狮头，布满金色鬃毛，却有着强壮男人的身体，穿着健身教练的运动 T 恤。他露出无辜的表情，发出人类的声音："小姑娘，过马路当心点哦！"

片刻间，所有人变成了羊头人、虎头人、猫头人、鼠头人、鸡头人、鸭头人、鱼头人……他们还穿着人类衣服，有着普通的躯干和四肢，唯独脑袋变成动物的。每个人都能说话，有的发出女声，有的像小孩那样疯叫，有的长着硕大的乳房，还有的唱着流行神曲。许多人规规矩矩地排队，等候登上云霄飞车。还有人在买马戏团门票，狼头人一家三口，大人教育小孩不要贪吃甜品。最奇怪的两个家伙，一个鳄鱼头人，一个非洲狒狒头人，西装革履地坐在星巴克的咖啡桌前，跷着二郎腿，抽着雪茄烟，高谈阔论美国大选，顺便预测了中国股市和楼市。

最后，她见到了一个象头人。

穿着白衬衫的男人脸上，长着粗壮的大象鼻子，嘴里突出两根白森森的象牙，还有两只招风耳，踩着皮鞋向盛夏走来。

她在尖叫，所有动物头人身的怪物，齐齐射来目光，异口同声地道："不要让这个怪物跑了！"

在这些"人"眼中，长着正常人类面孔的少女，反倒成了丑陋不堪的怪物。但他们彼此踩踏，一分钟前相谈甚欢的鳄鱼人，此刻便咬掉狒狒人的脑袋……他们自相残杀，同时又来追杀盛夏。

盛夏逃到失乐园门口，欧阳小枝回来了，抓着她的手："不要害怕！"

两个女生转回头，魔女握着一支手枪，把另一支交给盛夏。

"我不会用啊。"

眼看一个犀牛头人身的家伙冲到自己面前，欧阳小枝开枪打爆对方脑袋。盛夏尝试举枪，三点一线，瞄准侧面扑来的熊头人。扣下扳机，子弹旋转而出，从熊的左眼钻进去，右后脑勺飞出去，熊头人倒下。畅快淋漓地爽。盛夏举起手枪，冲到怪物们中间，依次对他们爆头。她感受到一个个头盖骨破碎，牛角或羊角飞到半空断裂，獠牙与长鼻子喷血，她浑身沾满动物体液与人类内脏，像进入不同物种的屠宰场。

两个女孩，两支手枪，如末路狂花，毒蛇般吐着芯子，所过之处，砍瓜切菜，血流千里，寸草不生……

最后一个被盛夏杀死的，是那个名叫阿努比斯的古埃及狗头神。耗尽子弹，她踩着狗头神尸体，将手枪插在腰间，抹去红头发上的腥臭鲜血——名副其实的发红如血。

失乐园门口，有数不清的怪物尸体，正如几十年前的坟场。一阵风来，又一阵风去。成群结队的流浪猫狗，喵喵与汪汪，欢快地谦卑地欣喜若狂地顿悟般地，围拢到十八岁少女的身边，庆祝十八年后，新的女王加冕……

她微笑着点头鞠躬，接受成百上千的臣民的膜拜，如同真正的女王，振臂一呼——

肿瘤啊，赐我以力量！

这声音在"宛如昨日"的世界传出去很远，暗夜的浓雾渐渐散去，走来一个晃晃悠悠的人影。

漏网之鱼？直到他来到盛夏面前，她才看清那不是怪物，而是一张老人的脸。他伸出一只皮肉松弛的手，抚摩她的脸颊……

[第十一章　悲惨世界]

我的少年时代，就像这只流浪的老鼠，在不停的转学、退学和跳级之间度过。但我从没来过南明高中。就连南明路，也成了我的厄运之地，好像每次去都会有人死掉。

农历七月半，中元节。道教说，这一天是地官赦罪日；佛家说，这天是盂兰盆法会；叶萧说，今天又给灭门案的拼图续上了一小块。站在自家阳台上的盛夏说："天气真他妈的差！不能去南明路上遛狗了！"

又一场暴雨替代了烈日。叶萧开车飞奔在远郊，绕过机场又开了十多公里。雨刮器疯狂摆动。耳边响着雨点与车皮的撞击声，仿佛一场交响音乐会。公路尽头，大海近在眼前。茂盛的夹竹桃和芦苇丛中，隐藏着一座两层小楼，黑色的后现代风格。院里停着一辆黑色宾利轿车，风挡玻璃下有张卡片，印着"宛如昨日"的 logo。

"宛如昨日"中国研发中心，配图是黑色孤岛上空的流星雨，"我们存在于记忆中"，就跟设备与系统界面里一样。

"请问你是哪位？"前台小姐扔出一张表格，"来体验'宛如昨日'的志愿者吗？"

"我已经体验过了，请问左树人在吗？"

"有预约吗？"

"没有。"

"对不起，我们老板不在，请提前预约后再来。"

叶萧不理她，径直闯入办公区域。几个老外工程师正在开会，担任主持的是个印度小伙子。

"喂，你这个人有病啊？怎么硬闯进来？我要打110报警了！"

"我就是警察。"

他出示警官证，冲到二楼走廊，推开有会客区的办公室。果然是老板的房间，落地窗外，是狂风暴雨的黑色大海。窗边有张竹榻，摆着一副围棋，散落着几枚黑白子。墙上挂着一个大幅相框，镶着外国老头的黑白照片。老头戴着眼镜，银发稀疏，蓄着小胡子，以一种奇怪的姿态和目光看着你，衣着和气质像二十世纪上半叶的人物。

"荣格。"一个男人的声音从背后响起，"卡尔·古斯塔夫·荣格。"

叶萧转回头，办公室的角落，有一个人无声无息地坐在沙发上——六十多岁的男人，穿着白衬衫，厚厚的眼镜片，看起来有些虚弱，头顶有一层白发，很有乔布斯遗像里的那种感觉。

前台小姐这才追到门口，狠狠瞪了叶萧一眼，就像要把他掐死："左先生，对不起，这个人自说自话就上来了。"

"我是警官，请叫我叶萧。我正在调查一桩谋杀案。院子里停着属于老板的宾利。所以，我猜你一定在楼上。"

老头放下手里的《参考消息》，让前台小姐退下去，亲自给叶萧沏了杯茶。

"你的推理不错，很高兴认识一个出色的侦探。我是宛如昨日公司的创始人和投资人，我叫左树人。"

"第一个问题，你认识焦可明吗？"

"嗯。我听说他去世了，本来想去参加他的追悼会，那天我的身体不太好，只能作罢。"

稍后的十分钟，警官简单介绍了案情，包括发现"宛如昨日"的设备。叶萧并没有透露，这些东西是在哪里发现的，更不会说出南明高中的电脑机房。最后，他出示了证物袋里的"蓝牙耳机"，让老头用放大镜看了logo：黑色孤岛上空的流星雨。

左树人推了推眼镜："这些年，我投资创建了不少科技公司。但我有个夙愿，就是投资研发增强人类记忆的科技，我把这个项目称为'宛如昨日'，顾名思义，不必解释了。十年来，我在国内外最顶尖的高校和实验室寻找创业者，每次至少给一千万美元的研究经费，其中有马萨诸塞理工的博士，退役的军方心理学专家，芬兰最大的医疗科技公司总工程师。每个人都失败了，但我从没放弃。我在全世界的脑神经学、心理学和计算机工程师的论坛上，用各种语言文字，张贴重金招聘的启事，寻找能帮我实现'宛如昨日'的天才。三年前，有人把一份项目方案书递给我的秘书。原本要被扔掉的，因为完全不合规范。就是这份简单的word文档，被我偶然看到——'宛如昨日'的基本设想：满足人们最深层次的需求。"

"最深层次的需求？"

"有时我们会忘记数小时的记忆，喝酒断片就是局部性失忆。有人会故意忘记一些往事，比如童年创伤，就是选择性失忆。全盘性失忆，是把过去忘得精光，连自己是谁都不知道。脑外伤的失忆者，最好半年内治疗，用高压氧、多种神经营养、促醒药物、神经刺激、感官综合刺激甚至针灸等方法。轻度患者，像选择性失忆，可以接受催眠治疗。——以上比起'宛如昨日'，都是小儿科。"

"正合你意？"

"是，第二天，我就约焦可明见面了。说实话，我挺喜欢他这个人，不善言辞，但很专注，有一双固执的眼睛，不同于我见过的任何创业者。但他根本不想创业，他说儿子得了重病，家庭负担极大，急需用钱。他不要公司股权，更不想辞去高中教师的工作，他只要现金。'宛如昨日'的版权和专利，完全归属于投资人。我当天就给了他五十万元现金。"

左树人的语速很慢，但思路清晰，目光藏在镜片后面，难以捉摸。他没有说谎，焦可明账户内不明来源的收入，正好跟以上描述匹配。

"你不怕遇到骗子？"

"为了找到开发'宛如昨日'的天才，我被人骗走过至少五千万美元，投资总有风险。'宛如昨日'不仅是软件和游戏，还需要海量的服务器空间。特别是可穿戴设备，你用过了吧？这不是一般的虚拟现实 VR 技术，而是最先进的脑机接口，直接作用于人脑。当时，焦可明已完成一部分软件代码，他是计算机天才。而记忆研究是我的本行，我曾经梦想获得诺贝尔生理学或医学奖。记忆这两个字，对我来说有宗教般的意义。"

叶萧想起计算机犯罪研究所的报告："你说的人脑实验，是指脑机接口技术？"

"Brain-computer interface，简称 BCI，也称大脑端口、脑机融合感知。简单来说，就是人脑与电脑联机，通过意念直接操作电脑。有的人丧失了交流能力，患上脊髓损伤、肌萎缩性脊髓侧索硬化症等，可通过脑机接口传递思想。早期的脑机接口是侵入式，切开头皮，植入电极，接触颅骨和大脑皮层，近距离监测神经元活动。缺陷是要进行外科手术，可能产生伤害。所以，我们最早从动物实验开始。"

"狗？"

"从老鼠到猫到狗都有。非侵入式脑机接口，在头皮表面放置电极，记录神经活动信号。戴上一顶布满电极的头套，每个电极都有导电胶，得到相对准确的数据。但准备过程很长，结束后还得洗头，想想头发沾满黏液是什么感受？抱歉，叶警官，我说的你能理解吗？"

叶萧偷偷开了录音笔,但也能明白个大概,左树人说得还算比较通俗。

"请继续!"

"我们的硬件开发,经历了从侵入式到非侵入式,从笨重化到轻便化的发展过程。功能越来越强化,就像从大哥大进化到 iPhone,最终成为干电极接触模式——重量不到一百克,乍一看就像个蓝牙耳机,可以随身携带。"

"焦可明有没有来过这里?"

"不,他从没来过。这个研发中心,是用来研发硬件的。我和焦可明有协议,分工明确,他负责软件,我负责硬件,互不干涉。事实上,我和他很少见面,连微信都没加过,平常通过我的秘书电话联系。他每写完一段程序代码,就会自动上传服务器——源代码永久归属于公司。我不清楚他具体是怎么做的,是否有助手,有没有工作室。"

"你们最近一次见面是什么时候?"

"5 月。'宛如昨日'硬件定型,在中国和美国申请了专利,委托广东的代工厂生产第一批样品。其中一百件设备归焦可明所有,这是我和他的协议约定好的。他正在为'宛如昨日'开发一款网络游戏,样品是为了游戏测试。对投资人来说,当然是个好消息——这将是一款划时代的游戏,会给'宛如昨日'带来数千万用户。我承诺给焦可明更多的钱,再加个零,是对他成功开发软件的奖励——我绝不是个苛刻的人。"

"左先生,你真的是个出色的商人。"叶萧话锋一转,"请问,焦可明的突然死亡,对你会不会有损失?"

"你多虑了。上半年,'宛如昨日'的记忆功能,已全部开发完毕,硬件设备的样品也出来了。源代码和数据库都在服务器,我们的工程师和程序员全部接管——严格来说,这一部分已经不需要焦可明了。"

叶萧脑中闪过"卸磨杀驴"四个字。

"下半年,'宛如昨日'的计划是游戏功能。原以为焦可明死后,这个功能就泡汤了，或者要公司自建团队，另起炉灶。"左树人喝了一口浓茶，"没想到，一周前，'宛如昨日'完整的游戏代码，突然上传到服务器，自动嵌入游戏引擎，并与记忆功能的数据库对接。这意味着，所有正在体验'宛如昨日'的人，都能同时进入游戏世界，跟大型网游是一样的，只不过进入方式不同——直接采用了意念控制。"

"你觉得是谁做的？"

警官明知故问，不想暴露盛夏的存在。

"不知道，也许焦可明还有助手吧，或是他的在天之灵？但这不重要。作为一个商人，我只看重结果。"

"人们体验过'宛如昨日'后是怎么评价的？"

"宛如昨日。"

叶萧并不觉得这是废话："这个评价名副其实，我也这么觉得。"

"所有体验者都表示，如果产品上市，肯定会掏腰包购买。至于焦可明那边，我就不清楚了，他手里有一百份样品。不过，我也不担心样品流失到市场。再过两天，'宛如昨日'就要全国发售了——广东的另一家代工厂正在加班加点生产。"

"恭喜！"

"谢谢。"

"最后一个问题，当你知道焦可明发生了灭门案时，为什么不跟警方联系？"

"我和他有过保密协议。抱歉，我知道这是不对的，但我必须遵循商业规则与契约精神，哪怕合同的另一方已不在人世。我不能主动披露内情，那样就是我违反了协议——除非警察上门来调查，那就不是我的问题了。"

左树人说了一长串文字，让叶萧想要揍他："这件事，你已经犯了重大错误，警方可以追究你隐瞒不报的责任。"

"我不认为焦可明的被害，跟'宛如昨日'有任何直接关联。"

"对不起，我的判断恰恰相反。"

"好吧，我认错。"老头说得有些疲惫了，"叶警官，我知道你在想什么，但我不是凶手。"

"8月13日晚上到8月14日凌晨，你在哪里？"

"在这里。我一个人在看数据。因为我相信，'宛如昨日'是一项可以造福人类的发明。"

叶萧感受到了这个老头的冷血："就在那时，它的发明者全家都被杀害了。"

"我很遗憾，但没有我的投资和支持，'宛如昨日'不可能问世——我才是它真正的主人。"

"有没有人说过你很自私？"

左树人的脸和表情像头年迈的犀牛："叶警官，我不会为独占这份荣誉，铤而走险杀人的，完全不值得这么做！焦可明早已放弃一切权利，交换他最迫切需要的现金，挽救他儿子的生命，非常公平的等价交换，不存在谁占谁的便宜——孩子的生命是无价的，你该理解他的所作所为。能用钱解决的问题，总是好办的。而且，我真希望他能多活几天，帮我把'宛如昨日'的游戏功能也开发出来。"

叶萧本来还想给他看张照片，南明高中电脑机房的墙上，焦可明生前写下的神秘数字，但他临时改变主意，想要保护那堵墙的原始证据。

"感谢你的配合，左先生，我可能随时会再来，请你这段时间不要出国或去外地。"

"对不起，那得你提供法院的书面文件，否则你无权限制我的行动自由，除非有证据逮捕我。"

叶萧看着阴沉的大海，雨点密集地打在玻璃上，发出噼里啪啦的响声。

"你知道……"话到了嘴边，却被他生生咽了回去，"哦，没什么！"

他原本想问关于 GH3 的问题——凶手利用这种呼吸道麻醉物，让焦可明失去反抗能力，然后掐死他。左树人是脑神经学科专家，想必对这种东西并不陌生。不过，既然他是犯罪嫌疑人，有些话就不能说了，免得提醒他去销毁证据，假如他是凶手的话。

"最后一个小要求，能否拔下你的一根头发？"

"为什么？"

"为了还你清白。"

"叶警官，我可以拒绝的，我的律师正在赶来的路上。"

"嗯，这是你的权利，再见。"

等到叶萧转身出门，左树人却在后面喊了一声："好吧，我给你。"

老头当着叶萧的面，从头顶拔下一根头发，半灰半白，粗粗的，看起来营养不错。

"你很聪明，左先生，配合我的调查，就等于是在帮助你自己。"

叶萧把这根头发塞进证物袋，注意老头的动作，故意搀扶他的肩膀，但被左树人谢绝。

其实，他是想要看看，左树人身上有没有伤——杀害焦可明的凶手，被死神咬掉一块肉，必然会留下伤痕。二十多年前，叶萧被狗咬的伤疤，至今还在腿上呢。

警方已验出大狗牙齿缝里的肉，只要找到嫌疑犯，通过 DNA 检测，就能立即确认凶手。

中午，叶萧饥肠辘辘地驱车离开。后视镜里，左树人站在阴惨惨的乌云下，嘴角挂着不可捉摸的微笑。海边继续下着瓢泼大雨，研发中心的屋顶显得格外凄凉。

风挡玻璃上流淌着瀑布，乐园抢到一个停车位。迎面是哗啦哗啦的雨幕，像一千万个女人同时倾倒洗澡水。

　　市中心的老街区，残垣断壁的外墙，挂着拆迁队的横幅，要居民配合工作，早签字早拿钱早滚蛋早超生。他撑着一把黑伞，只见大多已人去楼空，剩下几个钉子户，房子借给外来打工者。有的房子已被急不可耐的拆迁队消灭，开膛破肚，大卸八块。经过拆迁办门口，四下无人，他扯开裤子拉链，对准门缝撒了泡尿——以上举动极不符合他的画风，但每个人展现给别人的，往往并非其本人的真实一面，切记。

　　在巷子最深处，他找到门牌号码。小学一年级的他，为抓蜻蜓从三楼窗户摔下去，妈妈抱他到儿童医院挂急诊。现在有个淡淡的伤疤，被头发盖着。门口贴着封条，像是被抄了家，即将烟消云散。他粗暴地撕掉封条。

　　三楼，门板都拆了。鼻孔里全是灰尘，头顶结着密密的蛛网。他不敢深呼吸。二十年前，爸爸改造过的格局，依然保留。迷你的厨房和卫生间，里间的小卧室。没有家具，破砖烂瓦不少。屋顶破了个大洞。雨水漏满整个屋子。乐园抬起头，仰望他和姐姐的空中花园。木头扶梯还没腐烂。小时候，阁楼有扇天窗，屋顶上长满野草。他总是挤上去，爬到姐姐床上，听她讲黑夜故事。而她像《一千零一夜》里的山鲁佐德，从原版《格林童话》讲到《西游记》再到《射雕英雄传》……

　　他掏出一个"蓝牙耳机"，印着黑色孤岛的 logo。刚想爬上扶梯，阁楼门口出现一张脸。

　　十八岁的少女，发红如火，发红如血。

　　盛夏在上，乐园在下，隔着一道木头扶梯，两个人不约而同发出叫声。

　　"见鬼！"

　　好像阁楼顶上有个猫女郎，短裤底下裸露着细长腿，屁股后面还拖根长尾巴，真是个邪恶的梦境。乐园掐了自己大腿一把，确认眼前的少女并非幻想或春梦的副产品。

少女慌乱地站起来，头却撞到阁楼的房梁，一声惨叫，顺着扶梯滚下来。

乐园全力接住她，整个抱在怀里，才没让她摔得更惨。她最近瘦了十斤，他抱着不感觉太吃力。盛夏并不领情，反手抽了他一耳光，两个人同时摔倒。"蓝牙耳机"滚落到墙角。

吃了一鼻子灰，身上沾满泥水，乐园狼狈不堪地爬起，与她保持距离说："你属蛇吗？"

"没常识！我是1999年的，我属兔。"

她太瘦了，骨头在地板上硌得剧痛，使劲揉着出现乌青的关节。

乐园摇摇头，掏出一大团纸巾，擦着身上的污垢说："我是说农夫与蛇的故事。"

盛夏才听明白——骂她是条恩将仇报的蛇，但她并不愤怒："嘿，中元节快乐！"

"今天是七月半？好吧，命中注定的日子，我要回到这里。但为什么我会看到你？"

"这是我要问你的问题。"盛夏弯腰捡起墙角的"蓝牙耳机"，吹去灰尘，看着流星雨下的黑色孤岛的logo，"你怎么会有这个东西的？'宛如昨日'。"

乐园想从她手里抢回去，却挨了正面一记直拳，被打得眼冒金星，扶着墙说："不准再打我脸了！我承认，这是焦可明生前送给我的，在灭门案发前一个月。"

"为什么不告诉叶萧？难道是你对那个警察大叔很害怕？"

"与你无关。"

"让我告诉你原因。焦老师在死亡前两个月，把'宛如昨日'的'蓝牙耳机'，发给所有在1999年与欧阳小枝有关的人，比如她的同寝室的同学。至于你嘛，乐医生，你是他儿子的主治医生，你说要为无脑畸形儿复仇，但你的动机不限于此。比如说，你在'罗生门'微信公众号，贴出了1999年欧阳小枝的照片，又向大家征集案情线索，但在七夕那晚，魔女的故事全是你告诉我的，说明你对此如数家珍，怎会不认识照片里的她？你必定隐瞒了什么。"

"冒充拆迁办打我电话的就是你吧？"

"嗯，我用了变声软件，你听到的是个大妈的声音。"

"真有你的！我被你耍了。"

乐园的表情既无辜又羞耻，竟被这雀斑姑娘玩弄于股掌之中。

"叶萧一再告诫我不要单独和你出去，我通过他的帮助，知道了你的背景——虽然你身份证上的名字叫乐园，但在公安局的户籍系统，你有个曾用名：欧阳乐园。"

"是。"

"欧阳小枝、欧阳乐园——这座城市姓欧阳的不多吧，我很自然地联想到你们的关系。不出意料，你爸叫欧阳大江，你妈叫陶红静。你还有个伯父叫欧阳大海。七十年代，欧阳大海作为知青，去了云南插队落户。1982年，他死在西双版纳，留下刚满月的女儿，欧阳小枝。1994年，欧阳小枝的妈妈也死了，小枝在云南举目无亲，被迫回到大城市，寄居在叔叔婶婶家里。而你，欧阳乐园，就是小枝的堂弟，比她小了足足七岁。"

脑子里的肿瘤，让她格外敏感，就像上等的猎犬，循着猎物气味，一点点找到这里——欧阳家的老房子，产权没有变过，最近等待拆迁，乐园是唯一的继承人。

盛夏冒充拆迁办的大妈，给乐园打电话，说今晚房子就要拆了。她故意用非常粗暴的语言，一通电话里出现八个×。乐园立即冒雨赶来，阻止这场非法强拆。然后，她就在小阁楼里守株待兔。当盛夏打开窗户时，看到他往拆迁办的门缝里撒尿，乐得她几乎满地打滚。要是那扇门突然打开，冲出来一个大妈，把他扭送到派出所就有意思了。

"我在寻找魔女的故事，而你才是最接近她的人。"

并且，她顽固地相信，十八年前消失的魔女，至今依然活在人世，隐身于地球上的某个角落，也许就在这座城市，就在她身边，指引她过来发现什么。

"我承认，这是我家。十岁以前，我一直住在这里。"乐园的嘴唇颤抖，看着废墟般的房子说，"小枝刚回来，奶奶还活着，对她特别好。没过多久，奶奶去世了。通常的剧本都是这样写的，孤身一人的知青子女，寄人篱下在亲戚家里，受到歧视和嫌弃。我家也是，只有我是小枝最好的伙伴。可惜，我比她小了足足七岁，当她开始往嘴唇上抹口红时，我刚结束尿床。"

"切！"

盛夏向这个身高一米八、体重七十公斤的年轻男人，伸出了左手的小指。

"随便你怎么笑话！小枝姐姐读了南明高中，平常住在学校，周末很少回家，寒暑假才回来。小枝发育得早，我妈是个简单粗暴的女人，尤其讨厌小枝，经常骂她在外面轧坏淘，跟不三不四的男人鬼混，把我们家的脸都丢光了。她那一长串最下流的脏话，就差把小枝剥光衣服，挂上烂货的牌子去游街了。至于我爸，一声不吭地坐在旁边看报纸，对此无能为力。"

"我越来越喜欢魔女了。"

也许是一种同情？同病相怜？盛夏摸了摸身后的墙壁。

"嘿，你现在摸的地方，原本有一台电视机。小枝出事的那年暑期，每天傍晚，她都会准时打开电视，跟我坐在一排看《灌篮高手》。其他女生都喜欢流川枫，但唯独小枝爱樱木花道，红头发的十号。"

说到这里，乐园盯着盛夏的红色短发。

"看什么看？对了，你还记得欧阳小枝的铅笔盒吗？"

"铅笔盒？"他看向头顶的阁楼，"想起来了，蜡笔小新！我刚读小学的时候，还挺喜欢那个铅笔盒的。但她一直藏在床底下，有时是枕头底下。她不准我碰她的宝贝铅笔盒，平常也很少带去学校。偶尔，她打开来给我看过，好像有两块黑色的石头，还有个……"

"布娃娃。"

盛夏淡淡地提醒了他一句。

"活见鬼，你怎么知道？"

"'宛如昨日'。"但她不解释，还有更重要的问题，"请告诉我，1999年8月13日，出事那天发生过什么？"

"那年我十岁，现在还记得很清晰——1999年的暑期，大家都叫她魔女。她经常胡言乱语，半夜从床上跳起来，大声说见到三十九个鬼魂，还一个个叫出他们的名字！你知道霹雳舞吗？"

"是这样吗？"

盛夏当场跳了一段霹雳舞，仿佛有块玻璃挡住去路，又像手脚骨头都被打断在抽筋——对于1999年出生的女孩，这样的舞蹈，简直是从博物馆里捡来的。两年前，她看了迈克尔·杰克逊的MV，激动得三天三夜没睡着，天天在家练习太空步，从没给任何人表演过呢。

"我天！就是那种感觉。欧阳小枝，也是这样跳舞的。她对着空气抚摸，太逼真了。仿佛三十九个鬼魂全都隐形，普通人的眼睛看不到。"

"真的，魔女见到鬼魂了！她有一双通灵眼，我相信她！"

"你不明白，欧阳小枝有癫痫。"

"癫痫？"

果然如此，"宛如昨日"的游戏世界，有一半是真实的。象限仪座流星雨之夜，魔女在癫痫发作之后，告诉盛夏在大烟囱底下埋藏着许多鬼魂。

乐园像面对病人那样扫盲："癫痫，是大脑神经元突发性异常放电，导致短暂的大脑功能障碍的一种慢性疾病。在中国，每一千个人中，就有七个患有癫痫。许多人受到社会歧视，他们的精神也很压抑，通常不敢告诉别人。"

"我明白了，这也是你妈妈讨厌小枝的原因之一吧？"

"是。欧阳小枝从小就有这种毛病，不是经常发病的那种，但偶尔发起病来，那是非常吓人的，浑身抽搐，口吐白沫，差点把舌头咬掉，都以为她中邪了，或者沾染上了不干净的东西。1999 年，她出事前的那一周，癫痫发作越来越频繁，每天至少一次，吓得我妈不敢让她进门。不过，8 月 13 日，她回家过一次。"

"也就是说，小枝的最后一天，你和她在一起？"

"嗯，她是在中午时分回家的。那时候，家里只有我一个人，她的面色糟糕，好像刚发作过癫痫。晚上，我爸爸妈妈回家了。虽然我妈还是不给她好脸色，但让她一起吃了晚饭。这是我们四个人，也是我和爸爸妈妈，吃的最后一顿晚餐。"

"然后，她就出门了？"

他指着家门口的位置："大约九点钟，就在这里，小枝告诉我，她要去看英仙座流星雨了。那时候，我喜欢天文学，看科幻小说和电影，立刻被她吊起胃口。虽然姐姐的癫痫让我害怕，可我也担心她一个人跑出去，万一发病了怎么办？我到底是个男孩，有保护女生的欲望。"

"这一点我看出来了！"

"盛夏同学，难得你夸奖我一次。那一晚，我缠着她要去看流星雨。刚开始她不同意，但我死皮赖脸跟着她，追着她跑到公交车站——我爸妈是一个单位的，每天上早班，天不亮就得起床，这时候都睡下了。于是，我跟着小枝姐姐坐上公交车，来到当时还很荒凉的南明路上。"

"有人在等她吗？"

"焦可明。"

终于说到关键的名字了！盛夏找了块没有水渍的地方坐下："你们认识有十八年了。"

"那是我第一次见到他，呆头呆脑的高二男生，厚厚的眼镜片，很容易被人欺负。小枝和他约好一起看流星雨，我就成了电灯泡。但我不觉得他们在谈恋爱。当晚，焦可明连小枝的手都没摸过，两人最近距离是手指头保持十厘米，也没有轻浮或暧昧的语言。小枝已经神志不清，说话颠三倒四，前言不搭后语，一会儿说我脚下踩着别人的屁股，一会儿又说左边有个树妖在唱歌，右边有个花妖跳舞，前头还有一拨淹死鬼打麻将，正好三缺一来拉人了，要我千万不要乱跑。"

"你们去学校旁边的工厂废墟了？"

"是啊，那附近没有任何灯光，一大片黑漆漆的荒野，焦可明说是最适合观测的环境。显而易见，他们不是第一次看流星雨了。焦可明拿出一大块塑料布，找了块还算平整的空地铺下，我们三个平躺下来，仰望夜空，等待流星雨降临。还有条黑色大狗蹲在旁边，它很听欧阳小枝的话，好像是条母狗——就跟你养的死神很像！"

"那是死神的妈妈。"这句话提醒了盛夏，她像母狗一样走了几圈，看得乐园头晕，"喂，在焦老师的灭门案之前，你没见过死神吗？"

"从没见过，但我听说过它——去年9月，焦可明带着儿子到医院检查，聊到收养了一条流浪狗。他说不清狗的品种，大黑狗看起来有些吓人，每天半夜偷偷带出去，怕遇到邻居投诉，只能走逃生通道，到小区外面遛狗。不过，天乐很喜欢它，大狗也对孩子很好。自从有了这条狗，无脑畸形儿经常露出笑容，身体反应与精神状态都有进步。我是焦天乐的主治医生，明显感到了这些变化。以前我在医科大学读书，接触过很多畸形儿病例，养狗对于孩子的心理健康很有好处。有的动物甚至能辅助治疗儿童自闭症。所以啊，我还鼓励焦可明继续养狗呢。"

"焦可明为什么要收养死神？因为1999年，欧阳小枝和他一起收养过死神的妈妈——这两条狗的长相酷似。所以，当他一看到流浪狗死神，就立刻想起欧阳小枝，这才是死神对于焦可明的意义。"

乐园缓慢地为她拍手鼓掌："你的推理很有道理！佩服！"

"不瞎扯淡了！"她几乎要拉断胸口的骷髅链坠，"还是回到1999年8月13日，南明路的工厂废墟，你们在看英仙座流星雨，然后呢？"

"流星雨真的来了。哎，我一辈子都不会忘记，感觉自己像飘浮在银河系，连风吹过草丛的声音，都仿佛变成《星球大战》的配乐。"

"英仙座流星雨要持续到凌晨，你们看了多久？"

盛夏自动代入成为女警，晃悠着手铐，脚踩在审讯对象的大腿上，肆意地凌辱摆布，直到他吐出所有真相。

"没多久，顶多二十分钟，草丛里的蚊子太多了，咬得我浑身都是包。小枝提前结束了观测，嘱咐焦可明送我回家，她说有事要留下来。"

"什么事？"

盛夏就像电影即将结尾，盼望着侦探说出凶手是谁的那个傻瓜观众。

"她没说，但必须一个人去，不要任何人跟在后面。焦可明很担心她，但小枝的神志恢复了正常，说不会有事的，明天早上通电话。她一个人往工厂废墟的地下室走去，而焦可明带我去公交车站赶最后一班车。"

"你亲眼看到她走进地下室了？"

"没有，天太黑了，只能看到个模糊的影子，她就消失不见。当时焦可明告诉我，按照常理，工厂废墟只有地下室可以去了。"

"但他也不能确定。"

乐园坐在她身边，后脑勺靠着渗水的墙壁说："8月13日，深夜，欧阳小枝失踪了。第二天，人们去工厂废墟的地下室搜索，也是焦可明提供的信息——后来说魔女在地下室神秘消失，就是这么传出来的。"

"也许她根本没有下去过！所谓的魔女区，也不过是学生们的道听途说。"

"那一夜，是我最后一次见到欧阳小枝，到今天有十八年了，再没有她的任何消息，无论活人还是死人。"

"你不想念她吗？"

"我惦记着她，但不想念她。"

"惦记和想念有啥区别？我最讨厌别人跟我玩文字游戏。"

"有区别！1999年8月13日，深夜十点多，我和欧阳小枝在南明路上分别，焦可明带我坐末班公交车回家。十点半，他送我到家门口，就是这个楼下！"乐园冲到窗边，看着下面布满垃圾和瓦砾的小巷，"当时我觉得很奇怪，为什么聚拢了好多人？还有穿着绿制服的警察叔叔。焦可明上去打听了几句，面色不对了，再回头看我，不知道怎么告诉我。"

"怎么了？"

"十八年了，英仙座流星雨之夜，魔女消失在南明路工厂废墟的地下室。几乎同时，我们所在的这个房了，发生了一起煤气泄漏事故——欧阳大江，男，四十岁，陶红静，女，三十七岁，同时一氧化碳中毒身亡。他们唯一的儿子叫欧阳乐园，刚满十岁，就是我。"

盛夏想要说些什么，但所有音节都被喉咙吞下去，只有屋里屋外密集的雨点声，代替了所有语言和安慰。

"对不起。"

"没事，那一夜，我回忆过无数次了。只不过，欧阳乐园从那天起不再是欧阳乐园。"

"今天，你说得够多了，下回再跟我说吧，如果我还能活到明天的话。"

"爸爸妈妈火化的那天，没来很多人，基本是妈妈那边的亲戚。十岁的我，凝视并排躺在两口棺材里的爸爸妈妈——煤气中毒死亡的人，皮肤总会有青紫色，血红蛋白与一氧化碳融合的结果，无论入殓师怎样化妆都难以遮掩。葬礼的整个过程，我没有落过一滴眼泪。"

乐园刹不住车，要是今天不说完，恐怕连续几夜睡不着："后来，我被寄养到舅舅和舅妈家里，家里有个比我大三岁的表哥。六层楼的工人新村，跟这里一样狭窄，我每晚睡沙发床，小猫似的裹在毛毯里。刚开始舅舅可怜我，但没过两个月，我就被舅妈嫌弃了。我体会到了小枝姐姐过去的不快乐，遭到亲戚的白眼和嘲笑，仿佛多余的废物，没人能说上心里话。小学五年级，我从舅舅家逃出来，在街头流浪了一周，差点被人贩子带走，警察将我从火车站救了回来，后来才知道自己有多幸运。我不愿意再回去，舅妈也装作生病住院，只能把我送到福利机构。"

"我完全能理解。"

盛夏看着他的眼睛，这个貌似高富帅的男人，却有着跟她相似的童年，在父母双亡（精神病院里的妈妈跟死了没啥两样），被亲戚嫌弃的颠沛流离中长大。

相比那些从小到大，完全依赖父母的孩子，她觉得自己比他们强大一百倍，如果发生什么战争和灾难，最后活下来的一定是她。

"十二岁，我与一群孤儿，暂住了几个月。许多孩子有先天残疾，又聋又哑，还有不少畸形儿——我跟他们一起长大，我太了解畸形人了，无论他们的身体还是内心。这也是我后来成为脑神经医生的原因。"

"还有件事，你欺骗了我。你说南明高中也是你的母校，读过高一的上半学期。但是，我查过2005年入学新生的资料，并没有欧阳乐园或乐园的名字。而你也没在国外读过书。"

"对不起，七夕那晚，我只是想获得你的信任，也想用这种方式，抛出跟魔女有关的话题。"他看着一只被雨水打湿的黑老鼠从墙脚下奔过，"我的少年时代，就像这只流浪的老鼠，在不停的转学、退学和跳级之间度过。但我从没来过南明高中。就连南明路，也成了我的厄运之地，好像每次去都会有人死掉。"

"你读书时成绩很好，初中还跳过一级，十七岁就参加高考，以全市第一名的成绩，考上了协和医科大学。"

"是，每个人都有各自的命运，也许是我们家的厄运太多，我的爸爸妈妈，还有欧阳小枝都遭遇了不幸。老天爷为了平衡，把好运气都留给了我一个人。"

盛夏掐着手指说出八个字——

"龙战于野，其血玄黄！"

"你在说啥？"

"易经，坤卦，第六爻——未来几天内，必有一场血战。我看书很多很杂，除了懂周易，还能给人看面相看手相，我可是神婆！"

"看来我还不够了解你呢。"

乐园望而生畏地后退两步，最好再戴上一副大口罩，不要被她看出面相的天机。

"没有人能真正了解我的，就像没有人能真正了解魔女！"

"十八岁，我到派出所改了名字，删除了欧阳这个姓氏。除了欧阳小枝生死不明，我的爸爸、我的伯父都死了。我们家族背负着某种诅咒，沾上就会带来不幸。我不想再跟欧阳这个姓氏有任何瓜葛，于是一刀两断罢了。"

"你作为协和医科大学毕业的高才生，放弃了高薪机会，回到原籍做了普通医生，并在南明路附近的医院——因为你想要解开这辈子最大的疑问，魔女到底有没有神秘消失？"

"盛夏同学！"

这女孩的智商和分析能力，让他从头到脚都毛骨悚然。

"每个人只站在自己角度看问题，就像我爸被我妈毒死，我认为他罪有应得，死得活该！但我未必正确。说句套路的话，如果，你没有跟欧阳小枝去看流星雨，那天晚上，你也会跟你父母一样死于煤气中毒，不是吗？"

"你是说，小枝姐姐救了我的命？"

"命运救了你的命，但小枝是你命运的一部分。"

她在心里补了一句：也是我命运的一部分。

"既然你是魔女的弟弟，那么也不会是泛泛之辈，帅哥。"夸奖过后才是重点，她说，"而我继承了魔女的衣钵，我就是魔女，魔女就是我，所以啊，你应该叫我姐！"

"我不习惯对小姑娘喊姐。"

"别倔头倔脑了。三年前，当你成为无脑畸形儿的主治医生时，焦可明就觉得你眼熟。他知道欧阳小枝的弟弟欧阳乐园，很容易联想到你现在的名字。某种程度上，你们是一伙的：找到1999年失踪的魔女。"

"我不知道他在研发'宛如昨日'。他也没告诉过我任何调查结果。我们都在寻找秘密，但彼此心照不宣。说实话，我不能完全信任焦可明。因为，1999年8月13日的事件，不能排除他的嫌疑。同样，他也不完全信任我。"

盛夏挥舞着手里的"蓝牙耳机"说："但他把'宛如昨日'给了你。"

"匿名快递给我的。我用过后才意识到是焦可明发明的，但我从未跟他交流过这件事，就当没发生。"

"傻瓜，焦老师可以通过记忆库，看到你在'宛如昨日'里回忆的一切。所以，他不需要跟你交流，交流了反而可能得到谎言，但'宛如昨日'不会说谎。"

"你觉得我是个满嘴谎话的男人？"

"事到如今，请告诉我可以信任你的理由。焦老师死后，你用他的微信公众号'罗生门'贴出魔女的照片，这不是钓鱼是什么？你明知道照片里的人是谁，还向网友求助——我真蠢，还自投罗网了！"

乐园虚弱地咳嗽几声，避免再被她的拳头打到："所有这些事，都可能与1999年失踪的欧阳小枝有关——魔女还在人世，否则你不可能在'宛如昨日'与她相遇。"

"说完了？"

"是。我可以走了吗，我的主人，我的魔女？！今天被你骗惨了。"

"我准许你走，但不需要你送我回家。"盛夏走到门口，把"蓝牙耳机"扔回他手里，"还给你，欧巴，在拼图所有细节完整前，我还需要你继续回忆！"

走出摇摇欲坠的老宅，她撑开一把透明伞，在乐园的黑伞旁边。破烂砖瓦的缝隙间，竟有个芭比娃娃，在雨水冲刷中褪色。她以前有个一模一样的。可怜的娃娃，衣服被剥光，缺胳膊断腿，一颗眼珠子掉了，仿佛刚惨遭强暴。

"对了，中午我真去拆迁办问过了，他们说今晚就要拆你的房子，我只能帮你到这里了！"她耸耸肩膀，回头望向屋顶阁楼的天窗，恋恋不舍，"还有啊，我不会告诉他们，你往拆迁办门缝里撒尿的事的。"

"你看到了？"

"不好意思，little（一点），little！"

盛夏如同小鹿冲进雨幕，不在乎水滴溅满雪白的大腿。混入市中心拥挤的人流，在无数把伞底下，唯有她的红头发耀眼夺目，像水中燃烧的火炬。

中元节之夜。

她带着挖出乐园身世的强烈快感回家。窗外依旧下着大雨，盛夏洗了热水澡，吃了大把的药遏制头痛。赶紧给死神喂食，让它趴在客厅睡下，发出震耳欲聋的鼾声——真是条老狗了啊。

擦干红头发，她躺在地板上，按照跟魔女的约定，戴上那副"蓝牙耳机"。耳机早已充满皮肤油脂，会不会阻碍脑机接口？她打开APP，选择游戏世界。

第七次体验"宛如昨日"——

漫长隧道过后，亮起几盏日光灯，吊死鬼般挂在天花板上。两个吊扇，缓慢旋转使空气流动。她认得这间晚自习教室。墙上挂着日历，标出 1999 年 5 月 15 日，高考倒计时多少天。

吊扇的风吹起书页，哗啦哗啦地响，像小情人轻轻抽你耳光。盛夏坐在最后一排，用一本高中数学书掩盖自己脑袋，不让红头发引人瞩目。

只有一个人能看到她，坐在她的前排，肩后披下的头发，蜘蛛吐丝般爬到手边，乌黑油亮，仿佛死后多年，仍在棺材里蔓延生长……

欧阳小枝。

彼时彼刻，她已被同学和老师们叫作魔女，无人敢与她搭讪，对她退避三舍。只要她坐在这间自习教室，这里就仿佛成了殡仪馆的告别大厅，而隔壁人满为患。课桌上摊着一本书，既非英文课本，也不是语文课外辅导材料，更不是金庸爷爷或琼瑶奶奶的盗版书，而是灰蒙蒙的《悲惨世界》，不知是哪个版本。新华书店里有一套套世界名著，欧阳小枝手里的这本，看起来最为古老。失乐园谋杀案后，盛夏整夜整夜失眠，断断续续啃完整套《悲惨世界》，愿老天保佑维克多·雨果的灵魂与坟墓。

教室门被推开，十七岁的焦可明，皮肤白净娇嫩，操场上最容易被欺负的那种学生，晚上被流氓拦住讹钱，身无分文回家到老妈怀里哭。虽说南明高中是名校，但高年级的欺负低年级的，大个子欺负小个子，凶悍的欺负老实的，早已成了潜规则。只要在高考拿到好分数，不出大事，家长不闹到学校，老师不会多过问。这个传统保持到了盛夏的时代。

魔女不可能喜欢这样的男生。焦可明悻悻然坐到她身边，装模作样拿出英文课本，低声背诵"Long long ago（很久很久以前）……"，同时偷看小枝的书本。

"《悲惨世界》？我看过动画片和电影。"焦可明认真地说，"好像是个警匪故事——神探沙威几十年如一日追捕道貌岸然伪装成市长的凶残逃犯，至死不渝。"

"白痴！"

小枝咯咯咯地笑起来，拳头猛烈地捶着桌面，简直就要癫痫发作了！

其实啊，这是焦可明第一次在她面前表露出幽默感，也是在盛夏面前。

"我们玩找字游戏吧！"

她用红色圆珠笔在《悲惨世界》中画了几个圈，分别在不同的页码。她又在作业纸上写了好多数字，让他把书里对应的文字找出来。

垫在桌面的报纸，上面正是填字游戏——纸媒时代，报纸上常有这种版面，在方块格子里寻找纵向和横向的空格，根据前后左右提示填空。小枝对后排挤眉弄眼，像闺密间的游戏，身旁的男生是被捉弄的对象。

小枝把一本书放到盛夏面前，《悲惨世界》第五部，翻开一页是铜版画的插图——背景是十九世纪的巴黎街道，人们用桌椅、砖块与垃圾，堆积一道高高的路障，成百上千穿着平民服装的男女，拿着火枪与刀剑，躲藏在路障背后。铜版画中的巴黎乌云滚动，旗帜流苏在飘，男人中弹血洒五步，女人帮忙抬下尸体与伤者。魔女抓着她的手，深入插画——手指被发黄的纸页吞没，像浸入一片水面，不，是一锅沸腾滚烫的油汤，蚀骨销魂化作胶水。她并未感到疼痛，从整个手掌到胳膊、肩膀和脖子，依次消失。这本书变成沼泽地，任何人接触就会被吞没。《悲惨世界》第五部的插画——四十年前的纸张，贴着十八岁的面孔，每个毛孔都呼吸着霉烂气味。最后，整本书覆盖双眼，将她完全吃掉，一根碎骨头和头发丝都不剩。

耳边山呼海啸般的声音，男人与女人的叫骂声，子弹从头顶穿梭，远处炮火隆隆，天空有雷声滚动。周围一个字都听不懂，偶尔听见几句"笨猪"和"傻驴"。盛夏睁开眼睛，看到铜版画里的世界，像从动画片进入真人片。男人挺着法兰西大鼻子，女人高耸抹胸后的乳房，顺便散发劣质的香水和狐臭味。她撞到一个男人胸膛，他的眼睛中弹，鲜血顺着脸颊飞溅。温热而咸涩的血液。空气是真的，男人是真的，女人是真的，子弹是真的，死亡也是。

只有自己是假的？

雨果笔下的巴黎，1832 年发生"六月起义"。她所见的大部分人即将死去。她勇敢地爬上街垒，像爬上木质的断头台。许多人在她身边，发射毫无杀伤力的子弹，如同小羚羊与猎豹的决斗。一面大红旗在头顶飘扬，有人擂响战鼓，高唱战歌。

车轮隐蔽下，她观望对面的敌人——国王的士兵们，长着各种动物的头，狗头人、狼头人、猫头人、牛头人、羊头人、豹头人、狮头人等不一而足。指挥官却是个鼠头人。士兵们穿着十九世纪的服装，扛着前装燧发滑膛枪与刺刀，名副其实的虎狼之师，列队前进与杀戮。

龙战于野，其血玄黄。

最后时刻，街垒遍地鲜血与残肢，再无退路，一个声音从盛夏背后响起："轮到你了！"

欧阳小枝。

她穿着 1999 年南明高中的校服，右手持着红白蓝三色旗，左手握着十九世纪的枪。

"为什么？"

"告诉你一个秘密——真正的魔女是红头发的。"

1999 年的魔女，将三色旗与火枪交给 2017 年的魔女。

盛夏在街垒上站起来，无数子弹从耳边与腋下穿过。她带着最后几十个战士，如同古罗马斗兽场的角斗士，冲向国王的士兵们。右手三色旗，左手火枪，胸口的衣衫滑落，露出自己的一对平胸，身后是硝烟弥漫、阴云密布的巴黎街头，就像那幅惊世骇俗的油画。

油画中的自由女神也是红头发。

一颗子弹，带着国王的诅咒，骤然击穿她的胸口。就像遭到泰拳沉重一击，她轻盈的身体往后飞去，坠落在街垒的尸体堆上。

失去意识的刹那，她脑中最后想到：我将被永远困在"宛如昨日"的游戏世界？

她没想到还能睁开眼睛。暗无天日的地底。黑暗隧道，底下流淌着水，散发着刺鼻臭味。这是巴黎的下水道，也曾是墓穴和避难所，盗贼、乞丐，还有叛乱者们在此藏身。用雨果老爹的说法，这是"利维坦的肚肠"。

黑暗滋生秘密，黑暗也能抹杀秘密。

她已伤痕累累，胸口布满弹孔，不晓得是死尸复活，还是成了巴黎地下的吸血鬼。在隧道尽头，她看到一个男人。

"你是谁？"

"冉·阿让。"

这段中文对白，让人感觉滑稽，好像时空虫洞里自带同声翻译。

法国老头，穿着黑色斗篷，留着大胡子，他没有送走负伤的马吕斯，也没有去找珂赛特，而是救活了魔女。

他抓住她的手，粗糙温热有力布满裂缝的手，几乎要让人爱上的这只手。

"魔女，请跟我来。"

跟着垂暮之年的冉·阿让，穿行在巴黎下水道。仿佛走了一个世纪那样久，路上见到死尸、老鼠，还有鬼魂。遇到危险路段，冉·阿让把她搂在怀里，她用红头发摩擦他的脖子和肩膀。要去塞纳河边？诺曼底的海滩？抑或敦刻尔克的港口？甚至普罗旺斯的薰衣草田？什么都不是，隧道出口，一片混沌的光。冉阿让牵着她的手，爬出肮脏的排水口。

她看到了 1999 年的月光。

那一年的南明路，两边的荒野，工厂废墟，孤独矗立的大烟囱，南明高级中学。至于冉·阿让，他摘下脸上的假胡子，露出一张还算年轻的脸。

一道光从斜上方洒下，他是叶萧。既是沙威，又是冉·阿让。

他放开盛夏的手，微笑着转身投入 1999 年的黑夜，无影无踪。

春夏之交的凌晨，欧阳小枝不见了，十七岁的焦可明不见了，只有自己一个人，走在南明路的荒野和废墟上。走到工厂旧址的深处，大烟囱脚下，她想看看魔女口中的幽灵。半年前爆炸过的废墟，长了层薄薄的野草，像有人不断抚摸你的脚踝，痒到骨头里去了。

盛夏看到一个女鬼。

二十多岁的年轻女子，在月光下漂亮得不真实，像聊斋故事里勾引书生的尤物。她穿着宽大的裙子，体形略微臃肿。女鬼抬起头，泪眼模糊。

盛夏认出了这张脸——烟囱底下的女子，她不是女鬼，而是十八年前的妈妈。

第十二章　疯人院

关在这里让人衰老，就像凡·高割掉耳朵以后，在疯人院里的自画像。刚满四十二岁的她，仿佛戴着五十岁的面具。

南明高级中学，实验楼，电脑机房。

昨晚，农历七月半，叶萧在这里度过了中元节。清晨，他从地板上爬起来，摘掉"蓝牙耳机"，抽了自己一耳光，脸颊清晰可见五道红印子。他拼命摸着嘴唇和下巴，然后是耳边、两腮，还有脖子，好像身上丢了一块肉。

冉·阿让的大胡子去哪儿了？

他彻底醒了。下了一夜的雨停了吗？叶萧喝了一大口水，打开焦可明留下的铁皮柜子，看到那本古老的《悲惨世界》。

封面上的几何花纹图案，像十九世纪的门窗。书名底下的"一"，代表第一部，"雨果著"。扉页印着李丹翻译，人民文学出版社，一九七八年，北京。版权页是"VICTOR HUGO，Les Misérables"，另一页是雨果的照片。出版说明是一九七七年十月。目录、作者序、第一部"芳汀"。一幅原版的版画，第一卷"一个正直的人"。

叶萧把书本放到鼻子前嗅了嗅，多少年前的细菌直冲肺叶。随便翻到一页，有个字上画着红色圆圈。他像被闪电劈中，再看对面墙壁——四十行奇怪的数字，三十九行红字，一行黑字。

他继续翻页，同时打盛夏的电话。以死神之名发誓，她还活着，但没睡醒，劈头盖脸骂了他一顿。

半小时后，红头发的魔女，带着没洗干净的眼屎，来到南明高中的电脑机房。没等他说话，盛夏率先发难："叶萧，昨晚我梦到你了。"

"这……"好在他明白，她不是在调戏警察，"我承认，我也进入了'宛如昨日'的游戏世界。"

"就像联机游戏，每个玩家都可以扮演一种角色。"

"'宛如昨日'就是一个世界。"

叶萧想起昨天去宛如昨日研发中心，大雨滂沱中的海景落地窗，左树人六十多岁的脸。

"这游戏的部分代码，是我亲自写出来的。但我不清楚，为什么有那么多妖魔鬼怪？动物头与人身的合体——不过，看到那些怪物出来，真他妈刺激！比玩《生化危机》和《寂静岭》强一百倍！"

"你上瘾了？"

"没错。"她看到了《悲惨世界》，"你在读这个？"

"不，焦可明留下来的，跟'宛如昨日'的设备放在一起，就在铁皮柜里。"

"奇怪啊。"她拿起来翻了几页，"焦老师为什么自己找虐重读《悲惨世界》？要写推理小说《名侦探沙威警长》？盗墓小说《大盗冉·阿让的一生》？小白文《恋上霸道总裁的芳汀》？"

叶萧翻到这本老书的第 364 页，也是倒数第三页，第二行——

"过后法院来检查，在地板上发现一些面包屑……"

其中"包"这个字，被人用红笔画了个圈。

他又翻到 199 页，第十七行的第四个字，同样被红笔画了圈，这个字是"海"。

"等一等！"盛夏粗暴地抢过书本，"九十年代，一度流行填字游戏，欧阳小枝和焦可明一起玩过，其中也有这本《悲惨世界》。"

她看着对面墙上的四十行数字，念出第一行红字。

1（364、2、17）（199、17、4）

翻到刚才第364页第二行，用红笔圈出来的"包"，恰好是这行的第十七个字。

以此类推，第二个括号（199、17、4）= 199页、第十七行、第四个字——海。

这第一行的两个括号，等于两个汉字：包海。

墙上的第二行数字——

2（73、10、6）（304、22、4）（217、11、5）

第73页、第十行、第六个字——吕。

第304页、第二十二行、第四个字——敏

第217页、第十一行、第五个字——前

连起来是三个汉字：吕敏前。

盛夏的拳头捶打桌面，念出墙上的第三行数字——

3（148、1、26）（59、20、13）（285、8、21）

第148页、第一行、第二十六个字——狄

第59页、第二十行、第十三个字——若

第285页、第八行、第二十一个字——静

三个字：狄若静。

这堵墙上的前三行数字，分别在《悲惨世界》第一部，对应三个人名：包海、吕敏前、狄若静。

这些数字来源于欧阳小枝的笔记本，在灭门案的火灾中被烧毁，只幸存一行"21（227、20、2）（105、6、10）（318、24、15）"。电脑机房的墙上也有，他们翻开《悲惨世界》。

第 227 页、第二十行、第二个字——马

第 105 页、第六行、第十个字——自

第 318 页、第二十四行、第十五个字——光

马自光——绝对是个中国人的姓名。

《悲惨世界》是无穷无尽的密码本，1999 年的魔女，欧阳小枝，是设谜与解谜的天才。

顺藤摸瓜，盛夏与叶萧，将墙上的三十九行红色数字，全部从书中破译。三十九个中国人的姓名，有男有女，有些名字很土，有些带有时代烙印。

三十九个名字，三十九个鬼魂。

轮到第四十行，与前面三十九行红字不同，整面墙的最后一行，却是黑色字体——盛夏可不相信红色墨水正好写完的乌龙。

第 195 页、第二十五行、第十二个字——连

第 89 页、第十二行、第五个字——夜

第 251 页、第四行、第十二个字——雪

"连夜雪？"

叶萧疑惑地摇头，不像是普通人名，更像卧龙生、云中岳或温瑞安武侠小说里的人物。

"我知道这个名字……"

盛夏的声音打战，身体也在摇晃，叶萧担心她又要癫痫发作。

"谁？"

"我的妈妈。"

她无力地坐在地板上，背靠写满数字的墙壁。最底下的黑色数字，正好被她的红色短发覆盖，红与黑，宛如司汤达的小说名。

"连夜雪？你妈叫这个名字？"

"嗯，妈妈出生在山里，出生前连续下了七天大雪，最后一个雪夜才生出

来——她到底是不是姓连？我也不知道，反正我没见过外公外婆。"

一分钟后，叶萧在公安局的身份信息验证系统查到了"连夜雪"——女，四十二岁，本市户籍，亲属关系只有一个女儿：盛夏，出生于1999年8月13日。

2013年12月，饱受家庭暴力的连夜雪，在十四岁的女儿面前，毒死自己的丈夫。司法鉴定证明她患有精神病，已被强制关押了三年零八个月。

午后，雨水变得淅淅沥沥。隔着风挡玻璃，像有几十个小孩对他撒尿。乐园关掉音响，皮卡停在楼下，一只怀孕的母猫在草丛中被他迷住了。

爬到七层，他以为跑错了地方，这是重刑犯的监狱还是银行金库？猛犬的咆哮过后，房门打开，还有铁栏杆、链条加一头红发。

"盛夏，我刚从医院出来，你的医生告诉我，中午你去做例行检查，情况不太好。"

"肿瘤在迅速变大，吞噬大脑的其他部分。我就算不会立刻死，也会渐渐丧失视觉、听觉，还有行动能力，变成瞎子、聋子、瘫子，或者疯子。"

"疯子？"

"你找我有事？"

他看了一眼虎视眈眈的大狗："能进来说吗？"

盛夏把死神关进阳台，打开第二道铁栏杆，这道门像飞行在太空中的堡垒的门。

"有股怪味道！老天！"乐园接连咳嗽几声，医生的鼻子相当敏感，"好像是那个……"

"你也吃过瑞典鲱鱼罐头？哦耶！"

乐园的表情如丧考妣，就差夺路而逃："×，你口味太重了吧。"

"想喝什么，乐医生？"

她倒了杯冰水，还有一罐冰镇啤酒。

"脑癌患者不该喝这些东西！"乐园选择冰水，但冰水里都有瑞典鲱鱼罐头的臭味，"我和你的主治医生商量过了，我会和他一起负责你的治疗，命令你立即住院！"

"我不想躺在病床上死去。如果难逃一死，最好死在南明路边，失乐园中，摩天轮上。"

"小时候，我还想死在巴勒斯坦呢！魔女妹妹，别做白日梦了！我来找你，是有个重要发现——1998年12月，南明路工厂爆炸事件，当时电视台报道过，《晚间新闻》有播出。我有个患者在电视台工作，我托他从档案室搞到了录像带。"

"电视新闻？"

"今天早上，我把录像带转成了视频文件。我觉得欧阳小枝的失踪，还有高中时代的焦可明，都可能跟这次爆炸事件有关。"

"还有它——"

盛夏指了指阳台上的死神，这条大狗隔着玻璃门，警惕地盯着乐园，伸出长长的舌头，以免他对主人有出格举动。

视频的画质糟糕，九十年代气息扑面而来——那时的电视台《晚间新闻》，主持人穿着现在看来很奇怪的衣服，播报本市郊区南明路的工厂，凌晨发生一起爆炸事故，造成多名工人死亡。记者在清晨六点赶到现场，拍摄了爆炸后第一时间的画面——天空变成了红色，整条马路烟雾弥漫，完全被警察封锁。工厂变成废墟，宛如遭受二战空袭，只有大烟囱顽强地挺立着。除了警察，许多戴着口罩的人维持秩序，多具尸体盖着白布被运出来，有的只能说是残缺的尸块，也许是条大腿或部分脑袋。唯一的幸存者，躺在救护车里——她是个年轻女子，看起来不过二十多岁，如果抹去脸上的血污和灰尘，长得还算不错。残忍的记者把话筒伸到她跟前，问她昨晚有多少人在加班。

幸存者的眼神闪烁，她慌乱地看了看四周，闭上眼睛，虚弱地回答："十个人。"

"包括你吗？"

"是，其他九个都死了，只有我活着。"

自始至终，她没有正眼看过镜头。

画面迅速切换到演播室的主持人："各位观众，根据现场初步调查判断，这是一起安全生产事故，是由于工人操作不当，导致化学品爆炸，具体的事故鉴定结果，本台将会跟踪报道。"

盛夏的喉咙里发出大狗警告般的声音，将视频回放到幸存者的部分暂停，像要在那张脸上盯出个洞来。

"她叫连夜雪。"

盛夏把乐园喝过一半的冰水也喝光了，举起玻璃杯在地上砸得粉碎。死神狂吼起来，窗户与墙壁震动，乐园摸了摸自己的心口说："我送你去医院吧。"

"她是我妈。"

红头发的少女，骤然坐倒在地，像个小猫那样哭泣。

家里没有盛夏父母的照片——自从妈妈在这里毒死了爸爸，所有影像都被她一把火烧了。

"等一等。盛夏同学，你出生在1999年8月13日。刚才这段电视新闻，拍摄于1998年12月20日。正常人怀孕周期两百八十天，也就是九个月多一点。按照这个时间倒推，发生工厂爆炸的时候，你妈刚刚怀孕，你是一颗受精卵的胚胎，就藏在她的肚子里！"

"闭嘴！"

她抓着自己的头发，泪水像窗外无边无际的雨……上午，南明高中电脑机房，叶萧跟她一起从《悲惨世界》的书页里，破译出了四十个名字，最后发现"连夜雪"，她已猜到了百分之八十。

为什么前面三十九行都是红字，而最后一行却是黑字？

按照中国人的传统，红笔是写死人名字的，前面三十九个都已成鬼魂，只有最后一个，还孤零零地活在人世间。

连夜雪。

盛夏小时候，妈妈爱听一首老歌《冬季到台北来看雨》。曾经有人说，连夜雪长得有几分像孟庭苇。现在嘛，妈妈长什么样子？她也无法形容了。如果要她唱首歌，那就是《秋天到精神病院来看雨》。

雨中的精神病院，远离任何交通干道，四周全是荒野，巴比伦城墙般的高墙上有电网。与其说是医院，不如说是监狱。盛夏仰望门口的瞭望哨，很像游戏里魔族的塔楼，里面住着成千上万的大小怪物。

门口空地停着一辆黑色宾利。乐园多看了两眼，好车就像衣着清凉的漂亮妞，总能吸引直男们的目光。他把皮卡停在宾利边上，贴着盛夏的耳边说："我能一起进去吗？"

"好吧，你可以冒充我的男朋友。"

不晓得是谁占谁的便宜。盛夏依旧穿着短裤，顶着火红的头发，带着"男朋友"走向精神病院，就像探望劳改犯的家属。

刚到门房里登记证件，铁门突然打开，出来一个男人。六十来岁，头发浓密，添了些灰白。他穿着阿玛尼衬衫，面孔像涂了一层铅灰，令人过目难忘。盛夏从没见过这张脸。擦肩而过的瞬间，对方斜睨了她一眼。

"你是谁？"盛夏瞪圆双眼，追问了一句，"干吗这样看我？"

老头不回答，黑色宾利开到他面前。穿着制服的司机下车，为他拉开后排车门。宾利的发动机声音很性感，像肖恩·康纳利或皮尔斯·布鲁斯南的声音，连人带车消失在雨幕中。

她对宾利的尾灯吐了口唾沫。进入戒备森严的精神病院。没看到传说中的疯子天才，或者精神变态杀人狂，一切都很安静，像特殊的幼儿园，只是所有人没长大就老了。

到处都有摄像头在监视。对于被采取强制措施的病人，根据公安局的规定，比照监狱制度，在专门的探望室见面。

看到妈妈之前，盛夏淡淡地说："我妈是精神病人，又是个杀人犯，从前我的同学们，总是这样嘲笑我——你不会害怕吧？"

"让嘲笑你的人都去吃屎吧！"

"哈哈哈！"她终于大笑出来，还跟乐园击掌庆祝，"让他们去吃狗屎锅底的火锅！"

"我是个父母双亡的孤儿，也被那些王八蛋嘲笑过，我就是这么对他们说的！"

"医生说，我妈的精神病有两个根源：一是精神创伤；二是曾经有过慢性中毒，影响到了她的脑神经系统。"

"你是说有人给她下过毒？"

说到脑神经，这是乐园的专业本行——他要是年纪大了，恐怕是个绝命毒师。

"谁知道呢？反正她体内的有毒化学元素长期超标。我七八岁的时候，我妈就被确诊患有精神病了，只是病情还不严重，偶尔发疯胡言乱语，比如三十九个鬼魂……"

忽然，一个女人走进探望室，穿着蓝白相间的条纹服，乍看像阿根廷球衣。她好像刚洗过脸，抹了廉价的护肤品，头发绾在脑后。她年轻时很漂亮，相形见绌的女儿，只遗传到一小部分，也许还包括精神问题。关在这里让人衰老，就像凡·高割掉耳朵以后，在疯人院里的自画像。刚满四十二岁的她，仿佛戴着五十岁的面具。

她叫连夜雪，武侠小说里才有的名字。

"妈妈。"

盛夏的手抬起来犹豫两秒，才抓住妈妈粗糙的右手。

妈妈看到她的红色短发，几乎认不出女儿，皱起眉头问："你是——魔女？"

"你也知道魔女？是，我是魔女，也是你的女儿，我是盛夏。妈妈，两个月前我来看你，说我刚参加完高考，成绩还不错——对不起，我骗了你。高考前一个月，我就从南明高中退学了。因为，我的脑子里长了恶性肿瘤。我就要死了，慢的话三个月，快的话就是明天。"

她用最快的语速说出事实，嘴巴像加特林机关枪喷射 BB 弹，手指甲却抠进妈妈的肉里。

沉默。比太平间更沉默的精神病院探望室。站在角落的乐园，仿佛新鲜的男性尸体，观察两个女人的细微变化——妈妈抽出腾空的左手，抚摩女儿的红头发，手指尖摩擦头皮，好像要掐死脑壳里滋生的癌细胞。

"我对不起你。"

连夜雪，无法再多说一句话，低头哭泣。盛夏也把自己的脑袋，顶在妈妈的额头上。红头发与黑头发交缠在一起，还有几根妈妈的白头发。就像"宛如昨日"通过太阳穴传递意念，仿佛只有颅骨的亲密接触，才能挖出他人脑子里的秘密。有人说，他人就是地狱，那么他人的脑子就是地狱的灵魂。自从进入"宛如昨日"，她对此深信不疑。

"告诉我！告诉我！"头皮无法传递意识，她在妈妈耳边说，"1998—1999 年，在我出生以前，我还在你的肚子里时，到底发生过什么事？求求你！妈妈，你从来没有说过，你在南明路的工厂上班，更没有透露过半句，你是爆炸事故唯一的幸存者！"

无论盛夏怎么提问，怎么戳到妈妈的痛点，就是没有得到回答。只不过，连夜雪滚烫的泪水，已浸透母女俩的衣服。至少，对于这一切的问题，妈妈都没否认。盛夏掏出餐巾纸，擦掉妈妈脸上的鼻涕，又擦了擦自己的眼泪。

她把角落里的乐园拽过来："妈妈，这是我的男朋友，他叫乐园。"

连夜雪看着他的脸，点点头说："你好帅呢。"

"这……"

他第一次显得腼腆而害羞。为了伪装得更像那么回事，他轻轻抓住盛夏的手，做出十指相扣的姿势。

"还要告诉你一件事，昨天晚上，我不是处女了。"盛夏把头靠在乐园高高的肩上，画风突变成甜蜜女生，"妈妈，你不为我开心吗？这样我死的时候，就不会再有遗憾了。"

妈妈闭上眼睛，什么都不看，什么都不说。护士走进来，提醒探视时间结束，病人这种表示就是拒绝再沟通，说不定要发病了。

"走吧。"

乐园扯了扯她的手指头，却被盛夏用泰拳动作击倒。当他倒在地上擦鼻血时，十八岁的红发少女，紧紧抱住妈妈，泣不成声……

强壮的男护工进来，将连夜雪带回病房。

鼻孔里塞着餐巾纸的乐园，拉着盛夏走出探望室，迎面走来一个医生，叫出盛夏的名字。他是妈妈的主治医生，把盛夏他们叫到办公室，掏出一副"蓝牙耳机"。她看到"宛如昨日"的logo：流星雨下的黑色孤岛。

医生说，最近一两个月，每到深夜，连夜雪就会戴上这副"蓝牙耳机"。每次一两个钟头，时而痛哭时而傻笑，时而像死人般沉睡，医生误以为她自杀了，才没收了这部手机。被采取强制措施的精神病人，按规定不可以使用手机。但她性贿赂了男护士，就是上床，从而得到一部有蓝牙功能的手机。

"我的妈呀，为了在'宛如昨日'里玩游戏，你怎么贱得像条母狗？医生，我能把这个'蓝牙耳机'带走吗？"

盛夏用哀求的目光看着医生，说了自己患有脑癌，换取廉价的同情。医生同意了。

"我妈妈是怎么得到这个'蓝牙耳机'的？"

"不知道，我还以为是你送给她的。"

"能看看最近的探视记录吗？"

盛夏上次来精神病院探望，是在 7 月 2 日，之后的记录一直空白。除了女儿，也没有人来探望过连夜雪。7 月 30 日，跳出一个熟悉的名字：焦可明。

焦可明——连夜雪。

"连起来了！"

盛夏在医生办公室的墙上砸了个小坑。用脚底板也能猜到，焦可明是以女儿老师的身份来探视的，他跟妈妈说了些什么，已随着灭门案的发生而死无对证，除非妈妈愿意开口。虽然探望前都要检查有没有违禁物品，但"蓝牙耳机"显然不在此列——焦可明把它送给了连夜雪，说不定还教会了她使用方法，让她初次体验了"宛如昨日"，找回发生在 1998—1999 年的记忆。

妈妈藏起这副"蓝牙耳机"。她跟护工上床得到一部手机，每晚在精神病院里体验。说不定，她也上瘾了吧，在"宛如昨日"的游戏世界，天知道那些人和怪物，有哪个是连夜雪的分身？

告别时，医生说了一嘴："奇怪，今天你们来之前，还有人探望过你妈，你认识吗？"

"是不是个老头？"

"对，他自称是你们家亲戚，但以前从没来过。你妈刚见到他还算正常，但刚说几句，她就躲到桌子底下不出来，还说有三十九个鬼魂。老头一无所获地走了。"

毫无疑问，就是在精神病院门口遇到的老头，坐在黑色宾利车里的家伙。

"登记他的名字了吗？"

一分钟后，盛夏在门房的登记簿上，看到了上一个探望者的名字——

左树人。

黄昏，雨停了。

夕阳也出来了，金灿灿地追着车屁股。叶萧将车开上一条空旷的公路，行道树仿佛魔术师的道具，排列成超现实主义抽象画。无数个盛夏在尖叫，无数个红色短发的魔女，从内部撑爆他的颅骨。除了红色，眼前交替黑白两色，驶入宛如昨日的幽深隧道。像游戏世界，无法从脑海驱逐。方向盘有些控制不住，左边轮子已撞上隔离栏，倾斜着疾驰了几十米，才强行拉手刹停下。车头剐掉一层漆皮，轮子再偏几毫米，就会冲破隔离带，与对面的车迎头相撞。

叶萧把车停在野地，额头搁在方向盘上，深呼吸。因为复杂的案件，失眠，恶心，幻视与幻听……为了强化记忆，戴上"蓝牙耳机"，结果记忆力更差。他在公安局的会议上，当众叫错局长的名字，结果几十号人鸦雀无声。他明白了，"宛如昨日"一旦深入大脑，就会让人深度上瘾，如影随形。

他打开车门，蹲下来呕吐，好似又吃了顿瑞典鲱鱼罐头……看着地上一团金黄色糨糊，脑中却冒出盛夏的脸——有人给她算过命吗？命格凶险到只要多看她一眼，就会大难临头。她最要好的小伙伴，为给她庆生被奸杀了。她的爸爸被妈妈毒死，妈妈被关在精神病院。唯一欣赏她的计算机老师，全家灭门。唯一能与她共同生活的，是那条黑色大狗。因为它是死神，见证过数任主人的死亡。几个月甚至几天后，它很可能会目送盛夏在脑癌中死去……不过，她真的很聪明。这十八岁的姑娘，是天生的名侦探，还有惊人的记忆力。她的脑子就是一个"宛如昨日"。

今天早上，叶萧和她一起根据《悲惨世界》，破译出了焦可明写在墙上的四十行数字。

根据调查报告，1998 年 12 月，南明路工厂爆炸事故当晚，有十名工人在加班。其中一人的操作不当，添加了超过剂量的医药化工原料，导致连锁反应，几乎整个工厂被炸成废墟，只有烟囱还保持完好。九人当场死亡，唯独一名年轻女工，因为正好在厕所，躲过了爆炸的冲击波，侥幸存活下来。

报告附件，记载了每个死者的姓名——包海、吕敏前、狄若静……

叶萧记得这些名字，总共九个死难者，正好对应上那三十九个名字，从第一个到第九个。

这九个人的家属，分别获得工厂支付的十万元赔偿金——放在今天不值一提，但在九十年代也算一大笔钱，相当于他们五年的工资。

然而，从第十个名字开始，直到第三十九个名字，叶萧在报告的任何角落里都没找到。

在南明高中的电脑机房，三十九个名字在墙上，都是红笔写出来的。

叶萧有理由相信，后面三十个名字，跟前面九个名字一样，名字的主人都已成为鬼魂。

至于，最后第四十个名字，也是唯一用黑笔写出来的——连夜雪，调查报告里有这个名字，爆炸事故唯一的幸存者，当年刚满二十三岁。她生于1975年，老家在西部某省，初中文化。1996年，她来到这座城市，进入南明路的工厂上班，做仓库管理员。1998年12月，她在爆炸事故中死里逃生，不久嫁给一个姓盛的本地男子，在民政局的结婚登记日期是1999年4月1日——这不是愚人节的玩笑。四个月后，8月13日，连夜雪生下一个女儿，在南明路附近的医院，起名盛夏。

那一天，正是盛夏时节，也是英仙座流星雨光临地球的日子。

显而易见，连夜雪是奉子成婚。1998年12月，盛夏已经在娘胎里了，她也经历过南明路的工厂爆炸。这颗刚在子宫着床的胚胎，像个小螺丝或小龙虾，是爆炸事故的第二个幸存者。

连夜雪——盛夏——欧阳小枝——欧阳乐园——焦可明——宛如昨日——左树人。

这条漫长的链条，越来越完整与丰富，链条与链条之间的名字与面孔，也越来越清晰可辨。

真相呼之欲出。

叶萧重新打起精神上路。天黑前，精神病院遥遥在望。田野里的大槐树上，站着一只孤零零的乌鸦。原本空旷的郊外公路，迎面开来一辆深蓝色皮卡，从他的白色大众旁边呼啸而过。

对面副驾驶的车窗后，坐着一个红头发的少女。

乐园没注意到刚才擦肩而过的白色大众。

只有盛夏降下车窗，把头探出去看了一眼："好像有点眼熟？"

今天是什么日子？所有人都挤过来了？也许到了晚上，从赵本山到Bigbang（韩国歌唱组合）再到帕丽斯·希尔顿，最后是王思聪，都要打破头来精神病院探视了。现在想想，连夜雪这个名字，也蛮适合网红的。我的妈呀，你一定活得比我长久些！我会在天堂或炼狱里祝福你的。

"你在自言自语什么？"

乐园把着方向盘，时速提到七十公里。

"没什么。"她关上车窗，吐了吐舌头，"我从小就有自言自语的毛病。有时候，半夜在家里，我爸被我吓得半死，然后把我打得半死。他说我是个瘟神，就跟我妈一样，身上沾着不干净的东西。"

"你恨你爸吗？"

"过去我恨死他了！如果我妈没有毒死他，我想，我迟早也会毒死他的！我挺感谢我妈的，她代替我杀了那个男人。不然的话，我就会变成杀人犯，被关在监狱或精神病院里的那个女人，本该是我盛夏啊！是妈妈用毒药拯救了我。"

听到这里，乐园无言以对，其实是心惊肉跳。身边的这个姑娘，任何人都惹不起，分分钟把你像老鼠一样毒死！

　　盛夏摆了几个泰拳的 pose："好吧，这话也只能跟你说说，要是叶萧在旁边，我可不敢。"

　　"你跟叶萧警官在一起的时间，好像比和我在一起的时间更多一些。"

　　"怎么，你吃醋了，我的假男朋友？"

　　乐园实在忍受不了，干脆打开车载音响，播放舒伯特的《死神与少女》。快板，D 小调，奏鸣曲式……两把小提琴，一把中提琴，一把大提琴。四十根手指，死神的脚步，同音反复。低音区，阴暗合影。少女惊恐，慌张，尖叫，无力抗拒深海长眠。盛夏终于闭嘴了。

　　南明路，弦乐四重奏已近尾声。月光下，仿佛黑白片，马路两边是坟墓与乌鸦。车速放慢到二十公里，后面的车一辆辆超过他，卡车司机向他竖起中指，还有连绵不断的喇叭声。

　　"我最喜欢舒伯特，他三十一岁就死了，因为没钱医治伤寒。他被埋葬在贝多芬的墓旁。"

　　"如果，明天早上，我死了，你会哭吗？"

　　盛夏容不得他半点犹豫，乐园眨了眨眼睛："我会的。"

　　"你有过很多女朋友吗？"

　　"嗯。"

　　"渣男！"

　　"上周开始，都没有了。"

　　他看着对面的南明高中，长吁一口气，风挡玻璃上浮起一团蒸汽，世界变得混沌不堪。

　　"你请我吃晚饭吧，去前面的夜市大排档。"

　　大排档日渐萧条。老板说因为流浪猫狗死亡，空气中有股腐烂味，影响了大家的食欲。还有人说这条街不安全。南明高中的学生，也有不少被家长领回去了。

乐园买了烤串、扇贝和小馄饨，盛夏把脚跷在长板凳上，狼吞虎咽。他从侧面看她的脸，什么都吃不下去，幽幽地说："每次来到南明路，我就想起十岁那年，1999 年 8 月 13 日。"

　　"少装×！快吃烤串！"她有意无意地把手搭在乐园的肩上，"你知道吗？根据我的生日密码——8 月 13 日，我生下来就是命运多舛。"

　　"嗯，大家都不喜欢 13 这个数字，特别是老外！"

　　"你会玩塔罗牌吗？这个数字在塔罗中就是'死神'。"

　　"看来死神与少女是绝配！"

　　乐园想起黑色大狗，死神之母的儿子。

　　"8 月 13 日，还是卡斯特罗与希区柯克的生日，这两个人我都喜欢。生在同一日期的我呢？等死的红发女屌丝，爸爸是黑车司机，妈妈是精神病人，神啊，快点来收了我吧！"

　　"听着，盛夏同学，没什么人是天生高贵的，都是血淋淋地从子宫里出来，要么挤出来，要么剖出来。You know？（你知道吗？）"

　　看着他一脸认真的表情，盛夏却扑哧一声笑出来，烤串肉丝都喷到他的嘴唇上。

　　"我从小就被人瞧不起惯了！但自从得了脑癌，在高考前退学，我终于可以趾高气扬地走在街上！感谢肿瘤君，感谢死神，也感谢你，魔女的弟弟，也是我的弟弟——欧阳乐园！"

　　"好吧，我的红发姐姐。"乐园无奈地用餐巾纸擦嘴，还是被十八岁的女孩占了便宜，"你真是个典型的火象星座！但你想搞定我，等下辈子吧。"

　　"没有下辈子，只有今生今世。"

　　她捏扁手中的饮料罐头，看着天上邪恶的圆月，好似有黑压压的蝙蝠飞过。

深夜，十点。

死神睡得鼾声如雷，盛夏洗完澡坐在地板上，像从妈妈肚子里赤条条血淋淋地爬出来，尚未被剪断的脐带连接一副"蓝牙耳机"——从精神病院带出来的，藏着盛夏出生以前妈妈的记忆。她戴上这副设备，太阳穴感到来自疯人院的尖叫。手机跳出"宛如昨日"APP，有个从未见过的用户ID，直通妈妈的记忆库。

第八次体验"宛如昨日"，连夜雪的"宛如昨日"——

1999年春节前的南明路。

隧道从太阳穴凿开。新月如钩，气温接近冰点。疾驰的汽车上，副驾驶座，她没绑安全带，身着白色羽绒服。车窗摇下。在后视镜里看到一张脸——二十多岁，像孟庭苇，乌黑头发飘起，发丝如绞索缠绕脖子。

她叫连夜雪。

盛夏想要尖叫，但发不出声音。她已不复存在，只剩无色无味的游魂，被注射到十八年前的妈妈身上。这不是游戏世界，而是妈妈的记忆库。脊髓有明显的空虚感，仿佛开膛手杰克微笑着将你切成两半。

不，自己还是存在的——躺在连夜雪的子宫深处，被一堆温暖的羊水包裹，既缓慢又飞速地长大。

开车的男人，被对面来车的灯光，时而照亮侧脸。他不时转头看她，说几句无聊的话——今晚吃了什么菜，电视上好玩的新闻，曼联今年必拿三冠王。

突然，她认出了这张还算年轻的脸。

他叫盛志东，也是连夜雪未来的丈夫，盛夏未来的爸爸。

坐在桑塔纳普通型小汽车里，当时烂大街的车型，多年来难以被超越的神车。各种奇怪的味道，装饰着恭喜发财的牌子，还不如送尸体的灵车。这就是爸爸的人生，十几年如一日开黑车。她不能说爸爸没出息，也不想侮辱黑车司机这个职业，只能说他的命运如此。

寒冬1月的南明路上，电台里孟庭苇在唱"冬季到台北来看雨，别在异乡哭泣……"

连夜雪的眼角有泪光，这里不是她的故乡。

她不怎么搭理盛志东。潜伏在她心里头的盛夏，能感受到妈妈所有的情绪，像一口打翻的油锅，油全部浇在五脏六腑。她把头探出车窗，想要呕吐却吐不出来，恶心得想要把子宫打开。那不是晕车，而是怀孕的反应。

盛志东是本地人，开黑车拉客为生，在那年头收入不算少。爆炸事故前的三个月，连夜雪刚下夜班，准备步行回女工宿舍。一辆黑车停在面前，好心地告诫她不安全，晚上常有女孩被尾随强奸，他可以免费载她。连夜雪狐疑地看着司机，大光灯刺着双眼，她不知道那个瞬间，自己有多么迷人，让男人心甘情愿为她而死。她坐上了这辆车。假如，盛志东是个坏人，第二天就会多一具被奸杀的女尸。

寒冬的黑夜，风挡玻璃上落下细碎的雪花。转眼间，整个南明路飘满了雪，覆盖两边的荒野和废墟。很适合连夜雪这个名字。

"停下。"

妈妈年轻时候的声音，又细又嫩，似无力反抗的鹌鹑。如果盛夏是个男人，很有一种推倒她的欲望。

"嘿，你的工厂已经没有了！"

这是爆炸事故后半个月，原来那座钢铁怪物般的工厂，已变成大轰炸后的残垣断壁，只有烟囱还挺立在雪夜深处。

"放我下去，不然我就跳车！"

盛志东让步了，他停下车，连夜雪在他耳边说："我爱你！"

然后，他亲了她的嘴唇，开着黑车在南明路上远去。

只有灵魂附在连夜雪身上的盛夏，才知道那句"我爱你"根本言不由衷。

雪，一粒粒打到她的头发和脸上，还有嘴唇。盛夏感到每一粒雪融化的滋味，凉凉的带走皮肤的热量。

她慢慢走进废墟，空气中还有刺鼻的味道，就连地上的雪也肮脏不堪。绕过几段残垣断壁，来到大烟囱底下。深呼吸，带出泪腺里所有液体，耳边响起三十九个鬼魂的哭声，如同一条震荡波，从很遥远的地方被风吹来——不，那是在脚底下，隔着黄泉路，鬼门关，忘川水，奈何桥，孟婆汤……

连夜雪在连夜的雪里跪着哭泣，等待那个人。

他来了。

手电照出他的脸，戴着白色大口罩，露出镜片后面的双眼。他穿着呢大衣，走在雪里像尊移动的雕像。他的头发打理得一丝不苟，仿佛抹着光亮的啫喱。他解下意大利的羊毛围巾，绕在年轻姑娘脖子上，免得她在雪地里挨冻着凉。

"阿雪，我很抱歉，为了死去的人们，更为了你。"

"我想要死。"

"谁都可以死，但你不可以。"男人的目光在口罩上闪烁，把手压在她的肩上，隔着围巾和羽绒服，摩擦她的锁骨和琵琶骨，"调查报告就要出来了，你说的每句话都非常重要。"

"我不知道该怎么说。"

"阿雪，我让你怎么说，你就怎么说，好吗？"

她在摇头，手里抓着一把焦黑的泥土，就像抓着许多人的骨灰："我不想说谎……"

"听着，我会给你想要的一切。但如果你说错了话，你知道会有什么后果。"

"我没有其他选择吗？"

"如果是别人，当然有其他选择。"男人抚摸着她的头发，让盛夏从心底感到恶心，他贴着她的耳朵说，"可惜是你，所以别无选择。"

突然，连夜雪像只发疯的母猫，扯掉他脸上的大口罩。

盛夏觉得这张脸有些眼熟。

四十多岁，文质彬彬，面孔苍白，乍看让人很放心，像刚从好莱坞回来的周润发。他后退两步，无法忍受这里的空气，咳嗽着戴上口罩。

短暂的十秒钟，她认出了这张脸——今天下午，在精神病院门口，刚探望过她妈的那个男人，坐在黑色宾利车里远去，他叫左树人。

"对不起。"1999年的连夜雪，跪在雪夜的大烟囱下，仿佛有个巨大的阳具，一旦女人做出忤逆的行为，立刻将她碾压成粉末，"我答应你！"

他说得没错，她别无选择。

"谢谢你。"

男人抚摸她的脸颊，眼眶里，竟有几颗泪珠在滚动。

然后，他从废墟中消失，就像飞上夜空的大蝙蝠。

连夜雪继续痛哭，陪伴她一起哭的，是她尚未出生的女儿，以及出生十八年后的女儿。

突然，眼前出现一条深深的隧道，盛夏无从选择，只能随波逐流。这不是她的选择，而是妈妈在选择记忆——墙上贴着大红的"喜"字，还有一张结婚合影。相框里有穿着婚纱的连夜雪，还有难得帅气的盛志东……当妈妈毒死爸爸后，这个房间改成了盛夏的卧室。

这也是爸爸妈妈的婚房，他们在4月份结婚，即将迎来孩子的诞生。

连夜雪站在阳台上，刚落成的小区，许多房子空着，楼上楼下不少装修队。眺望空旷的南明路，郁郁葱葱的盛夏时节，南明高中的校园旁，工厂废墟上矗立着大烟囱。跟上回的雪夜相比，虽然脸上浮肿，她却更漂亮了——据说是生女儿的预兆。她穿着清凉的孕妇裙，肚子明显凸起，至少有八个月了。挂历上用红笔标出预产期，就在 1999 年 8 月中旬。

门铃响了。她扶着后腰，挪动过去开门。

一个少女，乌黑的头发与乌黑的眼睛，闪烁着目光，就像一只诱人的乌鸦，站在你家门口的枯树枝上，唱响招魂的哀歌。

1999 年，魔女来敲她家的门了。

"连夜雪？"

"嗯，你有事吗？"

"我是欧阳小枝，南明高级中学的高二学生，去年 12 月，我在学校女生宿舍的屋顶上，亲眼看到工厂爆炸事故。我听说，你是唯一的幸存者。"

"是。"但她立即摇头，捂着肚子关门，"这跟你无关。"

魔女用手顶住房门，凑近了说："嘿，这与南明路上的每个人都有关。你在事故调查报告里说谎了，对吗？"

"你走吧。"

连夜雪这样说的时候，她子宫里八个月的大胎儿盛夏，连同十八岁的盛夏，一块疯狂地尖叫：妈妈！不要让她走！妈妈！让魔女留下！

欧阳小枝却伸出手，触摸到孕妇的肚子。

"你干什么？"

连夜雪本来想要后退，甚至抽这少女一耳光。然而，就像医生在做 B 超，那只手刚一碰到肚子，就有股温暖的电流，越过腹腔与子宫，源源不断地注入羊水，包裹住还未出生的女儿。

妈妈整个安静下来，目瞪口呆地注视眼前的魔女，任由这只手抚摩。

"听我说，连夜雪，再过两周，你将生下一个女儿。"十七岁的欧阳小枝，那种眼神就像七十岁的老巫婆，告诫即将成为妈妈的年轻姑娘，"虽然你的丈夫会很不高兴——就让那个男人去死吧！我已看到了这个女孩的一生，她将成为像我一样的人，一个了不起的魔女。"

泪水奔流不止，喉咙里发出干号。溺水感与撕裂感，不断交替着吞噬大脑。

1999 年 8 月 13 日，痛……重新经历一遍自己的出生。妈妈选择顺产，胎儿的颤动，正在打开身体，像要劈成两半。据说女人生孩子的疼痛，是人体所能感知到的所有疼痛的总和。

分娩最关键的时刻，产房里出现奇怪的影子。在医生与助产士背后，影子纷纷聚拢到她身边。连夜雪开始尖叫，但没人在意，她已经叫了好几个钟头，所有顺产的产妇都是这样。但她看到许多个鬼魂，有的只剩半个脑袋，有的被烧成焦炭，有的变成畸形人的模样，有的胸口有个大洞，可以穿过去看到后面的鬼魂——总共有三十九个。

伴随着连绵不断的疼痛，盛夏来到了人世间。助产士熟练地抱起孩子，剪断脐带，抓起来拍了拍，让她有第一口呼吸。她哇哇地哭了，天哪，哭得真响亮。七斤九两，相当健康的女婴。像所有新生儿那样，在羊水里泡了九个月的皮肤皱皱的，眉毛眼睛挤在一起，像粉红色的小老鼠。

三十九个鬼魂，兴奋地围观新生儿。他们伸出焦烂的手指头，戳了戳小孩的脸庞，惹得她又哭了。还有人抓了抓她的小手，逗她玩什么游戏。她睁开眼睛，第一眼所见的就是鬼魂。三十九个鬼魂，一个都不少。她不害怕鬼魂，似乎认得他们每一个，甚至背得出那三十九个名字，她发出咯咯的笑声。然后，她才见到助产士、医生……

最后，她看到了妈妈。

连夜雪已恐惧到了极点，因为整个病房里，只有她们母女俩，能看到这些鬼魂的存在。医生和助产士们毫无感应，都说这孩子很健康，又会哭又会笑的，绝对聪明得不得了。妈妈接过女儿，不再让鬼魂们碰她。连夜雪大声咒骂，让他们赶快滚蛋消失。医生说她大概有产后抑郁症了，在产房里出现幻觉也是常有的事。

连夜雪说这不是幻觉，而是千真万确的三十九个鬼魂。

大概，也是从这一天起，她落下了精神病的病根——假如她真的有病的话。

记忆在新生儿盛夏的哭声中结束。

第十三章 复仇日

开过一座大桥，她看到涨潮中的宽阔河流。密布的厂房与龙门吊，成片的过夜驳船，灯光倒映在黑暗水面，犹如漂浮的银河系。

凌晨一点。连夜雪留给女儿的房间，十八年前的小婴儿，摘下妈妈用过的"蓝牙耳机"。她被强烈的羞耻感压倒，裤子底下湿凉一片……没能控制住括约肌，五年以来，第一次小便失禁。她骂了自己一句小婊砸（小婊子），抱着脑袋哭了五分钟。

我竟是这样来到世界的？

看了妈妈分娩自己的全过程，不可避免影响到生理反应。如果，某个记忆库里的人想要自杀，这种死亡的念头，也会强加到监控者头上。盛夏如僵尸躺在地上，等待脑癌把自己杀死……

天亮了。

今日节气是白露，历书上说"阴气渐重，露凝而白也"；三千年前的《诗经》说"蒹葭苍苍，白露为霜"；盛夏说这一天最适合作为复仇日。

她牵着死神一出门，便觉天气凉了不少。短裤下光光的大腿，起了层鸡皮疙瘩。死神莫名其妙地兴奋，对着小区树丛乱叫，强行带盛夏钻进去，像迷你

207

版《绿野仙踪》。她认出一只猫，全身雪白的皮毛，看似纯洁无瑕，其实是只疯狂发情的荡妇之猫，任何主人都挡不住它逃出去交配的欲望。母猫惊恐尖叫，叼着一只刚出生的小猫，它竟然有两个脑袋。"双头猫"，就像先天畸形的双头连体人。死神狂叫着后退。有种迷信说法，凡是出现这种双头动物，双头狗、双头牛、双头蛇，就是大灾祸降临的预兆。

盛夏逃到小区门口，听到两个大妈聊天——小区里有户人家，养了十几年鸽子，昨晚全部死光。主人简直要哭死了。大妈们争相庆贺，那家的鸽棚是出名的钉子户，小区里人人都遭到过鸽粪的无妄之灾，被邻居投诉过无数遍，老天开眼，总算为民除害啦。

白露这个节气，总要出些惊天动地的大事。

死神与少女，赶到南明路，在缓慢降温的空气中，寻找一切可能"出大事"的迹象。她注视经过的每辆车，看看司机是不是打瞌睡了，或有没有人乱穿马路，或有翻车事故导致危险品泄漏，还是天上有架飞机失事，不巧正好坠毁到南明高中，直接命中几百人上课的教学楼，师生全亡……很抱歉，我是不是太残忍了？盛夏看着亲爱的母校，扪心自问。

等到午休时分，屁大点事都没有，连个苍蝇都没发生车祸。盛夏感到肚子饿了，死神晃晃脑袋，发出饥肠辘辘的吠声。

"没用的东西！"

盛夏用狗绳抽了它一下，对这个皮糙肉厚的家伙来说，等于挠痒痒。

话音未落，一只乌鸦从天而降，仿佛高空投掷的炸弹，坠落在盛夏脚边。她听到清脆的"啪"的一声！大黑鸟的骨骼与五脏六腑都碎了吧，包括胃里流浪狗的腐肉。两只翅膀扑腾几下，双眼绝望看天，鸟嘴里渗出一小摊血，死了。

"该还的债总要还！"盛夏的双眼就跟头发一样红，干脆蹲下来，盯着南明高中围墙背后的教学楼，"果然，今天要出大事。"

死神对着地上的死乌鸦狂吠着，整个南明路都能听到它的愤怒。

盛夏带着浑身的愤怒回到家。她焦虑不安地洗澡，焦虑不安地吃完癌症药，焦虑不安地盘腿坐在地板上，焦虑不安地上网看UFC（终极格斗冠军赛）——十八岁少女，如同八角笼里的格斗士，发红如火，发红如血，焦虑不安地等待死亡。

忽然，死神啪嗒啪嗒过来，她掏出抹布擦干净狗下巴，任由它那条长长的舌头，带着滚烫口水舔她的鼻子。每天这时候，盛夏会跟狗说话，常常一说就是两个钟头。它眼里的女主人，肯定是个絮絮叨叨的话痨。她可不想给别人以长舌妇的印象。

但她就是忍不住，对着死神的耳朵说："Hello，你知道我最怕什么吗？"

大狗向她翻了翻白眼，趴到地板上。

"我最怕到死的时候还是个处女！可我该去哪里找个男人呢？"她低头看自己的平胸，抓了把脑后短发，对死神吐露衷肠，"自从焦老师的灭门案后，我就变成了侦探！对啦，你明明看到了凶手的脸，还咬下一块肉，怎么不好好配合，让我看到案发当晚的事？没用的死神！一般来说呢，侦探小说到了这阶段，比如塞缪尔·达希尔·哈米特的《马耳他黑鹰》、雷蒙德·钱德勒的《漫长的告别》，硬汉侦探们就要跟丰乳肥臀、蜂腰肤白的美女或美女们上床了。"

大狗受不了了，翻身跑到阳台，抬起左后腿，对准盛夏的晾衣杆撒了泡尿。

她念念不忘地追问死神一句："请你给个答案——我到底是扮演跟美女上床的侦探呢，还是扮演与侦探上床的美女呢？然后，死亡的通常都是美女。"

忽然，盛夏看到天上又一只鸟坠落，直接砸在她家阳台的顶棚上。

在死神的狂吠声中，她重新打开电脑，在搜索引擎输入"左树人"，发现很多财经新闻，都出现了这个名字。按照时间排序，最新一条是媒体通告——

9月7日，晚八点整，四季酒店宴会厅，知名投资人左树人先生，将亲自发布最新产品，诚邀您的光临。

最后，发布会的名称只有四个字——宛如昨日。

天快黑了，暮霭笼罩海边郊野。透过高速公路护栏，炊烟早已绝迹，只有连绵不断的工厂与仓库，像被小朋友玩弄的灰色积木，又像惨遭怪兽蹂躏，亟待奥特曼的拯救。叶萧调低了音量，军事节目在讲解遥远世界的战火，死亡人数不断攀升，尚活在世间呼吸空气的人们，油然而生诡异的幸福感。

昨晚，他刚去过精神病院，见到了盛夏的妈妈——毒死过丈夫的连夜雪。

据说短暂的半天内，叶萧是第三个来探视她的客人。严格来说是第四个，第二场是一对年轻男女，其中一个是病人的女儿。

连夜雪的精神状态不稳定，如果不是他出示警官证，医生绝不会允许第三场探视。

虽然叶萧并未得到多少有价值的回答，但连夜雪的眼神泄露出某种尘封多年的秘密。十几年前，她在南明路的医药化工厂，做过两年多的仓库管理员，经历过1998年12月的爆炸事故，并且是唯一的幸存者。

他不知道今天是白露，以为是昨天下过雨的缘故，整个气温降下来了。上午，叶萧难得地回了趟办公室，查阅专案组收集的各种资料，从公安局的户口身份信息到工商局的企业登记甚至税务局档案——密密麻麻的数字让脑袋要爆炸，自己就像盯着牛粪的苍蝇，嗡嗡嗡飞来飞去，只盯着同一个名字：左树人。

这个六十五岁的男人，属于老三届。跟他的同龄人一样，曾是上山下乡的知识青年。叶萧注意到他的插队落户地点——云南省西双版纳傣族自治州勐海县兰那公社。

这地名有些眼熟？

他从笔记本里找到了缘由：欧阳小枝，1982 年，出生在云南省西双版纳傣族自治州勐海县兰那乡白象寨。公社到八十年代改回乡的建制。所以，兰那公社就是兰那乡，左树人插队落户的地点，就是欧阳小枝的出生地。

1977 年，恢复高考，二十五岁的左树人，在云南报名考入北京最好的医科大学。毕业以后，他成为脑神经学科的专家，进入中科院 419 研究所，三十五岁就评上了副教授。八十年代，左树人在北京结婚，妻子也是医生，育有一子。关于 419 研究所，现成的资料讳莫如深，再要调阅档案，就属于高度机密，不是地方上的刑警能接触的。叶萧只查到一份署名左树人的学术论文，关于海马体切除手术，用于治疗癫痫等疾病。

1992 年，中科院 419 研究所解散，他辞去公职，下海经商。那一年，上交所推出第一批股票认购证，没人意识到这个价值，左树人成为最早的购买者——几个月内暴涨几百倍，不小心成了百万富翁。这是他的第一桶金，在未来金矿源源不断出现。九十年代，左树人的投资方向是生物医药，也是他的专业本行。二十一世纪，他的财富以几何倍数增长，产业拓展到房地产、金融、矿业、商业，甚至军工……有几年跻身于福布斯富豪榜。2010 年，左树人开始投资互联网，他控制了几家创投基金。根据出入境部门的报告，十多年前，左树人的妻儿就移民去了澳大利亚，很少回国，只有他本人还保有中华人民共和国国籍。

七点半，叶萧开到公路尽头，有种要冲入大海的错觉。夜幕下的宛如昨日研发中心，他向保安出示了警官证，停车时心里一凉——黑色宾利车不见了。前台小姐还没下班，许多工程师正在加班加点，不晓得出了什么大事。

警灯挂上车顶，时速超过一百公里。叶萧原路返回。穿过黑夜旷野的公路，不断鸣响喇叭，打开和关闭远光灯，像回到第一次世界大战，准备跳出壕沟冲锋的士兵，即将把胸膛和心脏献给机关枪与铁丝网。

　　回到市区的高架上。晚高峰还没过去，夜生活刚刚开始，前头挤了一辆保时捷跑车，漫长的车龙亮起无数刹车灯，堵得水泄不通。轮子每滚一圈，都等于跟困兽搏斗。他给盛夏打了个电话，无人接听，仿佛电话那头是被齐柏林飞艇炸烂的前线指挥部。

　　四季酒店，宴会厅。

　　现场广播要求把电话调整到静音或振动，今晚的发布会将全球直播。男人们穿着正装，女人们像走红毯露出半个胸口或整个后背。盛夏躲在最不起眼的角落，十分钟前她被保安拒之门外，第一没有请柬，第二着装不合规范——红色短发倒也算了，穿着短裤和 T 恤，挂着骷髅头链坠子，这可不是酒吧夜店。她刚从员工通道溜进来，还得防范被保安再赶出去。

　　宴会厅的舞台上，硕大的 LED 屏幕，出现一个熟悉的画面——

　　流星雨下的黑色孤岛，底下衬着英文"YESTERDAY ONCE MORE"，宇宙上空也环绕着一行英文"LIVE IN THE MEMORY"，——相当于"宛如昨日""我们存在于记忆中"。

　　随着大屏幕上的数字滚动，主持人宣布"宛如昨日"已在官网预售。短短半小时，全球订货量突破 3000 台。淘宝、京东、苏宁等电商平台的售价从五千到一万元不等。

　　用电视购物的方式卖"宛如昨日"，太狠了！盛夏打开手机上网。连接"宛如昨日"官网，竟有十七个语种的版本，汉语就有简繁两种，小语种有东非的斯瓦希里语。

　　刚才是铺垫与热身，今晚真正的主角——宛如昨日（中国）网络科技有限公司董事长兼 CEO 左树人，千呼万唤始出来，脚步缓慢而坚实地上台，这是他三年来的第一次公开露面。左树人接过话筒。

"女士们，先生们，各位来宾。今天，不仅是'宛如昨日'的发布会，更是人类在二十一世纪全新生活方式的发布会。记忆，不仅仅是记忆，更是我们最重要的一种存在方式。马斯洛的需求层次理论——生理、安全、爱与归属、受尊重、自我实现，人类总共有五层需求，但事实还有第六层，马斯洛去世前发表Z理论，我们需要'比自己更大'的东西。'宛如昨日'发现了第七需求——记忆，或者说重温记忆中的美好，因为现实不能给予这种美好。"

他说完中文又用英文复述一遍，台下的老外们对他的新东方式英语报以掌声。

"'宛如昨日'，不仅是虚拟现实，而且是超强现实，由你自己提供内容——记忆。随着时间流转，我们的记忆像刷在墙上的字，渐渐淡去，又被新的文字涂抹掩盖。但那些字存在过，哪怕被自己遗忘。市面上的智能可穿戴设备，包括所有VR品牌，和'宛如昨日'的技术代差，就像石器时代与火药时代。马镫产生了骑士制度，火药让欧洲人统治了世界，电子计算机让美国站在IT世界的前沿，互联网却让中国弯道超车……'宛如昨日'将会改变哪一段历史？或者说，它的发明，就是用来改变每一个人的历史。"

大屏幕变成一幅3D地图。藏在后排的盛夏，立刻看了出来——南明高级中学、失乐园，甚至她家所在的小区，还有乐园上班的医院。

左树人指向失乐园的部分："我宣布下一个重大消息，一年前歇业的主题乐园，我们将联手政府重新开发改造，投资五十亿元，建设亚洲最大的互联网创新园区。每位入驻的年轻创业者，都将获得三百万元起的天使孵化基金。"

这番话激起台下雷鸣般的掌声。发布会邀请的嘉宾里，有一百个大学生创业者，他们齐齐地崇拜地仰视左树人，犹如列队前往朝圣的少年与乞丐十字军，仿佛他已加冕为互联网4.0时代的耶路撒冷国王。

"婊子养的！"

人群的最后一排，冒出一个清脆的女声，像音乐课上敲响的三角铁。大家自动散开，仿佛摩西渡过红海，露出穿着短裤的红发少女——黑 T 恤印着女版切·格瓦拉的脸，像在加勒比海岸指挥猪湾的战斗，并有银质骷髅链坠的祝福。

发红如火，发红如血，虽然没有死神相伴，但死神住在她的瞳孔里。

她向台上冲去，像被攻城锤射出的燃烧的石头，没有一个人胆敢做人肉盾牌。灿烂的宴会厅，数万盏施华洛世奇水晶吊灯下，王子与公主们仓皇失措。她是来行刺国王的灰姑娘，水晶鞋是杀人的匕首。

爬上台前，三个保安上来履行职责，个个体壮如牛，说不定还是退役的特种兵。

"I'm sorry（抱歉）！"

时光尽头，幽光绰绰，曼谷郊外的拳馆角落，手肘与膝盖的气流粉身碎骨，老拳师手把手教会她的泰拳动作慢镜头般一帧一帧回放，似乎戴上隐形的"蓝牙耳机"。哦，"宛如昨日"，我回来了……

红发少女，像只红毛猩猩，弯腰提膝，出击腿同侧的手放胸前，转腰甩手，支撑腿以脚尖为轴旋转，扫踢击中第一个保安的肚子。接连不断的惨叫声，几乎震裂宴会厅的玻璃。

第二个从背后来袭，就在她要被制伏的刹那，盛夏转腰与抬腿，如同跆拳道的后旋踢，脚跟击中对方要害——虎尾腿，又称鳄鱼摆尾，但不会让人断子绝孙。

还有第三个。这家伙身高两米，体重两百斤以上，正面冲来好似一座大山。不，是整个世界。盛夏轻盈地起跳，九十斤重的身体，如同一片红色羽毛。腾空而起的前脚，踩中对手的膝盖，如同台阶借力，整个人飞得更高，后腿膝盖顶中保安前额——人体这个位置最为坚硬。

幸好她手下留情，没有在飞膝的同时，做出双手箍颈的动作，否则对手将生如不死！

大山——世界，轻轻摇晃两下，额头留下个青紫色凹痕，毫无征兆地倒下，就像罗马帝国崩溃，苏维埃帝国在一夜间解体，大地上发生一场七级地震。

魔女复活了。

左树人像被定在舞台上，并没有慌乱地逃跑，眼睁睁看着红发少女爬上来。

"姑娘……"

刚说出两个字，盛夏的拳头便砸到他脸上。

为了妈妈，也为了自己。

六十五岁的老头，被十八岁少女打倒在地，当场流出浓稠的鼻血。她用胳膊与大腿夹住他的脖子，稍微用力，就能掰断颈椎。

她紧贴左树人的耳朵说："我是连夜雪的女儿。"

突然，盛夏的腰眼灼烧起来，似乎被刺了个大洞，从后背直通小腹。四万伏电流穿过全身，每条血管每根神经每个细胞，都仿佛飞起来而麻痹。体重从九十斤降到九十克，被一阵风吹到宴会厅的天花板。灵魂出窍，俯瞰台上的自己，昏倒在老头身上。背后有个忠诚的保安，鼻青脸肿地挣扎着起身，用噼啪作响的电棍袭击了她。

"住手！"

流淌着鼻血的左树人，斥退疯狂的保安大哥。他托起盛夏纤细的头颈，注视这张红头发掩映的脸。被电棍击晕过去的少女，面色苍白如纸，嘴角还在抽搐，癌细胞蠢蠢欲动。台下乱作一团，女人们发出尖叫声，男人们举起手机拍照，外国佬们不知所措。终于，被吓傻了的秘书冲上来，老头嚷起来："愣着干吗？打电话叫救护车！"

与此同时，所有的意外情况，已通过卫星直播到全世界。就在导播意识到闯了大祸，赶紧要掐断信号时，下一个意外发生了。

现场有一面玻璃墙，紧挨四季酒店的地面停车场。突然，一辆深蓝色重型皮卡，不知从哪个角落冒出来，亮着死神双眼般的大光灯，轰着油门越过防护栏杆，坦克似的撞碎整面玻璃，野蛮入侵巴洛克风格的宴会厅。六升的发动机咆哮，车轮碾轧过地板与红毯，就像叛乱者的铁蹄踏入国王的寝宫。宾客们四散奔逃，幸好没有一个被撞到。皮卡也放慢车速，不断亮起刹车灯，直到舞台跟前。

刺耳的汽车轰鸣声中，盛夏从麻木与混沌中苏醒。微微睁开眼睛，看到一个男人跳下车。他的脚下踩着七彩祥云，头顶缠绕金色光环，每寸肌肉散发着性感的气味，双眼射出橄榄色的反光，击中从八岁到八十岁的所有女性。

他是乐园，曾用名，欧阳乐园。

魔女的弟弟，骑着他的钢铁坐骑，来拯救复活的魔女。《尼伯龙根的指环》或史诗《贝奥武夫》里才有的故事，邦达尔丘克或斯皮尔伯格电影里才有的画面……

乐园跳上舞台，推开诧异的左树人，拽起盛夏的胳膊与大腿，将她整个人抱在怀里。跳下舞台，拉开后座车门，将她横着塞进去，就像把新娘背上花轿。

回到驾驶座，他在宴会厅里掉转车头，故意轰几下空油门，让无关的人们散去。皮卡像一道深蓝色闪电，从被撞碎的玻璃墙，原路冲出四季酒店，在这座两千多万人口的城市中心的黑夜，扬长而去。

五分钟后。

通往四季酒店的大街上，叶萧驾驶着白色大众，再次与深蓝色皮卡擦肩而过。另外八辆警车同时赶到现场，穿着西装和晚礼服的人群，潮水般涌出酒店大门。他茫然地跳下来，出示警官证，依然被人们撞得七荤八素。刹那间，他想到的是恐怖袭击。

当他筋疲力尽来到宴会厅时，才发现这是战争过后的废墟——布满碎玻璃，地板和红毯上有清晰的车轮痕迹，被轧得坑坑洼洼。走到聚光灯下的舞台，两个粗壮的保安还躺着，一个哼哼唧唧地骂娘，另一个等待救护车。第三个已被警察逮捕，据说非法使用了电棍。

舞台上有血迹，摸了摸是新鲜的，叶萧暴怒地问所有人，比如看上去像秘书的家伙："左树人在哪里？"

老头子消失了，在盛夏与乐园离开之后，叶萧来到之前。

他仔细扫视宴会厅里剩下的每一张面孔，又冲到贵宾室和化妆室，直到夜幕下的停车场。他看到了那辆黑色宾利，司机正在车门边打电话。叶萧抓住他的衣领，几乎将他双脚离地提起。司机哭丧着脸说，老板的电话打不通。

风里吹来血腥的气味。叶萧让警察控制住司机，不能让他随意离开。回到宴会厅，他看到刚才拍摄的画面——红色短发的魔女，她用泰拳招式，击溃三个强壮的保安，又把左树人打倒在地。在她被电棍击昏的同时，乐园开着皮卡从天而降，英雄救美远遁。好像在看西部片。

忽然，他有些后悔，不应该跑来抓左树人，先把盛夏控制住就好了。魔女虽有名侦探的天才，但毕竟是脑子里长癌的十八岁姑娘，在最重要的关头，她只会搞得一团糟。至于那个医生，人（女人）见人爱的乐园，当叶萧查过他的身世背景后，就再也不信任他了。

他像个木偶，坐在台上发呆，似乎能闻到盛夏的气味。聚光灯正在一一灭掉，仿佛每暗一盏，就会有一条人命葬送。救护车姗姗来迟，抬走受伤的保安。突然，叶萧拍打地板，忍不住为盛夏鼓起掌来。

电话铃响了，是局里的同事打来的，有些闪烁其词："叶萧，DNA 比对结果出来了——左树人的头发丝，跟灭门案的凶手，确认不属于同一个人。"

8月13日，案发当晚，焦可明家里的大狗死神，咬了凶手一口，牙齿缝里残留人肉纤维，只要DNA比对符合结果，就能证明凶手的身份。

"不是左树人？"

"嗯，不是他。"

"如果是雇凶杀人呢？谁知道呢？反正现在没有任何证据。"

叶萧不依不饶，在电话里反复问了半天，搞得同事颇为不快——把人家当作白痴了吗？怎么可能这点常识都不懂？实验室污染？污染你个头啊？

他不是凶手。

黑夜黑得像未经消化的盲肠，残留人一生的记忆和画面。

经过一条漫长的隧道，穿越浑浊的黄浦江底部，大地与江河同时在头顶流淌。像在"宛如昨日"的世界。盛夏把头靠在车窗，仿佛看到自己的濒死体验。经过四万伏的电击，腰间继续灼痛，目光尚显呆滞。音响里是舒伯特的《死神与少女》，心脏不断被琴弦拉起又放下，随时会停止跳动。她向后车窗看去，没有警车追踪，不晓得那三个保安，会不会控告她故意伤害？好吧，要是下次再碰到，请记得多买点人寿保险，尤其是用电棍打她的家伙。

皮卡冲出隧道，在红灯前停下。她像只红毛猕猴，从后排爬到副驾驶座，抱着乐园的脸颊亲了一下。他完全没有防备，脚一抖松开刹车，还碰到了喇叭。

"今天，你真帅！"

这一回，盛夏说话完全未经大脑思考，怎么想就怎么说出来了。

"魔女也酷得很。"红灯变成绿灯，乐园踩下油门，"但你太鲁莽了，信不信有人会把你当场击毙。"

"太好了，总比得脑癌死在床上强。"

盛夏说今晚不想回家，多半已有警察在门口等候，或是左树人派遣来报复她的坏蛋。至于死神嘛，出门前给它喂得饱饱的，撑到明晚都没问题——普通人打不开她家监狱般的铁门。

开过一座大桥，她看到涨潮中的宽阔河流。密布的厂房与龙门吊，成片的过夜驳船，灯光倒映在黑暗水面，犹如漂浮的银河系。路边飘来青草气味，他在一个仓库门口停车。

"这是什么地方？"

"我家。"

乐园掏出粗壮的钥匙，打开卷帘门底下的挂锁。就像五金店或修车铺，自下而上敞开大门。里面倒是宽敞，堆满一丝不挂的假人模特，身材个个火爆，有的还没脑袋，让人误以为是变态杀手色情狂的家。

"好像拍 A 片的摄影棚！你就是对着它们打飞机的吗？"

盛夏口无遮拦地问了一句，他做出个抽耳光的手势："去你妈的！"

"禁止你骂我妈！"

"对不起。这里原来是服装仓库，老板破产后在这里自杀了。"他指了指头顶的房梁，"就吊死在你头上，从此有了闹鬼的传说，再也租不出去了。"

"所以，你就住在这里了？"

"每月只要一千块管理费，三百平方米，楼上楼下，奢侈吧！"

他爬上铁网格的楼梯，床和冰箱都在二楼，还有个超大的书架。这里有扇窗户，必须踮起脚，才能看到大桥，还有河对岸层层叠叠的楼房。冰箱里空空如也，乐园给她倒了杯冰水。

"喂，你很穷吗？"

"偶尔泡泡夜店，开皮卡跑跑高速，给女孩子送礼物，好在信用卡还款从没逾期过。"

"你经常带姑娘来这里过夜？"

"事实上，我从没有带任何人来过这里，无论男人还是女人。"

盛夏用力地嗅了嗅空气，自从死神回来，她的鼻子几乎跟狗一样灵敏——果然没闻到女人的气味："明白啦，你喜欢出去开房。"

"干吗那么关心我？"

"因为，你是我的救命恩人啊，你要是不出现啊，说不定我就被那个浑蛋电死啦。"

"我就知道你会去砸场子！"

"好吧，我被你看穿了。"她向乐园做了个鬼脸，目光又变得悲戚，"消失的魔女，还有我的妈妈，三十九个鬼魂，永远不能忘记。妈的，我怎么越说越多，好像要列个长长的清单。"

乐园在地板上跷起腿，眯起双眼看着她："你，真的还是处女？"

"流氓！"她抽了乐园一巴掌，而他没有任何反抗，"我承认，我还没有过第一次。"

"我给你看一样东西。"

盛夏掏出了"宛如昨日"的"蓝牙耳机"，崭新的，还没拆开塑封包装。

"哪儿来的？"

"在发布会的舞台上，你把我救走的时候，我趁乱从地上捡了一个。"

"你可真有本事！"

"时间到了——我和魔女约好的，每天深夜，我要在游戏世界里跟她一起打怪。我知道这不是好习惯，而是游戏瘾，但能让我接近真相，不管是1999年的欧阳小枝和我妈，还是上个月的焦老师灭门案。我答应你，我在那个世界里发现的任何信息，都会毫无保留地告诉你！"

她拆开"蓝牙耳机"包装，粗略检查一遍，跟她常用的并无区别，只是表面多了英文说明。照老样子戴在头顶，每个位置都没变化，太阳穴照旧冰凉。打开蓝牙功能，手机屏幕跳出流星雨下的黑色孤岛，那一长串文字……每次都给她一种错觉，仿佛焦老师在对面说话。按下确认键，进入游戏世界。在乐园的注视下，她安心闭上双眼。魔女在时光的另一端等她。

第九次体验"宛如昨日"——

这一夜，隧道出口在失乐园。根据左树人的规划，三个月内，这片主题乐园将被拆除，盖起亚洲最大的互联网创新园区。为纪念小倩的香消玉殒之地，她从鬼屋背后的排水沟出来，带着浑身的污浊与臭气，走到失乐园的阳光下。

她看到了旋转木马。还有流浪猫狗，目测有一百多只猫，好几十条狗——从瞎眼的中华田园犬，到断腿的雪纳瑞，像占山为王的土匪，声势浩大地盘踞旋转木马，在马蹄下嬉闹打斗以及交配。最凶猛的几条流浪狗，体型竟如杜宾般庞大，对着不速之客盛夏，发出警告的狂吠声。

它们是前几天在南明路上集体中毒死亡的流浪猫狗们的鬼魂。

"安静！"

有个女孩的声音传来，所有流浪猫狗乖乖坐下，就像乖乖的居家宠物，闭口上演哑剧。巨大的旋转木马动了，所有木马起死回生。最漂亮的白马上，坐着个十七八岁的少女——活的。

她穿一身白色短裙，头发自然地披散在肩上，皮肤发出小麦色光芒。木马一边旋转，一边上下起伏，宛如《魔戒》里的女骑士，奔驰在草浪滚滚的原野。她有双黑洞般的眼睛，不动声色的表情背后，盛气凌人，不可一世，像女王俯视自己的女佣。

她是魔女，她叫欧阳小枝，她存活在从1999—2017年的任何一个时空。

流浪猫狗们聚拢在旋转木马周围。欧阳小枝向盛夏伸出手，拍了拍旁边那匹木马，光溜溜的马鞍银光闪闪，等候新的魔女驾临。

我也是魔女。盛夏对自己说，脚步如飞，翻身骑上木马，与欧阳小枝肩并肩，像一对孪生姐妹。强烈紫外线的阳光，照射在她俩的头发与皮肤上，红发与黑发，同样光滑细腻的反光，像一层金黄奶油的包浆。木马旋转，犹如千军万马的俄罗斯轮盘。迪斯尼的背景音乐，好像是《美女与野兽》。

"我一直在等你。"

欧阳小枝的嗓音略带中性，而且性感，眼神咄咄逼人，一切尽在掌握之中。

"等了多久？"

"十八年。"她的嘴角挂着死亡时才有的笑，能看穿盛夏脑子里的癌细胞，"但为君故，沉吟至今。"

两个少女，随着两匹木马上下起伏，十指紧扣。旋转速度加快，剧烈地头晕。再也停不下来，风驰电掣，像直升机的螺旋桨，要带着整套木马上天。她开始尖叫。每一根红色短发竖起。耳边充满风洞，下一秒就要穿越虫洞……

突然，身上和头顶都变得无比沉重，压得喘不过气。屁股底下的木马，竟然颤抖和嘶鸣，如身临战场般恐惧和兴奋。她像抱着死神的脖子，紧紧抓着坚硬的马鬃。

它不再是一匹木马，而是活生生的战马。她也不再是穿短裤的少女，而是全身披挂板甲的骑士。腰间挂着佩剑，手执洛林十字旗，红发露出头盔，熟练地操控缰绳，在马背上保持平衡。激素愉快地燃烧，随着黑色的纯血马，越过一个又一个障碍物，从敌人的矛尖上飞过。她的身后有数百骑士，不计其数的步兵，绝大多数由农夫组成。

中世纪，千军万马，山呼万岁，凝聚成相同的词——圣女贞德。

她感到慌张，因为知道这个法国姑娘的下场，最后被自己人活活烧死。老天啊，她宁愿得脑癌疼死，被子弹打死，掉进水里淹死，也不愿像焦老师那样被烧死。

欧阳小枝骑着一匹白马，什么盔甲都没有，赤手空拳抓着缰绳，赶到她身边大喊："没什么能让你感到害怕的！"

"但我只怕一个人。"

"他是谁？"

"就在对面！"

对面飘扬着英格兰三狮旗，一个高大男人骑在战马上，盔甲完全遮盖了脸。敌军有无数狮鹫与独角兽助阵，最可怕的，却是衣衫褴褛的威尔士长弓手——目露凶光，引弓待发，即将复制阿金库尔战役，五千长弓射杀上万法国骑士。

其实，盛夏恐惧到了极点，但飞驰的战马不能掉头，手中猎猎飘扬的战旗无法止步。马蹄声声的节奏，如写游戏代码的键盘声。大脑无暇思考，她已冲杀到敌人阵前，近到能看清长弓手鼻子上的粉刺。五千支乱箭遮天蔽日，如暴雨倾盆，带着死神的尖刺，深入法国将士们的血肉之躯，化作腐肉与枯骨，献祭给空中盘旋的秃鹫，以及六百年后的考古学家。

她抽出宝剑，对面的敌人摘下头盔，露出一张最熟悉的脸。

爸爸！

给予她一半生命和 DNA 的男人，半辈子开黑车拉客为生，十几年如一日地对妻子家暴，最终被化学物毒死……竟成为英格兰阵中大将，百年战争中横扫欧洲大陆的屠夫。

像以往无数个黑夜，爸爸还是那样强大，全身包裹在钢铁之中，犹如浓缩版的机动战士高达。他露出熟悉的微笑、那一口被香烟熏黑的牙齿，口中喷射着他最爱的劣质白酒的味。

"女儿，你想要杀了你爸？"

他半开玩笑半严厉地教训她，同时抽出一只流星锤，旋转着砸向盛夏的脑袋。

"去死吧，男人！"

她用尽吃奶的力气，好像要咬破妈妈的乳头，抬起被沉重的盔甲压扁的胳膊。宝剑画出黄金分割般的弧度，毫不留情地砍中爸爸的脖子。

鲜血喷溅到脸上的同时，那颗男人的头颅，旋转着飞到半空，极度惊讶的目光，就像他被妈妈毒死的那一夜。

"原来是你？"

喉咙还在身体上，他只能做出一个口型。盛夏完全看懂了，向爸爸的人头竖起中指。

同时，一支十字弩射出的钢箭，像最强壮的精子钻进卵子，直接穿透她的胸膛。

魔女的心脏碎裂。

她的鲜血与爸爸的鲜血纠缠在一起，父女俩一块从战马上坠落，手拉着手，埋葬于沙场尘土之中，无数马蹄践踏而过……

原来，魔女也是会死的。

有个少女的清脆声音，在耳边叫唤她的名字。她睁开眼睛，一片浑浊星空，耸立如阳具的大烟囱。不知是重生的第几个轮回，但她认得，南明路，工厂废墟。

太阳升起来了。鸟冒险飞来觅食，露水落到她肩头又蒸发。

魔女的太阳。

第十四章　邪恶存在于过去，
邪恶也存在于现在

　　她想起加西亚·马尔克斯《百年孤独》的开篇"多年以后，面对行刑队，奥雷里亚诺·布恩迪亚上校将会回想起父亲带他去见识冰块的那个遥远的下午"。

　　天蒙蒙亮。剥落的天花板，四面发潮的墙壁。二楼窗外的天空，犹如一层发霉的保鲜膜。她躺在乐园的床上，穿着 T 恤，短裤也是完整的。银质的骷髅链坠，挂在床头柜上。戴上链坠，她摸着床上的四角，想感觉他的体温，或雄性激素的味道。

　　"乐园！"她跳下床，光着脚踩在地板上，抹去眼屎，向整个仓库呼喊，"欧阳乐园！"

　　他不见了。

　　底楼堆积的假人模特们，也被她翻了个遍，好像他会脱光了睡在里面。她站在一对女性假人的乳房上，嘴唇青紫，浑身颤抖，仿佛脑子里的恶性肿瘤，又扩大了几毫米。

　　"宛如昨日"的"蓝牙耳机"不见了——那个最新款的样品，她从四季酒店的发布会上偷来的。不消说，乐园带走了它。

昨晚……昨晚发生了什么？天哪！好像喝酒断片。

盛夏唯一记得，子夜零点，当她摘下"蓝牙耳机"，退出"宛如昨日"的游戏世界时，盯着乐园的眼睛说："如果你是一个吸血鬼，请给我以'初拥'。"

她有多么渴望拥抱他啊，用自己的整个身体，在死以前。眼眶湿着，脱下衣服。她找了面镜子照照，看到后背腰眼的位置，有个深紫色洞眼，像拔火罐的痕迹。昨晚被电棍击中的伤疤，现在还隐隐作痛。她躺下来，触摸自己的胸口，还是两团小小的肉，像雨后新发的嫩芽。如果还有明天……

盛夏看到自己的手机，像块坚硬的狗屎，掉在床底下的角落。

重新开机，发现一小时前，乐园发给她一条微信，先是个网盘链接，下面有句话——

"如果，十二个小时后，我没回来，网盘会自动解禁，祝你好运！"

一小时前。

天蒙蒙亮。乐园走出仓库的卷帘门，遥望河对岸薄雾中的楼房，如同无数个火柴盒子的堆积。裤兜里套车钥匙的手指有些麻木，这对医生来说可不是什么好事，他想。

"站住。"

一个男人沉闷的声音响起，听起来像小时候的译制片，罗马尼亚的莫尔多万警长，根据套路还有一支黑洞洞的手枪。

乐园缓缓转身，没看到手枪，只有叶萧严肃的脸，嘴唇、下巴和两腮爬满浓黑的胡楂，很像外国电影里的人物。

"好巧啊，我刚到。你真会选地方，我找了你一晚上。"

"叶警官，你知道，我是个孤儿，没有家庭，也没积蓄，买不起房，不好意思告诉医院同事，真没别的。"

"不扯淡了，盛夏在哪里？我也找了她一整夜。"

"她很安全。"他往仓库卷帘门里努了努嘴，"但请别吵醒她，我想让她多睡一会儿。"

"畜生！"

叶萧抽了他一耳光。叶萧知道自己违反了纪律，可能会被投诉和处分，但他必须这么做。

"你嫉妒了？"乐园吐出一口唾沫，看不到自己脸上的五道印子，"听说你也是个单身汉。"

"她是焦可明灭门案最重要的线索人，疾恶如仇的魔女，也是天生的侦探料子，我不希望她轻易被人骗了。"

"盛夏是成年人，她有自己选择的权利。即便你是警官，也无权替她选择。"

叶萧嗤之以鼻，拍着深蓝色的皮卡车头，摸着脱落凹陷的漆皮说："我真为你心疼！好车就像好姐，被你撞成这个样子，还有玻璃碴，你太不珍惜了！"

一语双关，乐园当然听得懂，但装作不懂："四季酒店宴会厅的玻璃墙，我想他们肯定会来找我赔偿的，不知道这种情况能让保险公司买单吗？"

"不能，因为你是故意的！"

"那我得想办法逃跑了。"

"我会先逮捕你的。"

警官的腋下鼓鼓囊囊，估计藏着枪套。

"罪名呢？"

"乐医生，1999 年 8 月 13 日深夜，你的父母死于煤气中毒。这天是欧阳小枝——你的堂姐失踪的日子，也是盛夏的生日。你与亲戚断绝往来，在福利机构住过。我好奇，你是怎么度过高中与大学时代的？那套老房子，除了等待拆迁，一文不值。你在医科大学读书时，从没申请过奖学金与贫困生补助。"

"是，我从小自尊心强，不想被人看不起，或许有些虚荣，抱歉。"

"我查了你从十八岁开始的银行账号，你猜我发现了什么？"叶萧用食指关节敲了敲车皮，"左树人。"

"嗯。"

"左树人一直在给你汇钱，资助你的学业。从你上高中开始，直到在医科大学读完八年博士毕业。这么加起来的话，他总共资助了你十一年。考虑到他曾是脑神经学的专家，跟你是同一个专业的，还可能给了你更多的资源。"

"没错，没有他的帮助，我不会有今天。"

"左树人不是一个随随便便做善事的人吧？承认吧，你是他的私生子。"

"我犯罪了吗？"

叶萧不置可否，抓了抓腮边的胡须，右手摆出手枪的形状："不，我没这么说。"

"那我代替你说吧——你怀疑我是左树人的同伙，联合杀害了焦可明，但在过程中发生意外，导致焦可明的妻儿死亡，是不是？"

"也许吧！"叶萧依旧拦在他的身前，"在我找到证据之前，你可能不安全，有人想害你，你要接受我的保护。"

忽然，乐园眼神微微一变，看向叶萧身后方向："左树人怎么来了？"

警官下意识地回头，背后什么都没有，才明白被人耍了。乐园像只兔子，撒腿往反方向跑去。叶萧徒劳地抓了一下，紧追不舍，直到大桥。

"不要！"

出人意料，乐园翻过大桥栏杆，跳下宽阔的河流。水面上激起巨大的水花。

这是一条内河航道，不断有驳船和运沙船经过，许多人都看到了这一幕。但没人再看到过乐园，或者尸体。

十二个小时，盛夏没离开过仓库，躺在一堆赤裸的假人模特中间，如同《索多玛120天》里的少女。没吃预防头痛的癌症药，也没回家喂狗，她准备等到乐园回来。他的手机打不通，车还停在门口。医院也不知道他的下落，原本还有病人的预约。

晚上七点，她爬到二楼天窗外，坐在屋顶，看河道上的月光，扭曲成挤碎的月饼。鸣着汽笛的船只驶过，船舱开膛破肚，露着送往建筑工地的砂石料。这座无边的城市，就是被这些船一点一点运来，又一栋一栋浇筑起来的。再庞大如迷宫的蚁穴，也离不开一只只搬运的工蚁。她又想起1998年12月的南明路，工厂爆炸前的妈妈，就是这样一只微不足道的工蚁，现在则是一只疯了的工蚁。

"如果，十二个小时后，我没回来，网盘会自动解禁，祝你好运！"

时间到了。无论仓库前的街道，还是横跨河道的大桥，都没有那个男人的踪影。她从屋顶下来，打开没有密码的电脑，在浏览器输入网盘地址。她看到个解压缩文件，下载到硬盘，有的是EXCEL文件，有的是文本文件，还有PDF图形文件。随手点开两个，一份是来自医院系统的统计资料，一份是化工行业协会的检测报告。

她强迫自己看下去，视线越发模糊，好像隔了层磨砂玻璃。那些文字变成成千上万只蚊子，从屏幕上飞出来，袭击她，咬得她浑身红肿。这是脑癌导致的视力下降，还有幻视和飞蚊症，说明肿瘤正渐渐长大，已压迫到视觉神经，还有管理视觉功能的枕叶。

最漫长的那一夜，此生所有夜晚的总和……好几次想去呕吐，她喝光了五杯冰水，拳头在墙上砸出血来，把头埋在键盘中抽泣。乐园给她的这些文字和数据，像迅速分裂复制的癌细胞，不断吞噬和涂抹着她从四岁开始，从妈妈的嘴巴里，从爸爸的拳头里，从学校老师的黑板上，所学过的一切规范和道德。

最后的 TXT 文档，是'罗生门'公众号的用户名和密码。这是乐园给她的选择权：A. 揭开腐烂的伤疤；B. 用纱布重新包裹起来。

盛夏选 A。

从小到大，她都是差生。除了计算机、体育、音乐、美术，所有功课一塌糊涂，门门开红灯。但她的中考成绩不错，侥幸达到重点学校南明高中的分数线，尽管是最后一名。这完全归功于作文，弥补了数学和英语的不足。本来阅卷老师要打零分，但被教育局作为个性作文的典型，竟打了满分。盛夏把作文写成外星人大革命的政治科幻小说，全篇八百来字，引用了 1848 年的《共产党宣言》开篇："一个幽灵，共产主义的幽灵，在欧洲游荡。为了对这个幽灵进行神圣的围剿，旧欧洲的一切势力，教皇和沙皇、梅特涅和基佐、法国的激进派和德国的警察，都联合起来了。"最后把语文考试专家，一个老布尔什维克看得热泪盈眶。

第一次写微信公众号文章，盛夏有些紧张，又喝了大口冰水。妈的，不能再犯拖延症了，死神还在家里等着喂狗粮呢！她想起加西亚·马尔克斯《百年孤独》的开篇"多年以后，面对行刑队，奥雷里亚诺·布恩迪亚上校将会回想起父亲带他去见识冰块的那个遥远的下午"。

邪恶存在于过去，邪恶也存在于现在。

2017 年 9 月 8 日　魔女罗生门

多年以后，面对癌症通知书，我将会回想起我妈带我去看尸体的遥远的下午。她在医院太平间上班，没人愿意干这份工作，也没有地方愿意雇用我妈，除了太平间。我爸不准她闲在家里只吃饭不干活（其实她干的活比谁都多）。你们会问，哪儿有亲妈会带女儿去看尸体的？她是如假包换的亲妈，是比其他所有亲妈更亲的亲妈。这家医院的产房是我的出生地，也将是我的死亡地。运气好的话今年年底我将躺着重返那个太平间。那时我瘦得像只猫，是丑陋的雀斑女，脸涂黑了能演快被秃鹫吃掉的非洲小难民。妈妈掀开一具又一具尸体。我看到死人的脸，但不害怕，就像他们是楼上楼下的邻居，大多是老年人，偶尔有年轻的，个别出了车祸，整张脸被轧成灯笼壳子，最后是个淹死的小男孩。

妈妈在我耳边说："我以后啊，也会来到这里，你爸爸也会，包括你，我们都逃不掉。凡是来到这里的，都还是幸运的。有些人，从生到死都没有机会进入太平间，永远埋在地下，连名字都被人忘记。"

"那些人受到惩罚了吗？"

"不，受到惩罚的人是我，他们不能进入太平间，就要我代替他们，每天来到这里为死人们服务。"

"妈妈，你犯了什么错误，要受到这样的惩罚？"

"我说谎了。"

"那是什么时候的事？"

"在你出生以前。"

我永远不会忘记妈妈说这番话时的眼神，她跪在地上抽泣，发自内心地忏悔，背景是太平间的冷气和无数具尸体，他们都能为我做证（不信的话，你可以去问他们，祝你好运）。

妈妈把我带到太平间来讲述这个秘密，不是因为她有精神病，而是她非常非常爱我！不希望女儿长大后再犯同样的错误，而绝大多数人注定不能避免，比如你。

从此以后，我恨所有的谎言。

好了，我来介绍一下我亲爱的妈妈。她叫连夜雪。我的外公不是武侠小说爱好者，我甚至都不知道我的外公是谁。我妈生于1975年冬天。对于她的童年，我所知不多，她也从未提起过，似乎是在颠沛流离中度过。

　　1996 年，她二十一岁，初次来到这座城市。她留下的照片不多，我看过几张，比我漂亮多了，很多人说她像孟庭苇。而我只遗传到了她的三分之一，真丢脸。她从火车站下来，沿着一条笔直的马路，顶着北风走啊走啊，第一次发现还有如此巨大的城市，直到看见南明路上的大烟囱。

　　南明医药化工厂——原址是片巨大的公墓，四周是荒郊野外。六十年代，公墓被夷为平地，至今许多棺材还在地下呢。人们在公墓上盖起一座学校和一座工厂。学校叫南明高级中学，这所寄宿制的重点学校，成为全市有名的高考集中营。

　　九十年代，工人下岗，该转行看门的看门，该打麻将的打麻将。学校隔壁的医药化工厂，早就发不出工资了。1995 年，厂长携款潜逃，全体工人回家，破产清算，资产拍卖。一家民营企业悄悄以低价接盘，买断工人们的工龄，保留原来厂房，改用日本进口设备。他们解决了销售渠道问题，不再陷入三角债，全部雇用外来劳动力，不负担任何福利，企业成本大为降低，很快扭亏为盈，原来的垃圾桶变成了黄金窝。

　　我的妈妈连夜雪，就这样被招进南明医药化工厂。无须学历证书，认字就行。看在她长了一张漂亮脸蛋的分上，不用干脏活累活，做了个快乐的仓库管理员。这座工厂到底在生产什么呢？1966 年，南明医药化工厂落成开工之时，采用的是苏联设备，主要为制药厂提供原材料，所谓的"医药中间体"，只要达到一定级别，即可用于药品合成。

　　别看药救人性命，但要明白"是药三分毒"。所有化工行业中，医药化工产生的溶剂废气最难处理，属于有机废气——甲苯、甲醇、丙酮、二氯甲烷……（请允许我不列出这份长长的清单，以免被奥斯维辛的纳粹再次使用）对大气污染更严重，也会直接危害人体健康。

　　这些废气通常间接性排放，第一不规律，第二浓度高，会让整个空气产生异味，扩散速度惊人。二十年前，这些都是行业内公开的秘密。首当其冲的受害者，是一线操作的工人，其次是附近生活的居民——而在南明路上，还有一所寄宿制高中。

1998 年 12 月 20 日，凌晨两点，南明医药化工厂，发生爆炸事故，整座厂房几乎被夷为平地，除了那个大烟囱。一个多月后，有关部门的调查报告公布，爆炸原因是夜班工人操作不当，导致连锁化学反应。当时有十名工人加班，九人当场遇难，还有一名女工幸存，她叫连夜雪。

至于我，也是那场爆炸事故的见证者，作为受精卵胚胎在我妈肚子里，通过她的眼睛和耳朵，还有鼻子，感受到了那一夜所有的真相。

嗯，我说的是真相，而不是调查报告里的谎言。

真相就是爆炸事故的那一夜，工厂里远远不止十个人——真实数字是四十个人！这是调查报告上的数字的四倍。

至于幸存者，确实只有连夜雪一个人，真正的死难者有三十九个人。

三十九——请你们记住这个数字！永远。

39 是 38 与 40 之间的自然数，单数，实数。

39 也是 5 个素数之和：3+5+7+11+13。

39 还是 3 个 3 的幂之和：$3^1+3^2+3^3$。

39 更是钇的原子序数。

39 甚至是四国军棋里的军长，因为比司令（40）小一位。

而作为幸存者的连夜雪，就是被黑笔描出名字的第四十个人，前面三十九个全是红字。

为什么调查报告里会充满谎言？因为，在我国的安全生产责任事故中，死亡九个人与死亡三十九个人，是完全不同的调查和处罚结果。

换句话说：39>9。

为了撰写本文，本姑娘查询了大量公开信息：1989 年 3 月 29 日国务院令第 34 号《特别重大事故调查程序暂行规定》、1991 年 2 月 22 日国务院令第 75

号《企业职工伤亡事故报告和处理规定》2007年3月28日国务院令第493号《生产安全事故报告和调查处理条例》。

参照2007年标准（虽然无法适用于1998年的爆炸事故），死亡3人以下，属于一般事故；死亡3人以上10人以下是较大事故——南明医药化工厂的爆炸案，死亡9人正好符合这一标准，而且踩着上限；死亡超过10人低于30人，属于重大事故；超过30条人命，则是特别重大事故。

39条人命，无论在任何年代，都是极其重大的事故，要上报到更高层级的管辖机构，行政处罚和司法程序的严厉程度，也将是死亡9条人命的许多倍，会让企业的法人代表锒铛入狱。

那么，1998年12月，南明医药化工厂的老板，即法人代表是谁呢？

根据工商登记信息上的资料，名字叫"鲁流云"，听起来是一位女性。但在她的背后，还有另一个名字，这是在工商局或税务局里都查不到的，就是她的丈夫，左树人。

相比现在的大富豪们，左树人就低调多了，尽管财富净值同样以百亿计。昨天，他才首次公开亮相，面对全球发布了一款划时代的虚拟现实产品——"宛如昨日"。

然后被我砸了场子。（顺便说一句，我很自豪！）

左树人曾是医学教授，辞职下海经商，在股票认购证上掘到第一桶金。他利用医学专长和人脉资源，收购了一家制药公司，生产治疗脑神经疾病的药物，对脑癌、癫痫、植物人、闭锁综合征，还有畸形人，都有良好的效果。通过与高校、研究所以及医院系统的合作，左树人的制药公司，在国内市场的占有率迅速名列前茅，甚至打入第三世界国家市场。而给这家公司提供原材料的，就是南明医药化工厂。左树人是制药公司的法人代表，而他的妻子是医药化工厂的法人代表。因为没有上市计划，这层关系从未披露过。左树人是南明医药化工厂的实际控制人，他不想进监狱，也无意让老婆顶罪。接下来，用你的小脚指头也能猜出来了。他要掩盖真相，瞒报死亡人数。爆炸案发生当晚，他在消防队之前赶到现场，调来大量工程机械，名义上是紧急救援，实际是破坏现场，将三十具尸体深埋在大烟囱下。另外九具破碎的尸体，暴露在明显位置，留给警方和有关部门。

左树人接下来要做的，就是让唯一的幸存者说谎。

连夜雪，一个来路不明的女孩，连像样的身份证都没有。她这样从农村来的姑娘，在这座城市里有上百万，没有学历，没有知识，只有年轻的身体。如果不愿意出卖自己的肉体，就只能出卖自己的灵魂。或者，肉体连同灵魂打包出卖。

左树人对她威逼利诱，而她孤立无援，不知道谁能帮她。连夜雪有个男朋友，是个黑车司机，也是渣男。更糟的是，爆炸事故后不到一个月，她才发现自己怀孕了。

第一，她想要保住自己的第一个孩子，不想去做"无痛的人流"杀死弱小的我。

第二，她也不想让孩子作为私生子来到这个世上，她需要一个丈夫，需要一个正常的家庭。

第三，她不想为了三十九个死去的人，牺牲自己还没出生的孩子。

左树人与连夜雪达成了一笔交易——连夜雪为他做伪证，告诉调查组，爆炸当晚只有十个人在加班，总共有九人遇难。

作为谎言的报酬，她得到一套一百平方米的产权房，就在南明路附近的住宅小区。她还将通过特殊人才引进的渠道，获得一个本市的城镇户口本，当年是多少人包括知青子女，都梦寐以求的身份，足以在这座城市永久地世世代代生存下去。

最终，1998年12月的南明医药化工厂爆炸事故，以死亡九人的调查报告了结，每位遇难者获得十万元的赔偿。

另外三十个死难者，自然有各种手段隐瞒——只要不让家属们互相通气。那年头，农民工的流动性很强，今天在这里拿钱干活，明天又换了雇主，甚至从长三角换到珠三角。农村很少安装电话，手机也是少数人的奢侈品，一两个月失去联系并不稀奇。万一有家属找上门来，就说人早就远走高飞了，谁知道去了哪里，便能轻而易举打发掉。

至于真相，被罪恶埋葬在大烟囱的坟墓里，连同被遗忘的三十具枯骨和鬼魂。

1999 年 4 月，连夜雪与黑车司机结婚了，搬进充满装修气味的新房子。一百平方米、两室一厅的婚房，虽然离市中心远了点，但对一个外来打工的姑娘与一个开黑车的司机来说，却是梦寐以求的。

那一年，8 月 13 日，英仙座流星雨光临地球的深夜，我出生在南明路附近的医院。

三十九个鬼魂看着我来到世上，他们期待我成为未来的魔女（注：请不要惹狮子座女生）。

同一时刻，另一位魔女，却消失在南明路工厂废墟的地下室里。

还记得"罗生门"的上一篇文章吗？有张焦可明老师遇害前贴出的照片，似乎是九十年代末的少女，她是谁？

答案来了，她是南明高级中学无人不知的魔女——欧阳小枝。1999 年的暑假，她即将从高二升上高三，却声称自己有通灵的能力，她的眼睛能看到三十九个鬼魂。有人说她有精神病，有人说她患有先天的癫痫，也有人说她是真正的魔女。

而我可以肯定，欧阳小枝，这个十七岁的高中女生，寄居在亲戚家的知青子女，发现了 1998 年南明医药化工厂爆炸事故的秘密：真实的死亡人数多达三十九人，经过缜密细致的调查，她竟然找全了三十九个死难者的名字，也包括唯一的幸存者：连夜雪。

为什么她能找到这些秘密？因为 1998 年 12 月 20 日凌晨，她坐在南明高中女生宿舍的屋顶上，目睹了爆炸全过程，也闻到了化工厂散发的气味，看到覆盖天空的"阴霾"。她发誓要挖出爆炸事故的真相，寻找与事件相关的当事人。她是个天才的侦探，还有超乎常人的记忆力、科学家般的分析判断力。她锲而不舍地调查，通过各种我所不知道的方式，最终搜集齐了三十九个死难者的名字，这是一件多么了不起的事啊。

　　伟大的魔女！

　　就在她即将揭示真相的前夕，1999 年 8 月 13 日，在我出生的同一时刻，欧阳小枝神秘失踪。

　　唯一的目击者声称，她失踪在工厂废墟的地下室。从此，那个地方被学生们称为魔女区，以后又发生了更多的故事，远远超出本文所要叙述的时空范围。

　　欧阳小枝不断出现在南明路的传说中，在学校 BBS、QQ 群、微信群，她以魔女之名，被口耳相传至今。最重要的一个传说——在魔女失踪十八年后，她将在南明路上复活，死神为伴，发红如火，发红如血。

　　那就是我。

　　让我们喝口冰水，回到左树人和他的工厂。1999 年，鉴于整座工厂被彻底毁灭，左树人将医药化工厂的业务，整体搬迁到中部某省，那里的领导热烈欢迎他去投资建厂，免费给几百亩地，三年免税——至今仍是当地 GDP 与纳税大户。2010 年，左树人的产业布局转型，将工厂以五个亿的作价，转让给了别人。

　　南明路工厂成为废墟，陪伴隔壁的高中师生们，度过漫长的十年。这个地块的使用权，仍属左树人幕后控制的公司。2010 年，他将工厂废墟改建为巨大的主题乐园，起了个弥尔顿神话史诗与渡边淳一小说的名字"失乐园"——也许你去那儿玩过云霄飞车与摩天轮。工厂原本最具标志性的大烟囱，喷射过多年有机废气的家伙，终被拆除造起鬼屋——名副其实啊，那底下埋藏着三十具尸体，还有三十九个鬼魂。

2012年8月13日（很抱歉又是我的生日）失乐园发生过一起凶残的谋杀案，有个十三岁的初中女生，死于鬼屋背后的排水沟。这桩案子至今尚未破获，与1998年南明医药化工厂的爆炸事故，究竟有没有关系？尚不为人知。

请允许我讲回"罗生门"微信公众号真正的主人焦可明。

各位粉丝都知道，南明高级中学的计算机老师焦可明，今年的8月13日在家中遭人谋杀，一同不幸遇害的还有他的妻子与五岁的儿子。这起惨无人道的灭门案，为何还是发生在8月13日？我的十八岁生日，也是欧阳小枝失踪的十八年忌日。

焦老师的灭门案，与1998年南明医药化工厂的爆炸事故，以及1999年欧阳小枝消失在工厂废墟的地下室，存在某种必然的关系！

事实上，昨天刚上市的虚拟现实可穿戴设备"宛如昨日"，真正的发明人就是焦可明，他是一个计算机天才，却因为生活拮据，又要为无脑畸形儿子支付巨额的治疗费，被迫把所有版权转让给了一个投资人——近年来专注于互联网科技领域的左树人。

又是这个男人！从医药化工到互联网，哪里有资本，哪里就有他。而在昨天的发布会上，左树人将所有功劳据为己有，对焦可明连一句致谢的话都没有。

焦可明，毕业于南明高中97级二班，他跟欧阳小枝是同班同学，他也是1999年8月13日，魔女消失在工厂废墟地下室的目击证人。所以，他发明"宛如昨日"，是为找到失踪的欧阳小枝，也包括她所调查过的1998年南明医药化工厂的爆炸事故。

因为爱情。

也是为了消失的欧阳小枝，焦可明在大学毕业后，放弃了成为计算机工程师的机会，选择回到南明高中成为普通的计算机老师——只有在这个地方工作，才有可能发现当年的秘密。

死亡之前，焦可明甚至研发了一款超级强大的网络联机游戏，玩家必须戴上"宛如昨日"设备，用各自的记忆与噩梦提供游戏背景、画面和声音，绝对让你玩嗨了，秒杀任何一款 AVG 冒险游戏。他坚信在游戏世界里，可以召唤出欧阳小枝的灵魂，也能找到被埋葬的秘密。

（插播一条广告，本姑娘也参与了这款游戏的代码撰写，给自己点个大大的赞哦！各位游戏公司的大佬，记得招我去上班，我的工资可以很低，但要提供免费零食——假如我还能活到那一天。）

两个月前，焦老师从欧阳小枝留下的作业纸的信息里，通过一本古老版本的《悲惨世界》，破译出了所有三十九个遇难者的名字——不久以后，他的生命也走到了尽头。

邪恶存在于过去，邪恶也存在于现在。

他们不但杀害了过去的三十九个人，也杀害了现在的焦可明一家三口，为了掩盖真相。

焦老师的在天之灵，一定能看到这段话！也许，你本来就计划如此——在 8 月 13 日，富有纪念意义的深夜，通过这个微信公众号，发布你所调查的真相，包括那三十九个名字。

是谁谋杀了你？是谁谋杀了你的全家？是谁谋杀了真相？

答案，呼之欲出。

故事还没有说完。过去的十八年里，我从一颗微小的受精卵，变成高中退学肄业生。而对我的妈妈来说，每个夜晚都是漫长的煎熬。她不断看到三十九个鬼魂，来向她诉说苦难，抱怨为什么不把真相说出来。她成了人们眼中的精神病人。最终，她为保护女儿毒死了丈夫——曾经在医药化工厂上班，她知道许多化学品配方，也知道怎样杀人才最简便迅速。从此以后，她被关进了精神病院。

今年 7 月，焦可明来探望我妈，送给她一副"宛如昨日"设备，让她回忆起 1998—1999 年所有细节，这些都将储存在"宛如昨日"的记忆库，成为左树人的罪证。

此刻，焦可明发现了几乎所有真相，并意外解开了最大的疑问——五年前，当无脑畸形儿子诞生后，他感到万分困惑，父母双方没有任何畸形或遗传病史，他既不抽烟也不喝酒，除了经常使用电脑，接触不到任何可能导致畸形的元素，为什么？如果说，环境污染也会导致畸形，那么有毒的东西到底在哪里？

答案是大地。

南明高中所处的地块，紧挨曾经的南明医药化工厂。1998 年 12 月的爆炸事故，产生了高浓度的化学品泄漏，不仅是大烟囱排出的有机废气，还有更多的有毒物质，渗透到了地下深处。根据某位医生的私自测量，从地表以下五米到一百米，全被化学物质污染。冲积平原地质，有大量砂土层与黏土层，还有地下水，都成为"毒地"与"毒水"。

2004 年起，焦老师在南明高中担任计算机老师，每天遭受这片大地的污染。虽然他本人并未产生明显病变，却影响到了他的生殖细胞，导致生出了无脑畸形儿——尽管无法通过科学方法推导出百分之百的结论，但我实在想不出还有其他的可能性。

事实上，这绝不是一起孤立的病例。

根据医院与卫生系统内部的统计资料，最近十八年来，整个南明路地块，出现了至少五十个先天畸形儿，只有七个存活下来。通过对孕妇的排畸检查，发现胎儿的畸形比例，相比周边地区要高十倍以上。这些年来，本地区的流产比例高得惊人，大多为了避免生出畸形胎儿，被迫采取人工干预，从而造成更高的不孕不育比例。

南明医药化工厂污染的结果：第一是畸形儿，第二是流产，第三就是癌症。

2000 年，南明高级中学的在校生，就查出了首例白血病，女孩病死时只有十七岁。几乎每年，南明高中的师生，附近几个小区的居民，都有人被查出患有各种癌症，绝大多数都没能存活下来。我的闺密小倩的妈妈，就是死于乳腺癌。今年春天，高考前夕，本姑娘突然晕倒，结果查出脑部肿瘤——恶性的。

我是盛夏，还剩下几个月或几天的生命，向你们讲述这个完全真实的故事。

一个月前，焦老师灭门案后，连续下了六天暴雨——累计降雨量之大，多年来罕见。雨水大量渗透进泥土，冲刷废弃的失乐园地下的化学残留物，导致更加猛烈的挥发。就像打开所罗门王的魔瓶，或潘多拉的魔盒，埋藏十八年的有毒气体，渐渐遍布于南明路。因此，我们会发现在一周前，南明路上出现几百条死猫死狗，这不是人为的投毒事件，而是有毒气体泄漏的结果。公安局的抽样调查、解剖化验发现，死亡动物体内，含有大量化学物质——动物往往是比人类更早的受害者。我家楼下的母猫，生出了两个头的怪胎连体猫，邻居养了多年的鸽子全部死亡，这样的例子数不胜数……

如果教育局领导看到本文，请立刻下令南明高中停课，疏散所有老师和学生。附近的民工子弟学校也必须停课。居民们请做好防护措施，不要再让更多人死去！

最后我要说的是，以上统计数据，都只针对本地居民与常住人口。南明路还有大量的流动居民，比如流浪汉与拾荒人群，他们产生的畸形儿、意外流产与癌症，根本无从统计！考虑到这些人艰难的生存环境，无权享受市民的医疗福利，难以被媒体关注，或许结果将更惊人。

对不起，我不愿意看到，但我又想挖出更多更可怕的秘密。一定还有的，跟我们如影随形。

这不是罗生门，答案可能有很多，但真相只有一个。

现在，你们明白了吗？本文开头，我妈为什么要带我去看尸体，说这是对她的惩罚——也许那些尸体里，就有因为南明路的化学污染，导致的癌症死亡者。

而所有这一切，都是源自十八年前的一个谎言。

如果在彼时彼刻，二十三岁的连夜雪，能勇敢地说出真相，便不会再有三十九个含冤的鬼魂，不会再有欧阳小枝的神秘失踪，不会再有被当作怪胎的畸形儿，不会再有尚未出生便夭折的胎儿，不会再有这片流淌着毒汁的怪物之地。

当然，更不会再有此时此刻，在我脑中分裂长大的癌细胞——亲爱的妈妈，这不就是对你最严厉的惩罚吗？

谎言——真是我们的别无选择？

在我死以前，我祈祷这篇文章能被更多的人看到；在我死以前，我祈祷能公开审判始作俑者；在我死以前，我祈祷为我提供资料的某人平安无事；在我死以前，我祈祷焦可明全家在天之灵安息；在我死以前，我祈祷蓝天能变得像我从未见过的那样蓝；在我死以前……

请你们记住这三十九个名字，记住这些在世界上活过的人，一个都不能少。

在我七岁生日那天，我妈送给我一本童话绘本《爱丽丝梦游仙境》，她说这本书最适合小女孩看。我反复看了四十多遍，几乎每一页的细节都能画出来。许多人都讨厌红皇后，我却喜欢她的冷酷、浓烈以及大头，更爱她说过的一段话——

"在这个国度，必须不停奔跑，才能使你保持在原地。如果你要前进，请加倍用力奔跑。"

后一句话，其实是盛夏说的。

她独自回到南明路的家里。死神已饿了一天一夜，吃掉一大桶狗粮。这条街上几乎所有狗都死了，唯独它活得如此旺盛。难道死神的历任主人，在死亡以前把生命力都转给了这条狗？

乐园依然没有消息。

她打开床头柜的抽屉，放着两副"蓝牙耳机"，第一副是她从焦老师的铁皮柜里偷来的，第二副是前天从妈妈的精神病院带回来的。

二选一。

盛夏把选择权交给命运。她向来有选择障碍症，抛硬币是最佳解决方案。硬币高高扔向天花板，旋转着坠落到地板上，她看到的是一朵菊花。

她亲吻硬币反面的菊花，戴上有妈妈记忆的"蓝牙耳机"，打开手机里的"宛如昨日"APP，进入游戏世界……

第十次体验"宛如昨日"——

隧道越来越窄，更像幽暗的地道，只能像条虫子爬行。空气浊如粪坑，她汗流浃背，四肢酸得要抽筋。还是这个出口，废弃的主题乐园，鬼屋背后的排水沟，十三岁女孩破碎的尸体，三十九个鬼魂……忘了第几次回到这里。这是故乡，命运轮回之地。

说不清白昼或夜晚，天空是红色的，曝光失败后的暗红色。她没看到摩天轮，更没有旋转木马和白雪公主城堡。失乐园只剩空旷的荒野。像经历战争的浩劫，古罗马人对迦太基做过的那样，男人全部处决，女人与小孩变成奴隶，大地被撒上盐，天空以恶魔的名义诅咒。

转回头，意外看到那个高耸的烟囱。

十岁以前，盛夏总是在阳台上眺望南明路的大烟囱——相当于十几层高楼，当年是方圆数公里最伟岸的建筑。它那粗暴的形状，小女孩远远看到就害怕。有一回，妈妈骑自行车带她经过，工厂废墟挤满了人。原来有人爬到了烟囱顶上。太高了，消防队无法铺设充气垫。底下人们鼓噪，说有本事跳下来啊。于是，那人跳下来，脑袋砸在钢筋上，成了散黄的蛋，白花花红乎乎涂了一地。谁都不知道，他为何要自杀？妈妈淡淡地说，也许他跟我一样说过谎？然后，她蹬起脚踏板，带着女儿回家。

"宛如昨日"的游戏世界，暗红色肃杀的天空，大烟囱下有个黑房子。无数人正在排队，他们都赤身裸体，男女老少挤在一起。她感觉不到任何色情。有的已老得走不动路，有的小伙子骨瘦如柴，有的只是七八岁小女孩。那条人肉长龙似乎永无尽头，单单从她眼前经过的，就至少有几千号人。他们鱼贯进入大黑房子，非常安静，遵守秩序，绝对没人插队。

但让盛夏诧异的，是整条漫长队伍，源源不断进入黑屋子，却没见一个人出来过……

巨大的烟囱顶上，喷出浓密的黑烟，遮天蔽日，尘埃如大雪纷飞，布满整片大地。她的头发上落了许多灰烬，还有黑白相间的渣土，用手一搓就粉碎了。

终于，她在荒地尽头的铁丝网上，看到一块牌子——Auschwitz。

奥斯维辛。

排队进入大黑屋的人们，依次被扔进焚尸炉烧成骨灰，再从大烟囱喷射到天空，尘归尘，土归土。

哦，老天！去你妈的！盛夏竟被吓得尿了裤子……她恐惧不是因为骨灰遍布天空与大地，也不是来年我们将食用从大地中长出的粮食，而是成千上万的人毫无抵抗，以最文明最有秩序最罗曼蒂克的方式，欣然接受没有审判的处决，将父母赐予的血肉之躯付之一炬。

仿佛双腿不属于自己，但她开始逃跑，迎着雪片般的骨灰雨，踩着丰硕泥泞的骨灰草原，直到有个男人拦住她。

她撞在他的胸膛上，认出了他的脸，如此熟悉，在噩梦中出现过一千次。

爸爸。

这个四十多岁的男人，穿着党卫军的褐色皮衣，手里拖着根粗大的铁链子——链条的另一端，拴着一个女人的脖子，她是连夜雪。

妈妈。赤身裸体的妈妈，被链条拽着在地上爬行，全身上下都是血污。

四年前，平安夜，在妈妈用三种化学品混合毒死爸爸，等待警察赶来前，她悄悄告诉女儿，爸爸为了还债，将她送给一个男人抵债。每天晚上，只要对方有需求，一个电话就把她叫过去，完事后给她几十块打车费回家。每次抵债八百块，每周三次，半年就能连本带利还清。命案前一晚，妈妈半夜回家，浑身散发着酒精味，趴在马桶上呕吐，又洗了两个钟头澡，很多皮肤洗到流血。她没流过一滴眼泪，告诉爸爸，他的债，全还清了。接下来，需要他还债了。

回到"宛如昨日"，党卫军制服的爸爸，想要揪住女儿头发，却发现红色短发抓不起来。头顶震耳欲聋的轰鸣声，直升机的气流要把人掀翻。UH-60黑鹰尚未坠落，敞开的机舱里，挂着十七岁少女——欧阳小枝，乌黑长发飘舞，穿着野猫般的紧身皮衣，帅得让人喷鼻血。

她给了盛夏一个飞吻，将某个金属物件扔下来——火箭助推榴弹发射器，俗称RPG的神器。在《生化危机4》的最后一关，盛夏用红色弹头RPG消灭过大boss。她从泥土中抓起这个火箭筒，驾轻就熟地发出一枚火箭弹。

爸爸原本在笑，当火箭弹带着尾焰喷射而出时，他的表情凝固在狰狞的恐惧瞬间。

火箭弹击中了他的脑袋，胸口以上被炸成碎片，像个巨大的集束炮仗，碎骨头与肉片横飞，沾满盛夏的红头发。胸口以下基本完好，像个无头怪胎，踉跄着向女儿走了几步，便摔倒在泥土里不动了。

铁链子也被炸断，盛夏扶起受伤的妈妈，脱下衣服披在她一丝不挂的身上。母女俩抱头痛哭，在暗红色的天空下，在盛夏爸爸的尸体旁。

背后传来某种声音，像肉汤沸腾后熄灭了煤气火焰。奥斯维辛的大烟囱底下排着长队的人们，还在安静地走入自己的坟墓，而在烟囱顶上出现好几个人——焚尸炉的幸存者吗？不，他们直接从烟囱上跳下来，摔到几十米外的地面，却没有粉身碎骨，而是完整无缺地爬起来，向着盛夏和妈妈的方向跑过来。

不断有人爬出烟囱，又不断跳下，像自杀兔游戏。这些人前赴后继，似有不死之身，总共四十个人，穿越漫长的荒野，跋涉过泥泞的骨灰原野，终于来到盛夏眼前。全部是畸形人，有的是侏儒，有的是小脑畸形，有的是无脑儿，有的长着两个脑袋，最后一个长着狗头。

阿努比斯。

她认得这张脸，古埃及狗头神，木乃伊亡灵守护者，人狗杂交产物，来自地狱的惩罚者，宇宙间唯一公正的法官，让死神望而却步的死神。

盛夏与连夜雪母女俩拔腿就跑，阿努比斯带领三十九个畸形人，像凶残的刽子手紧跟在后，他们都是焚尸炉的幸存者，经过几万度高温和大烟囱的淬炼，成为永生不死的怪物……

母女俩冲到铁丝网尽头，再也无路可去，阿努比斯就要摸到后背，一颗子弹射穿他的眉心。

一个男人单手持枪，黑洞洞的枪口冒出硝烟。像化学实验课的气味，又像烤糊了的乳鸽味。他头戴褐色礼帽，一尘不染的白衬衫，腋下挂着黑牛皮枪套，打着黑色领带。从皮鞋到皮带到裤脚管，都像是从阿尔弗雷德·希区柯克的电影里走出来的私家侦探。布满胡楂的嘴角，挂着对狗杂种们的微笑，但不轻蔑。

他叫叶萧。

[第十五章　流星之夜]

靠近北斗七星的位置，出现彩色的火流星。英仙座流星雨，时速可高达五十九公里，接近半数都有尾迹，亮度接近于金星，整晚划过上千颗。

9月9日，清晨，盛夏还活着。一觉醒来，打开"罗生门"微信公众号……我×！昨晚的文章《邪恶存在于过去，邪恶也存在于现在》阅读量已突破 10 万 +，后台数据达到了惊人的 180 万。

她确信自己完全醒了，像宿醉之后的彻骨疼痛。

文章除了洋洋洒洒的八千字，还有好多张配图——连夜雪年轻时的照片，左树人在发布会上的形象，从南明高中官网扒下来的图片，医疗卫生系统对南明路附近癌症与畸形高发的统计数据，化工系统对于医药化工污染及其对人体危害的指标……最后是三十九个死难者的名单，全部用红字标注，就像在电脑机房的墙上。

底下点赞有好几千，评论多到不计其数。大多数人疯狂地崇拜作者魔女，也有些人在怀疑是否有虚构的成分，甚至有人找到了发生在某地的类似事件；南明高中在校生评论，证实最近查出多起癌症病例，还有女老师流产的事实……

手机上一个视频网站客户端，跳出标题"红发魔女砸场子，痛殴互联网大佬"。

不会是说我吧？点开视频——前天晚上，"宛如昨日"的产品发布会，全球现场直播的画面，四季酒店宴会厅，十八岁的少女盛夏，像道红色闪电怒闯舞台，十秒钟内用泰拳摆平三条壮汉，当着两百多人的面，重拳打倒左树人……

播放量超过一百万人次，所有客户端首页都能看到，还有微博首页的热门话题和热门搜索，几乎全被刷屏。微信朋友圈也被刷爆，有人转了公众号文章，有人转了视频。有同学认出盛夏，略带着妒意说："好吧，你红了！"

最离谱的是 B 站，出现成千上万条弹幕，如同枪林弹雨飞过——"魔女，我要为你生猴子""这位姑娘是杨过与小龙女的女儿吗？""全程高能！全程高能""我 ×！除暴安良！""好漂亮的红头发啊""这泰拳太牛了！在哪里报名学啊？"……

许多电商平台开始热卖"红发魔女"同款黑 T 恤、牛仔短裤、银质骷髅链坠，甚至绿跑鞋与染发颜料。而她在公众号文章的结尾，引用红皇后的那段话，已成为无数人的网络签名。

爽死了！

一夜间，成了比国民老公还厉害的网红，她笑得把早饭喷到屏幕上。死神莫名其妙跑来，用舌头舔她的脚指头，担心女主人会不会又要发羊角风。

再上百度贴吧和天涯论坛，有好事者对盛夏做了人肉搜索，毕竟在微信公众号文章里，她泄露了太多个人信息，宛如昨日发布会的视频又暴露了她的脸。

不过，她不在乎，精神病院里的妈妈更不会在乎。

反正活不了几天！快来人肉我吧。她去洗了个澡，难得地用水果味的沐浴乳，头发弄干净，脸上多擦点 BB 霜，稍微抹点润唇膏，银质的骷髅链坠擦亮，换上最爱的肋骨纹 T 恤，就像躺在法医的解剖台上……帅得简直要飞起来！普天之下，莫非我粉，快来顶礼膜拜吧，哦耶。

装扮完毕，她深呼吸，打开监狱版的铁门，等待无数闪光灯，还有美少年粉丝的尖叫，鲜花、掌声与巧克力……

清晨寂静的楼道里，连只老鼠都没有，妈的！她高估了自己的魅力。

对面邻居大妈开门，毫无公德地扔出垃圾袋，像看精神病人那样看着她说："姑娘，你谈恋爱了吗？"

"不，我快要翘辫子了。"

海边又下了一场雨。叶萧头痛欲裂，好似有把利刃，在脑干与皮下质间来回穿梭。灰蒙蒙的大海，夹竹桃和芦苇丛中，世界尽头与冷酷仙境，宛如昨日研发中心。周六，只有保安值班，说两天没见到左树人了。

叶萧出示了搜查证，申请过程一言难尽……左树人这种大财阀，如果没有直接证据，或者轰动性的舆论压力，谁敢动他一根汗毛？

三十六小时前，"宛如昨日"全球上市，发布会被神秘少女砸场子，还有微信公众号文章，引发史无前例的大讨论。知乎那帮人又忙活起来，证明南明路地块有毒或无毒，一个普通的计算机教师是否有能力发明这样一种高科技设备。

可想而知，"宛如昨日"的销量非但没有受到影响，反而成为最受关注的社交网络话题，单在中国大陆就卖出了十二万套——如果没能把左树人绳之以法，叶萧和盛夏都要去上吊了。

警方没有任何理由查封这款产品。不管焦可明灭门案的凶手是谁，都不是"宛如昨日"直接造成的。2017 年发明的设备，更不可能为 1998 年开始的化学污染而负责。如果，有人通过手机知道了真相而去杀人，难道要立法禁止使用手机？

　　叶萧独自上楼，空荡荡的 CEO 办公室，黑白照片上的荣格，微笑着注视不速之客。沙发边叠了厚厚的《参考消息》。保安说，左树人平常待在底楼实验室的时间最多。金属门非常坚固，局里送来破门工具打开——像南明高中的电脑机房，但档次更高更干净，平常体验者就坐在椅子上，边上挂着"蓝牙耳机"。后面是个小房间，便于监控体验过程。

　　隔壁是动物实验室。叶萧听到窸窸窣窣的声音，全是白鼠，吱吱乱叫。另一个柜子上，放着一条狗的标本。狗脑袋打开，露出防腐处理过的脑干，比巴甫洛夫的宠物更惨。还有猫和猴子的标本，装在一个个罐子里。毫无例外，这些动物的头都被打开，做了什么活体实验。实验室动物死后有专门的处理方法，比如动物焚尸炉，很少有做成标本的，何况是脑组织外露。他看到个玻璃容器，培养液里浸泡着一个大脑，钉着一排恐怖的针管，有德州电锯的味道。针状阵列背后接着电线，大概是输出脑电波的。可怜的猴脑。

　　他发现好几套奇怪的"蓝牙耳机"，不同于见过的任何一款，形状更适合动物而非人类。他摘下几副来试试，有的恐怕是为大型犬服务的。有的却又太小，可能是给猫用的。这些设备的蓝牙功能完好，也可连接"宛如昨日"的系统。

　　叶萧想起了死神。

　　正午，车窗外的大海被雨水渲染得像团蒸发中的呕吐物……

　　死神与少女坐在警车后排，一同张望外面陌生的世界。一小时前，盛夏接到叶萧的电话。有辆警车开到她家门口，专门把她和大狗接过来。

　　在公路尽头，大狗的鼻子嗅到什么，对那栋两层小楼狂吠。宛如昨日——门口挂着黑色牌子，哥特主义的荒凉海岸，油然而生小清新的违和感。门牌旁有个 logo：茫茫大海上的孤岛，环绕宇宙的流星雨，"我们存在于记忆中"。

叶萧已在动物实验室等候多时。他居然穿一件海魂衫，对着布满动物标本的玻璃橱窗，用电动剃须刀刮去满脸的胡须，像个下班的屠宰场工人。

"嘿！我崇拜死你了！"

他收起剃须刀，用湿毛巾擦了擦脸，就差对这十八岁的女孩单膝下跪了。

"为什么？"

"'罗生门'微信号文章——非虚构作家魔女！还有，你在'宛如昨日'发布会上，用泰拳打倒三个壮汉的动作太帅了！我们局里的几个小伙子，都照着你的视频在训练呢。"

"小意思！"

她学李小龙的习惯动作，用大拇指拨弄一下鼻子。

"不过，你的拳太刚硬了，每次都是硬碰硬，迟早会撞得粉碎。你要懂得以柔克刚——你有一千种方法击败敌人，不要钻牛角尖陷在一种里面。"薄薄的海魂衫里，叶萧的身材让人流鼻血，"以后我教你巴西柔术。"

"但我没有以后了，现在就教会我吧！"

叶萧摸了摸大狗的耳朵："我叫你带着死神来，可不是学这个的。"

"老娘才不在乎呢！对了，你跟我在游戏世界里见到的完全不一样！"

"我喜欢雷蒙德·钱德勒的电影，大概就把自己想象成那个屌样子了吧。你说，昨晚为什么是奥斯维辛？是许多人共同的噩梦吧？还有你妈……哼！要不是我开了一枪，你们就被那些畸形人吃掉了。"

叶萧看着东张西望夹紧尾巴的死神，这个大家伙对动物实验室有天生的恐惧，就像人类来到处决犯人的刑场，可以理解。盛夏随便找了张台子爬上去，像躺在手术台上："我只有脑癌，没有精神病。"

"对不起，你正坐在对狗的解剖台上。"

她恶心地跳下来："是谁那么变态？左树人那个畜生吗？"

"我看出来了，'宛如昨日'的游戏世界，分成三种不同角色：第一种，玩家本人，代表玩家对自己的幻想；第二种，玩家噩梦中的人物，被玩家有意或无意带入游戏生成的，因为整个'宛如昨日'的游戏本身，是所有玩家的个人记忆提供了世界观和背景空间；第三种，'非玩家控制角色'，也就是NPC，这是游戏系统自带的人物。"

"你懂的还挺多的，但我亲眼见过阿努比斯！他确实存在。"

"这就是'宛如昨日'逆天的特点——你完全分不清楚，哪些角色是玩家本人，哪些角色又是玩家的噩梦，或者系统自带的NPC。"

"Stop（停住）！你打电话让我带死神来是要干吗？"

"我们在南明高中的电脑机房，给死神使用过'宛如昨日'，可惜失败了。因为那些设备不是给狗设计的。而这间动物实验室，恰好专门提取猫狗记忆。"

叶萧从一堆奇形怪状的"蓝牙耳机"里，找出最适合死神头型的设备，戴上完全吻合，大狗也没表示反抗。

实验室进来一个穿白大褂的男人，看起来身娇体弱，他战战兢兢地打招呼，显然是被海魂衫大叔和红发少女的气势吓到了："嘿……本人是宛如昨日公司的工程师，也是动物记忆研发的负责人。我是动物学和计算机的双料博士，研究对象就是动物的脑机接口。"

"少废话！你竟然为左树人服务？良心被狗吃了吧？你们成功提取过动物的记忆吗？"

盛夏虚张声势，就差撸起袖管揍人，叶萧忍着不笑出声来。

"息怒！息怒！这位小姐，从老鼠到猫到大型犬和小型犬，我们都成功提取过记忆。"

"谁他妈是小姐啊？你妈才是小姐！我问你，金鱼呢？人们说金鱼的记忆只有七秒钟。"

工程师面色不佳，屈服于魔女的淫威："那是以讹传讹，金鱼的记忆力其实很强，只是适合水生动物的脑机接口设备，可能要再等几年才能开发出来。"

"开始吧。"

她拍拍死神的脑袋，安抚一下狗的情绪，让它完全按照提示来思考。大狗乖乖地趴在地上，戴着专属于它的"蓝牙耳机"。

工程师控制电脑，不断输入犬科动物可以理解的指令。而在房间的另一端，叶萧戴上人类版的"蓝牙耳机"，监控死神记忆中的画面——

作为一条大狗是什么体验？狗的一生徐徐展开，记忆隧道像一个杂乱无章的狗窝，充满狗毛的纤维与气味，他看到死神在大雨中流浪，成为名副其实的落水狗，冰冷、发抖、饥饿，还有人向它扔石头，砸在脑袋上疼痛不止，鲜血模糊了视线……它对天空狂吠，然后是哀嚎，生如浮萍，朝不保夕。

狗的眼睛难以分辨色彩，视力比人类差。但在暗淡环境中，反而看得清晰。狗只能看到少数几种色彩，红色就是黑白的深色，绿色却是浅色。当死神冲上一片草坪，只见到仿佛被涂过白色油漆的草地。不过，气味变得丰富多彩，叶萧能清晰地分辨出，一公里外的某个人，五百米外烤鸭店的某个品种出炉，还有两条街外的小龙虾是十三香还是麻辣的，仿佛在空气中画出半透明的复杂图画，就像《最后的晚餐》里犹大握着钱袋的手，又像凡·高在《星空》上涂抹的旋转月光。

他看到狗的流浪，听到旷野的风雨声，在垃圾堆里吃腐肉。它不怎么合群，有时闯入其他流浪狗的领地，对方以为它来抢地盘，或来抢母狗的交配权，几十条公狗对它围攻。虽然死神毫无畏惧地对抗，但毕竟寡不敌众，被咬得伤痕累累，皮开肉绽。清晨，它走到公交车站的早点摊，人们排队买蛋饼和油墩子。摊主嫌这条狗影响生意，二话不说，舀起一小勺子滚烫的油，直接泼到死神背上。哎呀妈呀！后背火辣辣灼烧，眼泪几乎喷出来。大狗背上的疤痕就是这么来的。叶萧记住了早点小贩的脸。

被烫伤的死神，步履蹒跚来到一个家门口，发出吱吱的哀嚎声。房门打开，一个头发掉光的老头，弄了些肉汤和剩饭搅在一起。死神终于吃了顿饱饭。它留下不走，依偎在老头脚边。主人的子女不在身边，鳏居多年，与世隔绝，孤独得每天自己跟自己下象棋。老头很爱死神，带它去看兽医，亲手给它的伤口抹药，早晚出去遛两次。他为养狗忙得不亦乐乎，像个老小孩打滚玩闹。根据墙上的挂历，它刚到老头家是 2013 年 9 月。好景不长，没到年底，老头突发心脏病死了。它预感到了主人的死，出事前几天围着他呜呜地哭，搞得老头莫名其妙。主人死后，大狗舔着尸体，狂叫着引来邻居。长期不来看望老父的子女们，跑来分家产吵架，认为这条狗是丧门星，要把它送去打狗队处理，死神连夜逃跑了——它用爪子开锁的技巧一流。

第二个主人，是住在简易房里的清洁女工。四十多岁的女人，没有老公孩子，把死神当作唯一的亲人。他们共同生活了将近半年，直到主人打扫马路时，被一辆失控的小汽车撞死……

狗无法表达日期，不晓得是哪年哪月。只能看到一片荒芜野地，流浪狗踽踽独行。它挨了两天饿，上顿饭是从垃圾箱找到的，虚弱得皮包骨头，喉咙和气管还在发炎，吠叫声都发不出了。蹒跚着走到马路边，它看着一辆又一辆汽车开过，让人怀疑是不是想自杀。

忽然，有辆白色小车停在路边。车门打开，下来一个男人。叶萧认出这张脸——焦可明。

他依然戴着厚厚的眼镜，穿着灰扑扑的衣服，愁眉苦脸地眺望四周。死神趴在高高的草丛里，像条死狗无声无息，只有苍蝇和蚊子围绕着它。焦可明没发现狗的存在。确认四周无人，他打开后排车门，抱出个三四岁的小孩子。

怪物！

无脑畸形儿，焦可明唯一的儿子，灭门案中最让人心疼的被害人。叶萧第一次看到活着的焦天乐，努力适应这张脸造成的视觉冲击。没有大脑的人，剩下基底核等纤维结缔组织。整个头到眉毛就结束了，像被切开一半的西瓜。

没有雾霾，凉爽的风吹过草丛。焦可明抱着儿子散步，让孩子看看天空和草地。叶萧明白了，焦可明平常从不敢带孩子到小区，害怕吓到邻居们，或者被别人看不起，畸形儿让他们夫妇自卑。所以，每次从医院回来的路上，焦可明都会寻找没有人的荒地，让孩子晒晒太阳，闻一闻大自然的泥土味。

"宛如昨日"之中，叶萧还能感受到死神的心理活动——它记得焦可明的气味。

这气味在死神的记忆里如此重要，让它的心跳加快，肾上腺素加快分泌，甚至遗忘了自己的饥饿。

它想要攻击焦可明。

但一看到无脑畸形儿，它就暂时放弃了行动。死神喜欢这个孩子。始料未及的发现，叶萧像死神肚子里的蛔虫，知道当时它脑子里的思维。

焦可明在野地里走了半个小时，死神也潜伏了半个小时。他带着畸形儿回到车里，大狗悄悄跟在后面。它的四条腿赶不上汽车的四个轮胎，但焦可明的白色小车，一路上留下浓浓的气味，在嗅觉超强的死神面前，画出一张清晰的行车路线图。

死神绝对不会认错。就像你从千万张面孔中辨认出你最爱的人。每辆车的发动机排量、型号都不相同，所加汽油的品质也不同，即便出厂设置完全相同，但开过的公里数与保养程度，决定了尾气像指纹一般独一无二。死神认出了焦可明的汽车"指纹"，沿着鼻子给它指引的道路，找到焦可明所在的小区。它又记得无脑畸形儿的气味，一个存活到四岁的无脑儿，全世界恐怕没有第二个。所以，死神通过七楼的逃生通道，来到焦可明家的门口，发出老鼠般的叫声。

深夜，焦可明打开门，看到一条可怕的黑色大狗。

什么鬼啊？

焦可明的妻子尖叫着，焦可明却蹲下来，盯着这条狗的目光。

狗在哭。

千真万确，它认得焦可明，它在为他而哭，也为他身后的女人，更为卧室里的无脑畸形儿。

焦可明决定收养这条奄奄一息的流浪狗。

死神的记忆到此中断，它咆哮几声，甩掉头上的"蓝牙耳机"，蹿到盛夏的大腿旁。

娘娘腔工程师尴尬地细声细语："抱歉啊，大哥，我们对动物记忆的研究，也只是在起步阶段。毕竟人和动物不一样，对于精神领域的活动，动物毫无耐心可言，每次体验'宛如昨日'，时长不能超过一个钟头。现在这条狗达到了极限，已经做得非常好了。还有啊，当天不能体验第二次，否则它受不了，要隔一天才能再次体验哦。"

叶萧趴在地板上喘气，额头爬满豆大的汗珠，不管是回忆自己的过去，还是进入游戏世界，抑或监控他人或其他狗的记忆，都会产生这种溺水般的窒息感。他脱下衣服，让盛夏检查后背有没有伤，他有种严重烫伤的错觉。他爬起来，摸着大狗后背的伤疤。死神每找到一个新主人，就会给对方带来厄运。

死神为什么跟踪焦可明？为什么记得焦可明的气味？

下午三点，叶萧把死神与少女送回家，派遣两个警察在她家的小区值班——某省有过这种案例，曝光了某企业的罪恶史后，写文章的记者意外地"被自杀"。

饿着肚子回到公安局，失乐园谋杀案的资料摞在桌上，最上面是验尸报告。叶萧啃着单身女同事送来的蛋糕，连声谢谢都没说，低头只顾着翻资料，惹得人家脸一黑甩门而去。

死者叫霍小倩，十三岁的初二女生。死亡时间在 2012 年 8 月 13 日，深夜十一点左右。死因是机械性窒息——就跟五年后的同一天，焦可明的死因完全相同——颈部有明显伤痕，被人活活掐死。她还有三根肋骨折断，左臂骨折，头部重创……法医无法判断凶手是否使用了某种凶器，比如棍棒或刀具。但如此严重的创伤，恐怕不是一般人徒手所能造成的，或者换句话说，这个凶手压根不是人，拥有野兽般的力量。叶萧的调查报告，无法断定鬼屋背后的排水沟，是否案件的第一现场。虽然确认少女被人性侵，却没找到凶手的 DNA。既然凶手超出常人地强壮并且粗暴，为何在强奸这件事上如此小心？

重温不计其数的现场图片，警方的走访调查记录，除了头号嫌疑犯马戏团的"狗头人"，也列出过其他可能性。比如小倩的亲戚与邻居，学校同学与老师……这种对少女的性侵杀人案，许多案例都是熟人所为。警方连死者的爸爸都怀疑过了（因为小倩妈妈前几年就患乳腺癌死了）。一个鳏居古怪的男人，或许也有奸杀女儿的嫌疑。但一无所获。

最后一张照片，案发当晚南明路道路监控的录像截图，是距离失乐园最近的摄像头拍下的。8 月 13 日十一点三十分，有辆白色小车出现在监控画面中。

看不清车牌，也无法判断型号，因为车速很快和角度与光线的问题，拍摄到的画质很糟糕。

唯一能确认的，只是一辆白色小车……

　　叶萧想起中午的动物实验室，死神在"宛如昨日"里的记忆——它看到了焦可明的白色小车。

　　没错，焦可明拥有一辆国产品牌的小汽车，排量一点二升，后排只能坐两个人，关键是白色。

　　六年前，他与成丽莎结婚时买的车，岳父出了四万多块钱，上了外地牌照。焦可明平常都是坐地铁上班的，这辆白色小车大概只用于接送孩子去医院。

　　他把头压在办公桌上，闭目沉思了十分钟，手指尖旋转着圆珠笔……脑中不断飞过底片显影般的画面，就像接连不断的弹幕——深夜的失乐园，一辆白色小车经过，某张男人的脸。

　　啪嗒一声，圆珠笔被他的食指与拇指生生夹断了。

　　叶萧起身带翻了椅子，圆珠笔残骸以火箭坠落的弧线投身废纸篓。他冲出办公室的同时打电话，要求找到焦可明生前开过的白色小车，now（马上）！

　　十分钟后，车辆管理所发来了消息。他开着警灯上路。每次经过南北高架与延安中路高架的交叉点，想起九龙铜柱的扯淡传说，他就会降下车窗弹出一粒鼻屎，献给这座城市的心脏。像从周末派对大屠杀的尸体堆上碾轧而过，他艰难地穿越停滞拥堵的车流，来到城市最南端的二手车交易市场。

　　终于，叶萧在汽车墓地般的仓库角落，找到那辆白色小车。原来的牌照已被卸掉，但每辆车都有独一无二的车架号（VIN码），相当于汽车的身份证，无论车主和车牌如何变换，这个永远不变。他问经销商拿到钥匙，拉开车门检查仪表板左侧，以及风挡玻璃下——就是这辆车。

　　三天前，它刚被焦可明的岳父以一万五千块钱卖给中间商，并隐瞒了车主被灭门的真相。

　　狭窄的驾驶座里，叶萧屏息静气，仿佛小小的无脑畸形儿，还躺在后排的婴儿座里。他又对准这辆白色小车,从各个角度拍照,再比对失乐园谋杀案当晚的监控照片……

三分钟后,他伸出右手食指,在车子引擎盖的灰尘上,歪歪扭扭地写出三个字:就是你。

是谁杀了焦可明全家?

她记得叶萧说过,案发现场的小区监控录像表明,最有可能的凶手,是一个骑着助动车的黑衣男子。

子夜之前,盛夏躺在自家地板上,昨日强烈的兴奋,如同晚间潮汐,已退却殆尽。脑子又变成一团糨糊,只剩下癌细胞灼烧的疼痛。她的视力、听力、记忆力,全都迅速衰竭。下午发过两次癫痫,昏迷过一个钟头,要不是死神玩命地用舌头舔她,恐怕已经死了。

傍晚,主治医生来电,命令她前往医院,接受住院治疗。一天一小时一分钟都不能耽搁,癌细胞已无法控制,随时随地会昏迷。她的回答是,癌症可以杀死我,但无法打败魔女。

没有无缘无故的爱,也没有无缘无故的恨,更没有无缘无故的癌——拜这片大地深处的毒物所赐。所有这些脏东西,都与左树人有关。他又在哪里?会不会已远走高飞?躺在加勒比海的沙滩上,怀里抱着 D 罩杯的美女,一个黑妞,一个白妞,不亦乐乎地等待上天堂呢?

盛夏双眼如海滩上的死鱼眼睛般呆滞,看着封锁阳台的铁栏杆——公安局刚为她安装的,为了保护她免受打击报复。也许,余生都将在死亡的恐惧中度过……啪!她抽了自己一耳光,我还有余生吗?医生就要开病危通知单了,想得美!

她的视力出了问题,看东西都很模糊,天知道是怎么敲出八千字的微信号文章的。现在轮到耳朵，打开电脑音响，把北欧死亡重金属开到最响，却变成了嗡嗡的蚊子叫。不用说，还是脑癌扩散的影响，已入侵了她的颞叶——控制听觉的大脑皮层器官。她倒下来，耳朵紧贴着地板，想要听到大地深处传来的呼喊声。

快要零点了，魔女别急，等我来。

盛夏戴上"蓝牙耳机"，手机连接"宛如昨日"APP，选择游戏世界。太阳穴里的异物感，将她引入一条幽长曲折的隧道……

第十一次体验"宛如昨日"——

一道光。穿越隧道。爬出排水沟，她趴在杂草中咳嗽，直到把胃液呕吐出来。奥斯维辛的大烟囱不见了，旷野变成废弃的主题乐园，沾在铁丝网上的尸体变成流浪的野狗，疯狂地对她吠叫。不仅大烟囱没了，失乐园的鬼屋也不见了，原地变成一个大坑，像被陨石撞击过，深入地心。泥土之间，隐藏着几根骨头。人的骨头，白森森的骷髅头，完整无缺的手掌，没有血肉，只有细细的干枯骨节，像被工匠们精雕细琢出来的。不知谁在她背后推了一把，她整个人像篮球滚下去。她尖叫着，感觉天旋地转，嘴里吃了不少泥土，也许还有死人的骨骸。哎呀！脑袋撞得好疼！她落到大坑的最底下，漏斗圆锥体的中心，就像掉到墓穴和棺材中。她惶恐地仰头望天，黑夜黑得像铅做的棺材盖。她尖叫，甚至喊到叶萧的名字，但没人会来救她。她往地下挖掘，用自己的赤手空拳。她挖出一具又一具骨骸，像法医决战变态杀人狂。最后堆出三十九个死人骨头。

你们好吗？我们很好……妈的，cult版岩井俊二？

忽然，她在大坑底部看到一个水塘，也许是地下水。月光突然出现，正好洒在水上，同时照出了她的脸。

她没有看到魔女，而是看到另外一张面孔，不是人类的面孔，是阿努比斯。

狗头人。

女孩的大腿、女孩的短裤、女孩的T恤、女孩的胳膊、泰国带回来的银质骷髅链坠，脖子上却是一个尖尖的狗头。她开始尖叫，年轻姑娘的惨叫，就从这张斜长的狗嘴里发出。

她转身向大坑上面爬去，好像阿努比斯在身后追赶——其实阿努比斯的头就在她脖子上，或者说取代了她的脑袋。而她想要躲避的，只是自己的头，自己的眼睛，自己的鼻子，自己的嘴巴，自己的大脑。他手脚并用地爬回平地，才发现失乐园已经消失，眼前是一片荒芜的废墟，夹杂着断垣残壁。在"宛如昨日"的游戏世界，她已无数次回到过这里——1999年，南明路，工厂废墟。

她看到三个人并排躺在草丛中。一个高中男生，一个女孩子，一个小男孩。他们手拉着手，女孩在中间，男生和小男孩在两边。

焦可明——欧阳小枝——欧阳乐园。

就是这样的顺序，两个十七岁，一个十岁。他们在等待英仙座流星雨光临，也在等待各自命运的分岔点——1999年8月13日，深夜十点。

她潜伏在草丛深处，担心阿努比斯的狗头，会呼出沉重的气息，或散发畜生的味道，让那三个人有所察觉。

十七岁的欧阳小枝，看着星空说："古希腊神话中，有个叫美杜莎的美少女，她的头上长满毒蛇，任何人看她一眼，就会变成石头。英雄珀尔修斯，砍下美杜莎的头，骑着她身体里的飞马，救了公主安德洛墨达。他把美杜莎的头献给智慧女神雅典娜，珀尔修斯升上天界成为英仙座，公主变成仙女座。NGC869、NGC884双星团，代表珀尔修斯挥剑的右手，英仙座 β 星代表美杜莎的人头，被珀尔修斯提在左手，那是一个迷人的星座。"

令人惊讶的是，她所说的双星团相当准确，一字不差。盛夏不知道是从哪里听到过，但她就是记得，毫无理由。

焦可明转头盯着她的眼睛："小枝，你喜欢美杜莎？"

"她是魔女——我也是。"

1999 年的魔女，看着天空的流星雨飞过。2017 年的魔女，距离她不到两米远的黑暗中，同样仰望星空——靠近北斗七星的位置，出现彩色的火流星。英仙座流星雨，时速可高达五十九公里，接近半数都有尾迹，亮度接近于金星，整晚划过上千颗。

要是就在今晚死去，该多好啊！她闭上眼睛，管它是狗眼还是人眼。

欧阳小枝爬起来，离开焦可明与欧阳乐园，走向工厂废墟的另一端，地下室的方向。

少女版的阿努比斯，眼睁睁看着欧阳小枝走下去，她想要大声叫喊，让小枝停住脚步，那扇幽暗的金属舱门里面，或许是地狱……

但她发不出声音，"宛如昨日"的游戏世界，好像被管理员按了静音键，天空与昆虫都寂静无声。

欧阳小枝打开金属舱门。随着光线入侵黑暗，她缓慢地消失，先是手，然后是肩膀，半张脸，整个头，最后是一只脚……

盛夏跟着进入，此生第二次踏入魔女区。什么气味？犹如千万只小飞虫，穿过丛生的鼻毛，顺着鼻孔直冲脑门。感觉像被泰拳高手直接命中面门，在数百公斤的冲击力下，瞬间让人脑震荡失去知觉。

好像世界末日一样漫长。

查出患有脑癌后，盛夏无数次问自己：死亡有多漫长？一秒钟丧失意识？还是一分钟穿过濒死体验的隧道？或一个钟头的痛苦煎熬？永无止境地往地狱坠落？

重新睁开双眼。冰冷的液体涌入眼球，竟是咸的。她看到一个巨大的密室，不再是刺鼻的空气，而是黑色的海水。这不是幻觉。无边无际的海水，暗礁一座接着一座，像连绵不断的工厂废墟，长满坚硬的甲壳类动物，异常锋利，犹如千万把刀，任何肉体，无论人或鱼，碰到就会被切成碎片。海藻像美杜莎的头发——无数条海蛇般蔓延，一旦被缠住就会溺死。回头看到一缕暗淡的光，是海底的某种荧光生物。这些光笼罩着一具尸体，尸体永远不会腐烂，几千年几万年安眠在海底，头发也与海藻一样乌黑而绵长，她的名字叫欧阳小枝，又名魔女。十七岁，再也不会变老，直到大海枯竭。

盛夏浮出黑夜的海面，头顶依然飞逝着英仙座流星雨，照亮一座黑色的孤岛。

这景象怎么如此眼熟？她甩开四肢往前游去，自由泳、蛙泳、蝶泳和狗刨四种姿势交替着——最后一种尤为熟练。看不到自己的脸，她怀疑还是阿努比斯，狗头神。

突然，背后的大海竟然分开，两边海水竖起水墙，犹如被人撕成一道凹槽，中间是深深的漩涡……

一只怪兽跃出海面。它有着蛇般的绵长身体，同时粗壮无边，似乎整片大海都能被它吞入腹中，盘起就能缠住地球。它咆哮着，无数流星为之坠落。它翻滚着，四个大洋七个大海为之干涸。它把头探向狗头的少女，想要把她一口吞噬，却又惊恐地后退。海中怪兽飞升到天空，又重重落下，海水溅起几万尺高。它开始颤抖，发出呜咽的声音，诉说自己的名字——利维坦。

阿努比斯是这只怪兽的克星。

利维坦拜倒在她脚下，恳请阿努比斯的饶恕，不要杀死它，不要夺走它巨大而卑微的生命。

盛夏手中多了一把宝剑，抓住它的触须，爬到它充满鳞甲的脖子上。她摸到怪兽的心脏，岩浆般沸腾的兽血在搏动。而在它无与伦比的胃和肠道之中，正在消化十万个像她那样的少男少女——诚如雨果在《悲惨世界》中用来形容巴黎的下水道。

这只兽已无力反抗，束手就擒，眼中不断淌出泪水。

少女手中的宝剑，刺穿鳞甲间的缝隙，刺入利维坦最柔软的部分，直达它的心脏。

　　一秒钟内，这只已存活数万年，见证过亚当与夏娃偷食禁果，收留过被诅咒的该隐，吞噬过未能逃上挪亚方舟的无数物种的兽，统治这片海洋的帝国独裁者，轰然倒塌在大海与陆地之间，脆弱得像条老死的狗。

　　屠杀利维坦的魔女，蹚过染成深红色的海水，摘下阿努比斯的狗头面具，踏上这座黑色孤岛。

　　她回过头，海洋已成怪兽的坟墓，一万颗流星从头顶飞过。

第十六章　木乃伊

穿过摩天轮与旋转木马，鬼屋不复存在。两台挖掘机深入地基，当年是南明医药化工厂的大烟囱。现场亮起刺眼的灯光，警犬的吠叫声，宛如一百个死神在叫。

在那天，两个兽将要被分开，女的兽叫利维坦，她住在海的深处，水的里面；男的名叫贝希摩斯，他住在伊甸园东面的一个旷野里，旷野的名字叫登达烟，是人不能看见的。

——《以诺书》

凌晨一点，叶萧备感疲倦，握方向盘的手开始发麻。他从城市的最南端，越过整条南北高架，回到最北端的南明路。在这座城市生活了二十年，第一次感觉无边无际，每栋楼都像重复的镜子照出的重复的幻影。自己犹如一只渺小的兵蚁，从蚁穴的一端爬到另一端，与不计其数的同类擦肩而过，战斗然后死去。

经过南明高级中学，公安局已拉起警戒线。周末没有学生，估计周一不会有人来上课了。他在失乐园门口停车，想起五年前深夜的监控探头，拍摄到焦可明的白色小车。

月亮出来了。废弃的主题乐园，此起彼伏的蟋蟀声，叶萧依照经验判断，潜伏着促织界的大杀器——它们怎么没被泄露的化学气体杀死？还是昆虫反而被化学污染刺激得更强大，即将基因突变成哥斯拉？

穿过摩天轮与旋转木马，鬼屋不复存在。两台挖掘机深入地基，当年是南明医药化工厂的大烟囱。现场亮起刺眼的灯光，警犬的吠叫声，宛如一百个死神在叫。

"出来啦！"

有人高喊，挖掘机停止，一个人抱出来一颗人类颅骨，在月光下发出金属般的反光。

更多的人骨残骸，必须手工挖掘。警察们戴着口罩，用小铲子、毛刷片，还有竹签子，慢慢清理出骨架。有的还算完整，有的支离破碎，叶萧分得出哪些是股骨、肱骨、胫骨和腓骨，也许分属于不同的主人。更倒霉的遗骸，只剩下几颗牙齿。两年前，叶萧被借调给某省公安厅，参与盗墓大案的侦破，考古队抢救性挖掘现场就是这样。

挖掘已持续一整夜，遗骸应在二十到三十具之间，没有任何证明身份的遗物。1998年，爆炸事故当晚，左树人很可能破坏了现场。工人不会随身携带身份证，通常由企业保管，恐怕当时已被销毁。

刚过去的一昼夜间，叶萧辗转于海边的宛如昨日研发中心、公安局、二手车交易市场以及南明路，来回开了两百公里的车程，在偌大的导航地图上，走出两个部分重合的 A 字形。

二十四小时前，专案组的另一队人马，已飞赴全国各省……南明高中电脑机房墙上的红色数字，叶萧与盛夏通过《悲惨世界》破译出名单——三十九个遇难者。

除了当年事故报告里的九个人，另外三十个人，名字与身份证号都已核实。其中二十二个人，已在1999年登记失踪。另外有五人，从2000年到2003年陆续登记。以上二十七个人都被注销了户口。还有三个人不在失踪人口之列，也没有任何活动迹象——叶萧并不意外，失踪者不会自己去报案，当一个人孤苦伶仃无儿无女没有亲人和朋友时，失踪不会引起注意。他只是消失而已，但不会被登记。时隔十八年，有的家属几乎遗忘了失踪者；有的认定丈夫早已死亡，不知葬身于何处，或跟着外面的野女人私奔，远走高飞不再回乡。只有少数几个家庭，依然执着地寻觅——1998年，失踪者不到十八岁，父母相信孩子依然活着，说不定早就成家立业，他们不见到尸体不会放弃。假如告诉他们结果，也算是一种解脱吧。

叶萧发现，十五名死难者的家属，在最近两个月内，收到过匿名快递来的"蓝牙耳机"。经公安局技术部门确认，就是"宛如昨日"的可穿戴设备。有些人完全不会使用，还有人真以为是蓝牙耳机，一两百块钱转手卖了。但有四名家属，找到正确的打开方法，体验过"宛如昨日"的记忆世界。他们都在四十岁以下，其中三个是遇难者的弟弟妹妹。最小的刚上大学，1998年，爸爸出外打工失踪，他还是在家吃奶的孩子。通过"宛如昨日"，他们看到十八年到二十年前，失踪者清晰的脸……怎样下定决心离家万里，从村口的大槐树下远去，跟老父老母说再见让他们不要挂念，跟新婚妻子说小别数月就回来，跟兄弟姐妹说要他们好好读书，跟刚出生的孩子亲吻却成为永别。他们义无反顾地奔赴异乡，那座遥远城市是传说中的天堂。有人天真地奢望要落叶归根，也有人说要在异乡扎根，成为像TVB剧里那些逆袭的主角。漫长的等待，偶尔隔了两三个月，接到公用电话报来平安，或者邮递员捎来书信甚至汇款单，全家人开心地多吃一顿肉。运气再好点，在田垄头看到他归来的剪影，哪怕只是回家过一夜，都是刻骨铭心的记忆。等到再次送他远去，风筝飞上高远的天空。线断了。

无须推理，以上死难者家属收到的"宛如昨日"设备，全是焦可明快递给他们的。

　　焦可明，从发明"宛如昨日"到破译出三十九个名字，再到不断送出"蓝牙耳机"，收集十八年前的死难者记忆，始终在完成欧阳小枝未能完成的使命。叶萧从没见过活着的焦可明。但在曾经的大烟囱下，这个男人原本模糊不清的面目，正在变得无比鲜明而清晰。

　　黎明前的最后时刻，焦可明功亏一篑，全家惨遭灭门。却有人接过最后一棒，代替他跑完最后一圈，魔女般疯狂冲刺，撞线成功！

　　凌晨三点，失乐园。原来的鬼屋和烟囱遗址，已被挖成巨大的墓穴，深入地下二十米。1998年被遗忘的枯骨出土，同时被埋葬的化学气体，像被捅破了马蜂窝的马蜂，在整条南明路上横冲直撞。所有人戴上防毒面具，十万火急呼叫化学品处理部门增援。而连口罩都没有的叶萧，已经鼻涕一把眼泪一把，三十九个鬼魂在眼前起舞。

　　遥远的烟雾深处，露出一张阿努比斯的脸，他的嘴角上勾，发出胡狼才有的微笑。

　　中毒昏迷前，叶萧发出一条微信："盛夏同学，跟你们的人生相比，我不过是个虚掷光阴的傻瓜！"

　　清晨，七点。

　　盛夏在头痛欲裂中醒来，死神在舔她鼻子。窒息，仿佛在海水中溺死。她触摸死神的头，再摸自己的脸，少女光滑的皮肤，还有红色短发。不是阿努比斯，谢天谢地。她光着脚走到卫生间，注视镜子里的自己。十八岁，苍白的脸，眼圈发黑，就快要死了吧？吃了一大把治脑癌的药片，一杯冰水灌入口中。吐出一口气，像还阳回到世上。

　　她捡起地上的"蓝牙耳机"。妈的，"宛如昨日"的游戏世界，正在不断更新与升级，早已超出了她所撰写的代码。也许，昨晚就有几十万人同时在线，他们的记忆与噩梦彼此交叉，互相堆积在虚拟世界，从奥斯维辛的焚尸炉，发展到海中巨兽利维坦。但无论游戏脚本如何发展，她都是唯一的主角，无坚不摧、所向披靡的魔女。

"宛如昨日"在全球卖得火爆。她在发布会上痛殴左树人，反而是免费做了次轰动性的事件营销，影响力超乎想象。美国少女们组建了她的粉丝团；欧洲有上百支摇滚乐队要为她举办音乐会；日本的脑外科医生联盟为她开了手术方案会议；就连她拜师学艺的泰国泰拳馆，也从门可罗雀变成门庭若市，张贴出她打倒三个壮汉的广告……有没有搞错啊？

手机上跳出一个日期提醒：今天是 9 月 10 日，教师节。

又是个糟糕的纪念日！从幼儿园小班开始，直到高三退学肄业，她和妈妈没给老师送过任何礼物，包括唯一对她友善的焦可明。好吧，相比其他"懂事乖巧"的孩子，每次教师节过后，老师们对她都不会有好脸色。

盛夏打开电脑，为焦老师建了网上灵堂。她做了搜索优化处理，每个搜"焦可明"或"灭门案"的人，都会在第一页看到这个链接——这是她第一次也是最后一次，送出的教师节礼物。

她又想起一个人。

乐园依然下落不明。叶萧也在找他，就像全城通缉左树人那样，所有警察都在寻找乐园。

她闭上双眼，回想着他的脸，时而清晰，时而模糊，时而竟跟欧阳小枝重合起来，时而又变成了阿努比斯。浑蛋，你可千万别死啊！

打开"罗生门"微信号的后台，盛夏发出一篇简单的文章——

保护我们的乐园

2017-09-10 魔女罗生门

亲爱的粉丝们，两天前，我在这里发布了《邪恶存在于过去，邪恶也存在于现在》。虽然我成了你们眼中的女英雄和网红，但我不在乎，你们也不要把功劳归属于我。现在十万火急，真正挖掘出真相，提供了重要数据和线索的人，已失联超过四十八个小时。他叫乐园，曾用名欧阳乐园。请你们一定要找到他，保护他，就像保护我们的眼睛，保护我们的乐园。

底下配了乐园的照片，估计会有很多花痴的评论。在他的仓库楼上，她偷拍了他的脸。当时被他发现的话，估计会砸掉她的手机。

如果你还活着，但愿能看到，傻瓜！

吃完早饭，盛夏打开南明高级中学的百度贴吧。果然已经炸锅，就差要被爆吧。许多学生说身体有不良反应，鬼知道哪些是真的中毒或癌症，哪些是心理暗示自己吓自己。明天周一，大家都不准备去上学了。许多家长在收集签名，说要去教育局集体投诉和索赔。

十年前得白血病死亡的学生的家长，重新出来发帖回忆——如果当时警觉到这片大地有问题，查出南明路工厂废墟的秘密，彻底消灭化学残留隐患，今日就不会有那么多受害的孩子。下面有无数跟帖，一昼夜间筑起上百页高楼。

盛夏回复了一条：我恨我没有早点长大！

关掉电脑，她像给自己打了针兴奋剂，带着死神出门。纵使南明路已成刀山火海，也无法阻拦一人一犬的六条腿。

星期天，南明路已被封锁，如同九十年代的前南斯拉夫战区。原本呼啸的集卡（集装箱卡车）与搅拌车，只能远远绕道。警察在两端竖起路障，确认是沿线单位和居民的车辆才放行。

有辆集装箱卡车被拦下来。貌似就是擎天柱，全身涂成火红色。集装箱中部有个巨大的小丑涂鸦，装饰着大帐篷的红白条纹。另一边则是五个古典美术字——昨日马戏团。

他们回来了。司机正与警察交涉，说要到失乐园废墟里表演节目，还拿到了有关部门的演出许可证，说是市民文化艺术节的一部分。集装箱打开，跳下来一群侏儒和畸形人。那些中年男女侏儒，只有小学生甚至幼儿园小朋友的个头。还有三个小头畸形人，体型巨大，脑袋却像猴子，尖尖地凸起来，也就比焦老师的无脑儿稍微好一点点。有人天生没有胳膊，还有人比姚明更高，有的大胖子无法自行走路，必须大家把他抬下来。还有个连体人姐妹，共用一双手和一双脚。

我的妈呀，盛夏还是被吓到了。死神在她脚边狂吠，不是吓唬人，而是它很喜欢畸形人，想跟他们交朋友。她用狗绳抽了两下，让它安静。蜂拥而来许多观众，纷纷拿出手机拍照围观。免费看怪物的好戏，怎能错过？名副其实的怪物之地。

最后一个从集装箱出来的，是雨果笔下的笑面人。不，他根本没有笑，而是这张嘴存在严重的畸形，或遭到过故意破相，脸颊有两道深深的疤痕，沿着嘴角往上翘，给人一种永远大笑的错觉。看不出年龄，可能二十岁，也可能四十岁。他有张过分苍白的脸。

他第一眼就看到了盛夏。

他在笑。

他永远在笑。

他确实在对盛夏微笑，不单嘴巴，还有两只弯弯的眼睛和眉毛。

除了在"宛如昨日"的游戏世界，上次看到昨日马戏团，还是盛夏的十三岁生日时——小倩陪她去失乐园，来到马戏团的大帐篷，看到狗头人阿努比斯，两个女孩就此永别。小倩被人奸杀在鬼屋背后的排水沟。昨日马戏团，以及这些畸形怪物，五年来无数次出现在她的噩梦中。

笑面人像是马戏团的主心骨，由他出面与警察交涉，出示了演出许可证，但依然被拒之门外。警察说，哪怕张学友来办演唱会也不让进。

盛夏最后看他一眼，带着死神挤过人群，走向南明路。笑面人也在看她，那一头燃烧的红发，拽紧了他的视线不放。两人的目光在空气中对撞，似有刺耳的玻璃碎裂声……

再见，昨日马戏团。

南明路，已是赤地千里，高中没有一个人影，流浪猫狗和麻雀等，几乎全部死绝。死神开始蛇形走路，四条腿歪歪扭扭，不停地打喷嚏——空气中有高浓度的化学物质。以前灾难大片的主角，拎着一笼鸽子走过，如果死光光就能证明危险程度。

但盛夏不怕，反正自己命不久矣，她唯一担心的是死神。

她掏出狗用防毒面具，前两天从网上买的，第一次与第二次世界大战时，很多军犬都戴过这种东西。至今在全球各地的化学品泄漏的救灾现场，仍会见到戴着特制防毒面具的搜救犬。

几乎是最大的尺寸，从嘴到眼睛都被防护起来，透过玻璃保持视线，只有耳朵露在外面，可以过滤掉百分之九十九的有毒气体。她把这个恐怖的家伙，强行安装在死神嘴上。任何狗都会对这种东西产生强烈的恐惧和抵抗。盛夏贴着狗耳朵说，求你了！不戴上它，你就会死！

死神安静了，通过防毒面具呼吸，双眼藏在玻璃眼罩背后，变身为超级英雄的钢铁猛兽。

她们来到失乐园门口，路边的淤泥堆积如山，都是从鬼屋地下挖出来的。化学品处理车辆，即将把这些泥土全部运走，进行无害化处理之后再深埋。

盛夏绕过警戒线，从学校与主题乐园的空隙进去。1999 年，欧阳小枝消失的魔女区，杂草隐藏的地下室入口，死神吠叫两声。隔着防毒面具，像男低音的歌唱。她犹豫着，但没进去。失乐园背后的围墙，部分已坍塌，她从缺口翻进去。绕过几项游乐设施，鬼屋已经消失，变成宽阔的天坑——如昨晚游戏世界所见。

三十九个鬼魂，还有三十具被遗忘的骨骸，清理出来重见天日了吗？

她望天，死神对着刺眼的太阳狂吠，像一枚即将爆炸的核弹，几乎要将她整个灼烧殆尽。

漫长的盛夏，眼看要过去。脑中那颗肿瘤，已被点燃引线，火星四溅，向着死神的家门口，一路狂奔……

神啊，救救我吧，在抓到灭门案的真凶之前，请让我再多活一天！

盛夏带着死神，穿过这片瘟疫之地，呼吸着致命的化学气体，来到旋转木马边上。

二十多个木马，静止在生锈的铁杆下。防毒面具过滤掉化学气体的同时，也让死神的嗅觉变得无比迟钝。大狗走近一匹木马，突然疯狂吠叫，差点把盛夏拖倒了。它发现了什么？

这匹油漆剥落的木马后背，凸起的五彩马鞍之上，躺着一只血淋淋的手。

手。

死神继续吠叫，声音连绵不绝……

红发少女静静地看着这只手。从手腕被整齐地切断，裸露出血管和骨骼，还有神经，就像一个标本，但从皮肤的光泽来看，又那么新鲜。好像一分钟前，它还在某个人的手臂上，灵活地剥开一个橘子，或握笔写下一段话，或抚摩异性的唇……

这是一只左手。

手掌向上朝天，五根手指头张开。男人的手，浅棕色，皮肤粗糙，还有轻微的茧子。

阳光照在纵横交错的掌纹上。看手相是盛夏的强项。男左女右，他的感情线很短，婚姻线很长，命运线的组合奇特，智慧线长得很好，最好的则是成功线，生命线中规中矩。总而言之，他的命不错，但很凶。

谁的左手？

一只苍蝇飞到中指上产卵。突然，大脑仿佛被凿开一个洞，无数阳光与尘埃泄露进去。那只左手，粗暴地深入她的颅腔，捏碎不断分裂繁殖的癌细胞。

盛夏已有答案。

一小时后。

周围全是警察，就差给她上手铐。盛夏被强行戴上口罩，红色短发和白色口罩相映照，配上黑色大狗的防毒面具，像游戏世界里的NPC（不受玩家控制的角色）。

太阳光越过摩天轮的最高点，将巨大的网格与轿厢阴影，斜斜地投到旋转木马上，也让叶萧的脸庞处于明暗交错之间。他的手背上还有输液时贴的创可贴。白口罩遮住脸，只露出一双眼睛，还有标志性的眉毛。凌晨，他在失乐园的遗骸挖掘现场，大量化学气体从地底泄露，他当场昏迷被送到医院。医生说他至少得休息一周，是否中毒或有后遗症，还需慢慢观察，也可能潜伏多年后暴发。他接到盛夏的电话后，立即从医院冲了出来。

他来不及骂盛夏一顿，便开始勘察旋转木马的案发现场——谁的左手？

阳光下的马鞍，摊开的手掌，五根手指所指的方向，就是原来鬼屋的位置：三十九个鬼魂所在地。

想必是某种特殊的含意，又像是宗教般的人体献祭。

这只手的切口非常整齐，不是普通的刀具所为，更不可能是被斧头砍的。刀具精确地切过腕关节桡骨与手掌骨之间的缝隙，很可能是手术刀。但要是切的位置不对，手术刀也难以切断骨头，除非像截肢那样用医学手锯。作案人很可能是个医生，或在屠宰厂工作。

他隔着口罩问专案组的小警察："乐园医生有消息了吗？"

"没有，全城都在寻找他，不仅是我们公安局，还有网友。"

小警察展示了他的微信朋友圈，已被"医生失踪"与"十八岁红发魔女"刷屏了，占据最近二十四小时的网络热搜词前两位。

拍照片、取指纹等常规流程后，勘查人员用镊子夹起这只手。从伤口的鲜血干涸程度，以及皮肤松弛度和腐烂情况，可判断截断时间不久。上午八点，清理出绝大多数遗骸，现场人员基本撤离。盛夏发现这只手，是在十点零五分。凶手只能是在八点到十点之间，翻墙潜入失乐园，将这只手放在了旋转木马上。

叶萧骂不动她了，隔着口罩说话太累。他派人把死神与少女送走，严禁她再闯入这片禁区。

"你也要注意身体，我可不想等自己死了，连个送葬献花的人都没有！"

盛夏不耐烦地扯下口罩，拖着死神离开。

午后，公安局传来消息。叶萧正坐在南明路边，在烈日之下，跟同事们一起啃盒饭里的鸡腿。

那只左手，经过便携式 DNA 快速检测仪检测，确认属于左树人。暂时还无法确认，凶犯切下这只手的时候，左树人是活人还是尸体。

他的右手还在吗？叶萧想。

下午两点。

门铃响了，盛夏花了一分钟，才打开层层设防的大门。隔着铁栏杆，她看到一个肥胖的男人，有只眼睛肿着，昨晚刚被人揍过吧？他戴着一枚黑袖章——家有丧事的标志。有谁死了？前来报丧？她妈没有亲戚，死去的老爹那边亲戚极多，但她从不与他们来往，滚吧！

你是谁？那个名字，两个字的，到了嘴边，却怎么也想不起来。死神原本在乱叫，却一下子安静了，鼻子嗅了嗅，似乎认出这个男人，尾巴欢快地摇起来。

"我是霍乱。"

他自报家门后，盛夏才掐了自己大腿一把："哎呀，几天不见，我还以为你死了呢！"

"好吧，前些天差点被人砍死。"

居然把霍乱忘了！这张脸多么有标志性啊。她的大脑受到癌细胞扩散影响，记忆力严重下降，真他妈糟糕！

怪蜀黍的庞大身躯背后，还站着一个小警察，犹如押送囚犯的看守，对她说："这个社会渣滓说要见你，叶萧警官要我们时刻保护你，不能让人进你家。"

"让叶萧去吃瑞典鲱鱼罐头吧！这里不是监狱，我也不是犯罪嫌疑人。"盛夏瞪了小警察一眼，"霍乱是我的……表叔，让他进来吧。"

小警察被迫放行，嘴里碎碎念着："我天，这是什么样的家族啊？！"

霍乱走进客厅，一眼认出了死神——他是小倩的叔叔，当死神还是条处于青春期的小公狗时，他就经常带着两个女孩和它，到南明路上追着夕阳玩耍。所以啊，他跟死神的关系可热络了，像失散多年的亲戚。也只有他敢抱着死神的脑袋，掰开狗嘴触摸锋利的牙齿。

"谁死了？"

盛夏指了指他胳膊上的黑袖章。

"我老妈。"霍乱平静地回答，"上周刚走的，胃癌拖了两年。如果你愿意给我'白包'，我不拒绝。"

"小倩的奶奶也走了……"盛夏叹了口气，小倩一家子她都很熟，因为讨厌自己的爸爸，她从小更喜欢待在好朋友家里。她从钱包里掏出十块钱给了霍乱，"我大方吧，请你吃雪糕，不用找了。"

"你够狠！"

"找我来什么事？别说是跑到这里来躲债的！"

"嘿，我是来跟你做合伙人的——红发魔女，全世界都为你炸开了锅，你知道吗？有多少记者想要采访你，报道你的八卦和秘闻。"

霍乱的蒸笼头上滴着汗珠，盛夏干脆递给他一条毛巾："如果记者有这本事，为什么不早点把南明路的秘密挖出来？那样也轮不到我来做网红了。"

"哎呀，我可以做你的经纪人！代理你的所有活动，给你开微博加V、经营微信公众号。我们还可以去直播网站做节目，对了，就直播你遛狗！节目叫《死神与少女》！肯定几十万人在线。对了，你不是擅长打游戏吗？还可以做游戏主播，每个月收到几百万打赏，数钱数到手软！想想就兴奋啊！"

"那是你，不是我。"

"我们一起赚钱，六四分成，我六，你四，耶！"看到盛夏毫无表情的面孔，霍乱随即改口，"哦，我说错了，你六，我四，耶！"

"你去死吧！火葬场都给我发万圣节派对请柬了，你却还想着从我身上赚钱，真不要脸！"

"赚钱有啥不好啊？我们就直播你的死亡！当癌细胞要杀死你的大脑时，我在旁边用手机拍摄，死亡直播——想想就让人热血沸腾！一个天才少女的临终救赎，我保证全球七十多亿人在线观看！那我们就发财了啊。"

盛夏皱起眉头，看着这个"奇葩"的霍乱，放弃了肘击他脑门的计划。

"死亡直播？好主意！"

"亲爱的，你答应啦？太好啦！就算你得癌症死了，你应得的部分，我也会原封不动帮你保管——五分之一给你修个LV级别的奢侈品坟墓，五分之一捐给慈善机构，五分之一拿去买互联网金融P2P产品，五分之一作为我的管理费，最后五分之一给你在精神病院里的妈妈。"

"滚你妈的！——对不起，你妈死了。"盛夏忽然想起一个人，"对了，小倩的爸爸怎么样了？"

"我哥？最近一个月都见不到人，我上门去找他借钱，铁将军把门，邻居说他刚搬家。前几天，在我妈的追悼会上，他才作为长子出现。不过，他的胳膊和腿都有问题，走路一瘸一拐，捧着遗像也很吃力。他说是最近骑助动车受伤了。"

"等一等，助动车？受伤？"盛夏看了眼死神，这条大狗领会了主人的意图，从地板上站起来，嘴里发出呼噜声。狗的牙齿被口水包裹，几周前刚咬过一个人，残留下人肉的DNA，"小倩爸爸现在在哪里？"

"他说最近换了工作，搬到了很远的地方。不过，老妈火化以后，我和他一起护送遗像去了他的住处——他是哥哥，按照规矩，我妈的遗像应该存放在他身边。"

盛夏猛地拍了下桌子："啥都别说了，你现在就带我去！"

半小时后，盛夏、霍乱加上死神，来到城市西端的一栋公寓楼下。

"上回我过来，这地方简直不是人住的！"霍乱贴着盛夏的耳朵说，盛夏又贴着狗的耳朵说："死神，死神！你可千万要安静啊！"

"你确认我哥有问题？"

"不管有没有问题，我感谢你能带我来。你算是立了大功一件，以后有你的好处。"

他擦了一把脸上肥肉的汗，念念不忘："那你得答应我死亡直播的要求。"

"就算我死了，还有这个人记得！"盛夏喃喃自语。

一辆白色大众车飞速驶入小区，斜刺里停在公寓楼门口，跳下瘦高个的男人。他有双鹰隼般的眼睛，立刻看到了死神与少女。

"这……不是叶萧警官吗？"

霍乱刚要转身逃跑，一只右手已搭在他肩上："看看这是谁啊？不是霍乱吗？"

"嘿嘿！您好！"

他哆嗦着去掏香烟，却被叶萧打落在地："老朋友，别客气！"

七年前，霍乱是个待业青年，参与赌球被叶萧逮住。他是小喽啰，其他人被判了刑，只有他被治安拘留。因此传说他是警方线人，害得他好久没敢露面，生怕无缘无故被人卸掉一只胳膊。

出门前，盛夏发了微信，说发现了焦可明灭门案的嫌疑犯。叶萧有些怀疑，他观察周边环境，十分脏乱差，几乎全都租给外来打工者，还藏着不少"楼凤"。

霍建彬为啥要住这里？五年前，他的女儿，十三岁的小倩，在失乐园被人奸杀，叶萧跟他对话过许多次。所有男性家属都被警方盘查过。有犯罪前科的叔叔，平常又经常跟被害人在一起玩，被叶萧关押审讯了二十四小时，确认不在现场才放出来。最让叶萧尴尬和觉得羞辱的是，专案组即将解散时，哭哑了嗓子的霍建彬，冲到公安局局长办公室，用红色记号笔在墙上写——如果警察没本事，家属亲自动手好了！

盛夏、霍乱、叶萧、死神，三人一狗，十条腿，一条尾巴，走进公寓楼的门洞。

先观察底楼的信箱，霍建彬住在三〇四室，信箱里塞满小广告。楼道里停了好多助动车，叶萧停下来问："喂，霍乱，你能认出哪辆车是你哥的吗？"

霍乱挠挠头，他虽然胖，眼睛却很尖，一辆辆看过来，直到最后那辆蓝色的车。

"好像是这一辆？"

楼道里光线昏暗，他打开手机照了照，后面箱子上有张贴纸——贾斯汀·比伯的大头贴，已经被磨得很旧了。

"就是这辆助动车！那个贴纸，是小倩生前贴上去的。"

盛夏想起来了，那两年，贾斯汀·比伯红得发紫，是许多少女的梦中情人。

死神也把两只爪子扒上去，认出了这辆助动车。

"但愿你们别搞错！"

叶萧发现这辆车经过改装，可以开到接近摩托车的速度。他打开手机，调出灭门案当晚焦可明家的小区监控——骑助动车的黑衣男子。虽然画面模糊，但从大体款式和车身结构来看，相似度非常高。叶萧正好穿着件黑衣服，跨坐上去模拟了一下。

盛夏拍拍手："OK！就是他！"

死神已经往楼上蹿了。三楼，破烂肮脏的防盗门前，叶萧摸了摸腋下枪套，按响门铃。

房里寂静好久，但助动车在楼下，霍建彬很可能在里面。叶萧拍了拍霍乱，低声说："轮到你立功了，你知道该怎么做！"

霍乱有几分痛苦，这下要亲手把同母异父的哥哥出卖了。他无奈地双手一摊，对着房门大喊："哥，我是阿弟，在家吗？有急事找你。关于咱妈的遗产，又发现了一张存折，还有一张房产证，咱妈原来是个富婆，快开门啊！"

盛夏听了硬憋着没笑出来，霍乱真是天生的骗子。

几秒钟后，门内响起脚步声，正当叶萧做好准备，只等门打开冲进去时，死神却忍不住狂吠起来。

它闻到了霍建彬的气味！

盛夏紧张地猛拽狗绳。房门内的脚步声消失了。叶萧站在楼道窗户边，半个身体爬出去。

一个男人从阳台跳了下去。

着黑色衣服，四十多岁，他叫霍建彬，是小倩的爸爸，霍乱的哥哥，灭门案的嫌疑人。

虽说从三楼跳下，但一楼有个塑料顶棚，霍建彬撞穿后滑落到地上。

"站住！"

再走楼梯来不及了，叶萧同样从三楼往下跳，整个人穿破塑料顶棚，坠落到一堆垃圾袋上。他抹掉一脸污水，继续追赶霍建彬。

盛夏与死神从楼梯跑下去，只有肥胖的霍乱跟在后面，像一家移动的肉铺。

几个人冲到小区门口，霍建彬已到了马路上。叶萧从腋下掏出手枪，犹豫要不要鸣枪示警，一辆火红色的保时捷跑车，以将近一百公里的时速冲来，直接撞飞了霍建彬。

四十多岁的男人，像散了架的木头娃娃，在半空中向后翻腾两周半转体一周半屈体，完成代号5253B的跳水动作……

霍建彬坠落到地面时，盛夏感觉眼前蒙上一层黑布，便失去了知觉。

她与嫌疑犯同时晕倒在地上，死神哀嚎着伸出舌头，舔她布满癌细胞的脑袋。

开保时捷的富二代，哆嗦着打开车门，同样晕了过去。

只有叶萧握着手枪，彷徨地站在太阳下，像个无处发泄的机械战警。

"我天！"

霍乱这才跑到路口，全身每块肉都在晃动。看到竟有三个人躺在地上，他误以为都是被叶萧当场击毙的，于是双脚一软，"肉铺"轰然倒塌。

深夜十点。

盛夏醒了。她惊讶于自己还活着，能看到病房的天花板，窗外黑漆漆的夜色。医生严厉警告她，必须住院治疗，否则随时会翘辫子。她想象自己把手伸进脑袋，拨开癌细胞编织的网，看到数小时前，在追捕霍建彬最要紧的关头，她却突然休克晕倒。盛夏不认为这是及时送医的功劳，而是死神的舌头救了她的命——好像只要做个开颅手术，让死神把癌细胞全部吃掉，脑癌就能痊愈似的。

"我不准你再离开这家医院半步！"

叶萧来了，脸色越发憔悴。这是个单人病房，他要单独跟她说话，医生识相地出去了。

"小倩的爸爸还活着吗？"

"在你昏迷后，我叫了一辆救护车，把车祸重伤的霍建彬，还有脑癌发作的你，同时送到了医院。他还活着，但是全身几十处骨折，失血过多，深度昏迷，也许活不过今晚。"

"这真糟糕。"

"有个好消息。经过 DNA 快速比对，已经确认凶手是霍建彬了。他的右臂、右腿，都有被狗咬的伤痕，胳膊少了一小块肉，从伤疤的形状、愈合程度来看，完全符合灭门案的情况。那一夜，死神咬过的那个男人，杀害焦可明全家的凶手，就是他！"

"可我为什么觉得，这是一个更糟的坏消息？"盛夏盯着他的眼睛，捋了捋耳边的红头发，好像又该去剪短了，"因为你说话的语气并不兴奋，双眼也没有神采，这不符合你的风格。"

"这不算什么！因为真相让我气馁！不仅是焦可明灭门案，还有五年前失乐园谋杀案。"

"你是说杀人动机——奸杀小倩的畜生就是焦老师？小倩的爸爸为了复仇，在五年后女儿的忌日，上门杀了他全家？还被女儿养过的狗咬了两口。"

盛夏的推理貌似无懈可击，但是脑中的癌细胞，不断撕扯着神经，只能咬着牙关把话说完，坚持着不昏迷过去。

"虽然都是死无对证，但我掌握了一些物证，可以形成一条基本完整的证据链。"他给盛夏倒了杯水，"你看起来好虚弱，快点睡觉。"

"死神呢？"

"我把它送回家了，我有你家的钥匙。放心吧，我给它喂过狗粮了，还清理了一坨狗屎。"

"谢谢你，好有爱心的警官。"当叶萧转身要走出去时，她追问一句，"喂，乐园有消息吗？"

"还想着他啊？很抱歉，警方依然在寻找乐园，还有左树人。"

"他们现在有危险吗？"

"也许有。"

盛夏皱起眉毛，看到手机就摆在病床边，气息奄奄地说："还有件事，求你了！你说过要教我巴西柔术的。"

"OK！等你病好了。"

她的表情像吃了老鼠屎："好吧，就当我没说，第二件事——能给我一副'宛如昨日'的'蓝牙耳机'吗？每天深夜，我都要进去体验的，欧阳小枝还在游戏世界里等我呢！"

"我怕你在玩的过程中再也不会醒来。"

"不用担心我，1999年的魔女，通过'宛如昨日'帮我解开了许多秘密——只剩下最后两道关卡了，我不想半途而废，更不想像焦老师那样功亏一篑。"盛夏抓着他的胳膊，"我打赌你身上肯定藏着一副！"

叶萧最经不起女孩纠缠，他掏出"蓝牙耳机"给她："明天还给我！晚安。"

这个男人走了，盛夏躺在单人病房里，捏着'宛如昨日'的硬件，上面还残留着他手掌心的温度。

谢谢你，叶萧。

子夜之前，她戴上"蓝牙耳机"，打开'宛如昨日'的游戏世界。电极穿过太阳穴，进入布满癌细胞的大脑……

第十二次体验"宛如昨日"——

隧道像产道，黑暗、温暖、潮湿、蠕动，偶尔剧烈痉挛。如同出生的记忆，一股活塞般的力量，不断推送她前进。出来了。像一颗酝酿数日的粉刺，爆裂脓头和鲜血。

鬼屋背后的排水沟。妈的，都被挖成天坑了，但在"宛如昨日"，依然是真实世界与游戏世界的连接通道，好像《黑客帝国》的电话。她从污浊的水沟爬出来，用力喘息和尖叫，向天空挥舞拳头，小鹿似的高高跃起，什么脑癌啊肿瘤的，全都不复存在。她的身体比奥运会冠军还健康，肌肉力量和爆发力以及耐力，简直惊人。

不过，失乐园消失了。

她看到的是一片沙漠。茫茫无边的撒哈拉。一座接一座沙丘，随着非洲内陆的风，海浪般滚动向前。她飞快奔跑，像头年轻的雌性猎豹，直到被一条大河拦住去路。对岸矗立着无数的金字塔，最大的属于法老胡夫，还有按照他的相貌建造的狮身人面像。当她准备游泳渡河时，身边的沙子开始颤动，全部冲向天空，像被龙卷风刮起……她看到一头怪兽，如同河马，但有坚挺的尾巴，肌肉又像犀牛，全身似铜墙铁壁，粗壮的四肢超过大象。它是公兽，对少女发出咆哮，惊天动地。她知道它的名字：贝希摩斯，创世纪的第六天，上帝用黏土制造了它——同时还有它的伴侣，海中的母兽利维坦。

她不害怕。尽管怪兽用脚指头就能踩死她。她选择向它竖起中指。她潜入温暖的大河，用各种泳姿奔向对岸的金字塔。公兽贝希摩斯无能为力，蹒跚着哀嚎，震动大地——统治海洋的母兽利维坦，已被这少女轻易地杀死。

她渡过尼罗河。不可思议，金字塔就在面前，底部小小的入口，仿佛"宛如昨日"的隧道。十九岁的图坦卡蒙法老，尸首尚藏于开罗的古埃及博物馆。她想要表达仰慕之心，顺便交换个微信。

地宫深处。欧阳小枝在等她，永不背弃的约定。两个魔女手拉着手，打破最后一堵墙，看到那口金色棺材，小房子般高。她们钻进去，里面同样是个木头棺材，像俄罗斯套娃，总共四层。最后一个，竟是水晶棺材。推开沉重的棺盖，揭开层层叠叠的布匹，发现一口人形的金像棺材，雕刻着图坦卡蒙的头像，美少年右手握着权杖，左手是冥王的神鞭，双手在胸前交叉。

图坦卡蒙法老的木乃伊。她与欧阳小枝，不像朝圣者，更像一对盗墓贼，揭开金面罩，揭开裹尸布……

盛夏闭上眼睛，准备面对法老的脸。当当当当当……

她蒙了，完全傻了，这是在开玩笑吗？

图坦卡蒙法老的木乃伊，竟是盛夏自己的脸——1999年出生，2017年死去的魔女。

如假包换，中国少女的脸，高三退学的十八岁少女，头发也是红色，苍白面孔，越发消瘦的脸颊。有人说图坦卡蒙死于蚊子叮咬，也有人说他是被人毒死的，现在真相大白，她原本是个女孩，并且死于脑癌。

一回头，欧阳小枝不见了，十七岁女孩的声音还在回荡："嘿，你必须自己发现真相！"

她跪倒在自己的木乃伊前，想象四千年后的人们发现她时，会是怎样的景象。还是陈列在博物馆？抑或拿切片去做研究？妈蛋！

身后传来急促的脚步声，盛夏再次看到那张脸。

阿努比斯。

古埃及狗头神，看守木乃伊，不就是它的本职工作吗？阿努比斯向她龇牙咧嘴，为什么要打扰法老的梦？这会让木乃伊永远无法复活。

她开始逃跑。她不知道为什么，它是爱上了自己，还是与自己有刻骨仇恨？怎么几乎每夜都会有它，都是追杀、追杀、追杀……在"宛如昨日"的游戏世界，阿努比斯背后的玩家是谁？乐园？左树人？还是什么东西？她沿着地宫飞奔。红色头发飞舞，像草原上的小羚羊，又像悬崖上的狒狒，更像山洞里的吸血蝙蝠。

阿努比斯锲而不舍地追杀她，狗头的阴影通过火光投射到她的后背。

她急刹车转向，钻入一扇小门，用石头拼命堵死。阿努比斯在外面撞击。糟糕了，她已闯入死胡同，没有出口的密室，并且堆满了木乃伊！

这些死去的人生前长啥样呢？

在阿努比斯的咆哮声中，她打开第一个木乃伊，居然是小倩！五年前被人奸杀的霍小倩，依然保持着在失乐园案发现场时的那张脸，在鬼屋背后的排水沟，被人活活掐死的苍白的脸。

揭开第二个木乃伊的裹尸布，却是个不认识的年轻男子。从第二个到第四十个，全都如此陌生。有男有女，年纪都在十七岁以上，四十岁以下——三十九个陌生人，三十九个鬼魂。

她明白他们是谁了。

还剩下三个木乃伊。先是个三十多岁的女人，看起来微胖，面容安详，犹如睡着。对啊，上个月还参加过她的追悼会——焦可明的妻子，她叫成丽莎。

下一个，不出所料，是小怪物，焦可明与成丽莎的儿子，脑袋仿佛被削掉一半的无脑畸形儿。五岁的孩子，依然安静地沉睡，嘴角露出诡异的微笑。

最后一个木乃伊。

烧焦的焦可明，被白布牢牢包裹，是唯一欣赏过自己的老师。她伸出手，想要触摸焦可明的眼皮，为他复仇。

突然，死人的目光如炬。焦可明张开嘴，露出乌黑的牙齿与咽喉，一口吃掉整个少女，吞到木乃伊的腹中……

2012 年 8 月 13 日，深夜十点，英仙座流星雨布满天空，犹如魔女的眼泪在飞。

南明路上的路灯坏了几个，靠着南明中学一边尤其昏暗，像无法消化的盲肠，残留不计其数的污垢与毒素。焦可明驾驶着排量一点二升的白色小车，大光灯射出很远，就像穿行在隧道。他的驾龄不足一年，学车时就以擅长熄火闻名，不知被教练骂过多少遍，开到沟里撞树也不是一次两次。今晚不知什么日子，南明路的卡车变少了。穿过学校门口，时速接近一百公里。

后座响起婴儿的哭声。

这声音就像一把锯，缓慢地锯开焦可明的心脏。他唯一的儿子，出生刚满两个月。调整中央后视镜，看到小婴儿的脸——没有脑子的怪物，似被切开一半的西瓜。无脑畸形儿，刚出生时把妈妈吓得昏迷。初为人父的他，大脑整个麻木。医生说没关系，无脑畸形儿的存活率为零，以后可以再生。但奇迹发生，孩子活了下来，这本该令人兴奋的消息，却让所有人，包括孩子的父母以及爷爷奶奶、外公外婆，感到万分沮丧！犹如噩耗当头……

母子俩到一个半月才出院，他去派出所给儿子报户口，填写原本就想好的名字：焦天乐。真是的，人们说名字往往与实际情况相反，天乐对这个家庭来说，无异于天灾。终于，第六十天，妻子提出要抛弃这个孩子，她不想让这怪物毁掉自己的一辈子，也包括怪物自己的一辈子，假如他能活到成年的话。如果，他注定不能活到成年，两三岁就夭折，为什么不早点结束孩子与全家人的痛苦呢？焦可明沉默了一个钟头，从不抽烟的他，下楼买了一包假冒外烟，接连抽了十根。他同意了。

8 月 13 日，对焦可明来说，是个重要的纪念日——选在这一天，既是天意，也是天谴。

天黑以后，妈妈给小怪物喂了最后一次母乳，落下两滴眼泪。焦可明将孩子放到车后座，缓缓开出小区，漫无目的地在大街上转悠。把他扔到哪里去呢？以前在电影里看到的弃婴，通常放到福利院门口。不过，活下来的无脑畸形儿，可能全世界只此一例，必然会按图索骥找到他。那时候，他这个高中计算机老师，就要被以遗弃罪判刑了。所以，这孩子不能活下来，最好默默死去，深埋在地底，变成小小的枯骨，直到世界末日——至少到焦可明自己的末日。

他想到了一个地方，南明路，失乐园。

十三年前，1999 年 8 月 13 日，欧阳小枝也在这块地方消失。从此，留下神秘莫测的魔女的传说。让魔女把焦天乐带走吧！这是他最好的归宿了。

焦可明继续踩着油门，眼睛却看着中央后视镜，还想多看孩子一眼，哪怕是个畸形怪物……

我才是怪物！一个声音从脑子里闪过的同时，车子撞了一下。

来自方向盘的剧烈颤动，就像野马分娩时的挣扎，透过掌心传递到大脑与心脏。一个黑影从风挡玻璃前飞起，他才想到刹车，四个轮子在原地转了一圈。

停车。焦可明系着安全带，胸口被勒得剧痛。后排座位的无脑儿依然被固定着，发出哇哇的哭声。他下车，默默祈祷只是条流浪狗。

路灯灭了一盏，他用手机照明，不是狗。

是一个少女。

像个中学生，穿着红色小裙子，鲜血流淌一地……他颤抖着趴下来，看清了她的脸，好漂亮啊。血污正从口鼻中涌出。他摸到女孩胸口，好几根肋骨折断，也许骨头刺破了肺，导致内出血。她的心跳在减慢，脉搏微弱，直到归零。

她死了。

焦可明快要疯了。这是一起交通事故，但责任完全在他身上。半小时前，他路过一家超市，买了瓶白酒。他害怕没有勇气杀死自己的孩子。听说喝过白酒，就会暂时放下恐惧，什么样的坏事都能做出来。滴酒不沾的他，强迫自己喝了一小杯。刚开始感觉没事，酒也没上头，不过如此。此刻，酒精渗透到每一根血管，全身像被绑到火刑架上……

酒后驾车肇事致人死亡，要判多少年徒刑？

他想到了死，想到了自杀，想到了跟孩子一起自杀。他听到女孩的鬼魂在哭。英仙座流星雨在飞。十三年前，魔女的眼泪。欧阳小枝。南明路。魔女区。三十九个鬼魂。

焦可明做出了决定。

这是南明路，靠近主题乐园。周围没有其他车辆，更没有行人。十年前，这是工厂废墟，大烟囱还在。就是那个地方，现在变成乐园里的鬼屋。他把车停在路边的阴影里，保证没人注意到。失乐园与南明高中之间，有个狭窄的空间，魔女区就在这里。他原本想要把女孩扔在地下室，但舱门无法打开。他放弃了这个念头，背着女孩继续走。右边的围墙有个缺口，里面就是主题乐园。他艰难地带着女孩翻越围墙，一路走到鬼屋背后的排水沟。

一个活人都没有。

不能让人知道女孩是出车祸死亡的，这样警察很容易查到焦可明。不过，孤身一人走夜路的女孩，很容易成为变态色狼的目标。以前南明路上也不是没发生过这种事。年轻姑娘被人尾随强奸杀害，尸体被抛弃在荒野或河道。至于撞车造成的严重骨折，可以理解成凶手力大无穷，是个残暴的虐待狂。

最后，还差一样——强奸。

自己是绝对无法完成这件事的，焦可明的双手战栗，慢慢褪去女孩的底裤。他找到一根光滑的小树枝，刺入她的身体。继续有血流出，到此为止，不能太过分，以免穿帮。他将这根树枝扔到远处的树丛中——就像树林是树叶的最佳隐藏地。

"对不起。"他在女孩耳边说。他将尸体留在排水沟，正要转身离去，一只手抓住了他的胳膊。

老天哪！她还没死，或者说，还剩下最后一口气。刺入下身的树枝，反而把她惊醒了吗？

她在垂死挣扎，喉咙里发出含混的声音。焦可明的头皮发麻，心脏就要爆裂。他无法摆脱，真想现在死掉算了。但是，就算逃跑又能如何？这女孩会活下来，带着警察把他抓住，把他当作变态杀人狂，然后……

焦可明转身掐住女孩的脖子，用力，再用力，就像真正的变态杀人狂那样用力。

天上的英仙座流星雨是唯一的目击证人。

她死了。

彻底死了，不可能再活过来，鬼魂升上天空，或者沉入地狱，她是第四十个。

焦可明慌乱地处理现场。还好，他原本就毛发稀疏，畸形儿诞生后，他一气之下剃了个板寸。夏天穿得少，哪怕是一粒纽扣，一根头发，一组 DNA，都不能留下来。

终于，他告别鬼屋背后的排水沟，告别被他撞死又用树枝强奸最后掐死的女孩。

告别欧阳小枝，告别工厂废墟和大烟囱，告别三十九个鬼魂。

穿越失乐园的围墙与魔女区，焦可明原路返回。白色小车停在路边。他仔细查看了车祸发生地，距离主题乐园大门还有三百多米。风挡玻璃居然完好，车头部分有明显的凹陷。他把车上的坠落物，全部清理到后备厢。地上有些血迹，他用矿泉水冲刷掉。不过距离尸体遥远，警察很难勘查到这里。

回到驾驶座，他才想起儿子。无脑畸形的小怪物，依然在后排熟睡，嘴角露出诡异的微笑。焦可明第一次发现儿子会笑。他哭了，抱着脑袋痛哭。泪水打湿衣服——已被女孩的血污浸透。

他脱了上衣，抱着畸形儿，说："对不起……对不起……对不起……"

刹那间，焦可明做出一个决定，无论如何，都要把这孩子养大。为了自己，也为了被自己杀死的女孩。焦天乐的命，是那个女孩的命换来的啊。

酒，全都醒透了。英仙座流星雨继续飞。焦可明重新启动白色小车，飞快离开南明路。经过一座大桥，他将沾满血污的衣服扔进河里，找块布把身上擦干净。

回到家，他眼睛红肿，光着上身，抱着无脑畸形的儿子。面对妻子错愕的脸，焦可明没说杀人的事，也不解释衣服去哪里了，只说了一句——

"活下去！我们都要活下去！"

第十七章　父亲的选择

五年来，他一直想着为女儿复仇。始料未及的是，一旦真凶就在眼前，他才发现自己根本没有杀人的胆量。他已做出了决定。

十六年前的今天，叶萧坐在公安局信息中心的值班室里，看到大屏幕上的"9·11"事件的新闻画面，纽约世贸中心双塔冒出浓浓烈焰，彻底坍塌，他第一次感到手心发麻，像千万只小虫子钻进血管里。

上午八点，叶萧的手掌依然发麻。他努力控制方向盘，穿越通往东海边的高速公路。天色阴沉，海上浓云滚滚，眼看又是暴雨一场。公路尽头，是宛如昨日研发中心。夹竹桃与芦苇丛中，停着好几辆警车。

左树人的右手被发现了。

在这栋两层小楼的玄关处，一根绳子从天花板垂下，末端挂着一只手。

右手。

从手腕处整齐地切开，就像冬天过年时挂在阳台上的腊肉，距离地面大约一米七五。手指被人故意掰过，掌心朝下，五指分开——食指翘起，正对着叶萧的眼睛。拇指朝向侧面，中指、无名指、小拇指都是自然垂下。

昨天，在失乐园的旋转木马上，叶萧看过无数遍左树人的左手。人的双手

293

对称生长，除了指纹与掌纹，以及右手略粗壮些（左撇子相反），左右手应该一模一样。

这只悬挂在半空的右手姿态，感觉似曾相识，但叶萧从没接触过类似案件——把被害人的手切下来，放在警方最易察觉的位置。显然，这是凶手对警方的挑衅。

宛如昨日研发中心，两天前已被公安局控制，二十四小时都有警察值班。凶手在清晨时分，潜入底楼门口，在天花板吊起这只右手，居然未被发现，摄像头也被事先遮挡。

叶萧判断这只手，是在昨晚被切下的——就是说，左手先被切下，送到失乐园的旋转木马。隔了一天，这只右手再被切下，送到数十公里外的研发中心。

两只手都没有腐烂迹象，更没有被冰冻冷藏过，这说明左树人极有可能还活着——至少在他的右手被切下来前。失乐园是左树人拥有的地皮，也是曾经的南明医药化工厂，当年爆炸事故的发生地和三十九个死难者的埋骨之地。而海边的宛如昨日研发中心，同样是左树人的产业，近期他最常所在之处。选择这两个地方，铺开本市的地图，正好一左一右。左手放在左边的南明路，右手放在右边的海岸线。

凶手像个行为艺术家，精心策划了所有行动。他还是个美术爱好者。叶萧三年来只休假过一次，独自去意大利旅行了七天。在梵蒂冈的西斯廷教堂，他仰望过一幅米开朗琪罗的壁画，同样也是在天花板顶上，那幅画叫《创造亚当》。画中有一老一少。须发皆白的老人代表上帝，赤身裸体的小伙子代表亚当，两人乍看如同父与子。上帝的右手，亚当的左手，互相指着对方。两根手指，几乎就要接触，但空出一丁点缝隙，灵魂就要从老人的右手食指尖，跳到小伙子的左手食指尖……这是人类被创造的刹那，曾经有医生认为，画面上上帝的那部分酷似人类大脑的剖面图。

1999 年的日剧《魔女的条件》也用过这幅画，代表松岛菜菜子与泷泽秀明师生之间的距离——欧阳小枝消失与盛夏出生的那一年。

这幅米开朗琪罗的画，仿佛从罗马射出一道光，穿越几万公里的尘土，直接照入叶萧的脑子，让他隐隐明白了某一点。

忽然，叶萧的手机响了，接起来听到守在医院的小警察说："霍建彬醒了！"

"哦？"

他的手指碰到某个键，声音听不清了，刚要放下来调整，右手剧烈抖动，手机啪一声摔到地上。脆弱的 iPhone 6 啊，屏幕粉身碎骨，无法开机。

为什么自己还活着？

盛夏睁开眼睛，依然躺在病房。窗外，天空阴沉沉的，茂盛的树冠上鸟在鸣叫，尚未受到南明路有毒气体的影响。她能自我感知到，癌细胞又扩散了一圈。也许眼睛、鼻子、耳朵、舌头都要长癌了。

枕头边是一副"蓝牙耳机"。昨晚，她打开最后一个木乃伊，进入焦可明的记忆库。五年来，一直困扰着她的噩梦，死去的小倩，终于有了答案。

自从"宛如昨日"被发明，焦可明拿到带有 VR 功能的"蓝牙耳机"，必定无数次深入体验过。而他最痛苦的一段记忆，隐藏在服务器里，可能是某个加密的文件夹，叶萧和盛夏都未曾发现。游戏世界让她挖出了真相——金字塔——地宫——棺材——阿努比斯的追杀——密室里的木乃伊——焦可明。

两桩貌似毫无关系的案件，都发生在 8 月 13 日，但相隔五年。2012 年案件的凶手，正是 2017 年案件的被害人。有了五年前这一天的凶案，才有了五年后的复仇。

这就是叶萧所说的"气馁"吗？真相竟是这样？五年前，以及五年后，警方的调查方向，从一开始就误入歧途……

焦可明为什么半夜开车到南明路？因为他要抛弃无脑畸形儿。为什么畸形儿会诞生？因为南明路工厂废墟的化学污染——多米诺骨牌，蝴蝶效应，消失的欧阳小枝来不及披露的秘密，连夜雪在爆炸事故调查组面前撒的谎。

十八年前，妈妈播下恶的种子，女儿正在赎罪——盛夏将头埋入病床深处，呼吸无数死人呼吸过的纤维，任由癌细胞野蛮生长。

除了我，还有谁在赎罪？鼻子里还充满乐园的气味，在肿瘤君吞噬所有记忆前。她手指抓到"蓝牙耳机"，打开"宛如昨日"APP，选择重温记忆世界……

穿过一条又一条隧道，经过9月3日的深夜。她从失乐园出来，坐上乐园的皮卡，来到南明路尽头的荒野，那里有栋孤零零的小楼。里头有许多奇怪的东西，乐园也说了一些奇怪的话。像是个实验室，还有畸形人的标本，怪物博物馆，甚至有秘密的地下室。

她倒回去看了三遍，注意到生锈的门牌号码：南明路799号。

退出"宛如昨日"，盛夏使劲抓了抓头发，祈祷癌细胞不要马上杀死自己，或让自己变成白痴。她用手机上网，搜索南明路799号。答案很快就有了，九十年代末，左树人的公司跟医科大学合办的实验室，企业承担科研经费，成果可转化为商业用途，学校提供教授与研究生。几年前，实验室被废弃，但产权仍在左树人名下，不知为何始终没被改造过。警方为什么没有搜捕这里？因为，左树人的产业多如牛毛，光房产就有几十处，更别说各种公司与机构。

火象星座的人一秒钟都等不及，她拔掉手上的输液管，好像还有力气走几步。她换上短裤和T恤，胸口挂着骷髅链坠，在单人病房的卫生间洗了把脸。又瘦了一圈，皮肤更苍白，眼眶略微发黑，好难看啊！乐园会讨厌我吗？如果他讨厌，就让他去死！

盛夏打开一道门缝，看到走廊里守着个小警察——妈的，又是叶萧安排的，防范她从医院溜走，或者有变态杀手来害她。

成了监狱！她在狭窄的病房里徘徊几步，推开三楼的窗户。外面有棵粗壮的橡树，枝丫从窗边穿过。她半腾空出去抓了抓，感觉还结实，反正自己不到九十斤了。双手双脚虚弱，仿佛在云中漫步，但她还是选择爬出去。

五分钟后，盛夏来到地面，光光的两条大腿，被粗糙的树皮磨得通红，几块嫩皮在流血。低头走出医院，身上有几十块现金，她拦了辆出租车，前往南明路。

车窗上出现雨点，紧接着下起暴雨。风挡玻璃上的雨刮器，忙活地摇摆，掀开一层层瀑布。南明路在烟雨中越发模糊，前头有公安局设置的路障，出租车无法通行。司机只能绕行一条岔道，从失乐园与南明高中的背后，开了个远远的 C 字形，最后抵达南明路 799 号——距离路障的另一头，只有数百米。

她孤零零下车，没有伞，瞬间成了落汤鸡。司机迅速离去。荒野中的三层楼，门口剥落的牌子，无法分辨字迹。雨水中浸泡着好多乌鸦与老鼠的尸体。经过杂草簇拥的小道，房子背后有扇小门。她躲在屋檐下，给叶萧打电话——为什么不在出门前找他？因为那样她就出不了医院了啊，笨蛋！

对不起，您拨打的电话已关机。

盛夏捏着手机，问候了叶萧一万遍：大叔，你还活着吗？

等不及了，手机快要没电了，该怎么办？

一只陌生的手从门缝里伸出来。她要把门关牢，但已没有力气。癌细胞让她虚脱。原本准备好的泰拳动作，致命的肘击与踢腿，只能停留在想象中。那只强壮的右手，像利维坦或贝希摩斯的爪子，握紧她的脖子，封住她的嘴巴。

豪雨倾缸，似英夷之箭。

上午十点。

医院四楼的 ICU 病房门口，叶萧焦虑地来回踱步，吩咐手下帮他去买部新手机，哪怕二手山寨的都行。医生同意他进入病房，但不能超过一小时。

监护仪、多功能呼吸机、麻醉机、心电图机……叶萧不是第一次进入 ICU 重症病房，他换上医生的衣服，确保没有带入细菌。完全认不出霍建彬了，这个四十岁的男人，被一辆保时捷撞得粉身碎骨，也许只有大脑和心脏完好。胸口和脖子插满管子，四肢包得犹如木乃伊，整个脑袋也被纱布裹住，只露出眼睛、鼻子和嘴巴——莫名其妙地想起图坦卡蒙法老。

霍建彬的眼睛睁着，看到叶萧眨了眨眼皮。护士为气管做了处理，让他暂时可以说话，但不能用力，必须贴着嘴巴才能听清。

"对不起，你如果听我的，就不会有这个结果了。"叶萧尽量让自己的语气温柔，虽然这会让自己产生厌恶，"说说看，你为什么逃跑？"

"小倩。"

果然，他的声音微弱得像蚊子叫。

"嗯，辛苦你了，请从头说起吧，你是怎么发现焦可明的？"

ICU 病房很安静，只有输液管里的滴水声，电子仪器的运行声。霍建彬却闭上双眼。叶萧不动声色，耐心等待了两分钟，终于等到回答。

"要从……从今年……7 月说起……"

叶萧把耳朵贴着他的嘴边，不仅感到他的气流，还有气管深处的血腥味。断断续续，像弥留之际的遗言，他听完所有的故事。

7 月。

霍建彬刚到宜家超市上班，九点钟关门，他才能骑助动车回家。那一夜，他选了条近路，经过一个小区门口，看到有条黑色大狗。路灯明亮，这不是死神吗？绝对不会认错，女儿养了五年的狗，第一个赶到杀人现场的目击者。女儿死后，这条狗也离家出走了。牵着狗的男人，三十多岁，戴着眼镜，满脸阴郁之气。他为什么半夜里遛狗？死神为什么会接受新的主人？

第二天，霍建彬再次来到这个小区。这里的保安松懈，他可以随意出入，躲在暗处观察。他又看到那个男人，开着一辆破旧的白色小车。霍建彬知道案发期间，南明路上的摄像头，拍下过一辆白色小车——叶萧警官让他辨认过这辆车。看起来有点像啊！他记住了对方的门牌号码，住在七楼，还有死神。

他没有报警，而是选择自己解决问题，调查这个男人的底细——焦可明，南明高级中学的计算机老师，就在失乐园的隔壁教学。焦可明在这里读书工作了十几年，可以说对案发地了如指掌。中学老师经常会接触女生，以往不是没发生过这种性侵案件。小倩被害以后，警方确实调查过她的老师。但她只是初中生，学校距离案发很远。没人查过失乐园隔壁的南明高中，何况当时还是暑期。

8月13日，霍小倩的五周年忌日，度过五年地狱生涯的霍建彬，选择去女儿被害的地点纪念。深夜，他穿一身黑衣，骑助动车，到达废弃的主题乐园门口。潜入失乐园，找到鬼屋后的排水沟，还带着冥钞和锡箔纸。他发现那里有个人影，燃烧起微弱的火光，照亮那张脸——焦可明。

南明高中的计算机老师，跪在地上抽泣，那堆火不晓得在烧什么。等一等，是鲜花。焦可明握着一大捧鲜花，一枝一枝，一瓣一瓣，慢慢投入火中，烧给地狱里被他杀害的女孩。

就是焦可明，如果他不是凶手，为什么会在这一夜，来到作案地点，祈求被害人冤魂的原谅？

霍建彬想冲上去，从背后勒死这个男人，就像这个男人对小倩做过的那样。但焦可明转身离开，步行的速度飞快，简直就是小跑，明显是做贼心虚。霍建彬跟在后面，不敢大声出气。

在南明路边，焦可明上了一辆白色小车。霍建彬骑上助动车跟踪。这辆车经过改装，可以接近摩托车的速度。白色小车开得很慢，始终没被拉开距离。

十几分钟后，骑助动车的黑衣人霍建彬，跟随焦可明的白色小车，进入小区大门。为了不被摄像头拍到，他没有乘坐电梯，而是从楼梯跑上七楼。也许是坐电梯等候时间太久，焦可明在自家门口撞见了他。

一刹那，看着不速之客的眼神，焦可明感到了什么，因为那天是 8 月13 日。

霍建彬还没动手，焦可明先说话了："我们聊聊好吗？"

他一愣，焦可明打开门。死神叫了两声，却看到熟悉的霍建彬。大狗安静了，还向他摇起尾巴。霍建彬很紧张，但他的第一句话是："这是小倩养过的狗，它叫死神。"

焦可明盯着大狗的眼睛："我明白了，它是被女孩的灵魂派来催我赎罪的。我等了五年，这一夜，终于等来了。"

然后，他承认了一切——

五年前的夜晚，南明路失乐园门口，他原本要抛弃自己的无脑畸形儿，酒后开车撞到十三岁的霍小倩。他误以为女孩死了，将她转移到鬼屋背后的排水沟，造成强奸杀人的假象。当小倩突然活过来反抗时，却被慌乱中的他掐死……

整个叙述的过程，霍建彬强忍着愤怒，泪水浸透黑衣，右手摸着背后的尖刀——最近半个月，一直悄悄被他藏在身上，随时准备复仇。

"你可以杀了我，但不要在今晚。我还有重要的一件事没完成。"焦可明指了指笔记本电脑，有个 word 文档已写得密密麻麻，"等我把这篇文章写好，明天发布到微信公众号，一切都可以了结。到那时，我把选择权交给你——是你亲手杀了我，还是我自杀？或者去公安局自首？或者你直接报警？由你决定！"

看着焦可明无所畏惧的目光，霍建彬却害怕到了极点。他背后的手在发抖。死神察觉到了什么，警惕地靠近他，拼命嗅着他的裤腿。

"你说你有个畸形儿？"

被害人的父亲没来由地问了一句，焦可明点头说："我有孩子，他正跟他妈一起在里屋熟睡，请你不要吵到他。"

焦可明拿出一家三口的合影，妻子板着一张脸，他也表情严肃，只有无脑畸形儿在微笑。

"我儿子生下来就这样，他能长到五岁，是一个奇迹。我是一个失败的爸爸。但在今晚，在我赎罪的日子，我要为他做一件事，也是为了无数别人的孩子。"

"我也是个爸爸——曾经是。"霍建彬摸了摸照片，发紫的嘴唇沾着鼻涕与泪水，"我们住在南明路附近。我女儿三岁那年，她妈得乳腺癌死了。我一个人把女儿养大到十三岁。你不知道，我有多么喜欢小倩。"

"对不起。"

"五年前，女儿一宿没有回家，我到处去找她，走遍了补习班、学校，还有南明路，唯独漏掉了失乐园。第二天，我接到警察的电话，说发现她的尸体。那时候，我就发誓，如果找到凶手，我要亲手杀了他。"

焦可明说了第二遍对不起，跪在被他杀死的女孩的父亲面前："我不祈求你的原谅，我只祈求再多活一晚。明天早上，你可以杀了我。"

已近子夜，霍建彬脸上的肌肉在颤抖，眼皮狂跳。他站起来，又坐下，再站起来。五年来，他一直想着为女儿复仇。始料未及的是，一旦真凶就在眼前，他才发现自己根本没有杀人的胆量。他已做出了决定。

"明天，我打电话报警，请你不要离开！"

"我答应你。"焦可明继续跪着，头磕在地板上，"谢谢！"

"但有一个条件，让我把死神带走！我不希望小倩养过的狗，还在凶手的家里。"

"可以。"焦可明看着已经养了一年的大狗说，"你走吧！回家去吧，永远别再回来！"

霍建彬抹了把鼻涕和眼泪，打开门，让死神跟着他走。然而，死神对前主人龇牙咧嘴，发出凶狠的呼噜声——它不愿离开小主人无脑畸形儿。

"你敢对我凶！忘恩负义的狗东西！"

没有勇气杀人的霍建彬，把怨气全撒在狗身上，重重地一脚踢中死神——谁能想到，死神张开大嘴，咬中了他的右腿。这条狗从未咬过主人。也许在外流浪多年，它的脾气性格变了，加上已是十岁的老狗，更让人捉摸不定。

死神一旦展开攻击，它就会变成真正的死神。

霍建彬忍着腿上的剧痛，扶着墙往外逃窜。死神紧跟在后面。来不及等电梯，只能从逃生通道往下跑。一人一狗，一路生死追赶，直到小区地面。已过午夜，没人看到他的脸。他又被死神咬了好几口，原本准备杀人的尖刀，一把刺入死神的脖子。

终于，猛兽的攻击暂停，它趴在地上流血，喘息，哀嚎……

霍建彬找到助动车，忍着全身伤痛，戴上头盔，迅速离开。路上他几乎昏厥，艰难地回到家。他没去医院治疗，更没有打狂犬病疫苗，而是自己上了点药。

第二天，他从手机新闻里看到焦可明灭门案的消息。他不知道为何会发生火灾，是谁酿成的灭门惨案，又是谁在为小倩复仇，但他必须保守秘密。他在案发前到过现场，还被死神咬伤过，身上带着凶器，所有人都会觉得，他就是凶手。霍建彬仓皇失措地搬家，辞去在宜家的工作，找了个便宜的群租房。他准备先躲几个月，等到警方找到真正的凶手。

是的，他这一辈子从没杀过人，最多只伤害过一条狗。在死以前，他想把这个秘密说出口。

灭门案的真凶到底是谁？

叶萧走出 ICU 病房，脱掉白大褂，解开领子，像刚体验过"宛如昨日"，溺水般大口喘息。

8 月 13 日，子夜，焦可明家里发生了什么？霍建彬是口吐真言，还是为了开脱罪行，编造了一通谎言？

擦掉额头的汗水，叶萧摇晃着到医院三楼，右手还是止不住地发抖——医生给他做了检查，说可能是化学物质中毒的后遗症。该死的！这是拿枪的手。

三楼，盛夏的病房门口，小警察在玩手机，说她一上午都没出来，估计还睡着呢。

没精神骂人，叶萧打开房门，连个女鬼都没有。窗户敞开，两只麻雀在躲雨，打情骂俏。他趴到窗台边，拳头在墙上砸出个坑，直接从三楼跳下去。空气里都能闻到癌细胞的气味。他的新手机刚送到，但盛夏已关机。

叶萧的手不能开车，刚考到驾照的小警察哭丧着脸，坐进暴雨中的白色大众。他们惊险迭出地开到南明路，要不是叶萧的左手拉了手刹，恐怕就要从一座桥上飞出去了。

先到盛夏家，他用钥匙打开防盗门，闻到瑞典鲱鱼罐头气味的同时，死神狂吠起来。昨天，他刚给死神喂过狗食，这条狗对他摇尾巴。他给死神套好项圈和狗绳，在狗耳边说："我们去找你的主人！"

小警察胆战心惊开车，载着叶萧和死神，通过公安局的路障。失乐园，鬼屋地下挖出的数百吨泥土已被运走。但这并不保险，当年医药化工厂占地面积很大，需要长期无害化改造。南明高中则要无限期停课，对面高档小区正在疏散，整个地块拉出三道不同程度的警戒线。所有清除工作完成后，是等待环境自净的漫长过程。专家组评估要彻底消灭污染残留，为时约一百年。

1999 年，欧阳小枝的预言没错——这块土地遭到了诅咒，将要持续整整一百年。

狂风暴雨，他牵着黑色大狗，就像每个上午，死神与少女在这条路上搭档巡逻。摩天轮摇摇欲坠。原来鬼屋所在的天坑，又被地下水灌满，仿佛藏着恶龙或怪物。死神拼命用鼻子嗅着，期望闻到盛夏的气味，对着深潭猛烈吠叫。

突然，死神转回头，四条腿奔向旋转木马——昨天发现左树人的左手之地。

叶萧几乎被拖到地上，才发现那里聚集了一群东西。为什么说是"东西"？因为远看的话，这些"人"，实在都不像人，但又不是动物。

是畸形人。

昨日马戏团的帐篷已打开，许多侏儒和小头畸形人，忙碌着安营扎寨。他们要把旋转木马当成家，可以挡风遮雨。双头人骑在木马上练习 hip-hop（嘻哈），六条胳膊的哪吒勤学苦练街舞。

叶萧使劲牵住死神，抓住个打扮成红皇后的女侏儒问："为什么要回来？这个地方有毒，快点离开！"

"我知道有毒啊，但我们没有别处可去。你是警察先生吗？我听说过你的事，你好棒的！"

大头侏儒的口才不错，操一口港台腔，想必是经常上台表演的老油子。他们不是不想回归社会，但哪里又容得了这些怪物？福利院不会收成年人，在收容所顶多吃几天饭，跑到街上连流浪狗都要欺负他们。他们注定只能四处流浪，回到失乐园的大帐篷，哪怕这片大地有毒。

"阿努比斯回来了！他还送给我这个。"

女侏儒摊开双手，左右手的掌心里，各自抓着一枚黑色石头——沉甸甸的，几乎要压弯她的胳膊。

是欧阳小枝的铅笔盒里的黑色石头。叶萧从没见过这两个东西，但死神开始疯狂嚎叫，对着另一个方向，大雨如注……

大雨停了吗？

反正盛夏看不到。她从昏迷中醒来，癌细胞让人脱力，感觉发高烧，像被绑在火刑架上炙烤。这是间密室，没有窗户，没有灯，就像坟墓。不知多久以前，她来到南明路799号，遭到一只手的袭击。是啊，她只记得那只手，然后昏迷。这里有股怪怪的味道。这是地下室吗？还是"宛如昨日"的游戏世界？或者，我已经死了？

在微弱的灯光里，她看到了乐园。他的面色很糟，也许饿了四十八个小时。她抱住这个男人，用拳头砸他的脑袋，呜呜地说："坏蛋！你干吗逃跑了！"

"你怎么来了？小白痴，你必须躺在医院里。"

乐园搂着她，几乎摸到癌细胞分裂的震动。那天清晨，他从家门口逃跑。十八岁的魔女，尚窝在他的床上熟睡，发出轻微均匀的鼾声。红色短发，像黑色床单上的一摊血。她的睡姿真难看，两条腿分得很开，屁股对着外面，露出整个后背。离别前，他帮她盖好了被子。

然后，他在门外遇到叶萧。但他不想被警察带走。他选择逃跑，哪怕被子弹击中。他翻越大桥栏杆，跳下浑浊的河道。水很深，至少有五米，可通行两千吨的内河集装箱船。他是个游泳高手，能憋气游出去很远。他从一艘拖轮船舷边浮出水面，躲过叶萧的视线。他藏在船舱角落，越过百舸争流，在长江边上的码头靠岸。他像条淹死的鱼。

乐园来到这个地方，他在等待一个人，想把最后一点话问清楚，再亲自送对方上路。

"你在等左树人？"

"嗯。"

乐园指向密室角落的阴影，原来还有第三个人。穿着阿玛尼白衬衫的老头，脸上暗红色的伤口结痂，如同蜈蚣爬过鼻子，这是盛夏送给他的礼物。

左树人躺在地上昏迷着，左右手都是光秃秃的，从手腕处整齐地被切断。

乐园给他做了止血措施，否则可能已经变成尸体了。

若不是四肢乏力，盛夏就要抽他耳光了："你为什么要救他？让他死了不是更好？为那么多人报仇。"

"如果他死了，还有许多真相，就永远埋在坟墓里挖不出了。"

"他对你有恩，你对他还有情义，是吗？"

"嗯，你看过《悲惨世界》，就知道，就像冉·阿让从德纳第夫妇的小酒馆带走了珂赛特，左树人拯救了我——欧阳乐园。

"1999年，我爸带我去左树人家做客。那时候，他就住在大别墅里了。我好羡慕那么大的房子。我家又小又破，经常挤在小阁楼过夜。而他一个人住了三层楼，房前屋后还有花园和草坪。左树人陪我下围棋，让了我九个子。他是个温文尔雅的中年男人，有文化，有教养，是绝对的社会精英。他送给我爸一套昂贵的国外邮票，他知道我爸喜欢集邮。他又送给我一台快译通，帮我学习英语。他带我参观了别墅的地下室，有全套的脑神经学科图书，还有大脑结构的模型，甚至有真实的人脑切片标本。我从小梦想做个医生，而他曾是医科大学的教授，脑神经学科的专家。从那时起，我就把他当作偶像，发誓要成为像他那样的人。"

盛夏苦笑了一声，离他远了半尺："而你终究是那个世界的人。"

"那一天，我爸提起欧阳小枝，说她有严重的癫痫，每次在家里发病都很吓人。左树人说他专门研究这种病，小枝爸爸生前跟他情同手足，他会把小枝当作自己的女儿来治疗。"

"我懂了……"

因为癌症而同样有癫痫的盛夏，低头看着失去双手而昏迷的左树人，捏紧双拳。

又是一道光，居然是一盏蜡烛。密室里摇曳的烛火，照亮了一张脸。

密室中的第四个人。

她本以为自己不会害怕的，但她依然恐惧到了极点。在这世界上，还有什么会让魔女感到毛骨悚然？

　　阿努比斯。

　　他不是人，也不是狗，想必也不会是人犬杂交的产物，他是神。

　　古埃及的狗头人身之神，掌管木乃伊的灵魂，保佑人们死后可以复活。两个乌黑的眼珠，尖利的狗嘴张开，露出一排锋利的牙齿。狗脖子下面，却是成年男人的身体，裹在一件宽松的亚麻衣服里。

　　五年前，在小枝遇害的排水沟，盛夏看到过这张脸。五年后，在废弃的鬼屋，她也看到过这张脸。有人怀疑阿努比斯根本不存在，或者，只存在于游戏世界。现在，他无比真实地站在面前，腥热的呼吸直扑上她的脸。

　　盛夏想要抬起手反抗，癌细胞却让她只剩抬起眼皮的力气。乐园的腰上绑着铁链条，移动半径不超过一米。他与左树人从昨天起，都成了阿努比斯的阶下囚。

　　阿努比斯的左手放下烛台，照出这房间的四壁，右手伸出来，献给她一枝枯萎的玫瑰。

　　玫瑰代表什么？暗红色的玫瑰——枯萎象征女人的死亡吗？他沉默地把玫瑰放在盛夏嘴边，拿出一个金属托盘，像西餐厅里送上牛排，却供奉着一副"蓝牙耳机"。

　　阿努比斯的命令：戴上它，打开它，深入它……

　　第十三次体验"宛如昨日"——

　　"宛如昨日"里。

　　暴雨将至。暴雨已至。暴雨已停。暴雨又将至。暴雨又已至。暴雨又将停。暴雨……

　　暴雨中的失乐园，像被强奸过无数遍，事后不断淋浴冲洗直到死的少女。

暴雨冲刷板结的泥土，打断粗壮的树干。摩天轮，带着许多个轿厢，轰然倒塌，就像被定向爆破。旋转木马被推土机铲平，如同横尸遍野的沙场。白雪公主的城堡被鞑靼人攻克，七个小矮人被抛进油锅煮熟了，肤白如雪的金发公主，赤裸着被扛进可汗大帐。失乐园化为废墟，拆迁队撸着袖管，等待再造个新天地。暴雨泥泞的大地上，南明高中都不复存在，只剩下魔女区。

一个少女，十七岁，扎着乌黑的马尾，穿着九十年代的运动服，走出地下室。

她是魔女。

她从书包里掏出一个铅笔盒，上面是蜡笔小新的装饰，打开有个布娃娃，还有两块黑色石头。她坐在大雨中，衣服头发全被淋湿。她用力碰撞两块陨石般的石头，嘴里念着无人能懂的咒语（也许是她妈妈的母语）……

突然，沼泽般的废墟瓦砾间，冒出许多泥泞的人。他们从地底下钻出来，像溺死的人刚得救。最年轻的十七八岁，最年长的不过三四十岁，大部分是男人，也有几个姑娘。

三十九个人。

不用数，她知道——这一夜，他们全部复活，阿努比斯守护着他们的灵魂，以及在图坦卡蒙的金字塔里的木乃伊。

欧阳小枝微笑着，美得让高原崩塌，让云层坠落，让北冰洋融化。她带着三十九个人，走向被暴雨毁灭的世界……那里有新的大地，新的天空，还有新的海洋。

最后一个人，也从泥泞中爬出来，全身黑色淤泥，让人无法看清他的脸。

但他是第四十个人。

他蹒跚着走向盛夏，手捧一枝枯萎的玫瑰。密集的雨点如同瀑布，冲刷掉他脸上的污垢，露出一张怪物中的怪物的脸。

怪物中的怪物。

这张脸既像胡狼，又像大象，又像鳄鱼，更像乌贼……不，同时集合了胡狼、大象、鳄鱼、乌贼，还有其他 N 种动物的特征，好像地球上所有物种，通过杂交产生的一个"超级混血杂种"。

怪物将玫瑰献给红头发的少女，单腿下跪，发出含混而可怜的声音——

"魔女，你愿意做我的新娘吗？"

她尖叫。

她逃跑，但四周全是废墟，无处躲藏。她在暴雨中狂奔。穿过笔直的马路，她跑啊跑啊，来不及回头。雨点打湿她的嘴唇和眼睛，红头发贴着眼皮，鲜血似的滴落。

她看到一栋建筑，挂着巨大的红十字。空旷的医院门诊大厅，既没半个病人，更见不到护士和医生。与其说是医院，不如说像太平间。怪物还在追赶，她慌忙跑上楼梯，推开一扇又一扇房门……有个女人躺在床上，两条腿抬起，周围几个穿着白大褂的，有助产士还有医生，正在忙碌地接生。这是产房。

她凑近了去看产妇的脸。她认识这张脸，还能叫出名字：连夜雪。

妈妈。

她听到自己的哭声，1999 年 8 月 13 日刚出生的盛夏的哭声。助产士将浑身血污的女婴，交到连夜雪手里。产妇来不及亲吻女儿，发出痛苦的尖叫。有经验的老医生说："还有一个！"

双胞胎。

我还有个弟弟或妹妹？盛夏惶恐地站在时光另一端。她看到助产士们又开始忙活，妈妈进入下一轮痛苦。刚出生的自己，被放在一个小箱子里。

终于，一浪高过一浪的喊叫声中，血淋淋的新生儿，连夜雪的第二个孩子，连着脐带来到这个并不欢迎他的世界。

妈妈休克了，助产士尖叫着晕倒，医生也震惊，所有人都被这个新生儿吓得精神衰竭。

弟弟是个怪胎。

怪胎中的怪胎，怪物中的怪物，畸形儿中的畸形儿——只能如此形容。

不可思议的先天畸形，怪得超出一切医生与专家的想象力，只能从古希腊或古印度的神话传说中找到一点点的近似。胡狼、大象、鳄鱼、乌贼，还有其他许多动物，只要你有想象力，只要你是《动物世界》的忠实观众，就可以不断地排列下去……

这男孩不会哭，也睁不开眼睛，弱小得像只剥了皮的猫，命悬一线。这对孪生姐弟，犹如微缩版的美女与野兽，并排放在两个育婴箱里，沉沉地睡去。

盛夏从来不知道自己还有个双胞胎弟弟。

七天后，健康正常的她被妈妈抱回家，怪物弟弟却被爸爸遗弃在南明路的工厂废墟中。

小怪物很幸运，没被野狗吃掉，一个姓田的老警察捡到他送去福利机构。没人认为他能活下来，但他仿佛集合了四种动物的力量，野兽般长大，七岁已如成年人般强壮。他忍受不了所有人管他叫怪物，独自逃跑。他知道自己是弃婴，在南明路的废墟里被发现，决定落叶归根。

那一年，失乐园还没造，医药化工厂残存的大烟囱，仍是南明路上最醒目地标。他在大烟囱底下的窝棚里，认识了一条黑色母狗。一个男孩，一条母狗，在此相依为命，去垃圾堆里捡吃的，用别人丢弃的玩具游戏，大冬天几乎一丝不挂，只在黑夜行动，避免吓到别人。

2007年，黑色母狗与一条路过的大黑狗交配，怀孕难产而死。小狗们都夭折了，只剩下一个最强壮的。怪物呜咽着将母狗埋葬在大烟囱下。他无法养活幸存的小狗，只能把它放到南明路的桥洞，躲起来等待有人路过。两个小学女生出现，她们很喜欢这条刚出生的小黑狗，将它抱回家收养。

接下来的三年，怪物暗暗跟踪她们，保护她们，赶走尾随女孩的流浪汉和变态们。他也记住了这两个女孩的名字，一个叫盛夏，一个叫霍小倩。

有天暴雨的黄昏，他戴着大口罩和帽子，暗暗护送盛夏回家，却被一个女人抓住。连夜雪以为有变态跟踪女儿，当场扯下他的口罩，发现一个难以形容的怪物……短暂的尖叫过后，她认出了这张脸。

十一年过去，无论孩子变化有多大，妈妈永远记得他。

这种畸形太特别了，全世界不可能有第二例，从婴儿期直到成年老死，都不会再被搞混。还有母子之间，无法言说的心灵感应，怪物男孩安静下来，伸出正常人的手，抚摸妈妈的头发。

母子相认。连夜雪抱着他大哭一场，她本以为儿子早就死了。但她不敢把孩子领回家，担心会被丈夫打死——十一年前他会狠心弃婴，十一年后仍然做得出这种事。她只能在南明路附近，租了一间破屋子，把儿子安顿在里面。连夜雪常给他送食物送衣服，让他第一次吃到妈妈亲手做的菜，躺在妈妈的怀抱里熟睡，像所有男孩那样。连夜雪发现他很聪明，自己学会了汉字、算术，甚至少量的英文。她把女儿不用的课本，全都送给了儿子……

第二年，秘密被连夜雪的丈夫发现了，这个男人跟踪尾随妻子，以为她在外面搞野男人，原来竟是被自己遗弃的怪胎儿子。丈夫狠狠地揍了老婆一顿。果不其然，他要用棍子打死这个怪物。于是，儿子逃跑了，再没回来过。

怪物四处流浪，蝼蚁般活在世上。他去过中国很多地方，有时扒火车或长途货车，有时干脆步行。他在松花江的冰面上走过，穿行过新疆的戈壁滩，去过云南的高黎贡山，又从重庆爬上一艘集装箱货轮，沿着长江顺流而下两千公里，欣赏无边无际的瑰丽之地。他被打过很多次，被野狗甚至狼咬伤过差点死掉，但他从没去过医院，也没有找过警察求助。

2012 年，古玛雅人的世界末日那一年，他回到这座拥挤的城市，在南明路的最北端，一栋废弃的建筑里，找到许多畸形人与动物标本——有个奇怪的狗头吸引了他。流浪时，他得到一本关于古埃及的书，翻了无数遍倒背如流。他发现这个狗头标本，酷似阿努比斯神——他的崇拜对象。他把狗头套在自己的头上，改名为阿努比斯，看管地狱里的亡灵。

不久，当他戴着狗头面具出没在南明路时，被路过的昨日马戏团发现。有个笑面人邀请他到马戏团来表演，保证他有舒适的住处，不会间断的食物供应，还会有工资和奖金。他开始上台表演——以人犬杂交的阿努比斯的名义。只要戴着狗头的面具，他就不会害怕与怯场，他享受成为明星的感觉，台下那些无知的看客，死后的灵魂注定将由他来保管。他从不与大家一起吃饭和睡觉，他有单独的隔间，为了不让别人看到他真正的脸——他想，就算是畸形人，看到他这个怪物中的怪物，也会感到害怕的。

那一年，8 月 13 日，阿努比斯与盛夏的十三岁生日那天，发生了失乐园谋杀案。

案发当晚，马戏团其他的人都已散尽离场，只有阿努比斯留了下来。他发现盛夏被困在游乐场里，头撞到木马上晕倒了。他把盛夏抱到马戏团的大帐篷里，还用毛毯盖起来……

次日清晨，当他在鬼屋背后的排水沟，发现小倩被奸杀的尸体时，戴着狗头面具的阿努比斯，悲恸地哭泣……他认得小倩，也认得循着气味而来的死神，但他不知道凶手是谁。

他唯一知道的是，警察会把他列为头号犯罪嫌疑人。他再度逃亡，把狗头藏起来，戴着口罩流浪，没人看到过他真正的脸。他找到一份屠宰场的工作，负责把完整的牛羊切成肉块，剔除骨头和脊椎，做成牛排、羊排或者羊蝎子。他成为"庖丁解牛"的专家，能准确切断骨头关节。

五年后的夏天，阿努比斯回到南明路。他搬进失乐园的鬼屋，小倩遇害的地方。8月，最后的几天，他藏在摩天轮顶端，目睹了盛夏为救死神被卡车撞飞的过程。不久，发红如火的盛夏，以复活的魔女名义，牵着死神出没在南明路，阿努比斯一直悄悄关注她——偷窥、跟踪、保护，他的双胞胎姐姐。

七夕之日，盛夏和乐园半夜闯入鬼屋。带着狗头面具的阿努比斯，愤怒地想要惩罚乐园，红发魔女也坠入深井。正好叶萧警官出现，怪物仓皇逃跑，顺便带走了盛夏遗落的"蓝牙耳机"。

从此，阿努比斯进入"宛如昨日"的游戏世界，就像所有十八岁的男孩子，痴迷于身临其境的虚拟现实游戏——他在幻想空间大开杀戒，成为盛夏潜意识的噩梦，掌管亡灵的古埃及狗头神，无数次追杀她的阿努比斯。甚至有一次，他趁着死神与少女不在家，潜入盛夏家里，盗走了那个欧阳小枝的铅笔盒，连同里面的布娃娃与两块黑色石头。

其实，他只是在跟姐姐开玩笑，或者说，他在指引魔女发现更多的秘密。

逃出1999年8月13日的产房，盛夏发现自己走不快，只能在地上爬行，路过一面落地镜，她变成了刚出生的小婴儿。浑身血污的女婴，莲藕般的小胳膊，丑陋得像只被烫死的老鼠。当她爬下楼梯，转到另一层的镜子前时，又成了两三岁的幼童，扎着羊角辫子，蹒跚学步。终于，跌跌撞撞来到门诊大厅，她是幼儿园小朋友，穿着花格子短裙，粉扑扑的脸蛋，依然那么丑。终于有了人，着白大褂的医生护士，穿各种衣服的病人和家属。她撞到一个人的肚子，对方低头发出公羊的叫唤——穿着西装的男人，脖子上却有个山羊头，顶上有对旋转的犄角。他身边是着职业套装裙的女人，却长了个鳄鱼头，微笑着露出两排锋利的牙齿。

她尖叫着向外奔跑。暴雨又至。世界照旧车水马龙，灰蒙蒙的雨幕后，亮着无尽的霓虹灯与广告牌。沿街最大的那面LED屏上，长着小白鼠头的女明星，正挺着硕大的胸脯，做着丰胸整形的广告。全世界都变成了人类身体加动物头的组合？这是在"宛如昨日"的游戏世界，还是人类世界的本来面目？

暴雨冲刷下，她抚摩自己的脸和头发——谢天谢地，还是十八岁的女孩，火红色短发，地球上最后一个人类头颅吗？

阿努比斯依然追赶，一路上吃掉许多人（半人半兽）。这只狗头的嘴巴，还有少年的身体，沾满鲜血、肉渣和内脏碎片。

她拼命地逃。雨点像英格兰长弓手的利箭，扎入肌肉，迸发无数血滴。她一路逃啊逃啊，居然又回到南明路。

奇怪的是，她看到了大烟囱，到底是哪一年？

烟囱像暗礁之海的灯塔，不断喷出滚滚黑烟，指引她在大雨中辨别方向。经过学校门口，飞越工厂废墟，来到烟囱底下的焚尸炉。

虽然全世界暴雨如注，焚尸炉却烧得旺盛。她看到爸爸的尸体被送进去，还有三十九个死难者。接着是焦可明一家三口。被烧成焦炭的焦可明，还必须再彻底地烧一次。当无脑畸形儿进入火化口时，没有脑子的男孩，突然睁眼大声说："姐姐，我不想死！"

热流与火焰融化她的泪水，她奋不顾身扑上去，却被什么东西拖走，眼睁睁看着焦天乐化为灰烬。

左树人在角落里喘息，伸出一双光秃秃的手——左手与右手，都被整齐地从手腕处砍断。他散发着一股强烈的味道，妈蛋啊，是瑞典鲱鱼罐头的臭味！而且不止一罐，简直是把瑞典超市里的罐头都搬过来了。

盛夏捂着口鼻，看到一个年轻男人。哎呀，眼睛还是那样迷人。她扑进乐园的怀抱，再也没有别的女人的气味，顶多是焚尸炉的骨灰味。她用力吻他，因为炙烤而干裂的嘴唇，喷出夏夜青草的芬芳，头上是英仙座流星雨飞逝的天空。

阿努比斯又来了，尖利的狗嘴，发出少年的声音："请把魔女还给我。"

阻拦他的却是左树人，老头挥舞没有手的双臂，就要跟他决一死战，或者用瑞典鲱鱼罐头的臭味决战。

阿努比斯轻而易举地咬断了他的喉咙。

左树人的脖子裂开一道口子，鲜血如喷泉飞到半空中。尸体被传送带送进焚尸炉，一分钟后化作骨灰，从大烟囱喷射入天空。密集的雨点变了颜色，一半是红的，一半是黑的，司汤达的小说冠名。

红的是血，黑的是灰烬。

乐园与阿努比斯搏斗。他很勇敢，愿意为保护她而死，双手抓住狗头的鼻子，搞得对方连连打喷嚏。但人的力量怎及得过野兽？阿努比斯把他揍倒在地，张开血盆大口，挖出乐园的心脏，整个吞入腹中。

全世界只剩下两个人，或者说，一个半人。阿努比斯充满血腥味的舌头，舔着她的皮肤，就像死神习惯做的那样。她无法反抗，贴着他的耳朵说："我愿意做你的新娘。"

越过狗头神的肩膀，她看到暴雨中出现一个女孩。

1999年的魔女，十七岁的欧阳小枝。

她无声无息地靠近，阿努比斯毫无察觉，继续拥抱2017年的魔女。暴雨打湿了欧阳小枝的黑发，她微笑着伸出手，给了盛夏一把尖利的刀子。

红头发的魔女，将尖刀刺入阿努比斯的后背。

狗头上的双眼，疑惑地看着她，转回头，看到欧阳小枝。

他的心脏已被刺破。

刀子很长很锋利，没入刀柄，穿透阿努比斯，从脊椎骨进去，从胸肋骨出来。紧紧拥抱他的盛夏，自己的心脏也被刀尖刺破。

阿努比斯倒在传送带上，进入焚尸炉。暴雨停了。大烟囱变得沉寂，不再喷出一缕黑烟。雨过天晴，彩虹竟然出来，可惜谁都没看到。

盛夏双眼迷离模糊，光线时而昏暗时而刺眼，不断有一条隧道在眼前穿梭。濒死体验？是被癌细胞杀死，还是刺破心脏？还是……

她被推入一间手术室。无影灯下，有两个戴着口罩的医生。在麻醉注射前，她认出了这两双眼睛，一个年老的是左树人，一个年轻的是乐园。

左树人用手术刀切开头皮，乐园亲手打开她的颅骨，看到一颗新鲜的硕大的肿瘤，就像装在礼盒中的爱马仕包包。当他小心地把肿瘤托出来时，那些癌细胞变得肉眼可见，竟开出一朵灿烂的曼陀罗花……

彼岸花。

第十八章 怪物之地

终于，轮到他摔倒在泥泞中，被这片怪物之地拥抱。满世界冰冷的雨点，如万箭穿心。还有死神的舌头，盛夏的红头发，乐园还是他妈的那么帅。

9月11日，午后一点，死神带着叶萧，穿过大雨滂沱中的南明路。雨水顺着眉毛滴落，灌入全身每个毛孔。他牵着狗绳的右手还在发抖。小警察在后面追不上了。步行半个小时，大雨没让死神的嗅觉下降。它闻到了某种气味。阿努比斯，就在附近。

大雨把天地涂抹得如同黄昏，一个男人，一条狗，走到路的尽头。经过已停课的民工子弟学校，再往前是茫茫长江。停泊数万吨海轮的码头边，鳞次栉比的钢铁厂与发电厂仍在吐着白色或黑色烟雾，犹如在机场大厅外忙着抽完最后一根烟的男人。

路边的荒野，孤零零的一栋房子，死神对着它狂吠。

南明路799号。房子四周布满乌鸦尸体，死神带他绕过一条小径，叶萧推开房门，一片尘土扬起。他打开手机照着，另一只手掏出腋下的枪。他没有第三只手。狗绳松开，死神咆哮着冲向地下室。

他跌跌撞撞跑下楼梯，充满腐烂气味的地底，三个人并排躺在地上——

红头发的盛夏，黑头发的乐园，白头发的左树人。

最后一个，六十多的男人，双手光秃秃，从手腕被齐齐切断，简单包扎着纱布。

三个人都戴着"宛如昨日"的"蓝牙耳机"，想必正被困在游戏世界。

死神先舔了舔盛夏的头发，又对着一个阴暗角落狂吼。叶萧举起枪，但手在抖。

一个黑影飞出来，撞掉叶萧右手的枪，整个压在他身上，露出锋利的狗牙。

阿努比斯。

第一次与狗头人身的怪物搏斗，那家伙的力量大得惊人。叶萧的右手成了摆设，只能用左手对抗，明显吃亏。谢天谢地，死神咬住阿努比斯的大腿，让他发出野狗般的惨叫，但他继续掐住叶萧的脖子。

失去意识前，叶萧用了巴西柔术的关节技和绞杀技，将阿努比斯牢牢钉在地面。野兽的力量依然占优势，两人纠缠着翻滚，眼看要同归于尽的节奏，死神凶猛的撕咬也无济于事。

突然，一股滚烫的液体，如同油汤泼到脸上，散发出令人作呕的腥臭味。

阿努比斯依然掐着叶萧，使其痉挛和抽搐。越来越多鲜血流出，像融化了的热巧克力。叶萧用左手捡起地上的枪，对准最后哀嚎的怪物。狗头与人身的连接部，最脆弱的颈动脉上，已扎入一块锋利的碎玻璃。乐园站在阿努比斯身后，浑身沾满热气腾腾的血，腰上缠着铁链走不远。

十秒钟前，乐园率先醒来，就地抓起一块碎玻璃，刺死阿努比斯，救了叶萧一命。

死神回到叶萧脚边，满嘴鲜血，拖着长舌头，气喘吁吁。

乐园跪在地上发抖。作为现场唯一的医生，他检查了阿努比斯的脉搏和心跳，宣布这个人（狗）的死亡。叶萧无力地坐倒在地，将手枪塞回腋下枪套。

他直勾勾看着乐园，非但没有感激，反而感到羞辱，居然让这小子救了自己？但他还是帮乐园打断了铁链子。

杀戮之地，也是怪物之地，盛夏、左树人，慢慢从"宛如昨日"的游戏世界苏醒。

她看到阿努比斯的尸体。她抱了抱死神，又厌恶地看着左树人。老头的鼻子还有被她揍过的伤疤。他举起被切断的双手，什么话都说不出，刺骨的剧痛几乎让他休克。

乐园摘下阿努比斯的狗头，露出一张"怪物中的怪物"的脸。

连死神都被吓到，发出老鼠般的吱吱声，夹紧尾巴，躲藏在盛夏背后。叶萧抹去脸上的血污，无论怎样可怕的场景，他都亲身经历过——这张集合了胡狼、大象、鳄鱼、乌贼等等动物特征的脸，无疑是他这辈子见过的最可怕的罪犯。

轮到乐园的右手抖了。他蹲下来仔细观察怪物的尸体，也是他亲手杀死的畸形人。

"普洛提斯症候群——Proteus Syndrome。"

"What（什么）？"

听到乐园说英文，盛夏就火冒三丈，听着好像是一种电脑软件的名字。

"普洛提斯，希腊神话的海神，能变化成各种野兽和怪物。这是一种先天畸形，特征包括大头、颅骨增生、长骨变形、肢体膨大、皮肤及皮下组织有肿瘤。十九世纪最著名的畸形人——象人，就属于普洛提斯症候群。目前，全世界仍然活着的这种病人只有一百二十个。"

"第一百二十一个被你杀了。"盛夏的语气越发微弱，大胆触摸阿努比斯，"怪物中的怪物——他是我的双胞胎弟弟吗？"

"国外有过病例，异卵双胞胎生下来，哥哥一切正常，妹妹却有严重的畸形。"

"你怎么知道，我一定没有畸形呢？"盛夏摸摸红头发，"我和他一样，也是一个怪物！"

"过去说普洛提斯症候群是遗传缺陷，现在也有科学家认为，是在胎儿阶段受到环境污染的影响。"

"始作俑者在这里！"

盛夏指了指半昏迷状态的左树人。

"别吵了！"叶萧打断了他们的对话，阴郁地看着死去的阿努比斯，"我在想，他有没有杀死焦可明的动机？"

"有。"这是盛夏在说话，"为了小倩。从八岁开始，他就悄悄跟踪我和小倩，因为我们收养了死神。其实，阿努比斯才是死神的第一个主人。2012 年，当他以狗头神的新形象来到马戏团时，小倩就对阿努比斯着迷了。他们很可能认识，有不错的关系。所以，小倩在失乐园被人奸杀后，第一个悼念痛哭的就是他。霍小倩的爸爸为女儿复仇，阿努比斯为最好的朋友复仇，他们都有谋杀焦可明的动机。"

"很明显，就是他的复仇！"左树人睁开眼，咳嗽几声，断断续续说，"我在这里……被他绑架以后……强迫我戴上'宛如昨日'……我看到了……焦可明的记忆库。"

"我也是！"乐园有气无力地附和一声。

"这里到底是什么地方？"叶萧对盛夏命令道，"你看着他们，谁都不许动。还有，警车和救护车很快就到。"

叶萧牵着死神回到一楼，乐园跟上来说："我想跟你说一声，我不是凶手——焦可明灭门案那天，我……"

"我早就查过医院的记录，当晚你在值班，有十几个人可以证明，你完全不具备作案条件。"叶萧在他肩上拍了拍，检查楼上楼下，包括放满了畸形人标本的房间，"我怀疑的不是你。"

"这栋楼是属于左树人的。"

叶萧看着一个浸泡在福尔马林溶液中的无脑儿："果然如此！"

"我读高中的时候，左树人经常带我来这里，跟我说大脑结构，人类思维模式，产生畸形的原因。受到他的影响，我才选择成为脑神经科医生。后来，我考上协和医科大学，他资助了我的学费，帮我打通名教授的关系。在我拿到博士学位后，他希望我参与他的脑神经记忆学研究项目。但我不想依附于他，决定做一个临床医生，独立地活下去。"

"某种程度来说，你也把左树人当作了父亲？"

说话之间，死神再度狂叫起来，这条狗的鼻子对着楼梯，脱离叶萧的狗绳冲上去。

"楼上有什么？"

叶萧虚弱地爬上楼梯，回头问乐园，但他表示一无所知。

二楼也全是废墟，狗叫声在三楼——死神扒在紧闭的房门前，不断用爪子拉着门把手。叶萧发现这个房间上了锁，他抓起一根铁棍，强行撬开门锁，扑面而来刺鼻的气味。

不对啊，这不是普通的腐烂味，而是让人疯狂的瑞典鲱鱼罐头的气味！

空气中混合着乙酸、丙酸、丁酸、硫化氢的臭鸡蛋味，使死神连续打了十几个喷嚏；乐园用胳膊肘击碎走廊的窗户，把头探到暴雨中喘气；叶萧却豁出去了，径直冲入这臭气熏天的房间。嗅觉构成的米诺斯迷宫中，迎面而来无数奥斯维辛党卫军、进入焚尸炉的犹太人、国王的士兵、牛头人、羊头人、狼头人、利维坦……

叶萧重新睁开眼睛，这是个现代化的实验室，没有窗户的密室，怪不得气味如此浓重不散。看起来很新，有全套的实验器材，有的液体还未干，甚至有上个月的报纸——8月13日的《参考消息》。

实验台上堆着几个杀虫剂与除草剂的瓶子。

"不要用手去碰！"乐园总算过来提醒了一声，"都是农业用的，对人体有害。"

　　这里既没有任何腐烂物，更不可能有瑞典鲱鱼罐头——来自波罗的海的诡异美食，在中国并不容易尝到，整条南明路从没来过瑞典人。

　　"气味是从这里发出的。"乐园戴上口罩和手套，像在医科大学实验室，检查残留的化学原料，"有人试制神经性毒剂——有机磷酸酯类化学品。它们通常以液态存在，容易在空气中挥发，通过皮肤、黏膜接触以及呼吸，破坏人的中枢神经导致死亡。"

　　叶萧感觉四肢越发绵软，戴上口罩："×，这下要立特等功了？这是一个恐怖分子窝点？"

　　"你想多了，叶警官。这里的剂量和配方很特别，不会有大规模杀伤的效果，但是——"

　　"GH3？"突然，叶萧脑中闪过一组字母与数字，法医在焦可明尸体的呼吸道里发现的化学残留，包含有机磷酸酯类成分。

　　"是，有人在这里秘密合成过GH3，副作用是产生类似瑞典鲱鱼罐头的气味。"乐园用手挥去口罩前的空气，"GH3虽然厉害，但不易于储存和移动，超过二十四小时就会失效，必须在合成当天使用。"

　　叶萧的眼神一变，把乐园拖出实验室，又将门重重关上，摘下口罩，右手抖得如同赌神在掷骰子。

　　"案子破了！"

　　盛夏在哭。

　　时间在慢慢流逝。她蜷缩在地下室墙角，看着阿努比斯的尸体，又看着失去双手的左树人——悲伤这种东西，像无法抑制的初潮，该来的总是要来。她发现了装饰着蜡笔小新的铅笔盒，在阿努比斯的衣服口袋里。锈迹斑斑，沾满死者血污。用力打开盖子，只有个布娃娃，两块黑色石头去哪儿了呢？欧阳小枝深埋在地下，留给下一任魔女的礼物，几天前被阿努比斯从她家盗走。

外面一片嘈杂，响起此起彼伏的对讲机声。两个年轻警察进来，看到鲜血淋漓的怪物中的怪物，接连趴下来呕吐，还以为是被变态虐待成这样的。

左树人被担架抬出去，救护车等在门口。突然，叶萧从三楼跑下来，对救护车司机耳语："兄弟，等一等再走。"

他做了个手势，剧烈颤抖的右手，把乐园、盛夏，还有死神，都召唤来了。

"叶警官，你想干吗？"刚躺进救护车的左树人，困惑地看着他，也看着他背后的瓢泼大雨。

"既然大家都在这里，就听我说吧——杀害焦可明一家三口的真凶到底是谁？"

"你不是说阿努比斯吗？"

"我们错了！"叶萧指着救护车上的左树人，"凶手是他！"

老头面不改色地摇头："我知道你很聪明，你也非常恨我——我承认，1998 年 12 月，南明医药化工厂的爆炸事故，是我隐瞒了真相。也是我收买了幸存的女工，让她撒谎说只有九个人遇难，实际上是三十九个人。我愿意承担责任，赔偿每个受害者。"

"婊子养的！你无耻得连坐牢都不愿意提一句，只想用钱解决问题！"

盛夏的热血冲上脑门，想爬上救护车去扇他耳光，被乐园拼命抱住拦下来。

"左树人，你听着——刚开始，我的怀疑对象，就是你！虽然 DNA 比对结果证实，死神嘴里的那块人肉，并不是你的，但这不能说明凶手就不是你。阿努比斯，他有杀焦可明的动机，但绝不会杀害无脑畸形的焦天乐。"

"对啊，在他那样的畸形人眼里，我们正常人才是畸形的。阿努比斯不会伤害焦天乐的，而这种罪恶的事，只有所谓的健全人才做得出来。"

每次提到无脑畸形儿，都会让乐园激动。

"左树人，你吃过瑞典鲱鱼罐头吗？"

"这……"

"愿你在监狱里每天闻着这种气味！"叶萧猛烈地用鼻子嗅了嗅，回头望向小楼的三层，"第二个问题，你知道 GH3 吗？"

老头沉默了，当那两个字母与一个数字子弹般地蹦出来时，他的眼里掠过一丝惊慌，尽管只有短短的零点一秒，但被叶萧抓住了。

审讯继续，叶萧的每句话都如几千斤重的攻城锤："你是脑神经学科专家，你也经营过制药公司和医药化工厂，你很清楚什么是 GH3！什么是有机磷酸酯类化学品！如果，凶手真是阿努比斯，以他力大如牛的强壮度，根本不需要什么呼吸道麻醉物，他用双手就能掐死焦可明。"

"但是，你不能。"

盛夏代替叶萧说了一句，叶萧狠狠瞪了她一眼，禁止她再插嘴。

有个小警察给他撑伞，但雨点还是不断打到眼里，他接着说："六十五岁的老头，就算持有凶器，也很难直接用暴力杀人。除非麻醉被害人的神经系统，让人无力反抗，坐以待毙——这是你最擅长的。"

"对不起，叶警官，你的猜测毫无证据。"

"错了，你忽略了一个细节。我问你，为什么三楼的实验室里，会有今年8 月 13 日的《参考消息》？"

"什么？"

"这年头，大家都在手机里看新闻，看《参考消息》的人不多吧？除非六十岁以上的男性。前两天，我问过你公司里的人，大家都说你无论到哪里，都会带着一份《参考消息》，这是你多年来养成的习惯——习惯啊，真是一种可怕的东西！8 月 13 日，你习惯性地带着《参考消息》，回到楼上的秘密化学实验室，调制出了 GH3 呼吸道麻醉物，当晚实施了杀人。因为，这种化学物的有效时间不超过二十四小时，必须在杀人当天进行合成。"

"叶警官，你的推理很精彩，但你仍然不能证明，当天合成 GH3 的人就是我。"

"虽然你在合成化学品的过程中，一定是戴着手套和口罩的，但你忘了《参考消息》上留下了许多指纹，而你的双手还在公安局的冰柜里，采集起来很容易。"

左树人闭上眼睛，所有人沉默了三分钟，只剩下哗哗哗的大雨声。

当阿努比斯的尸体被抬出来，送上隔壁的运尸车时，左树人睁开双眼，两行泪水滑落："我承认，我就是杀死焦可明的凶手。"

"谢谢你。"叶萧长长地出了口气，羊角风般发抖的右手，终于垂落，"请说下去。"

"其实——我不想杀人的。我这把年纪，除非被逼到了绝境。两个月前，我还在准备'宛如昨日'的全球上市，等待这款产品改变整个互联网。但有人告诉我，焦可明去过档案馆，查过工商局和税务局资料，还去精神病院探望过连夜雪。各地都有我的眼线，尤其是埋藏我的秘密的地方。他跟 1999 年的欧阳小枝一样，想把所有事公之于众。我找他谈过一次，就在南明高中门口，我的黑色宾利车里。我决定用钱收买他，把这辆车送给焦可明，再给他一个亿现金，并赠送宛如昨日公司百分之十的股份，要知道这百分之十股份的市值已超过十亿美元。但他拒绝了我，没说任何理由。我从他的眼神里看到，他跟欧阳小枝同样固执。"

"你别无选择，必须除掉焦可明。"

"第二天，8 月 13 日——1999 年，欧阳小枝失踪的日子。我判断，那一夜，他将在网上公布调查结果，作为对小枝的纪念。我没有时间和退路了，只能在当天动手。我早就调查过焦可明的家庭情况，他家有个无脑畸形儿，还养了一条大黑狗。要杀他并不容易。于是，我想起了 GH3——神经性毒剂。叶警官，你的分析没错，这是我的老本行，我可以独自一人进行合成。而且，我有个秘密的实验室，就是你背后的这栋楼。十八年前，我对欧阳小枝做过同样的事，使用了大剂量的GH3。"

"她死了吗？"

左树人回避了这个问题："虽然这栋楼废弃了好几年，但三楼的房间，始终维护得很好，我偶尔会来亲自做实验，不想被助手看到的那种实验。8月13日，这天上午，我从宛如昨日研发中心出发来到这里，带着当天的《参考消息》，改不掉的老习惯。我在这里用简单的原材料，完成了GH3的合成，装在两管喷剂里——没错，合成后不可避免有副产品，就是散发强烈恶臭的气体，酷似瑞典鲱鱼罐头的味。我离开后将房门紧锁，避免这臭味传到南明路上，引来路人报警。"

听到这里，盛夏突然明白了，她勾着叶萧的肩膀说："喂，你得谢谢我提供的鲱鱼罐头，我的瑞典朋友太棒了！"

老头继续交代案情："晚上八点，我支开宾利车司机，独自坐出租车，来到焦可明家的小区。我从没有保安和摄像头的边门进入，走逃生通道，躲藏在七楼与八楼之间，这样不会被监控拍到。我已监控了他的一举一动，知道他把自己关在家里。突然，焦可明出门，坐电梯下楼。我的动作迟缓，根本来不及追赶，只能在原地等他回来。他出去了两个多钟头，多半是在南明路的失乐园，化工厂废墟所在地。如果守在那里，夜深人静，荒无人烟，干掉他更容易，要比上门杀人干净多了。我怎么没想到呢？我还是老了啊！"

"你后悔的不是杀人，而是杀人为什么会被抓到！老畜生。"

盛夏捏起拳头，但被叶萧推回去，他接着左树人的话说："你丧失了黄金的两个钟头，只能面对更棘手的情况。"

"8月13日，深夜十一点多，焦可明才回家。有个黑衣男子，竟也从逃生通道上来。我不知道他是谁，听到他们在门口对话。我很焦虑，会不会是新闻媒体的记者？不可能，记者干吗不坐电梯？他从逃生通道爬了七层楼上来，想必也跟我一样——来杀人的。我忐忑不安地等待，又过去将近一个钟头。子夜刚过，响起剧烈的狗叫声。"左树人看了一眼死神，这条猛犬要不是被盛夏牵着，早就扑上来咬死他了，"其实啊，我的 GH3 呼吸麻醉物，装在两个喷剂里。一个是为焦可明准备的，不会致死，只会让人丧失行动能力；但另一个喷剂，是为大狗准备的，剂量远远超出前面那个，当场就会毒死它。"

"幸运的是，死神去追霍建彬了，它咬了自己的前主人，一直追到楼下。这样一来，反而给你扫除了一个重大障碍。"

"不仅如此，焦可明还给死神留了一道门缝，方便它能回家。就是这道门缝，让我不需要敲门，直接来到他家的客厅。我戴着特制的口罩，可以过滤百分之九十九的有毒气体。焦可明没来得及反应，我对准他的口鼻按下喷剂。他只叫了一声，就浑身绵软地躺倒在沙发上。他的眼睛睁着，但浑身动弹不得，像被麻醉了一样。我闭上眼睛，掐死了他。虽然对方没有反抗能力，但想要杀掉一个人，你不知道有多难——最好不要杀人，听我的吧。"

"住嘴！"乐园感觉这句话是对他说的，一小时前，他为了救叶萧的命，刚杀死了阿努比斯，"对不起，你说得对。"

"我用双手掐死了焦可明。"左树人抬起自己的两只手，只剩下光秃秃的纱布，"果然是报应，这双杀人的手，不再属于我了。按照原订计划，我用打火机点燃房间里的易燃物——火灾可以彻底消除 GH3 的气味。桌上有一台笔记本电脑，还有一个小簿子——欧阳小枝留下来的，我的判断完全准确。我把小簿子烧了，带走焦可明的笔记本电脑，电脑里的 word 文档，写满了我的罪证，就差最后几行字和落款。再迟十分钟动手，这篇文章可能就要被他发出去了，真是惊险！当大火熊熊燃烧时，我正要离开，却想起焦可明的妻儿。我打开卧室的门。他的妻子还在熟睡，身边躺着一个无脑畸形儿。"

"你本可以救他们的命。把火熄灭，或者把窗户打开，他们就不会窒息而死了！"

"是啊，我也想到了这一点。但我太熟悉畸形人了，你看看这栋楼里收藏的标本吧。我知道这些孩子悲惨的命运，他们为什么来到这个世上？我时常思考这问题，就像阿努比斯，他根本就不该存在！活着只是给自己，还有别人增加痛苦而已。所以，我决定帮助焦可明的妻儿，让这对可怜的母子尽早解脱。在火灾的烟雾中窒息而死，恐怕是最佳选择。"

突然，乐园像个孩子那样哽咽着说："以前，我把你当作父亲一样崇拜！对不起，你错了！你根本不明白，焦天乐多么想活下去。这孩子并不痛苦。因为没有脑子，他有很多单纯的快乐，我们一辈子都体会不到的。而你，剥夺了这个机会，我们永远不会再有的机会。"

"我很抱歉。杀人，放火，销毁证据，我悄悄从逃生通道离开。底楼还响着大狗的叫声，我想那个倒霉蛋要被咬死了吧？没有人看到我，也没留下什么证据，除了焦可明身体里的GH3。但那又怎样呢？我的这间秘密实验室，永远不可能被警察发现。不过嘛，前天我回到这里，就是想到了我的疏忽。因为，我在办公室里找不到8月13日的《参考消息》了。保险起见，我想把三楼实验室再清理一遍，至少释放掉里面强烈的气味。没想到，我刚来到这里，才跟乐园说上话，就遭到怪物的袭击和绑架……真可惜，功亏一篑！"

"就跟焦可明还差十分钟，就能揭露你的秘密一样功亏一篑。"叶萧还了他一句，"从这个角度来说，阿努比斯，帮我们保全了你杀人的证据！还是阿努比斯，切下了你的两只手，放到警方的眼皮底下提醒我。也许，他已发现了你的秘密，只是想用他的方式来惩罚你。"

"没错，他很聪明，我们都低估了他。"

"阿努比斯是如何发现你的秘密的？是在'宛如昨日'之中，还是从你身上的某个细节，我们已无从得知。但有一点，他恨你！对你恨之入骨！没有你的南明医药化工厂，没有你隐瞒了爆炸事故的真相，1999年出生的他，恐怕也不会变成……"叶萧感觉头痛欲裂,转头问乐园:"那个什么症候群?"

"普洛提斯症候群!"

"对,严重的化学污染,导致他在娘胎里就成了怪物,后来成为阿努比斯——你,左树人,是始作俑者!"

叶萧有后半句话强忍在心里没说:其无后乎——这是孔子对恶人的诅咒。

暴雨,渐渐变小了。

所有人都感觉虚脱,叶萧让救护车快点去医院。两辆警车将会在前后押送,这是身上背着无数条人命的罪犯。

终于,轮到他摔倒在泥泞中,被这片怪物之地拥抱。满世界冰冷的雨点,如万箭穿心。还有死神的舌头,盛夏的红头发,乐园还是他妈的那么帅。

这不公平。

[第十九章　病人们]

有的人，身体是畸形的，心灵是健康的；有的人，身体和心灵都是畸形的；而最可怕的一种人，身体是健康的，心灵却是畸形的。

如果上帝不要牧羊人，他就不会创造羊这种动物。

——赛尔乔·莱昂《黄金三镖客》

9 月 12 日，上午九点。

我为什么还活着？

盛夏睁开眼，朦朦胧胧的天花板，像罗伯斯庇尔的绞刑架逼近。单人病房窗外，太阳照亮橡树叶，水浪般的反光。心里依旧暴雨如注，她的病床似泥泞不堪，让人无法逃脱的沼泽地，深埋着无数怪物。充满癌细胞的大脑，回忆起昨天怎样抓住左树人——杀害焦可明全家的真凶。当时，叶萧如中枪般倒地，红发魔女也被可恶的肿瘤君打倒。

有人敲门进来，是一个穿着白大褂的男人，盛夏淡淡地问了句："我还能活多久？"

对方却半蹲在床边，抓紧她的右手，滚烫，湿润，不断撞上手指关节，捏到骨头疼痛。

"嘿！原来是你。"她看着乐园布满血丝的双眼，像对幼儿园过家家的小男孩说，"欧巴，你可以亲我的。"

"傻瓜！我是来说对不起的。我杀死了阿努比斯，他不是坏人，他只是个病人。"

"嗯，但你救了叶萧的命，也救了我的命。"

乐园抬起双手，怔怔地说："我这双手，本该是救人的，却第一次杀了人。"

"你不是自责，而是害怕。有句话怎么说的来着？该死的，我这脑子变成一坨屎了，而且是癌细胞屎！"

"你杀了人以后，一切就都不同了——《这个杀手不太冷》中里昂对玛蒂尔达说的。"

"对，就是这个！我很喜欢玛蒂尔达的发型。"

他摸了摸雀斑妹的红头发说："有的人，身体是畸形的，心灵是健康的；有的人，身体和心灵都是畸形的；而最可怕的一种人，身体是健康的，心灵却是畸形的。"

"嗯，第三种人最多。十个里会有八个。"

盛夏又把他逗乐了，两个人咯咯地笑了好一会儿，肚子和胸腔都笑疼了。

"有时想想，我自己也是这种人。"乐园自言自语，"我还要向你道别。"

"你要走了？"

"嗯，中午的飞机去北京，我叫的车已经等在楼下。"

"你女朋友陪你去吗？"

乐园捏了捏她瘦到没肉的脸颊："我没有女朋友，再见！"

"最后一个问题，你的姐姐，欧阳小枝，现在在什么地方？"

"我不知道——左树人在看守所还没开口。叶萧告诉我，他查了贴吧和学校 BBS 的后台，许多关于魔女传说的早期帖子，从 2003 年到 2008 年，最后 IP 地址都是同一个——焦可明。"

"明白了！欧阳小枝的校园灵异故事，都是焦可明故意传播出来的。他添油加醋了许多，非虚构和胡编乱造一起上，以引起历届学生的关注，引发更多人参与讨论，从而产生新的线索。假如，她只是隐居在某个天涯海角，看到这些帖子，也会主动用马甲回帖的吧？"

"完全正确。"

"虽然焦可明意外杀害了小倩，但我想，这个男人是有多痴情啊！"盛夏看着天花板，仿佛要看穿自己脑内的癌细胞，"等我死后，如果你找到欧阳小枝，请代我向她道歉——我违背了跟她的约定，以后不能在游戏世界里陪她玩了。"

"我会的。"

突然，盛夏对他竖起中指，吐了一口唾沫："胆小鬼！"

"对不起，再见！"

"嘿！乐医生，告诉你个秘密，跟射手座最配的不是狮子座，而是白羊座啊。等你到了北京，很快会遇到白羊座女孩的，快点忘了我吧！"

她看着乐园消失在门外。她安静了五分钟，泪水像沙漠里的大雨，慢慢浸湿白色床单。

暴雨过后，宛如昨日研发中心。

9 月 12 日，查封令的最后一天，董事长左树人已被逮捕，但公司股东多如牛毛，包括互联网巨头、硅谷的美元基金……只要"宛如昨日"的产品，还能合法地在全世界销售，源源不断为股东们创造价值，就能向检察院申请解除查封令。就算左树人真是灭门案凶手（法院宣判前只能说是头号嫌疑人），但纯属个人行为，不等于公司杀了焦可明全家。

叶萧坐在底楼实验室，一年四季超强冷气，让他一边裹着毛毯，一边检查"宛如昨日"的系统后台。查封三天来，数据库里的新用户眼看要突破五十万。再过半小时，查封令就要到期。宛如昨日的董事会，派出三个大律师，二十个程序员和工程师，雇用了庞大的搬家车队，等在大门口虎视眈眈。公司准备把研发中心整体搬迁，正在韩国建造新的园区。但核心资料都在这台电脑里，只要叶萧按下个 Delete 键，不知多少亿美元就会烟消云散。

突然，电脑变成黑屏，出现一行刺眼的白字——

警报！她在危险状态！

×。

叶萧说了句脏话。系统有病毒入侵，还是自带毁灭程序？但他没进行过任何非法操作。难道是右手一直在抖，不小心碰到什么键了？

她在危险状态？

好想砍掉自己的右手！左手在键盘上犹豫，既不敢按 Enter，也不能碰 ESC，更不可以动 Delete，稍有不慎就会闯下大祸。他再检查运行环境，插入 USB 接口，连接自己的笔记本电脑，释放黑客软件解锁。一旦大型主机遭到入侵，所有的输入设备，比如键盘或摄像头，都会被锁定而无法再输入指令。

时间飞快，像煮鸡蛋，飞快地从蛋清变成蛋白。最后十分钟，叶萧急得想撒尿了。这条黑屏警报，是从封闭的局域网发出的。他尝试输入十几种口令，最后一个才让屏幕滚动，铺满一串串字母：

DOWNDOWNDOWNDOWNDOWNDOWNDOWNDOWNDOWNDOW
NDOWNDOWNDOWNDOWNDOWNDOWNDOWNDOWNDOWNDOWN

DOWNDOWNDOWNDOWDOWNDOWNDOWNDOWNDOWNDO
WNDOWNDOWNDOWNDOWNDOWNDOWNDOWNDOWNDOW
NDOWNDOWNDOWNDOWNDOWNDOWNDOWNDOWNDOWN
DOWNDOWNDOWNDOWNDOWNDOWNDOWNDOWNDOWND
OWNDOWNDOWNDOWDOWNDOWNDOWNDOWNDOWNDOW
NDOWNDOWNDOWNDOWNDOWNDOWNDOWNDOWN……

他读出了一个英文单词——Down。

向下！

联想到那行中文"警告！她在危险状态！"，叶萧低头看硬邦邦的水泥地面……

他命令两个小警察，务必在门口严防死守，即便查封令到期，也不能让外面那些人冲进来。如果不能动用暴力，那就用血肉之躯。两个小警察面面相觑，怪不得叶萧手下留不住人。

他找来一把榔头，不断敲打地板，希望听到空洞声，不像是搞刑事侦查，而像盗墓贼。走廊另一端，有个小办公室，没有窗户的密室，平常无人办公。屋子里有简单的办公家具，蒙着厚厚的灰尘。靠墙处有个铁皮柜，国有机关单位的那种，在互联网公司像老古董。叶萧发现柜子旁边的地板很干净。他用力挪开柜子，暴露整堵墙，赫然跳出一道金属舱门。

密码门。

叶萧从腋下掏出手枪，对准门把手。右手抖得太厉害，扳机都扣不下去。最后一分钟。他第一次换到左手开枪，太别扭了，第一枪打空，第二枪打中，第三枪……

门锁打开。深深的地道，亮着暗淡的冷光。他很走运，在这狭窄的房间里，弹跳没有伤到自己。

外面响起喧哗之声，那帮人在律师带领下往里冲呢，两个小警察顶不住了。

台阶走到尽头，灯光一明一灭。叶萧看到玻璃房子，还有医疗器具，氧气瓶、输液架、生命监控器……

一个少女。

宛如昨日隐秘的地下室，玻璃房子的病床上，躺着个十七八岁的少女。监控器灯光闪烁，警报长鸣。他像长途跋涉的朝圣者，双腿微微战栗，几乎跪倒在她面前。长发如黑色花瓣，绽开在雪白的病床四周。几近透明的苍白皮肤下，隐约可见青紫色血管，即将幻化作羽绒飘散。双目紧闭，嘴角微翘，似古墓棺材里千年不朽的女尸。

跟画风违和的，是她戴着一副"蓝牙耳机"，旁边有二十四小时不间断充电的手机。

是"宛如昨日"。

叶萧有种怪异的感觉，她还在游戏世界里横冲直撞地打怪，顺便嘲笑作为不速之客的他。

他认识她。

她。

欧阳小枝。

1999 年，消失在魔女区的魔女，变成睡美人塔莉亚。微冷的灯光穿透玻璃房子，宛如藤蔓包裹的宫殿。其他人都是残暴的闯入者，像有恋尸癖的国王。

叶萧的右手不抖了。他凝视她。千万个问号涌动，似涨潮的海浪。她穿着白色衣裙，散发出淡淡的腐烂味。长及腰间的发丝缝隙，隐藏着人类油脂的气息。手上插着输液针管，一滴滴灌入营养液，还有氧气瓶等维持生命的设备。不过，营养液已耗尽，警报灯说明生命体征微弱。

叶萧给局长打电话，提出两个要求：第一，立即派遣医学专家到现场；第二，申请延长查封令，因为发现了新的犯罪证据，左树人或宛如昨日公司，涉嫌非法拘禁罪。

他走出地下室，用铁皮柜顶在门背后，等待与那些浑蛋决斗……

半小时后，又一拨警察和医学专家赶到，姗姗来迟地为叶萧解了围。

玻璃房子设置了恒温恒湿系统，室温保持在二十到二十二摄氏度，相对湿度在百分之四十五到百分之六十五间，是人体最适宜的环境。身高一百六十六厘米，体重四十六公斤，她插着导尿管，垫着成人尿片，没有长期卧床的褥疮和皮肤瘀青，说明平常受到良好照顾，有人定期给她做护理。

植物人苏醒的只有十分之一，如果持续超过数月，极少有好转的病例，也会产生不可逆转的脑功能障碍。

这看上去十七八岁的少女，真实年龄三十五岁的女子，很可能长眠不醒。

叶萧摘掉她的"蓝牙耳机"，欧阳小枝的大脑非常活跃，并非深度昏迷，严格来说是处于半梦半醒之间。

盛夏在"宛如昨日"里所见的魔女，不是脑癌发作后的幻觉，而是欧阳小枝的潜意识与梦境。

至于，真实世界的记忆，关押在看守所里的左树人，当晚向叶萧坦白了一切——

1999 年，春天，他第一次见到欧阳小枝，在南明路上的化学实验室。他代替医生开药，治疗小枝的癫痫。7月，小枝在他面前发病，胡言乱语，说见到三十九个鬼魂——这个数字让他非常敏感。左树人懂一点心理学和催眠术，诱导性地多问了几句。原来，她已发现了惊人的秘密，南明医药化工厂的爆炸事故，死难者远远超过媒体报道的九个人，真实数字是三十九个人！左树人表面上不动声色，谴责了化工厂的不良老板，其实内心怕得要命。

左树人必须阻止她，否则不但会坐牢，还会牵连出许多大人物。他想到一个主意，根除癫痫最有效的途径，就是做海马体切除手术。但小枝拒绝了手术方案。她知道，切除海马体的结果，会失去所有短期记忆，实在要切除海马体的话，就等她调查公布了化工厂爆炸事故的真相之后吧！

她让左树人别无选择，只能消灭她。

从此以后，他给小枝的治癫痫药物里，添加了神经毒素成分，让她精神错乱，产生各种离奇的幻觉、幻视，还有幻听，加重她的妄想和臆想，经常不分时间不分场合地发作。这样人们就不会再相信她所说的一切——不过是个疯姑娘的胡言乱语。

严格来说，魔女是左树人制造出来的。

但她的意志力超强，普通人患有癫痫，又中了神经毒素，要么重病不起，要么因为幻觉自杀，唯独她挺了过来，一步步接近真相。左树人决定终结这一切。她说过8月13日英仙座流星雨之夜，她会去南明路的工厂废墟看星星。他给小枝寄了一封匿名信，模仿女人的笔迹，自称是爆炸事故死难者的家属，说有重要证据，要在地下仓库给她。安全起见，她必须单独一个人前来，绝不能泄露给任何第三个人。

那一夜，左树人非常紧张，躲在地下室，戴着防毒面具。他准备了GH3呼吸麻醉物，欧阳小枝来了，并且迅速昏迷。他爬出地下室，确认周围没有人。他将小枝藏到汽车上，开车直到海边，准备将她沉尸大海。左树人感到害怕，摸着她的头发，还有苍白的面孔，流星雨继续在飞。他想，她真的是魔女……

不知是出于某种恻隐之心，还是左树人念在与小枝爸爸的兄弟之情上，或者是对她有某种变态的情结，左树人成为有恋尸癖的行为艺术家。总之，他想保留十七岁的欧阳小枝，让她成为活着的标本。

南明路799号，左树人营造了供植物人生存的地下室，为她注射特别的药物，因为新陈代谢极度缓慢，欧阳小枝保持了十七岁时的容颜。去年，宛如昨日研发中心竣工，在地下开挖出恒温恒湿的玻璃房子，她搬进了新家。

两个月前，焦可明死后，左树人认为不会再有人挖出他的秘密。而他对欧阳小枝充满好奇，她的内心世界如谜一般。无论堂弟欧阳乐园，还是死去的焦可明，或者她的老师、同学和仰慕者们，都无法真正了解欧阳小枝。左树人想要通过"宛如昨日"，挖出她所有的秘密，这对他来说更重要。

在左树人给她戴上"蓝牙耳机"后，欧阳小枝的潜意识，自动进入"宛如昨日"。她从植物人昏睡的状态，获得彻底的自由，像五行山下逃脱的孙悟空。她成为战无不胜的魔女，消灭无处不在的妖魔鬼怪。恰好盛夏也进入游戏世界，两个少女在无数台计算机中相遇。阴错阳差，欧阳小枝成为新一任魔女的师父。正如莫斐斯之于尼奥。左树人从未意识到，"宛如昨日"与欧阳小枝让他自掘了坟墓。

楚虽三户，亡秦必楚。

即便昏睡了十八年，她却靠潜意识在最后赢了，完成了十八年前没有完成的使命。

旧魔女——新魔女。

叶萧闭起眼睛，幽暗的隧道尽头，浮现那团烈火般燃烧的头发。

在魔女失踪十八年后，她将在南明路上复活，死神为伴，发红如火，发红如血。

9月13日。

墓地黄昏。

盛夏再次从医院逃了出来。癌细胞燃烧全身每根神经，瘦得只剩八十斤，跌跌撞撞来到这片公墓。看着鸽子笼般的墓碑，再过几天她也要搬进来了，可她买得起吗？这年头，墓地价格跟房价涨得一样快。

死神也来了。照规定狗不能进来，以免狗屎成为墓碑前的贡品，或干脆刨了没有封土的墓。她是翻墙带着死神进来的，到焦可明一家三口的合葬墓前。

焦可明、成丽莎、焦天乐。

墓碑上三个红色名字，像南明高中电脑机房墙上的三十九个名字，永远不会让人遗忘。尽管她的"永远"只剩几天。

管理员已经下班，死神对着墓碑哀嚎。焦天乐——无脑畸形儿，露出诡异的微笑，可能是整片墓地最特别的一张照片。夕阳斜洒在盛夏的红发上，像一团迟开的玫瑰。她的手里也有三捧花，分别是玫瑰、大丽花、白百合，放到三张照片底下。墓碑刻着死者的生卒年月，尤为悲惨的是，其中有三个相同的日期——

8月13日，焦可明灭门案，死神与少女的故事，从这天开始，直到今天结束，整整一个月，三十一天！

"那一天，你托我为你全家复仇，现在我做到了！安心投胎去吧，渡过忘川水，走过奈何桥，喝下孟婆汤，忘了这一世！"

一个男人的声音，从盛夏背后响起，像从隔壁坟墓里爬出来吃晚饭的，差点把她吓死。

"叶萧！"

头一回见他穿黑西装，手捧一束菊花，放到盛夏的三束花旁边。死神向他摇了摇尾巴。

叶萧的右手已恢复正常，拍拍大狗的脑袋，再点她的肩膀："你啊，又从医院逃出来作死了！但今天是个特别的日子，我知道你会来的。"

"对不起。"

两天前，盛夏答应过叶萧，不再对他发脾气，更不会骂他一个字，直到她死。

他笑的样子很帅，不知是对盛夏，还是对坟墓里的一家三口。他从口袋里摸出两块黑色石头，原本在欧阳小枝的铅笔盒里，后来被阿努比斯送给昨日马戏团的女侏儒。

"这两块石头，经过化验都是陨石，含有特殊的元素成分，密度远高于许多金属。国际市场上的价值，大约是两万美元。"

"耶，我要发财了！"

"又不是你的。"叶萧把两块石头交到盛夏的手心，"我相信，欧阳小枝会把这两块石头送给你，我最亲爱的魔女！"

"哈哈哈，大叔，你也叫我亲爱的了？"

好生尴尬，叶萧抬头望天，一大团紫色的云缓缓飘过，像无数死者的灵魂派对。

"不过，欧阳小枝可能会永远昏迷下去。如果哪天她突然醒来，还是十七岁的外表，我不知道该如何告诉她真相。"

"你就骗她说现在还是 1999 年！妈的，所有女孩都会羡慕她的！"

"但她不会这么想。"叶萧想起另一个人，"左树人承认了一切罪行，检察院今天刚批捕。他的律师团队在申请做精神病司法鉴定，要把他弄到精神病院跟你妈做邻居，"

盛夏立时火冒三丈："让他们去给我妈倒马桶吧！"

"十八年前，帮助左树人隐瞒工厂爆炸事故真相的官员们，有的已被逮捕——全都退休了。还有的责任人，早已平平安安离世。"

"我死后不会选择上天堂，而是主动申请下地狱，去阉掉他们的蛋蛋！"

"喂，你忘了这里是墓地啊？说话注意一点！"

"对不起！"她伸出舌头，做了个鬼脸，"你知道吗？小倩也埋在这个墓地。"

盛夏一只手牵着死神，另一只手牵着叶萧，就像同时遛两条大狗，走过十几排墓碑。

"爱女霍小倩之墓"。

死亡年月 2012 年 8 月 13 日，立碑人霍建彬。

"命中注定吧——五年前，焦可明意外杀死了小倩；五年后，焦可明全家搬进了同一个墓地。"

叶萧掏出纸巾，代替霍建彬擦拭墓碑上的陶瓷相片，十三岁的少女，笑得正灿烂。

"凶手与被害人做了邻居。但我想，小倩永远不会原谅焦可明的。"盛夏指着霍建彬的名字问，"小倩的爸爸怎么样了？"

"还活着，医生说他一辈子都要瘫痪在床。你知道谁在照顾他吗？"

"霍乱？"

"嗯，就是那小子。虽然是同母异父的兄弟，但他说心里非常愧疚，明明霍建彬是无辜的，他却帮着警察大义灭亲，害得哥哥出了大祸。"

盛夏对那胖子刮目相看，原来他的心不是黑的啊："好吧，请代我跟霍乱说声抱歉，可惜我不能做他的网络女主播了。"

她掏出两块黑色石头，对着小倩的照片相互敲击，发出青铜器般古老深邃的回应，竟在墓地传出去很远。

"魔女告诉我，这两块石头有招魂的功能——现在，小倩就站在我们的背后。"

十八岁瘦弱的她，像通灵少女。死神在她脚边呜咽，对着空气吠了两声，这也是一条通灵之犬。叶萧闭上眼睛，虽然不是通灵神探，但也不再亏欠任何人——破案的誓言已完成，虽然迟到了漫长的五年。

一阵风从墓地吹过，摩擦着盛夏的脸，她忍住不哭。

"小倩死后，为什么死神每次到一个新家，主人不久就会死于非命？包括最后的焦可明。这不是偶然。"叶萧蹲下来，盯着死神，"它不是一条普通的狗——它的这双眼睛里，带着死神的灵魂，可以看到我们看不到的一些东西。"

"因为，它的妈妈，死神之母，也是 1998 年南明路工厂爆炸事故的目击者，所以，它也能看到三十九个鬼魂，预知人们未来的生死？"

"也许吧，这已超出了科学范畴，但你宁愿相信，不是吗？"

这不是叶萧的说话风格，但他找不到第二种解释。

"分别五年，你突然跑回我身边，因为感知到我的死亡将近。"她紧紧抱着死神，任由狗舌头舔着红头发，头皮底下的癌细胞正磨刀霍霍，"谢谢你！但愿，我是你最后一个主人。"

从墓地往外走的路上，松柏之间的小径，叶萧靠近她耳边说："有件事要告诉你，有人为你找到一家最好的治疗癌症的医院，从北京请来顶尖的老教授——全世界最著名的脑外科手术医生，准备给你做脑部肿瘤切除手术。"

但他并没有告诉盛夏，为她找到最好的医院和医生的人，就是乐园。他更不可能告诉这女孩，这次手术的巨额费用，全是叶萧和乐园两个人一起凑钱垫付的——有人为此卖掉了最心爱的皮卡。

"我还有可能不死吗？"

天，快要黑了。红头发的魔女，在电线杆上的乌鸦的注视下，抱着全身黑亮的死神，站在墓地外的十字路口。

一周后。

十八岁的盛夏，站在生命的十字路口。

手术前一天，她被准许离开医院，去精神病院探望妈妈。叶萧开车送她，车载音响也放了舒伯特的弦乐四重奏《死神与少女》。盛夏一路闭着眼睛，好像在自己的葬礼上，接受寥寥无几的朋友的送别。

探望室。

叶萧默默站在盛夏背后，连夜雪步履蹒跚地出来了。

她抱着妈妈，用尽全力。闻着妈妈身体里的气味，是否还残留着怪物之地的毒素？

那个畜生被抓住了！一切真相大白，没有什么可以再隐瞒的了，也没什么可以再害怕的了。盛夏这才想到，多年来左树人一直威胁妈妈。连夜雪为了保护女儿，才没有说破那个谎言。

妈妈哭了。

泪水吧嗒吧嗒地打湿女儿的红头发与衣领，她感觉到了盛夏脑子里的癌细胞，含混地说了几个"对不起"……

"妈妈，再问你个问题——我是不是双胞胎？我还有一个弟弟，跟我同一天出生，而且，他有严重的先天畸形，对吗？"

连夜雪趴在女儿的肩头，用泪水代替回答"是"。

盛夏深呼吸，转头看着叶萧，绝对不敢告诉妈妈——你的儿子，阿努比斯，已经死了。

突然，连夜雪盯着女儿的双眼，竟恢复了语言能力："妈妈告诉你一个秘密。其实，你不是盛志东的女儿。我也没有毒死你的爸爸。你的亲生父亲，是另一个男人。"

"妈妈！请你不要说！不要告诉我！"

她抬手去堵妈妈的嘴，连夜雪大声喊出那个名字："左树人！"

叶萧从背后扶住盛夏。连夜雪的口齿变得清晰："听着——你们这对双胞胎姐弟，就是左树人的儿女。"

盛夏在警官大叔的怀里躺了片刻，从神志不清中缓过来，一字一顿道："1998 年 12 月，南明路工厂爆炸事故发生时，你肚子里刚孕育的胚胎，竟是左树人种下的？"

"嗯，他是我的老板，每天上夜班都能见到……他夸我漂亮，说我很像一个台湾歌手，还送给我日本的化妆品。他带我去他的别墅，我没有拒绝。这不怪他，我是自愿的。"

"左……左树人——他本人知道吗？你怀上了他的骨肉。"

"几年前，我为了保护你，毒死了盛志东，来到这个地方。左树人来精神病院探望过我，那时候，我才把这个秘密告诉了他。"

"等一等，妈妈，你为我毒死了爸爸——不，他不是我爸爸。我从小到大的记忆里，那个男人一直在打你，而你从不反抗。因为，他早就知道了秘密，而你必须忍气吞声。你对他有负罪感，觉得做了对不起丈夫的事，让他替别人养大了女儿，对吗？"

"是。"

盛夏跪下来，抱着妈妈继续哭，哭得双眼红肿，才对叶萧说："上个月，我穷得只剩下几十块钱，账户里突然多出来二十万——是左树人汇给我的吧？我活该得脑癌！竟把这笔飞来横财，花得心安理得。要是早知道，我宁愿全部从银行提出来，当作冥币烧掉！"

"怪不得，左树人一直没对你动手。他是你的亲生父亲。其实，在你大闹发布会之后，他被阿努比斯绑架之前，他完全有机会除掉你的。"叶萧忽然想起一句话，"这是父亲的选择。"

"我的双胞胎弟弟，那个畸形儿，怪物中的怪物，他知道自己的亲生父亲是谁吗？"

"不准叫他怪物！"

妈妈真的生气了，就像多年前悄悄保护儿子，不让他受任何伤害，哪怕别人投来恐惧的目光。

"对不起，我的弟弟，他知道吗？"

"我告诉过他。因为，我没有能力保护他。但他的亲生父亲有这个能力，甚至有条件治疗他。我让你弟弟去找左树人。可他也恨那个男人。他跟我分开以后的日子里，到底有没有去找过你爸爸，也许只有他自己知道。"

"是啊，谁能想到呢，我和我的畸形弟弟，其实都是富二代？"

她跪在地上。阿努比斯知道这个秘密，依然绑架了左树人。注意时间，9月8日深夜，盛夏通过"罗生门"微信公众号，公布了南明路的化学污染，持续十八年间，造成无数的癌症与先天畸形。第二天，9月9日深夜，左树人赶到南明路799号，才被阿努比斯绑架。他是为自己复仇——产生畸形的根源，就是父亲制造的这片怪物之地。

左树人给了这对双胞胎姐弟生命，却因自己酿下有毒的种子，让儿子在娘胎里就产生了畸形，成为普洛提斯症候群的"怪物中的怪物"；也让女儿在十八年后，患上了大脑恶性肿瘤。

终于，盛夏与妈妈告别，恐怕也是永别，母女抱头痛哭，直到叶萧将她们分开。

离开探望室，沿着精神病院的走廊，盛夏已脚底发软，一步都走不动了。但她不想死在精神病院，死在妈妈面前。叶萧把她扛在背上，幸好她只有八十斤重，他就像扛起一只小母鹿。

"阿努比斯为什么要切掉左树人的双手？"叶萧贴着她的耳边说，"他已决定弑父，为自己和妈妈复仇。他把左树人的两只手，一只放在失乐园的旋转木马上，一只放在海边的宛如昨日研发中心门口。"

"男左女右——左手代表儿子，右手代表女儿吗？嗯，我是左树人的右手。"

"有道理！人的左右手，就像双胞胎。"他闻着她的红头发里癌细胞的气味，"还有一种解释，我亲眼看到过，左树人被切下来的右手，被绳子悬挂起来，手指被掰成特别的姿势，很像一幅文艺复兴时期的壁画。你知道米开朗琪罗吗？"

"废话！我的美术课成绩很赞的！米开朗琪罗、拉斐尔，还有达·芬奇——文艺复兴三杰。"

"那幅画里上帝的右手，指向亚当的左手，乍看像父与子，两个人的手指，无限接近，却永远隔一道缝隙。阿努比斯砍断左树人的右手，故意拗成这种姿势，挂在警察的眼皮底下，是在暗示他们的父子关系。或许，在他孤苦伶仃的小时候，幻想过并爱过自己的父亲。"

"对我的双胞胎弟弟来说，一切美好只存在于幻想中。"盛夏拍了拍脑袋，"别装 × 了！我敢打赌，阿努比斯是《星球大战》的粉丝！"

"怎么说？"

"笨蛋！"

她做了个挥舞光剑的姿势，叶萧恍然大悟："黑武士与卢克用光剑对决，其实他们是父子关系，黑武士砍断了儿子的手。"

"阿努比斯反其道而行之，砍断了爸爸的手。如果换作我，也会这么做的。"

马赛克的最后一块空白填上，叶萧深吸一口气："对左树人来说，阿努比斯的存在，却是一个天谴。虽然他很清楚，是谁造成了这个怪物中的怪物！所以啊，从九十年代末开始的南明路化学污染，第一个受害者，就是你的双胞胎弟弟，以及作为亲生父亲的左树人自己。"

"像一个巨大的圈，我们又画到了原点。"

叶萧背着她走出精神病院大门，A罩杯让他实在没有感觉。

"所有人都输了，所有人都是病人。"

"我现在更期待对我爸的死刑判决！还会有枪毙吗？"

"不会了，这里都是注射死刑。"

"也好，他喜欢用毒，就用他最喜欢的方式处决他吧。"

走出灰蒙蒙的精神病院，灿烂的太阳升起，挂在荒野的一株柳树上，刺得他睁不开眼，也在魔女的红头发上，涂抹了一层"金色蛋黄"，酷似米开朗琪罗的壁画。

"嘿，我发现一件有趣的事——"她趴在叶萧的后背上，不知从哪儿来了

347

精神，"我死去的弟弟阿努比斯、我在精神病院里的妈妈、等待判决失去双手的左树人，加上患有脑癌快要死掉的我自己——我们一家四口啊，全都是病人，这是一个病人的世界……"

叶萧不知该怎么回答，苦笑着看了看盛夏，两个人几乎紧贴着脸颊。

"大叔，我忽然觉得你好帅，能亲宝宝一下吗？不亲就没机会啦，嘻嘻。"

尾声

生命可以归结为一种简单的选择：要么忙于生存，要么赶着去死。

——斯蒂芬·金《肖申克的救赎》

一部悬疑犯罪题材的长篇小说，最难处理的总是尾声。就像五星级酒店的大厨做完一道菜，却在端上餐桌面对食客目光时备感彷徨忐忑。小说家的纠结尤甚于此，即便你把所有谜底与根源揭示清楚，仍然要为主人公的最终命运而头痛。至少现在，我觉得悲伤。

我常想起偶像斯蒂芬·金《绿里奇迹》里的一句话："我们都得死，没有例外，这我知道，但上帝啊，有时候，这条路真的太长了。"他的这篇小说的主人公，是一个堪称圣徒的强壮的非洲裔男人，我最喜欢的悲剧人物之一，在与狱警们挥泪告别后，死于电椅。

盛夏将会死于哪里？自家的床上或地板？从高楼坠落到上班族面前？戒备森严的医院手术室？很抱歉，我尝试过无数种结局，但是她必须难逃一死！

嘿，你有没有爱过红头发的女孩？或者——你就是红头发的女孩？

我爱你。

我是如此爱你啊，我希望抱着你亲吻你给予你第一次，带你离开这座可怕的两千多万人的城市，就像身后有无数狱警、狼狗以及子弹的一对越狱者。你呢？

从精神病院回来的第二天，你洗得干干净净，穿着蓝色的手术服，小小的身体被推进手术室。

叶萧牵着死神等候在手术室外。他承诺一定教会她巴西柔术，如果她能活下来。

头发花白的主刀医生，北京协和医科大学的老教授，戴着大口罩迎接你。像游戏世界里的党卫军，他亲手切开过的脑袋，就跟你切开过的西瓜一样多——其中有四分之一存活至今，四分之一活过三年，四分之一活着醒来，还有四分之一死在手术台上。而你切开过的西瓜就跟梅西进过的球一样多。

你的红头发被剃掉一半，露出光光的头皮。你难堪地闭眼，觉得自己丑得要去死了，快点一刀下去解决掉吧。教授像个职业刺客，耐心地整理寒光闪闪的手术刀，并告诉你：由于癌细胞扩散太快，手术的成功率只有百分之一。

教授摸着你突出的锁骨说：在狱中等待审判的左树人，作为脑神经学科的权威专家，主动要求查看你的病历资料，提出了手术建议。他失去了两只手，只能通过口述，委托狱警记录。光是修正医学术语、错别字、英文拼写，就花了整整一宿。

但你不会感谢他，无论你是死是活，依然会唾弃他。

躺在手术台上，无影灯刺得瞳孔收缩。无数朵莲花绽开。脑外科肿瘤手术，除了主刀医生，还有三个医生，一个麻醉师，一个护士。持续十几小时，教授将保持同一姿势，双手不能有半点颤抖，像在悬崖上走钢丝。人脑柔软如同豆腐，集中人体血液的百分之二十，神经纤维细过发丝。病人在生死之间，医生同样如此。老教授这把年纪，再要切开别人脑袋的机会不多了。

靠近你的左侧，有个年轻的男医生，戴着大口罩，只露出一双眼睛。他很帅。仅仅一双眼睛，已经让女护士着迷，不停抬头偷瞄。大姐，请注意点好吗？千万别分心啊。

你认出了这双眼睛——他是乐园。

随着麻醉剂缓缓注入体内，你已无力发出声音。你对乐园做了一个鬼脸，符合十八岁的年龄。乐园的目光里有液体滚动，对你挤了一下左眼，又竖起大拇指。麻醉师在给你做气管插管。

中枢神经被催眠，眼皮不可抗拒合上。最后一次体验"宛如昨日"吗？奇怪，你依然能看到一切，包括常人的眼睛所不能见的——影影绰绰的三十九个鬼魂，聚拢在手术台四周，每个人手拉手，围成一圈坚固的城墙，竖立在医生与护士们背后，像蚁穴中心保护蚁后的兵蚁们。

死神与少女，等待命运判决。

蔡　骏

2016 年 7 月 14 日星期四初稿于上海

2016 年 7 月 24 日星期日二稿于上海

2016 年 11 月 10 日星期四三稿于上海

图书在版编目（CIP）数据

宛如昨日：生存游戏 / 蔡骏著 . — 长沙：湖南文艺出版社，2017.4
ISBN 978-7-5404-8002-8

Ⅰ.①宛… Ⅱ.①蔡… Ⅲ.①推理小说—中国—当代 Ⅳ.①I247.5

中国版本图书馆 CIP 数据核字（2017）第 039692 号

上架建议：长篇小说·悬疑推理

WANRU ZUORI : SHENGCUN YOUXI
宛如昨日：生存游戏

作　　者：蔡　骏
出 版 人：曾赛丰
责任编辑：薛　健　刘诗哲
监　　制：毛闽峰　李　娜
策划编辑：钟慧峥　张园园
文案编辑：王苏苏
营销编辑：杨　帆　周怡文
装帧设计：SilenTide
版式设计：张丽娜
出版发行：湖南文艺出版社
　　　　　（长沙市雨花区东二环一段 508 号　邮编：410014）
网　　址：www.hnwy.net
印　　刷：北京嘉业印刷厂
经　　销：新华书店
开　　本：787mm×1092mm　1/16
字　　数：306 千字
印　　张：22.5
版　　次：2017 年 4 月第 1 版
印　　次：2017 年 4 月第 1 次印刷
书　　号：ISBN 978-7-5404-8002-8
定　　价：39.80 元

质量监督电话：010-59096394
团购电话：010-59320018